剑来

34 山中何所有

◎ 烽火戏诸侯 著

浙江文艺出版社

001　第一章　单挑

022　第二章　所有美好

042　第三章　剑斩飞升巅峰

068　第四章　次第花开

087　第五章　当时座上皆豪逸

115　第六章　刻字

136　第七章　后手对后手

156　第八章　事多如牛毛

180　第九章　坐隐

199　第十章　眼神

第一章 单挑

山上山外,两两对峙,各展神通。

一人登门拜访,一个待客还礼。

陈平安这边,那位走出木宅的青衣道人出现在托月山后方,站在五色山岳之巅,宛如一位神人顶天立地,手持一枚蕴含四成曳落河水运的水字印,腰悬一篇宝光流转的祈雨诀。

万丈高的道人法相身后,还有一尊神灵之姿的金身法相,双臂缠绕火龙,脚踩一座仿白玉京,是由昔年玉符宫镇山之宝显化而出。神霄城内矗立起了一杆剑仙幡子,一枚五雷法印被神灵高举飞升,悬在了笼中雀小天地的最高处。三十六尊各部神灵被陈平安点睛开眼之后,连同十八位白衣飘飘的剑仙英灵,在六千里山河境内四处游弋,肆意斩杀托月山地界周边的妖族修士。

三十六尊神灵从法印掠出后,身后各自犹有一大拨宛如壁画上的飞天神女跟随,飘然若仙。神女们长眉细眼,脸庞丰润,秀骨清像,头顶宝冠,肩披彩带,胸饰璎珞,臂戴镯钏。她们拖曳出火焰状的长线,彩云飞旋,天花散落满太虚,就像夜幕中骤然飞出一大片流萤,光彩流动,无比绚烂。先前仙簪城修士逃散造就出的那幅画卷,比起这一幕,实在是不值一提。

陆沉蹲在莲花道场内,身前出现了一张小画案,一边画符绘制光阴走马图,一边唏嘘不已:"好彩头,大饱眼福。"

这些古灵一般的飞天神女可不曾在那枚法印四面描绘而出,完全属于意外之喜,是谨遵天道循环而生,是托月山那座飞升台崩碎后的残余天道余韵万年不散,类似剑气长城那些盘桓不去的粹然剑意。在陈平安点睛之后,补全了一部分大道,才将她们敕令而出,就像为她们在万年之后的崭新人间赢得了一席之地。

远古时代,天地间存在着两座飞升台。骊珠洞天那边的,由杨老头负责接引男地仙登天成神;而托月山这边的,自然便是接引女地仙脱胎换骨、跻身神灵了。

大妖元凶的真身手持那杆以神灵尸骸炼就的金色长枪,此外,那出窍远游的一尊阴神身边有形若傀儡的扈从,是河上姹女,极其灵神。她背对着主人和陈平安,袖中掠出一条碧绿色的滚滚长河,涌向青衣道人,以水法对水法。

在托月山一处第二高的山头,元凶的那尊阳神身外身前方出现了一架充满蛮荒气息的大鼓。它手持一把火运大锤,以锤擂鼓,每一次鼓响,陈平安背后金身神灵所在的仿白玉京城就好似被凭空撕裂一大片太虚境界,出现了一个个赤红色的漩涡。鼓声锤碎无数天地灵气,神霄城内的剑仙幡子开始剧烈摇晃起来,猎猎作响。

双臂缠绕火龙的金身神灵落在神霄城内,一手稳住幡子,同时驾驭那枚高悬天幕的五雷法印,法印之上,千百条金线流转开来,霎时间便有无数道金色雷电轰然砸向托月山,大地与天空之间就像构建起数以千计的登天桥梁。

陆沉感慨道:"可惜这场斗法,就只有贫道一人观战。"

天地间有大美而不言,万物的生发与毁灭,都蕴含着不可名状的大道自然。

陆沉瞥了眼陈平安左手所持长剑:不愧是高过太白、万法、道藏和天真这四把仙剑的唯一存在。高出天外,高无可高。

陈平安这次问礼托月山,等于一人仗剑,将托月山独自开山三千多次。

这种事情,传出去都没人相信。

就像中土文庙功德林被人掀翻了三千多次,白玉京给人打碎了三千多次,谁信?

再是个空架子,再无十四境修士坐镇其中,也还是托月山,是那文庙和白玉京啊。

至于为何未能一剑斩杀元凶,彻底斩碎托月山,而只能像是少年时的剑开中土大岳穗山,一是因为飞升境巅峰的元凶早已合道此山,术法古怪,能够让托月山恢复原状万次,再就是因为陈平安的剑术依旧不够……无敌。故而既无法做到如万年之前的陈清都那般在此一剑打碎飞升台,也无法媲美万年之后的托月山大祖一手打断剑气长城——而绝不是因为那把长剑不够锋利。

当然,陈平安这小子是有私心的,等于拿托月山练剑,试图通过递出数千乃至万余剑,将自身驳杂的剑术、剑意、剑法熔铸一炉,最终尝试着合为……某条自身剑道,估摸着还是为将来那场问剑白玉京练的手。

陆沉察觉到陈平安人身小天地的激荡变化,忍不住以心声问道:"受伤了?还伤得不轻?"

一定是合道所在的半座剑气长城出现了问题。这也正常，若非如此，老大剑仙也不会现身。

不过既然陈清都出剑了，陆沉不觉得还会有任何意外。

一旦现身就能让敌我双方都觉得一切意外都会自动避让绕路的修道之人，万年以来，屈指可数。陆沉自认暂时做不到，师兄余斗也一样。

十四境和十五境，一直被视为失传两境，没有什么名称。所谓失传，就是没有师传可言，不存在任何道法传承、香火绵延，想要打破飞升境瓶颈跻身十四境，只能自求自证自悟自得。自行其道，自证其法，长生久视，证道不朽，全凭修道之士的自身体悟。

练气士所谓修道，不过是借天地无涯之灵气，塑人身有限之形躯，续容易腐朽之性命，最终天人合一，就再不是大道窃贼，不与天地欠债丝毫。所以十四境大修士只在山巅有几个秘而不宣、不曾流传开来的隐晦说法，其中就有一个所谓的非神非仙"天人境"。

三教都对"天人"一语各有宗旨阐述，老秀才昔年做客龙虎山天师府，就曾赠送一副楹联给当代大天师赵天籁，其中就有榜书匾额"天人合一"。

陈平安继续驾驭井中月的剑阵，冲撞元凶的那一手绝天地通，就看谁耗得过谁。他以心声答道："小事，习惯就好。"

陆沉笑道："这可是伤及大道根本的事，这要还是小事，还有什么大事可言？"

要是那半座城头被谁斩破，陈平安就等于再断一次长生桥。等到归还一身道法给陆沉，后果不堪设想。

陆沉忍不住说道："老大剑仙对你是真的好。"

陈平安点头道："我的长辈缘一向不错。"

陆沉忧心忡忡道："陈平安，按照我的演算，差不多在八千剑过后，你就要陷入寅吃卯粮的境地了。运气好，还能拿以后的修道岁月来慢慢还债；运气差点，就要直接拿一个境界来补窟窿；运气再差点……算了，不说晦气话。"

陈平安点点头："我心里有数。"

陆沉最后那句话，是想说如今借了几境，回头就要跌几境。

不过这是最坏的情况，陆沉觉得自己跟陈平安加在一起的运气不至于这么差才对。

先前陆沉还担心陈平安在短短七八十年之内就去青冥天下跟余师兄掰手腕有些过早，这会儿又开始担心轮到自己主持白玉京事务，陈平安却因为这场开山一役的后遗症迟迟不会现身了，那自己得有多寂寞？别看自己在家乡天下口碑一般，其实在白玉京内，那也是一位公认的作风正派、言行端庄、不苟言笑的掌教真人好不好。

陆沉疑惑道："先前为何不让宁姚他们多待一时片刻？"

这样陈平安不用独自开山，自然轻松许多。

开山与拖月二事，对蛮荒天下的气运影响，其实没有高下之分，只要做成其中一件就足够了。天时之外，对于蛮荒妖族修士的道心，都会是一种重创。当然，从长远而论，肯定是搬走那轮昔年居中明月比打砸个空壳子的托月山更有意义。

"拖月一事，二三成可能与三四成可能，有差异吗？在我看来，又不是五六成之差，也不是九十成之别，两者根本就没什么区别。"

在陆沉看来，最稳妥的选择，还是五位剑修合力开山，当场斩杀元凶，不如干脆放弃拖月一事。

陈平安解释道："我这边多点意外，拖月一事就可以少点意外。"

陆沉叹了口气，转头望向托月山之巅。那个画地为牢万余年的黄衣男子，不愧是家家有本难念的经。

大妖元凶迟迟没有现世的那件木属本命物，就像一棵同时炼化了光阴长河的万年古树，陈平安每次仗剑开山，元凶就会失去一道本命年轮。年轮全部消失之际，就是这位蛮荒大祖首徒身死道消之时。

托月山中，那三只本该在家乡呼风唤雨的仙人境大妖苦不堪言，明摆着与那元凶求饶无用，只得继续硬着头皮，各自拼了性命祭出杀手锏的自救之法。除了那条缠绕山尖数圈的蜈蚣，还有一名修士正坐在一张七彩的蒲团上浇灌百余种花卉，使其纷纷绽放，又不断枯黄凋零。第三只大妖是个女修，她身披一副金丝绣铜钉纹甲胄，身前悬有古玉质地的仙人抬灯盏，正在烧符箓。她点亮灯芯，火焰呈现出一种精粹的金黄色，就像是金精铜钱熔化时的色泽。

这三只大妖显然都祭出了本命重宝，使出了压箱底的保命术法。

那条蜈蚣抬起巨大头颅，与万丈道人法相对视一眼。

元凶讥笑道："只是一个眼神，就与隐官大人结盟了？很好，那就尝试着与他联手，与我倒戈一击。"

末了还加上一句："只要你们三个能够活着逃离托月山辖境，我可以承诺，让斐然和蛮荒天下不追究你们的背叛。"

这三名也曾割据一方、凶名显赫的妖族修士，这会儿估计连胆子都吓破了，以后哪敢与浩然天下为敌。搁在山下市井，家里还有长辈的话，估计还得来托月山帮着叫魂还魂。

元凶的身外身持锤所擂的大鼓皮面，是早年一只飞升境巅峰水裔大妖的真身皮囊，大锤狠狠砸去时，那条蜈蚣就遭罪不已，被沉闷鼓声余韵波及，顿时皮开肉绽，血肉模糊，身躯不断翻滚，绞碎山体，碎石落向山脚，尘土飞扬，黄沙滚滚。其余两只依旧保持人身容貌的仙人境大妖更是七窍流血，男妖的蒲团晃动不已，白碗出现龟裂，女妖那原本如美人肌肤般白嫩的灯盏也呈现出几分黯淡无光的珠黄。她取出一摞金色符箓，忍着道心不稳、魂魄震颤的疼痛，手指颤抖着齐齐点燃，竭力维持那盏灯火不至于熄灭。

可怜这三只仙人境大妖，如今就像身陷被剑修和元凶合力针对的艰辛处境，想要不死都难。

那条蜈蚣先前还想着与年轻隐官联手做点锦上添花的事情，只要今日能够保留境界，活着逃离托月山，等元凶一死，也算给浩然天下交出一份投名状，于是一不做二不休，直接倒戈。只是一想到元凶方才说的反话，三只原本颇为意动的仙人境大妖都只得打消这个念头。

四周山河，两位山巅修士术法层出不穷，就如遍地开花一般。

托月山周边其实并无一座"宗"字头门派，山中偶有上五境修士出现，都很识趣地立即离开，去别处开宗立派，开枝散叶。好像这是一件约定俗成的事情。

大树底下好乘凉？蛮荒天下可没有这种说法。事实上，这些个零星散落又不成气候的山上门派，很多妖族修士可能一辈子都没靠近过那座高山的千里之内。

蛮荒大祖的一众嫡传弟子当中，只有新妆偶尔会下山散心，往往行走不远，她也懒得施展障眼法，才让托月山周边地界的妖族修士有幸一睹真容。

距离托月山五六千里的一座山上门派，仙家府邸雕梁画栋，处处有彩云缭绕。结果从云海中探出一只白玉莹澈的大手，掌心纹路如湖如池，川流之间开遍荷花，散落无数雪花。顷刻间，大雪满山，就是一场灭顶之灾。

远处一片水运浓郁的芦苇荡中，上空又有一片云海聚拢，毫无征兆地降下一场暴雨，雨滴皆蕴含剑气拳意。一个被迫离开修道水府的元婴妖族刚刚逃离这场无妄之灾，一位通体雪白巡游至此的剑仙英灵就一剑斩至。元婴妖族施展遁法堪堪避过那道凌厉剑光，缩地山脉百余里，身后就又有一位幡子剑灵递出一剑。元婴妖族顿时现出真身扛下，又忍痛恢复人形，再次远遁大地之下，结果撞见了一尊好似守株待兔的神灵，是那远古雨师模样，悬停于地底一处仿佛被道化浸染的虚空中，伸手一抓，就将元婴妖族禁锢在原地，一身水法从神魂中剥离，双方之间牵扯出丝线万千。

原本天人无垢的道人法相之上蓦然间出现了一连串颜色枯白的大妖真名，就像一口口古井，水波微漾，不断蔓延开来。

元凶那杆金色长枪似乎拥有一种近似于儒家本命字的神通，使得道人法相之中出现了这等异象。而且随着那些水纹涟漪的扩散，万丈法相出现了灰烬飘散的大道崩坏迹象。

陆沉眯起眼。

相传佛家有八万四千法门，其中又衍生出更多的旁门神通，虽然皆不在正法之列，但是威势亦不容小觑，其中之一便是将练气士的道心推入万念俱灰的境地。

陈平安对此不以为意，先凝佛门宝瓶印，再结说法、无畏、与愿、降魔和禅定五印，最终于刹那间结出三百八十六印，层层叠加，宝相森严，一下子就止住了万丈法相的灰烬飘散。

而那托月山背后的青衣道人与之遥相呼应，根本无须踏罡步斗，便掐道门法诀，总计三百五十六印，一印即雷符，天机随心迁徙运转，最终造就出一个天威浩荡的雷局。

陆沉愣了一下。他可没教过陈平安这些，那么陈平安就算在心相翻检万年，也毫无意义。因为这个雷局属于龙虎山天师府正统法脉，一般来说，只要不是天师候补人选，就注定无法知晓这一手至高雷法。所以，能够演化雷局者，唯有历代大天师。

陆沉如果愿意辛苦些，不惜花费百余年光阴，倒也能模仿出个七八成，但是这等山上行径太缺德，简直就等于是跳起来朝当代大天师脸上吐口水了，以赵天籁那种话不多的脾气，估计就要直接手持仙剑，携天师印，远游青冥天下，去白玉京找陆沉切磋道法了。

托月山之巅，元凶突然与陈平安说道："放过附近那些蝼蚁，我来陪你干一架，实实在在问剑一场。"

他手腕一抖，那杆金色长枪瞬间变成了一把布满金色云篆的长剑："如何？"

陈平安出人意料地点头道："可以。"

随后果真将笼中雀的天地辖境缩小为千里山河，战场上只剩下山中山外的对峙双方以及山上三个苟延残喘的仙人境妖族。

元凶笑道："这三个，随便杀，免得妨碍一场清爽问剑。"

雷局随之落地，砸在那条早已重伤的蜈蚣之上。此后，陈平安接连三剑，一剑砍断光阴长河与元凶的一道年轮，其余两剑针对另两个仙人境妖族。

与此同时，天地翻转，陈平安在笼中雀的自身小天地中遇到了几个不速之客，就像一场姗姗来迟的心魔问心。当年陈平安跻身玉璞境，仿佛只是绕过了心魔，心魔其实并不曾消散。

陆沉有些纳闷：好像问剑双方都陷入了一种玄之又玄的静止境地。他心知不妙，立即缩手在袖，飞快掐诀演算此事。

好家伙，这位大祖首徒竟然还真是一个名副其实的剑修，难怪敢说要与隐官大人问剑一场这种话。至于元凶的本命飞剑，名字谁猜得到？不过本命神通倒是很快就水落石出了，类似那尊十二高位神灵之一的想象者——不对，还拥有回响者的一部分本命神通！

如果说修道之士在登山途中的孤单之感是一人喃喃，群山回响，那么所谓的孤独就是于山巅四顾茫然，独自喃喃，任你千言万语，天地无回声，寂寥千秋万年。

眼中所见，如遇心魔。

真假混淆，虚实不定。

一个儒衫模样的男子出现，正是宝瓶洲胭脂郡的城隍爷沈温。他轻轻叹息一声，也不动怒，只是眼神略带失望地道："陈平安，为何自碎文胆？为何偏偏是为了那个滥杀无辜的顾璨？"

天地间画卷绵延摊开如山水，陈平安独自一人走马观花，重新走了一趟那段人间山水路程。

一个身穿白衣的年轻僧人手持念珠微笑道："世人若学你，如坠魔窟中。因为你只要犯错一次，哪怕只有一次，也会天翻地覆。"

一个面容聚拢又消散的中年男子有些毫不掩饰的欣慰笑意，好像觉得小师弟能够走到这里太不容易了，可又似乎有些失望，好像走到这里的小师弟不该是这么一个陈平安。

最终出现了一个青衣女子，眼神温柔，一根马尾辫随风飘荡。她似乎在与陈平安遥遥对视，各自不言不语。

修道之人，远离红尘，幽居修行，爱憎一起，道心即退。

终于来了。陈平安的一颗悬空道心反而终于在这一刻得以落地。

"春风随我作狮子鸣。"

陈平安闭上眼睛，持剑之手，大袖飘摇，春风萦绕，递出属于完全自己剑道的倾力一剑。

姜尚真带着九人一起持符远游，至于具体画符一事，就交由小天师赵摇光和纯青代劳了，而画符所需的符纸，刘幽州之前给了很多。

姜尚真只是提醒九人此符不可外传，再说了些三山符的山水忌讳，以及每到一座山市都需要礼敬三山九侯先生。

山水迢迢，路途遥远，差不多需要跨越浩然天下的一洲山河。

先前画符之时，赵摇光笑问："小道需不需要发个誓？"

姜尚真摇头道："大战在即，诸位既然都是君子立身，豪杰处世，就不需要浪费心神了。"

之后众人持符远游，衔接三座山市的，就是练气士最想要接触又最难触及的那条光阴长河。刚好可以凭此勘验这拨天之骄子的道行深浅，以及体魄坚韧程度。

在姜尚真看来，除了曹慈和傅噪，其余那拨孩子确实比自家陈山主差得有点远了。尤其是许白，第一次现身在山市后，就开始头晕目眩，摇摇晃晃，所以是最晚一个点燃山香的。

不过这个被誉为"许仙"的年轻人很快就恢复正常，似乎不过心意转动，身边便显化出一个模糊的金色文字。姜尚真就多看了他一眼，记起这小子的祖籍好像是召陵，祖上都是一座许愿桥的看桥人，说不定与那位字圣的许夫子极有渊源。

论福缘气运，确实没一个差的。

九人当中，在跨越山市途中，无形中出现了几座小山头。

曹慈与郁狷夫两位纯粹武夫有点亦师亦友的意思。傅噤和顾璨是同门师兄弟，而且都算瞧得上对方。元雾、赵摇光和法号"须弥"的少年僧人曾经一起秘密勘验各洲光阴刻度等事，相互间早有默契。纯青和许白因为双方师承，曾经一起游历宝瓶洲，关系不差。

在一座山市停步后，纯青问道："姜先生怎么变成了落魄山的首席供奉？"

这个问题，其实在场诸人都很好奇。宝瓶洲那边，落魄山观礼正阳山的那场镜花水月，姜尚真以首席身份现身，而且并未施展山上障眼法。

山巅消息流传极快，哪怕隔着一座天下，纯青还是知晓了此事。

眼前这个充满传奇色彩的男子，双鬓霜白，青衫长褂，一双布鞋，手持一根青竹行山杖，轻轻敲打肩膀。

在纯青的印象中，没打过交道的年轻隐官是一个挺痴情的人，而玉圭宗的姜尚真却是个出了名的风流种。照理说，两个性情迥异的修道之人，怎么都混不到一块去。

姜尚真微笑道："无巧不成书，我曾经在家乡的一块福地与陈山主并肩作战，一同蹚过江湖，见面相逢就投缘，属于过命交情的患难之交。"

这一路，九人各自说了些本该小心隐藏起来的修行秘密，不然到时候跟那拨妖族修士打起来，谈不上合作，只能各自为战。

比如被誉为"小白地"的傅噤除了那枚名为"三"的道祖养剑葫，竟然还拥有三把本命飞剑——飞剑嫁衣，又名缟素，就是身上那件雪白长袍；飞剑寿衣，就像一张天然针对剑修的锁剑符；飞剑虚舟，又名秋蝉。

唯独曹慈和郁狷夫，作为纯粹武夫，除了武道境界——一个止境的归真巅峰，一个处于山巅境瓶颈将破未破的境地——反而没什么可多说的。

天幕星河之中，一个干瘦老人和一个青年修士正在俯瞰蛮荒大地，正是合道星河的符箓于玄以及三山九侯先生。

三山九侯先生身前再次青烟袅袅，如有香火点燃在眼前。

于玄啧啧称奇道："前辈，香火鼎盛，气象大得有点吓人了。"

先前，剑气长城五位剑修先后礼敬三山九侯先生。他们兼具文圣一脉与五彩天下,尤其是那宁姚,还是一座天下的第一人。

这次的九个年轻人,有大端武夫曹慈和两位白帝城嫡传,还有来自青神山一脉、文庙亚圣一脉、龙虎山天师府、中土破山寺以及中土兵家祖庭一脉的。

儒、释、道和兵家,三教一家都有了。

三山九侯先生脸上有些笑意,当然不是因为多了些香火,而是在这么短的光阴里,同时出现两拨年轻人共同礼敬,连他都感到了意外。如果再加上两拨人的各自持符,在蛮荒天下跋山涉水,对于数座天下的走势,都会牵连出不可估量的深远影响。

于玄说道:"似乎还得归功于那位陈小道友啊。"

三山九侯先生犹豫了一下,还是点点头。

于玄抚须会心一笑。身边这位前辈的这一点头,可不简单。

方才有意无意提及一事,于玄询问这位前辈是不是芝兰当道,不得不除,前辈当时没有给出答案。

一轮明月中,宁姚、齐廷济、陆芝、豪素四名剑修凭借奔月符联袂飞升而至,站在这死寂沉沉的远古废墟之地。

昔年蛮荒天下有三轮明月,被命名为玉钩的那一轮是荷花庵主的修道之地,已经被董三更拖月撞向人间。赊月的修道之地名为蟾宫,而这居中一轮名为金镜,也是唯一拥有别称"皓彩"的明月。

宁姚看了眼天幕,说道:"我负责出剑开路,同时对付某些意外。"

豪素负责以本命飞剑的神通暂时"道化"这轮明月,齐廷济和陆芝则负责在同一个方向共同递剑,推动明月沿着那条宁姚开辟出来的轨迹迁往青冥天下。

宁姚手持仙剑天真,斜瞥了一眼天幕某处,然后一剑开天。

一场没头没脑的狭路相逢,置身于那个莫名其妙的包围圈之内,冯雪涛一出手,就是一番搬山倒海的大手笔。方圆千里之内,一座座山头被连根拔起,一条条江河水流分别被砸向那些悬空而停的妖族修士。与此同时,两张珍藏多年的金色符箓悬在冯雪涛袖中缓缓流转,以日晷符定光阴刻度,以指南符定天地方位。

天底下的山泽野修在各自修行路上都怕剑修、烦阵师,跟剑修捉对厮杀不占便宜,若是敌人当中有阵师坐镇,就等于已经身陷包围圈。冯雪涛为此吃过不少苦头,但他并未心烦意乱。作为野修,什么凶险阵仗没见识过,九死一生的处境都不止一次两次了。

在试探虚实之时,冯雪涛施展出一门本命遁法,身形缩为一粒芥子金光,同时黑烟滚滚,又有水雾缥缈,和一道白虹掠空,朝四个方向一起远遁。没有任何一个妖族修士阻拦，也根本无视那些攻伐术法。

那个貌若稚童的修士面带讥讽笑意道："秋后蚂蚱，只管蹦跶。"

蛮荒天下的天干十修士拦住了冯雪涛的北归路，唯一迟到者，是从斐然那边赶来的玉璞境剑修流白。她凭借恩师周密赐下的法袍鱼尾洞天走了一条登天捷径，得以压制元婴境瓶颈演化而起的心魔，顺利跻身上五境。她的本命飞剑一直没有公开，早年甚至都没被甲子帐记录在册，大概这就是周密嫡传弟子的独有待遇了。

流白一到场，大阵得以补全，开始对那条飞升境大鱼进行收网。

之前出手四次，两个是蛮荒天下的自己人，只是不服管，对斐然担任天下共主以及托月山的兵马调度阳奉阴违。还有一个是剑气长城的玉璞境剑修，隐藏在蛮荒天下千年之久，最近一次出手就是围杀浩然天下那个喜欢捡漏的仙人境野修，再在此人身上动了一点小手脚，不然就只是跌境为元婴那么简单了。

虽说此举隐蔽，可他们也没想着一定能够成事，毕竟黥迹那边还有个白帝城城主。天下第一魔道巨擘的头衔搁在蛮荒天下不算什么，毕竟连云纹王朝的叶瀣，一个才跻身飞升境没几天的家伙都给自己取了个"独步"的道号。可郑居中作为一个魔道修士，却能够在浩然天下站稳脚跟，就极有分量了。

再者，发生在托月山上的那一幕令人记忆犹新，故而两座天下那场没谈拢的议事过后，蛮荒天下开始流传一个说法：愿意拿三个飞升境大妖换一个郑居中。

除了白帝城郑居中，还有曾经在蛮荒腹地出手一次的火龙真人，重返浩然家乡便拦下仰止的柳七，以及那个大名鼎鼎的隐官陈平安，连同武夫曹慈在内，总计十人，都被视为蛮荒天下最希望对方能够更改阵营的存在。

白袍少年嬉皮笑脸道："哟，流白姐姐今儿这么空，竟然得闲啦？要是再晚来一时半刻，说不定我们九个就要兜不住青秘这条飞升境大鱼啰。这还算好的了，大不了被斐然追责嘛，可万一青秘凶性大发，乱宰一通，我们这些细胳膊细腿境界不高的岂不是要死翘翘？如此说来，流白姐姐还能算是我们几个的救命恩人呢。"

流白神色淡然道："不妨再教你件事情，阴阳怪气说话的时候，神色要一本正经，不然只会显得油嘴滑舌。"

身穿雪白长袍的少年，脸上覆了一张雪白面具，两只大袖笔直垂落，化名秋云，是一位山巅境的纯粹武夫，腰间悬佩一把狭刀帝姬，与陈平安在剑气长城牢狱获得的斩勘是差不多辈分的远古重宝。

远古天庭，十二高位神灵之一的行刑者麾下又有刑狱四官，其中夏官缙云执掌专门用来针对蛟龙之属的斩龙台，秋官白云负责职掌雷池行刑。

秋云感叹道："唉，还是流白姐姐有学问，不愧是咱们隐官大人的不记名道侣。"他突然给了自己一耳光，"瞧我这张破嘴，哪壶不开提哪壶。"

流白默不作声。

秋云不再继续挑衅,眼神熠熠地自言自语:"不知道那个曹慈是不是徒有虚名。"

竹箧依旧是老样子,背剑架,长剑繁密簇拥,画面犹如孔雀开屏。他有点怀念在甲申帐的岁月,好歹还有个能够服众的木屐,也就是如今的周清高。

这拨天干修士,脑子一个比一个不正常,这些年来凑一堆,也就在斐然面前稍微老实一点。

那个稚童模样的修士名为玉璞,腰悬棉布袋子,其上古篆"符山篆海"四字,袋子里边装了数目可观的符箓,据说是玉符宫遗物,更是一件宫主信物。

符箓一道门槛高,修行起来,只要资质足够好,比一般剑修更消耗金山银山。所以玉璞最仰慕皑皑洲的刘聚宝,敬佩这位财神爷的挣钱本事。

有女子耳边坠着一颗金色珠子,光芒柔和,其上若有水纹涟漪,映照得女子一面脸庞界线分明。她名为金丹。

那个身材高大的男子神色木讷,腰悬一对小巧斧钺,手持一盏可以牵引魂魄去往阴冥之地的灯笼。他名为元婴。

此外,一个肩挑竹竿、腰悬葫芦的男子名为鱼素。他擅长精思道法,想象神仙,能够撮泥为马,掬水化虚舟。他同样精通符箓一道,投符驾驭山鬼水裔,悉来听令。

与鱼素并肩而立的修长女子是他的妹妹窈窕。她腰肢纤细,背着一张巨弓,一只纤纤玉手不断旋转着匕首。与秋云一样,窈窕既是练气士,也是纯粹武夫。

"美人瘦如梅,梅瘦美如诗。"

姜尚真依附在青秘前辈身上的那粒心神也没闲着,默默吟诵了一句。

另外那个不知该喊姐姐还是姨的女子可就是截然不同的风情了,体态婀娜,珠圆玉润。可惜斜背琴囊的女子脸上覆了张面具,看不清面容,身后显现出来的道法景象也过于瘆人,一具具尸体悬空而停,不着天不着地。

此女擅长编织梦境,观想出一条无定河,拆散无数春宵梦中人。覆上面具之后,心相随之显化在身后,就是那无数被吊死的尸体悬空,这亦是飞剑的本命神通之一,能够让光阴悬停。死亡是一场大睡,睡眠是一场小死。而她的本命飞剑,其实就是那张古琴,名为京观。

姜尚真暂时还不知道女子名为子午梦,道号春宵,他只是有些打抱不平:"几个最多是玉璞境的小兔崽子,竟敢围杀一位野修出身、最熟稔厮杀的飞升境大佬,岂不是又崩了。"

冯雪涛苦笑不已,一点都不觉得好笑。他空有一身飞升境大修士的术法神通,那些近在咫尺的心声哪怕无比清晰,可咫尺之遥却有着天地之距。

大阵之内,那些境界不高的妖族修士并非虚相,但是对方每次出手都占尽天时地利。而且天地之内异象横生，日升月落，斗转星移，昼夜流转。春雷阵阵，天降甘霖，山川出云。继而又是日夜循环，四季流转。日复一日，年复一年，日尽而明霞将灭没，星象入夜灿烂若河，此外伴随着龙宫春霖水生，云行雨施之象，星河秋露，一洗炎蒸，象纬昭然，秋高气爽，大雪纷飞，草木生长……诸多景象流转变化，快得令人目不暇接。

关键每一次四季流转，就会无形中消磨掉冯雪涛的一年道行，使得冯雪涛在飞升境辛苦积攒下来的道行就像一只破洞的漏水之壶，如何都挡不住壶中水的流逝。

刹那之间，山河变色，如同一幅只剩下黑白两色的水墨画，使得冯雪涛越发如坠云雾。亏得那位自称道号崩了真君的家伙再次心声响起，指点冯雪涛以行辰戌巳东南路线，移形去往一处土气丰厚之地，务必避开一道火光，不然就会陷入宝珠坠炉的险境……果不其然，除了冯雪涛匆匆御风前往的所站之地，其余天地间皆变成大火蔓延的景象，那可就不是只被大阵消磨掉一年道行的下场了。

随即他脚下凭空出现了一条水面宽阔的大河，姜尚真再次提醒："青秘前辈别愣着啊，继续接招。此为汾河虚相，御风冲过去，什么都别管。只是记得自己掐准时刻，算好路程，跑路万里，不多不少。停步后，就可以迎接下一道攻伐术法了。不出意外，你还可以瞧见一处类似帝王宫阙的海市蜃楼。身陷迷宫，不用慌张，我会继续帮前辈带路的。"

冯雪涛御风不停，以心声问道："敢问道友，这是何故？"

姜尚真无奈道："一位飞升境前辈，这么大岁数了，就没读过几本书？几千年岁月，平时都在干吗呢？"

冯雪涛哑然。

姜尚真只得耐着性子说道："那白玉京三掌教陆沉不是有那《天地篇》早就道破天机了嘛，'乘彼白云，至于帝乡'。此外又有一篇《汾上惊秋诗》，说这'北风吹白云，万里渡河汾'。"

冯雪涛问道："对方为何不在路程上动点手脚？"

姜尚真翻了个白眼："大道之行，天理昭昭，这些只是借助天时运转道法的年轻崽子，如今境界都还不高，哪敢胡乱画蛇添足，一着不慎就会露出破绽，被青秘前辈抓住机会逃出生天，说不定还能拎走几颗头颅当战功。"

"就像这座天地，归根结底，还是逃不出那障眼法的大道窠臼。真正蒙蔽的，并非眼中景象，而是青秘前辈的神识感知。不然那几个家伙真能改变天地间的四季流转？所以前辈的日晷符和指南符并非没有意义，恰恰相反，是最有意义的，甚至要比一身道法更关键。对了，前辈兜里还有多少张？可以都拿出来了。"

跟青秘前辈聊天就是费劲，越发怀念与好人山主还有崔老弟并肩作战的岁月了，哪里需要如此浪费口水，最多就是一个眼神的事情。

冯雪涛赧颜道："就这两张。"

"啥？就两张？前辈不是一位飞升境大修士吗，出门在外，这么寒酸？"姜尚真有些佩服他的胆识气魄了，"跟着阿良前辈来蛮荒天下，前辈你真当是一路游山玩水啊？"

冯雪涛无言以对，不过他之后果然如那位崩了真君所说，置身于一座云雾缥缈的帝阁中了。他按照对方先前的指引，一路娴熟地穿廊过道，如主人闲庭信步，忍不住问道："道友精通卦象一道？"

"不精通，现学现用。圣贤不是说了君子不卜嘛，何况我这个人最不信命，所以属于临时抱佛脚，入庙才烧香，得亏平日里还算做过几件好事。"

"道友说笑了。"

"你就不怕我是那个尚未现身的第十人？"

"我的赌运一直不错，这辈子直觉奇准。"

冯雪涛年少时曾经在市井赌坊遇到过一位后来领他登山修道的世外高人，在赌桌上，冯雪涛十赌九赢，偏偏每次离开赌坊都亏钱。

赌运极好，赌术不济，那位仙长说他这是有道缺术的命格，只是因为不学无术，所以最适宜修行，不然就是暴殄天物。不过那位仙长到最后都没有收他为徒，说自己命浅福薄，受不住冯雪涛的磕头拜师。

姜尚真突然喊道："速速勘察人身小天地，小心飞剑流窜其中！"

冯雪涛赶紧以心神巡视小天地，结果仍是拦阻不及，被一缕剑气瞬间搅烂了多处窍穴。所幸他还算及时做出了应对，被搅烂的只是一些人身天地山河的"荒郊野岭"。其实那缕剑气本已寻见了邻近的两处本命窍穴的大门，大概是不觉得有把握攻破气府，又不愿意与一位有了防备的飞升境修士的心神面对面厮杀，就瞬间破开山水屏障，撤出了冯雪涛的人身小天地。

姜尚真有些失落："可惜我真身不在此地，不然凭借那几摞锁剑符，还真有机会来个瓮中捉鳖。"

他再次为青秘前辈传道解惑："是流白的一把本命飞剑，在避暑行宫被隐官大人暂名为芥子。这把诡谲飞剑细微不可察，品秩很高的。"

能够与天地灵气真正融为一体，如大湖水中央的一片树叶，练气士就像站在岸边的凡夫俗子，当然肉眼不可见。

"道友是剑气长城出身的剑仙，隐蔽在蛮荒天下，伺机而动？"

这位暂时不知来历的隐士高人既然对避暑行宫的秘事了如指掌，多半是位真人不露相的剑仙了。

"青秘前辈一定没去过浩然天下的东边三洲，其实晚辈这个道号在那边薄有名声，在山上口碑尚可，是出了名的古道热肠，任侠意气。"

冯雪涛疑惑不解：还是一位在浩然天下嬉戏人间的得道高人？

"道友何必涉险行事？"

这位奇人异士，无缘无故的，没理由如此帮衬自己才对。

"我这个人习惯了剑走偏锋，富贵险中求。"姜尚真微笑道，"再说了，相逢是缘。前辈是我这次远游蛮荒遇到的第一位同乡，要是见死不救，我担心会被雷劈。"

冯雪涛沉声道："此次若能脱困，不敢说什么大话，山高水长，道友只管拭目以待。"

一位飞升境野修诚心诚意的承诺，值点钱的。

姜尚真笑道："好说好说。我那山头门风极好，一直有施恩不图报的习惯。"

之后，就是一段险象环生，且令人道心饱受煎熬的"漫长"岁月。

那些在市井流传的神怪志异小说总喜欢扯那天上一日地上一年，不然就是山中一甲子，世上已千年，不承想今儿还真给姜尚真撞见了。就像这座小天地内的那条光阴溪涧，在姜尚真和冯雪涛的心湖之中流逝极快。可惜半点不销魂，因为与他一起的是个地地道道的大老爷们儿。

除了打起精神应付那些稀奇古怪的攻伐术法，为了打发光阴，双方什么都聊，主要还是姜尚真问，冯雪涛答。相当于"两甲子"的光阴过去了，这会儿姜尚真连冯雪涛的祖宗十八代，以及跟几个红颜知己是如何认识、如何看对眼的，都给摸清楚了。

冯雪涛无奈道："再这么消耗下去，我恐怕就要跌境了。"

这场架打得实在是憋屈。按照崩了真君的说法，这座大阵，定天象，法地仪，阴阳所凭，是那天始于北极，地起于托月山。若是那十个妖族修士境界再高些，比如能够人人至少跻身仙人境，那就是足足三千六百年。日月五纬一轮转，随便几次光阴流转过后，恐怕除了十四境修士，顷刻间就要让飞升境修士陨落在光阴长河中。蛮荒天下从哪里凑出这么些各具神通，又能结阵窃取天地造化的年轻修士的？

"不慌。"姜尚真笑着安慰道，"风水轮流转，很快就可以十人对十人，轮到青秘前辈看戏了。"

因为自己的真身已经带着那拨浩然天下的年轻人赶来此地了。

按照崔东山的说法，浩然、蛮荒和青冥三座天下各有一处应运而生的神仙窟、金玉丛林，年轻一辈顺势而起。

骊珠洞天就不去谈了，姜尚真每次去落魄山送钱，从来不会去槐黄县城闲逛。要说胆子一事，姜尚真不算小，但是每次在落魄山，堂堂周首席，却几乎从不下山逛荡。所以姜尚真是打心底佩服陈灵均，说他吃一堑长一智也没错，说他根本不长记性也没差。

此外，青冥天下的五陵王朝是个屈指可数的庞然大物，国祚绵延，底蕴深厚。在几座专门安置开国勋贵子弟的京畿郡城之内，有一大拨鲜衣怒马的王孙子弟，在历史上被誉为五陵少年。米贼王原箓，还有那位捉刀客戚鼓，户籍都在此地。

稍早些，其实还有两位天才修士也在赶赴五彩天下的三千道人之列，分别名叫悠然、南山,如今都是元婴境。而这对出身死对头宗门的男女不但同年同月同日生,就连时辰都毫厘不差,简直就是天作之合。

蛮荒天下一处名为灵爽福地的下等福地,除了有被刘叉带离家乡的竹篚,还有两个同样跻身托月山百剑仙的年轻妖族剑修,以及多位大道可期的地仙。

骊珠洞天、五陵王朝、灵爽福地,这三处都是名副其实的小地方,却是这般毫无道理可讲的大千气象。

那十个天干修士联手阻截冯雪涛的退路,只为围杀这位道号青秘的浩然山巅修士,这就是只能翻检一洲山河修道坯子与放眼整座天下、搜刮修道天才的差距。

秋云已经覆上了面具,啧啧笑道:"浩然绣虎,着实可怜可悲可叹。巧妇难为无米之炊,举一国一洲之力辛苦捣鼓出来的地支一脉,到头来连个有分量的纯粹武夫都找不到。"

玉璞笑道:"有本事当着隐官的面说这种话。"

秋云哈哈笑道:"隐官在场的话,肯定就要换一种措辞了。亏我积攒了一肚子的马屁,可惜见不着面。"

曾经有两场架,秋云看得真切,最为上心。一场是剑修离真与陈平安的捉对厮杀,之后还有个战场相逢的纯粹武夫相互问拳。

秋云有个师兄叫侯夔门,曾是蛮荒天下获得"最强"二字的远游境武夫,喜欢显摆那一身花哨重宝:披挂鲜红锁子甲,头戴紫金冠,插有两根长尾雉长翎。这套远古重宝名为剑笼,攻守兼备,完全可以视为一张半仙兵品秩的锁剑符。可惜侯夔门在剑气长城的战场上昙花一现,非但没能建功立业,更没能趁机破境,死后反而沦为不小的笑谈。最后,一只旧王座大妖运转神通,附身原本试图凭借破境争夺武运的侯夔门。大妖将其视为一枚弃子,打算以这个九境武夫的性命换取战场上那位年轻隐官的重伤。

在秋云看来,侯夔门死得太没出息了。关键是,除了那套破例没被隐官大人捡走的剑笼,按照托月山的规矩,归还给了他这个当师弟的,此外就没捞到半点好处。

大阵之中,始终只有九个修士现身,因为最后一个本身就是阵法天地所在,她名为潋滟。

一个身高数丈、长裙曳地的女子周身流光溢彩,与众人道:"约莫六万里之外的一座山头来了一拨气运浓厚的外人。"

秋云沉默片刻,蓦然眼神炙热地问道:"其中有无隐官,或是曹慈?!"

"有曹慈。"

一座天地大阵,被一人率先以拳强行打开禁制。

一名白衣男子自报名号之后,点头笑问:"找我有事?"

秋云眨了眨眼睛,以商量的语气笑嘻嘻问道:"可以没事吗?"

蛮荒天下,有竹篾、流白、秋云、鱼素、窈窕、子午梦、金丹、元婴、玉璞、潋滟。

浩然天下,有曹慈、傅噪、元雱、顾璨、郁狷夫、纯青、赵摇光、须弥、许白。当然,还有一个手持行山杖的姜尚真,朝那冯雪涛使劲摇晃青竹杖,喊道:"青秘前辈,我是崩了真君啊,晚辈救驾来迟了哈。"

冯雪涛瞧见他的真容后,愣了半天,先是放声大笑,然后大骂姜尚真。这个姓姜的王八蛋早年游历俱芦洲的时候自称是中土青秘的嫡传弟子,真被他骗了好些仙子,以至于火龙真人只要游历中土神洲,都要专门找自己这个冤大头叙旧。当然,叙旧是假,打秋风是真。

曹慈说道:"那就没事找事。"

天地剧烈一震,原来曹慈已经出拳。

曳落河那边,白泽蹲下身,摊开一只手掌,轻轻贴放在地面。

绯妃惊骇地发现自己的心脏——甚至都不是道心——不由自主地出现了震动。

然后是整座蛮荒天下,就像一个沉睡者发出心脏跳动的沉闷声响,出现了数道古意苍茫的凶悍气息,犹如数个长久冬眠者在惊蛰时节缓缓醒来。

白泽沉声道:"都别睡了。"

绯妃神采奕奕。

白泽突然抬头笑道:"离我远一点,越远越好。"

因为自己此举等同于一场问剑了。

没办法,当下蛮荒天下,如今最能扛下陈清都那一剑的,就是自己了。同样年纪不小的初升,或是名义上的天下共主——剑修斐然,以及那个十四境的萧瑟,都不太行。

绯妃二话不说,竭力施展水法神通,能跑多远就跑多远。

白泽站起身,现出法相。

一道剑光转瞬即至,一剑过后,大地破碎不堪,白泽的法相更是被剑光撞入大地深处千余里。

其实只是半剑,这半剑来自剑气长城。

又有原本气冲斗牛的其余半剑,仿佛从天外斗牛处降落人间。白泽的法相刚刚伸出巨大双手搁放在"井口"之外的广袤大地上,又被那半剑打入更深处,差点彻底凿穿蛮荒天下。

曳落河地界就像被开辟出了一座崭新英灵殿,大水疯狂倾泻其中,再被磅礴剑气一搅,顿时云雾蒸腾。附近的几条支流水位瞬间下跌,河床再次裸露出来。

已经是第二次了,无数水裔精怪逃到岸上,疯狂迁徙,只求远离那个剑气冲天的巨大窟窿。无数青色剑气流溢而出,如大浪滔天,向四周扩散开来。一条曳落河主河道和附近十数条支流的广袤水域，先后死在地震与剑气洪流当中的水裔之属，尸横遍野，不计其数。

一剑之力，天塌地陷。

陈清都站在窟窿顶部的边缘地带，皱眉问道："怎么回事？"

照理说，白泽不该这么……弱。

所谓的弱，当然只是相较于巅峰状态的托月山大祖而言。如果白泽太弱，陈清都这倾力一剑，何必选择白泽？那不是埋汰白泽，是糟践自己。至于白泽不躲不避，有意硬扛先后半剑，大概也算是一种万年之后的久别重逢，是白泽对剑气长城和陈清都的最后礼敬。

而陈清都真正想要的递剑结果，是一定程度上阻拦和拖延白泽跻身十五境，晚个大几十年或是百来年的。就像现在白泽的人身天地之内犹有一道好似将大地切割开来的剑气沟壑，想要跻身十五境，就得慢慢填补。

问题在于，似乎白泽根本没有这个意思？是不打算要那个十五境了？有心一而再行事，先为托月山大祖让路，这次又要为初升再让？还是更长远些，为那名义上的新蛮荒共主——剑修斐然早早腾出个位置？

陈清都揉了揉下巴。早知如此，岂不是递剑所向，换成初升更好些？

一道雪白虹光从窟窿底部掠出，最终白泽与陈清都相对而立，第一句话竟然是："要不要来壶酒？"

陈清都摇摇头："浩然天下无好酒。"

白泽环顾四周，满目疮痍。可怜一条曳落河，隐官和老大剑仙两次出手，接连两次殃及池鱼。

陈清都微笑道："最少在我离开之前，你都别想着补救，曳落河藏污纳垢很多年了。"

万年以来，蛮荒天下攻伐剑气长城，包括曳落河和仙簪城在内的几个地方都很起劲，哪怕仰止不去，也会有些小有道行的虾兵蟹将去耀武扬威，不然老聋儿的牢笼之内也不会有那条泥鳅清秋了，这个上五境妖族，曾是曳落河四凶之一。

白泽看着对岸的老大剑仙，有些伤感。昔年并肩作战的故友，万年以来，渐渐故去。

陈清都笑道："不用这么矫情。也对，当年就属你白泽最多愁善感，比人还人。"

白泽问道："为何不跟随那位同去西方佛国，为自己留下一线生机？"

先前那个出现在城头的中年僧人，就是佛陀。

人死后的天、地、人三魂，各有皈依之地。陆沉在跟随陈平安一同持符远游的途中就曾泄露天机，其中天魂去处是谓天牢，地魂去处是那阴冥之地的酆都鬼府。

天地生养万物，何以报天地？天、地两魂便像是一种还债。唯有人魂，带着七魄徘徊人间，人魂飞则七魄无，故而民间市井就有了那头七还魂的说法，祖荫庇护也由此而来。修道之人所谓的拘魂拿魄,其实极难将三魂七魄全部拿下,尤其是天、地两魂,更像是修士难以辨别的假象,镜花水月。苦海沉沦,红尘万丈。

为何修道一事,被视为以盗窃身份行悖逆之举?修道之士,证道长生,修行种种长生久视之法,更何况还有诸多秘法传承的兵解转世,以及祖师堂点燃一盏续命灯,一桩桩一件件,都是被天道无形压胜的事情。

佛祖当时现身剑气长城,其中一事,就是想要见一见陈清都最后一缕地魂。在白泽看来,如果陈清都自己愿意,极有可能可以凭此转世西方佛国。

陈清都嗤笑道:"怕死贪生,还当什么剑修。"

小人以身殉利,豪杰以身殉义,圣人以身殉道。

剑修当以身殉剑,缟素酬天下,戈船决死生!

既然心愿了了,飞升城已经在崭新天下站稳脚跟,就将未来的对与错全都留给年轻人好了。

陈清都笑道:"万年之前撂挑子,万年之后再来补救,你这算不算脱裤子放屁?"

白泽说道:"你要护着剑修的香火不至于断绝,我一样放心不下蛮荒天下的存亡。"

言下之意,浩然天下想要攻占蛮荒天下,就得过白泽这一关。白泽再不喜欢战争,也绝不会眼睁睁看着蛮荒天下覆灭。

陈清都笑道:"既不去追求十五境,偏偏又如此自信满满,记得印象中的白泽,不是那种喜欢说大话的,那么是你万年之前的合道十四境大有学问了?"

白泽笑了笑,没说什么。双方确实还没熟到能够如此开诚布公的份上。

当初高高在天的神灵陨落无数,旧天庭遗址成为一处既无法打碎,又极难占据的无主之地。此外,几座天下刚有个雏形,只不过几位天下之主其实早有定论了,比如三教祖师就没什么可争的。唯独蛮荒天下还有些变数,白泽、初升,一个拥有绝对的威望和实力,一个有心气也有境界,都能够与后来的托月山大祖掰掰手腕。

只是白泽跟随大祖一起登山,帮忙取名托月山,还给那个孩子取了个真名,这就意味着白泽认可了大祖的天下共主身份,老祖初升总不能去一挑二。何况蛮荒天下初定,初升不愿内讧,让其他天下有机可乘,也就彻底死了那条心,只是仍然不愿寄人篱下,就跑去开辟出了一座英灵殿,与托月山遥遥对峙。

其余一小撮在大战中受伤的巅峰大妖为了养伤,陆陆续续进入冬眠状态,后来得以从冬眠中自行醒来者,凭借强横的肉身和极高的道法境界,无一例外,都成了旧王座大妖,在英灵殿占据一席之地。比如搬山老祖朱厌,还有荷花庵主将明月玉钩炼化为修道场地。黄莺开始收拢各色洞天福地遗迹、仙宫府邸。仰止醒来后,则一眼相中了那条被剑修观照一剑劈出的曳落河。

刘叉、绯妃那些旧王座,其实相较于这拨上古大妖,都属于晚辈。尤其是极为年轻的剑修刘叉，有点类似蛮荒天下剑道气运相中者。等到刘叉被囚禁在功德林一处山水秘境之内，连同剑道在内的天下气运流转，无形中就转移到了斐然身上。白泽为此还在离开浩然天下之前专程去了趟功德林找刘叉，文庙甚至只是让茅小冬一人象征性地陪同前往，由此可见，对白泽确实放心得无以复加。

每天钓鱼的大髯剑客在前辈白泽可惜他的剑道成就在异乡止步之后，只说了一句话："让浩然天下少了个十拿九稳的十四境，其实我亏得不多。"

由此可见，刘叉笃定醇儒陈淳安这位亚圣一脉的顶梁柱假若没有死在他的剑下，绝对可以跻身十四境，而且极快，未必比合道星河的符箓于玄慢。

一旦肩挑日月的陈淳安成功合道十四境，对于蛮荒天下来说，后果不堪设想。既是毋庸置疑的合道人和，又兼具合道天时之玄、地利之优，再加上陈淳安自身的儒家圣贤神通，这么一位十四境，战力相当可怕。要知道，当年剑气长城的城头，在董三更之前，陈淳安就曾拖曳过荷花庵主的那轮明月。

陈清都笑道："换成我是那个小夫子，就说服至圣先师，如何都要联手做掉你，绝对不留后患。"

就像董三更的孙子，剑修董观瀑，陈清都其实看着很顺眼，对其剑道还曾寄予厚望。只不过喜欢归喜欢，该杀还是得杀。

"那就不是礼圣了。"白泽摇头道，"何况我也不是那么好杀的。"

白泽当年之所以愿意让道给托月山大祖，不是自认无望那个触手可及的十五境，而是一旦当时就破境，对整座蛮荒天下的影响太大，最终形势演化，会与白泽心中的大道相悖。

白泽曾经寄希望于小夫子礼圣的规矩能够让浩然人族和蛮荒妖族合力打造出一个双方相安无事的太平盛世，这就涉及远古时代术法如雨落人间，妖族修炼的大道根本，因为比人族多出一个至为关键的炼形环节，在妖族和修士之间形成了一道门槛，阻拦下了大地之上无数妖族的开窍，这属于先天劣势，但是妖族修士一旦炼形成功，因为真身的坚韧程度，就会多出一个后天优势。

老祖初升创建英灵殿的初衷就是为了将万千术法通过传道一事流布天下，让妖族修士如雨后春笋在大地涌现，最终造就出一拨拨远古时代被誉为地仙的练气士。所以就有了道祖骑牛过关，就是专门找初升切磋道法。

一旦蛮荒天下的登山修士没有任何门户之别，修行毫无门槛可言，最终修士炼形，就可以轻松研习各类术法，初升完成那个心中极为宏大的愿景，就有机会真的得以实现"唯有妖族修士，先天肉身成圣，后天术法如神"。

如果只是妖族练气士数量的多如泉涌还好说，真正的问题在于蛮荒天下的妖族是几座天下中最有可能有实力，也是最有野心以及最富杀戮本性的存在，杀戮、吞并、侵袭、劫掠……无止境追求个体的无限强大，不希望有任何约束。

要是只说飞升之间捉对厮杀的实力，不光是吃尽苦头的浩然天下敌不过蛮荒天下，青冥天下和西方佛国也一样。就像在蛮荒天下妖族修士眼中，浩然九洲有郑居中，有龙虎山赵天籁、火龙真人这些巅峰修士属于意外，每每谈及，多半得加个"竟然"。

刑官豪素在听陆沉说仙簪城一役，城主玄圃竟然在一炷香内就毙命，也觉得意外，不敢相信蛮荒天下竟然有如此道法稀烂的飞升境大妖。而同样是飞升的浩然修士南光照，被豪素在自家宗门口斩下头颅，豪素可半点不觉得出奇。

蛮荒天下之外的山巅修士对待修行一事不会刻意逃避厮杀、斗法，但是大道追求，终究还是与天地共不朽。蛮荒天下却是截然不同的风土习俗，好像妖族自诞生起就是为了自我的生存，不惜带来个体之外的一切毁灭，修行、炼形、攀境就是为了纯粹的厮杀，不知疲倦地攫取。简单说来，生存需要进食，修行就是为了更大程度地果腹，每次登高就可以吃下更多的天地众生。

如果再有大妖有意为之，开辟出一条登山捷径，领着妖族走向这条道路，那么几座天下就会被裹挟其中，战火绵延，生灵涂炭。而初升就是想让一个十五境，比如白泽，带着十几个十四境，以及数量众多的上五境修士，尝试着让整个人间并拢为一座天下。

一旦白泽就是那个十五境，就算那些十四境修士再桀骜不驯，也要乖乖听从白泽的命令。届时在白泽的带领下，可以随便打开一道衔接两座天下的大门，联袂远游，足以杀穿任何一座天下，之后再来慢慢蚕食。

所以初升其实曾经私底下找过白泽，愿意尊奉白泽为妖族领袖，希望白泽能够带领妖族登顶。因为白泽拥有一门天授神通，就是掌握天下一切妖族真名！没有名字？很简单，白泽可以直接给你取一个。

只可惜白泽拒绝了，后来便是陈清都领衔的那场问剑托月山。

再后来，初升为了逃避道祖，不得不远游天外。因为只要谈不拢，青冥天下的万千修士一定就会如一场从天而降的滂沱大雨，纷纷落在蛮荒大地。

三教祖师当中，公认道祖脾气最差，最会打架。那场不见记载的战役当中，正是那个少年模样的道士，法相顶天立地，手中拽着兵家初祖的庞然身躯，一次次砸向那位剑修。

白泽说道："故意放过了酒泉宗和大岳青山，没有像在白花城、仙簪城、曳落河和托月山这般大开杀戒。齐廷济几个，一路就跟着照做了。除了陆芝在酒泉宗喝酒的时候，有拨修士见色起意，给她砍死了，此外两地都没什么风波。"

陈清都笑道："这个末代隐官，当得还是心肠软。"

年轻剑修斐然曾经说过一句肺腑之言："浩然天下的山上山下，始终被沉默的强者们保护得很好。"

去过天外的大修士，难免都会有一个类似的感想：每座天下，就像远游太虚的一艘渡船。一切有灵众生，登船下船，来来走走。

白泽好像记起一事，突然说道："先前在文庙议事，我听避暑行宫的那个外乡剑修林君璧与几个朋友在门口闲聊，其中有个问题颇有意思，我得考校考校老大剑仙。"

陈清都冷笑道："少来。"

白泽自顾自说道："林君璧说早年在避暑行宫，陈平安曾经问过他一个问题，为何剑气长城能够屹立万年而不倒。林君璧就拿这个问题来问朋友了。"

陈清都皱眉道："不是剑修打架一事独一份，最能打？"

白泽微笑道："如此看来，老大剑仙也进不去避暑行宫。"

陈清都爽朗大笑。

白泽给出答案："不浩然。"

陈清都双手负后，轻轻点头。

这寥寥三个字，确实比什么好听的话都更能宽慰一位老人的心。

白泽叹了口气："就这么走了？"

陈清都笑道："不然呢？还要敲锣打鼓啊？"

何况一座万年屹立天地间的剑气长城，就是剑修最好的坟冢，长眠于此，不会寂寞。以后飞升城年轻剑修的每次递剑人间，就是一场无须上坟的遥遥祭酒。

白泽最后与陈清都抱拳送行，陈清都只是一笑置之。

白泽犹豫了一下，以心声言语道："十四境合道所在，很简单，蛮荒天下妖族越少，白泽杀力越大。如果蛮荒天下山河破碎不堪，比如上五境妖族数量少去一半，我的战力至少不输三教祖师。"

陈清都竖起大拇指："可惜我们俩没机会在各自巅峰痛痛快快打上一架。"

如果不是为逝者讳，陈清都本来想说那个托月山大祖就是个娘儿们叽叽的无赖货色，都不愿意与自己正面交锋。

白泽说道："可惜人间再无陈清都。"

陈清都双手负后，望向托月山，眯眼笑道："万一人间有剑术更高者呢，这种事情又说不准的。"

第二章 所有美好

黥迹那边,之前一座蛮荒天地的日光瞬间聚拢一线,如剑光落地,围困住整座黥迹,不断聚拢缩小地界,光柱所过之地,无论是生灵还是死物,皆化作齑粉飞尘。

除了大端女武神裴杯、中土十人之一怀荫、铁树山郭藕汀、扶摇洲天谣乡宗主刘蜕,还有流霞洲女仙人葱蒨等,都各立一处,纷纷出手阻挡那道光柱。唯独郑居中既没有现身,也没有出手,好像置身事外了。

所幸最终那道金色光柱被拦下了,黥迹修士折损不大。

术法尽出、消耗掉不少法宝的葱蒨叹了口气:谁折腾出这么一出,吓死个人。

这位出身流霞洲的女仙人苦笑不已,收起一身赤黄色的朝霞气象,抬起手,摊开手掌,白骨森森。其实两条胳膊也好不到哪里去,血肉模糊,就像被钝刀子剔过肉。亏得身上法袍多,不然春光乍泄,就亏大了。

葱蒨是宗主芹藻的师姐,她还拥有一座松霭福地,在宗门里边的地位其实有点类似玉圭宗的姜尚真。虽然师兄芹藻也是一位仙人境修士,可无论是捉对厮杀的打架本事,还是在浩然天下的名声,都远远不如葱蒨。

葱蒨从腰间那个霞光漫溢的香囊里边取出一只瓷瓶,开始往手上涂抹可以白骨生肉的珍稀膏药,再有七彩云霞流转手心,伤口便以肉眼可见的速度愈合。

一个姿容绝美的女子御风赶来,忧心忡忡道:"师姐,还好吧?"

这女子名叫庾如意,如今算是宗门外人了,因为早就嫁给了天隅洞天的洞主。她境界不高,还是个砸钱砸出来的玉璞境——反正她男人有钱。

她是个出了名的山上美人，常年头戴一顶碧玉花冠，至于身上法袍，据说每天都换，不带重样的，故而有那天下女修法袍集大成者的美誉。就连皑皑洲刘财神的那个婆娘都承认，在这件事上，自己的确不比庾如意上心。

曾经有人去天隅洞天偷酒，被抓了个正着。那贼子见了庾如意就开始捶胸顿足，先说如意姐姐换了一身衣裙就差点认不出了，再痛心疾首，说不知道哪个挨千刀的敢说女子修行得好不如嫁得好，嫁得好又不如生得好。得亏如意姐姐嫁得好，生儿子生得好，自家修行得好，长得更是最好了。最后说如意姐姐今儿衣裙似乎厚实了些……下场可想而知，直接开启山门大阵，关闭天隅洞天，关门打狗。

庾如意的儿子正是年轻候补十人之一的蜀中暑，早就独自远游五彩天下去了，在那边建造了一座超然台，一看就是苏子的崇拜者。就像吴霜降推崇柳七婉约词篇，道侣天然则钟情苏子词篇。

此外，徐隽专程携手道侣朝歌一同下山，去淮南郡找袁滢，询问何时才能遇见柳七。大骊京城钦天监的袁天风焚香时所读之书也是苏子词篇。至于被誉为"白也之后才有月"的那位人间最得意，山上山下的拥护者更是不计其数。

葱蒨笑道："没事，下场至少比郦采那个婆姨好多了。"

她跟浮萍剑湖的郦采以及俱芦洲趴地峰一脉的太霞元君李好都是好友，只不过脾气相近的郦采和葱蒨却各自看对方不顺眼。

庾如意只敢以心声埋怨道："要是那个郑先生出手，相信师姐就不用如此受伤了。"

葱蒨瞪眼道："别连累我啊。"

距离黥迹极远的一处僻静山巅，韩俏色匆匆收起遁术，停下御风身形，讶异道："师兄怎么来了？"

原来是郑居中现身崖畔，正看着日光照耀下的一大片金色云海。

韩俏色落下身形，站在师兄身边，嫣然一笑："是担心顾璨的安危？"

郑居中淡然道："要是担心，在竹林那边我就现身了。"

韩俏色对此半点不奇怪：习惯就好，师兄不让人奇怪才奇怪。

她问道："那师兄来这边做什么？"

师兄绝对不是一个喜欢凑热闹的人，更不会多此一举。

郑居中看了眼托月山方向："因为之前跟人有过一个承诺，不过现在看来，用不着帮忙。"

韩俏色哦了一声，反正听不懂师兄在说什么。如果顾璨和傅噪两个师侄在场，估计猜得出答案。比如与谁承诺，又要帮谁。

既然已经半路遇到了师兄，顾璨那边就没她啥事了。开山弟子和关门弟子都赶赴那处古怪战场，师兄却依旧在此止步，肯定是没有太大危险了。

韩俏色随手将一棵崖畔古松连根拔起，摔向云海，打趣道："听说蛮荒天下愿意拿三个飞升境来换师兄呢。"

郑居中笑道："这么多？"

韩俏色问道："剑气长城那边怎么回事？"

她察觉到了那边的一丝异象，可惜距离太远。

郑居中给出答案："老大剑仙出剑了，一剑斩杀了远古高位神灵之一的行刑者。"

不过后者更像是一种为了脱离囚笼的主动返乡。

韩俏色不断抬起袖子，从崖壁当中剥离出一块块巨大碎石，砸向云海闹着玩，随口说道："既然陈清都这么无敌，当年就算砍不死托月山大祖，砍几个旧王座也好啊。"

郑居中神色淡然道："没脑子的话不要多说，容易真的没脑子。"

韩俏色的修道资质当然是有一些的，不然她早年也不会立下宏愿，要修成白帝城的十种大道术法。只是在代师收徒的师兄郑居中眼里，韩俏色就只能是不入流的依葫芦画瓢了，无法将诸多道法化为己用，涉猎百家之余，追溯原委源流，因为她不理解所谓的学问虽异，总会是同，更不懂得在前人道路的旧辙之上推陈出新，所以区区十种道法，也会学得那么慢。

韩俏色小心翼翼道："师兄，能不能问你个大不敬的事？"

郑居中说道："陆沉。"

白玉京三掌教的修行之路，几近大道，无迹可寻。而且礼圣、白玉京大掌教李希圣、二掌教余斗、岁除宫吴霜降这些大修士做事情，终究还是有章可循、有法可依的。

陆沉不一样。天地之间，物各有主。十四境合道天时地利人和，就是得了某个残缺的一，不过一份大道勉强可以自我有序循环。只是这类物与我皆无尽的假象，还是气象太小，且不够真实。

修道之人，追求长生不朽，试图与天地同寿，本就是悖逆行事。练气士就像翻墙过境的毛贼，再落草为寇，占据一席之地，当那与天地强取豪夺的强盗，最终成为道化无穷却只进不出的饕餮，极难打破这个窠臼。反观陆沉，从一开始，就在追求真正的大道。

韩俏色一本正经道："那我以后只要见着了他，就躲得远远的，绝不招惹。"

她得到答案后，确实大为意外。真没想到陆沉在师兄心目中，评价如此之高。

郑居中说道："你招惹得起陆沉？"

韩俏色默不作声。

郑居中的意思，不单单是双方境界悬殊，还是说韩俏色就算往死里招惹陆沉都毫无意义，陆沉都不稀罕搭理。

韩俏色怯生生道："师兄，还有两门道法，真的让人难以登堂入室。"

立下宏愿一事,可不是什么随便撂句话的小事,一旦韩俏色无法达成心愿,此生就只能止步于仙人境了,让她注定无法打破瓶颈跻身飞升境。雷打不动的大道瓶颈,板上钉钉的兵解下场。

郑居中始终沉默不语。

韩俏色坐在崖畔,无奈道:"师兄,我就没求过你什么,对吧?唯独这件事,你帮帮忙。我在仙人境停滞太久了,寿命有限,我是真的不想死,更不愿意尸解转世,从头修行。像傅噤那样,表面看着风光无限,其实瞧着多可怜。我不想成为白帝城第二个外人眼中的傅噤。"

郑居中突然说了句没头没脑的言语:"学而不思则罔。"

不是你韩俏色读过很多书就一定懂得多,你只是成了一座暂且搁放文字的书铺。通过读书来增长学识,并不等于增长智慧。

韩俏色愣了愣,然后双手抱头哀号起来,尖叫撒泼。师兄说了不等于没说嘛。

郑居中低头看了眼韩俏色,韩俏色立即停下,不再嚷嚷。她抽了抽鼻子,有些委屈。

郑居中笑了笑:"破解之法,就在白帝城那些注释、训诂类藏书当中。"

韩俏色眼睛一亮。

郑居中说道:"书不多,就三十余万本,可以慢慢看。"

韩俏色后仰倒去,干脆开始蹬腿撒泼。

郑居中突然说道:"你立即返回白帝城,抓紧多看几本兵书,如果侥幸有些心得,很快就会得到一份意外之喜。"

韩俏色哦了一声。师兄发话,不用问缘由,照办就是了。

郑居中坐在一旁,双手握拳轻轻放在膝上,举目远眺。视野一线所及,云海缓缓分开,如被一剑劈开。

韩俏色不敢打搅师兄观道,乖乖坐起身,转头望向郑居中,分不清他是十四境的天人,还是传说中的神明。

郑居中微笑道:"周密藏在人间的最后一手棋盘落子,千头万绪,有点难找。"

剑气长城,魏晋开始炼化那数缕传承自宗垣的粹然剑意。

曹峻倒是没如何羡慕风雪庙魏大剑仙的机缘,反正跟左右、魏晋还有陈平安这几个人相比,自己最少有一点是占优的,就是年纪大。所以他看开了,年纪大的,就得让着点年轻人,作为虚长几岁的长辈,就帮魏晋护道一番好了。

对于有幸正巧游历剑气长城遗址的外乡仙师而言,先前一幕,大开眼界,惊心动魄,只觉得那点渡船神仙钱的开销实在是不值一提。

先有高如山岳的神灵从大地之下突兀而起，手持利刃，以无敌之姿靠近城头。又有老人随之现身，聚拢天地间的粹然剑意，仅是一剑便斩杀了这位神灵。然后没过多久，那位老者便化作一道剑光，似乎远游蛮荒去了，转瞬之间不见踪迹。一番议论之后，才知道那位老者正是剑气长城的主心骨，人间资历最老、剑道最高的陈清都。

其中一拨刻意远离魏晋的游历修士来自一座皑皑洲宗门，靠近西边海滨，山上只收符箓修士。最近他们捣鼓出了个浩然宗门榜单，当然是为了自抬身价，毕竟浩然三洲陆沉，婆娑洲和宝瓶洲山河也元气大伤。此消彼长，照理说，皑皑洲底蕴几乎没什么损耗的宗门，地位当然就高了不少。

此时十几人待在城头一端附近赏景，拿出些酒水瓜果，边吃边聊。

有人小声说道："既然陈清都剑术这么高，他又没死，分明还可以出剑，当年剑气长城那边……怎么就那么快失守了，会不会是他们故意放水，将那股汹汹祸水引向浩然天下？"

有旁人点头附和："有这个可能。"

上任隐官萧愻领着洛衫、竹庵两位剑仙一起叛逃蛮荒，身为倒悬山看门人的大剑仙张禄对蛮荒天下的涌入更是放任不管，这些都不是什么秘密了。至于剑气长城和浩然天下的相看两厌，那更是公开的事实。难不成真是剑气长城故意为之，要让浩然天下多死人？

一位老元婴的护道人瞥了眼远处，提醒道："有外人在，还需慎言。"

那就以心声言语好了。十余位谱牒仙师继续议论此事。

只是他们当下还不清楚，他们的心声言语，在那拨人当中的两位修士耳中，其实就跟大嗓门说话没两样。

世间与神灵最接近的山头，就是浩然天下的那些兵家祖庭。而远古神灵对于后世练气士的心声一途，实在是再熟悉不过。

除了中土兵家祖庭，其余还有四座类似下宗的山头，分别是流霞洲的武林，婆娑洲的甲马台，以及宝瓶洲的真武山和风雪庙。它们统称为"林台山庙"，其中又以武林最为著名，以至于山下混江湖的武夫都被称为武林中人。

远处五人，刚好就来自宝瓶洲真武山——既是练气士又是纯粹武夫的开山弟子忘祖，马苦玄，以及马苦玄的师伯余时务和婢女数典。还有个马苦玄新收没多久的关门弟子，是个腰悬一把柴刀的少年，名叫高明。

之前马苦玄为了捡漏，在正阳山北边一个没有开设镜花水月的小县城里挑了个酒楼喝酒，因为余时务说这是马苦玄唯一的机会了，陈平安有可能会在正阳山失去剑修身份。高明就是那个在酒楼里二话不说就将人脖子砍断的愣头青。

更前边，在大骊陪都附近的大渎祠庙门口遇到陈平安，也是余时务劝阻马苦玄别打那一架，结果两次都没什么结果。

马苦玄刚刚去真武山那会儿，其实得喊余时务一声"师伯祖"。实在是这家伙的辈分高得出奇，不知道怎么回事，都是真武山山主的师伯，以至于余时务见到了中土兵家祖庭的姜、尉两位祖师，也只需要分别喊一声"师伯""师叔"即可。

后来马苦玄破境快，跻身了玉璞境，就可以抬升一个辈分。之所以喊余时务"师伯"，不过是因为马苦玄在真武山的传道人有点多，其中不乏数尊神位不低的远古神灵。心情不好时，喊余时务"师叔"也是可以的，反正马苦玄在宝瓶洲的名声不小，是出了名的不可理喻——疯子，随心所欲，肆无忌惮，行事根本没有半点人情世故可言。

同样是数座天下的年轻十人候补之一，来自中土神洲的许白和纯青游历宝瓶洲时就都被他找上门挑衅过。许白直接认输，结果被马苦玄给了个"废物"的评价；纯青动手了，结果受伤不轻。

宝瓶洲自己评出的年轻十人，马苦玄是当之无愧的榜首。此外，还有谢灵、刘灞桥、姜韫、周矩、隋右边等人。而被誉为"李抟景第三"的余时务，因为当时境界不高，加上在战场上出手次数不多，只在一洲候补之列。

所以宝瓶洲对马苦玄的观感比较复杂，既反感此人的跋扈，又不得不承认，宝瓶洲有个马苦玄，还是比较能够撑门面的。

马苦玄瞥了眼远处那群看客，就懒得多看一眼，转头与余时务调侃道："你这个李抟景第三，不去找李抟景第二聊两句？"

在三十年前，李抟景第二，是说那风雪庙剑修魏晋。不过这是魏晋跻身上五境之前的说法了，等到魏晋先后两次破境，最终成为宝瓶洲本土第一位仙人境剑修，自然就无人再提此事。

因为自幼就在真武山修行，余时务的道统法脉当然属于兵家修士。不过他还是一位剑修，并且更为隐蔽的是他还身负武运，这在真武山上都是个被祖师堂列为头等禁制的秘密。

余时务还被马苦玄说成是"一个半朋友"里边的那半个朋友。他如今身负三份武运，其中两份还是先前天下形势岌岌可危时，中土兵家祖庭得到了文庙的点头，姜、尉两位中土兵家祖师赠予他的。

一场共斩，一分为五，余时务如今还差两份，可惜这就不是他一个元婴境可以白求的了。

马苦玄啧啧称奇道："'那么快就失守了'，这句话说得好。"

剑气长城守了几年？以一隅之地，以一城战天下。就那么点大的地方，还不如浩然九洲一个藩属小国的地盘大。可是之后浩然天下三洲山河，又是多久丢掉的？马苦玄对剑气长城再没什么念想，对那个同乡人的年轻隐官再没什么好感，也还真没脸说这种话。

高明转头望向师父,显然也有些疑惑。既然那个陈清都如此剑术无敌,为何不多出剑几次?按照那些山水邸报的说法,陈清都好像只是象征性递出一剑,之后就再没有出手了,最后只是一剑开路,护送飞升城去往如今的五彩天下。

马苦玄按住少年的脑袋,重重拧向余时务那边:"师父没空,让余唠叨跟你解释。"

余时务以心声耐心解释了一番。

最后一场大战正式拉开序幕之前,被敬称为老大剑仙的陈清都其实曾经向托月山大祖递过一剑。虽说在剑修与蛮荒妖族对峙的战场上看似风平浪静,实则蛮荒天下某处的万里山河悉数破碎。这就是托月山大祖合道整座天地的无赖之处。

余时务站在城头上感慨道:"一个行当,比如渔翁钓鱼,樵夫砍柴,商贾挣钱,而剑气长城的剑修很纯粹,就是出剑杀妖。"

马苦玄终于插了句话:"还有仵作验尸,刽子手砍头,棺材铺等死人。"

余时务看了眼马苦玄,后者立即抬起双手,示意你余时务继续絮叨。

"此外,在其位谋其事。比如陈熙和齐廷济,除了是刻字的老剑仙,还是各家家族的一家之主,需要为家族谋划退路;隐官陈平安就需要在避暑行宫排兵布阵,以己方的最小战损,换取战场的最大战功;老大剑仙就需要让整座剑气长城不至于香火断绝。

"在剑气长城注定守不住的前提下,各司其职之外,剑仙们舍生忘死与蛮荒天下递剑,就是为了尽可能护住更多的剑道种子去五彩天下扎根,如此一来,就等于为浩然天下拖延时间了。"

还有一些更深层的内幕和真相,余时务就没说。例如文海周密与阮秀的登天离去,整座真武山恐怕就只有余时务和马苦玄清楚,如今连宗主都还被蒙在鼓里。

在余时务看来,陈清都、蛮荒大祖、周密三方各有所求:保存飞升城,攻伐浩然天下,追求自我登顶。

强者,就是能够将希望付诸行动,成为现实。

高明斜眼看那些不知道从哪里蹦出来的谱牒仙师,疑问道:"老马,余师伯祖,这些山上神仙莫不是傻子吧?"

不喜欢喊师父,喜欢喊马苦玄为老马——他的师兄忘祖就绝对不敢如此造次。

余时务笑了笑,对此不置一词。

马苦玄蹲在城头:"干吗侮辱傻子?"

以前在家乡小镇,如果说泥瓶巷的陈平安是个晦气的扫把星,那么杏花巷的马苦玄就是同龄人眼中的那个傻子。一个讨人嫌惹人厌,一个被当成了解闷的乐子。

马苦玄笑道:"余师伯,去,跟那伙人掰扯掰扯,谈崩了,我好动手打人。一路闷得很,我要找点乐子。"

余时务无动于衷。

马苦玄蹲在地上，拍了拍城头，说道："这都不去聊两句，你对得起咱们脚下这座城头吗？"

余时务想了想，还真去讲道理了，反正闲着也是闲着。

不介意浩然天下死多少人，与故意让浩然天下多死人，是截然不同的两件事。除了齐老剑仙是个孤例，在战场上厮杀之后，还曾在扶摇洲和金甲洲步步阻滞蛮荒妖族大军的推进。

此外，上五境剑仙一个都没走，尤其是还有众多地仙剑修。不是不可以走，只不过最后一样留在了战场上。老剑仙当中，董三更、陈熙、纳兰烧苇。大剑仙里边，周退密、米祜、晋青。至于战死的剑仙，更多。当时飞升城里边，境界最高的就是宁姚这些元婴境，所以天底下有这样的放水？

余时务一直耐着性子说了许多，可不管他怎么说，对方就只盯住一件事：那陈清都为何不多递一剑？此外，他们也都将这个宝瓶洲年轻修士当傻子了：你跟我们聊这么多做什么？要不是听说对方来自真武山，早赶人了。

余时务有些无奈。就只会死盯着一个人一件事不放，挂一漏万，这只是一个自谦说法啊。

马苦玄乐得不行，摩拳擦掌，带着一行人来到余时务身边。

高明埋怨道："余师伯祖，跟些傻子解释这么多干什么嘛，半点不爽利。"

马苦玄嘿嘿笑道："傻子说你不对，总有他的道理。"

然后又补了一句："咱们都别劝余唠叨啊，就他这好好先生的脾气，总有一套歪理说辞，例如'他们听不明白，终究还是我没说明白'。"

骊珠洞天小镇出身的年轻人，就没几个不会说话的。再者，马苦玄的"家学"，不是一般的好。马苦玄、李槐、顾璨，只说在这件事上，三人很有先天优势。

余时务叹了口气："交给你了，下手记得别太重，如今文庙管得严。"说完便独自离开了。

生活是一本无字之书，很多坎坷，就像套麻袋挨闷棍，不明白的地方，是没机会重新翻书找个为什么的。当然了，那拨皑皑洲仙师不在此列。

马苦玄突然听到了一个意料之外的心声："出手讲点分寸，别打断长生桥，其余随意。"

是那坐镇天幕的儒家陪祀圣贤——贺绶。

金色拱桥那边，三位新天庭的至高神灵，周密站在栏杆旁，阮秀站在栏杆之上，只有离真趴着，还在思考那两个问题：那个一，当年到底是怎么想的？那场作为旧天庭崩塌引线的水火之争是怎么来的?

周密笑道:"当初为了人间多些香火,拿来更多淬炼神灵金身,结果等到人族数量达到一个天文数字之后,曾经远游天外一段岁月的水神重返旧天庭,终于意识到人间不对劲了,因为大地之上光亮攒簇,人心灯火绵延聚拢如火海,水神执掌的那条光阴长河就像被割裂出去一大片疆域,而且火势愈演愈烈,你可以视为一场……最古老的火神走水。"

离真瞪大眼睛望向人间,讶异道:"我看不见就算了,为什么连雨四也看不见?"

他俯瞰人间,只能看到那些大地之上的灵气聚集,星星点点,或明或暗,每一粒光亮就是一个个境界高低不同的修道之士,此外还有一股股气运流转。

人族望天,星河璀璨,其实神灵俯瞰人间大地也是差不多的画面。

那雨四好歹是一位新晋水神,没理由看不到这份属于他本命大道的流转。

阮秀说道:"因为我不让你们看见。"

落魄山中。

天气清爽,一座宅子的院子里几乎没有落脚地,一个个大竹编无眼筛子和大柳条簸箕上都晒满了干红辣椒,红艳艳的。

檐下廊道里,朱敛躺在一把躺椅上闭目养神,轻摇蒲扇。

岑鸳机今天沿着山道走桩完毕,就来这边坐一会儿。她喜欢跟朱老先生聊天,不单单是因为朱敛带她上山,领着她走上习武之路,在落魄山上,岑鸳机也把朱老先生当作唯一的亲人。

老先生会经常劝她多下山,回州城的家看看爹娘,说哪怕被催婚,也不要不耐烦,更不要把落魄山当作一个躲清静的地儿。有些事情躲不掉的,即便躲得掉当下的烦心事,也躲不过将来的后悔。

人生最徒劳无功,无非是追悔一事。异乡游子,是那漂泊不定的纸鸢,唯有心中思念,成为那根线。如果一个人对家人和故乡没有了眷念,就真成一只断线纸鸢了。那么所有的悲欢离合都是离离原上草,枯荣由天不由己。

老先生还说岑鸳机算运气好的了,离乡这么近,回家其实就几步路而已。不过近了也有近了的烦忧。

岑鸳机之所以喜欢跟朱老先生谈心,大概就是因为老先生说理讲话从不端长辈架子,一定要晚辈当下就将道理听进去。

朱敛笑问道:"鸳机,这些年走桩,累计多少拳了?"

岑鸳机答道:"今年开春到了两百万拳,后来就不去计数了。"

朱敛又问:"怎么不数了?是觉得记这个没意思,还是哪天突然忘记,之后就懒得数了？"

岑鸳机老老实实说道："刻意记这个，练拳容易分心，好像练拳就只是为了个数字。"

朱敛点点头："很好啊。公子曾经与我私底下说过，什么时候岑姑娘不去刻意记住递拳次数，就是拳法登堂入室之时。"

岑鸳机说道："山主学拳天赋确实比我好太多。"

她是不得不捏着鼻子承认此事。

朱敛问道："还有呢？"

岑鸳机老老实实摇头道："没有了。"

朱敛笑呵呵道："人嘛，都喜欢喜欢喜欢之人，讨厌讨厌之人。"

说得绕口，不过岑鸳机又不笨，听得明白。她解释道："我并不讨厌陈山主，他人挺好的，就是当年第一印象差了点，实在让人喜欢不起来。后来在山上，我不怎么理睬山主，其实是不知道见了面该说什么。"

"理解。"朱敛点点头，"鸳机，说实话，公子对你的拳法一途一直都是很看好的，如果不是明知道你不会答应，还担心你会多想些有的没的，公子都要收你为嫡传弟子了……嗯，就像那个赵树下。公子的这种看好，不是觉得你或赵树下将来一定会有多高的武学成就，就只是觉得落魄山上的武夫纯粹分两种，一在拳法一在心，前者拳意上身、了悟拳理、通达拳法极快，后者要相对不起眼些，持之以恒，不在意他人的看法和视线。"

岑鸳机有些惊讶，轻轻嗯了一声："山主的想法蛮好。"

她坐在廊道一旁的竹椅后，朱敛手里蒲扇的摇晃幅度就大了些。

朱敛带着笑意喃喃道："驿柳黄，溪涨绿，人如青山心似水。青山矗立直如弦，尚有来龙去脉，人生孤立，心不在焉，何其伤也。"

岑鸳机只是听着，便有些淡淡的伤感。

朱敛转头笑道："元宝是喜欢曹晴朗的，对吧？"

岑鸳机忍住笑，点头道："她很喜欢曹晴朗，就是不知道怎么开口。反正每次曹晴朗在门口看门翻书，元宝都会故意加快脚步，匆匆转身登山练拳。"

朱敛继续道："那么元来那小子偷偷喜欢你，你是不是也偷偷知道？"

岑鸳机微微脸红："知道是知道，可我不喜欢他啊。"

朱敛放下蒲扇，轻声道："观海者难为水，痴心者难为情哪。男女情爱之苦乐，不过是意中人变成了忆中人，心上人变成了枕边人。"

在岑鸳机这边，即便是一样的话，从朱老先生和郑大风嘴里说出，就是大不一样的意思。一个是久经沧桑的和蔼老者，一个是管不住眼睛的下流坯子。幸好郑大风有贼心没贼胆，从不对她毛手毛脚。

岑鸳机突然说道："山主又出门远游了。"

朱敛嗯了一声,缓缓道:"一人忙碌,世道就能得闲。"

骑龙巷两间铺子的人数越来越多。

压岁铺子本来有代掌柜石柔和绰号阿瞒的周俊臣,前不久还多出一个名叫箜篌的白发童子。

隔壁草头铺子的代掌柜是目盲老道贾晟那个龙门境的老神仙,伙计除了赵登高和田酒儿这对师徒,又来了个名叫崔花生的少女,自称是崔东山的妹妹,差点没把陈灵均笑死。

陈灵均今儿在行亭跟白老弟唠嗑完毕,就一路晃荡到小镇,大摇大摆走入压岁铺子,大笑着招呼道:"箜篌老妹儿!"

被陈灵均昵称一声老妹儿的箜篌,也就是那个貌若稚童的飞升境化外天魔、岁除宫吴霜降的道侣,暂时还是落魄山的外门杂役弟子,在压岁铺子里打杂,顺便给自己取了个化名。

可是陈灵均哪里知道这个年少白发的可怜矮冬瓜是个什么境界,又有什么身份背景,靠山是谁,只知道是自家老爷在游历路上捡来的小丫头片子。陈灵均是有自己的小算盘的,毕竟裴钱和小米粒被老爷带回小镇的时候都没啥境界。

这会儿箜篌背对着陈灵均,嘴里正叼着一块糕点,两只手里边也拿了两块,眼睛还盯着一大片,忙着呢,没空搭理那个咋咋呼呼的青衣小童。

阿瞒看着那只比监守自盗稍好点的白发童子,颇有怨气,都不当小哑巴了:"吃吃吃,就知道记账记账,记个锤儿的账。就她那点薪水,什么时候能够补上窟窿?山主又是个光有钱不大气的,隔三岔五就喜欢来查账,到最后还不是我们掌柜难做人?打水漂还有个响儿,吃东西没个声响,也算本事了。"

石柔姐姐每天起早贪黑的,好不容易挣了点钱,原本是可以变成好些碎银子的,结果好了,来了个没良心的,都成了账簿上的债务数字了。再说了,这个小姑娘好像脑子有毛病,经常在后院独自转圈圈,一次次振臂高呼,嚷着什么"隐官老祖,威震江湖,武功盖世""隐官老祖,英俊无双,剑术无敌"……自己早就想带她去看郎中了。

箜篌这会儿听见了小哑巴的埋怨,非但没有置若罔闻,反而故意摇头晃脑,气得阿瞒就想跟她掰扯掰扯。要不是看她是个小丫头片子,一拳下去……又得赔药钱。

石柔笑道:"都是自己人,计较这些作甚。"

陈灵均一听这个小哑巴竟敢对自家老爷说三道四,气得双手叉腰,瞪眼道:"周俊臣,说话小心点啊,我认识你师父,跟她是一辈儿的,你师父又认识小镇的所有屠子,你自己掂量掂量。"

阿瞒冷笑道:"你认识我师父?我还认识我师父的师父呢。说话不小心咋了,你来打我啊!"

别的不说,落魄山有一点最好:境界啥的,根本不顶事儿。

石柔摸了摸孩子的脑袋,轻声道:"一家人不许说气话。"

阿瞒踩着小板凳趴在柜台上,板着脸伸出一只手对陈灵均说道:"别跟我扯虚的,有本事就帮她还债,然后爱吃多少就拿多少,吃没了我亲自做去,觉得不好吃,怎么骂我都行。"

陈灵均抬了抬袖子:"他娘的,陈大爷这辈子大风大浪的,坎坎坷坷,几箩筐装不满,都不稀罕多说,唯独没在钱上边栽过跟头。说吧,多少银子?!"

笤篌转过头,腮帮子鼓鼓的,含糊不清地道:"别啊,欠着就是了,又不是不还。欠人钱好过欠人情。"

陈灵均来到她身边。如果不是大白鹅道破天机,还真瞧不出是个小姑娘。

之前小姑娘不是这个名字,叫芝兰,然后陈灵均不乐意了,好说歹说,才让她改名为笤篌:"老妹儿,听陈大哥一句劝,小姑娘家家的,取名字,最好别带草头字。"

昔年岁除宫女官天然,道号凤首。她最心爱之物便是一件笤篌,龙身凤形,璎金彩,珞翠藻。

笤篌依然含糊不清地道:"别老妹儿老妹儿的,难听得很,赶紧换个说法。"

陈灵均为难道:"可你也没带把啊,让我喊你老弟,真心喊不出口。"

笤篌没好气道:"一边儿去。"

陈灵均只得去隔壁铺子找贾老哥喝酒。

贾老哥一肚子的江湖道理,能说那趋炎附势之辈只会在体面上铺展,自古人忙神不忙,那就更需要忙里偷闲了。还说自己也曾是个风流倜傥的俊秀男子,可惜了早岁哪知世事艰的浪荡生涯——这不比那些婆姨光棍汉的村头碎嘴雅致多了?

哥俩好,一个熟门一个熟路,很快就张罗起了一个酒局,对坐喝酒。

今儿陈灵均带了两坛好酒过来,贾老神仙呲溜一口,打了个战:好酒好酒。

陈灵均盘腿坐在长凳上,嘿嘿笑道:"喝酒放水两哆嗦。"

贾晟用拇指擦了擦嘴角:"三个才对。"

一老一小哈哈大笑起来:"喝酒喝酒。"

贾晟来自中部藩属小国一个叫亳州的地方,说家乡那边自古就是酒乡,麻雀都能喝二两,以至于如今连隔壁的阿瞒都学会了骂人——不如一只亳州麻雀。

陈灵均突然皱了皱眉头,放下酒碗,以心声道:"骑龙巷来了几个道行不低的,贾老哥你先去后院,如果确定不是闹事的,再出来待客。"

贾晟笑道:"不打紧,让老哥会一会……"

陈灵均说道:"至少是三个元婴境。"

贾晟立即起身："我这就带酒儿和花生一起去后院待着,再暗中通知掌律。"

陈灵均点点头,穿上靴子,独自走到铺子门口,以心声提醒石柔悠着点,管好筌箵和阿瞒,接下来不管有什么动静都别冒头。

三位客人,两男一女,都是陌生面孔。

一个年轻容貌的男子,气态儒雅。一个身材敦实的汉子,有古貌气,斜挎了个沉甸甸的棉布包裹。还有个身材高挑的女子,算不得什么美人,却英姿飒爽,腰悬一把白杨木柄的长刀。

三人从骑龙巷顶部走下,女子以心声说道:"此地确实水运浓厚,龙气郁郁,不同寻常,难怪夫子当初会留在这儿。"

龙州地界,除了品秩极高的铁符江,还有红烛镇那边的冲澹、玉液和绣花三江汇流,只不过如今铁符江水神杨花转迁去了那条大渎任职。

年轻男子笑道:"灵均道友。"

陈灵均疑惑道:"你是?"

年轻男子伸手往脸上一抹,撤去障眼法,露出在小镇这边的"本来面目"。

陈灵均笑道:"原来是陈老夫子,好久不见。"

认识对方,但是没怎么打过交道。

对方早先在龙尾溪陈氏开设的学塾担任过一段时日的夫子,听说是个嗜酒如命的老酒鬼,后来很快就出门远游了,因为声名不显,教书的本事也马虎,学塾那边也没谁在意。

裴钱小时候去过学塾上课,陈灵均放心不下,就偷偷去蹲墙头,看过几眼老夫子,好像名字叫陈真容,听大白鹅说这个外乡老先生来自婆娑洲,跟圣人阮邛关系不错。

老夫子身边两人开始自我介绍,汉子自称洛阳木客,道号松脂。女子笑容真诚,爽快道:"我叫秦不疑,中土膧胧郡人氏。"

陈灵均听得脑壳疼:啥木客啥膧胧的,都给陈大爷整蒙了。老爷在就好了,自己根本接不上话啊。灵机一动,陈灵均喊道:"贾老哥,铺子来贵客了。"

贾晟立即飞奔出来殷勤待客,刚好有张酒桌,贾老神仙与陈灵均坐同一条长凳。

那个洛阳木客不善言辞,陈老夫子和秦不疑两个倒都是爽快人,言语无忌,有啥说啥,贾晟一边心里琢磨一边笑脸敬酒不停,很快就心中落定了:原来松脂道友刚好远游至此,打算走一趟牛角山的包袱斋。而秦不疑听说落魄山纯粹武夫多,还有个武评宗师,也不是奔着什么讨教切磋来的,就是很感兴趣,看能不能去山上走走看看。

贾晟就说此事不难,就是得事先跟落魄山打声招呼,顺便夸了一通自家山头:"气佳哉,郁郁葱葱然。风化极美,儒学极盛。"

倒是不敢说个"最"字,免得有王婆卖瓜之嫌。

秦不疑笑问:"贾掌柜,敢问你们山主是怎么个人?"

贾晟抿了一口酒,笑道:"提起我们山主啊,那贫道可就谦虚不得了。恂恂温厚言辞熙熙,行事平正为人冲和。"

真名其实是陈容的老夫子哑然失笑:这可以算是一个高不可攀的称赞了。

秦不疑笑问道:"贾道长很推崇南丰先生?"

陈灵均听得一头雾水。

贾晟放下酒碗,抚须而笑:"哪里,其实是我家山主对曾老夫子的文章极为喜欢,还经常劝我多读呢,说尤其是南丰先生的散文,通篇娓娓道来,条理严谨,气雅意厚,初看似乎不显山不露水,实则回味无穷。"

秦不疑笑道:"不承想你们那位陈山主竟然独独钟情南丰先生的文章,实属意外。"

相对于白也、苏子和柳七这几位,曾夫子的散文确实没那么享誉天下。

贾晟立即笑着解释道:"也不算'独独',只是相对而言。我家山主,治学一道,其实最为推崇'开卷有益'一语。山主还曾与我笑言,只因为年少时家境贫寒,未能去学塾念书,故而后来的修行路上常常离乡远游,刚好补上那份读书债。"

秦不疑与那个自称洛阳木客的汉子相视一笑。

算是一场相谈甚欢的酒席,婆娑洲醇儒陈氏出身的陈容带着两位好友先去找客栈落脚,回头等落魄山的消息。

陈灵均但凡见着一个陌生人就犯怵,所幸还有个最靠得牢的贾老哥,酒桌之外,见谁都不虚。

早些年魏羡跟卢白象路过骑龙巷,在铺子里坐了会儿,贾老哥碰到魏羡愣是厌了,后来被裴钱道破天机,才知道闹了天大笑话,魏羡所谓的"海量",到底是怎么个酒量。

一路送到骑龙巷尽头,返回铺子的时候,陈灵均跳起来拍了拍贾晟的肩膀:"聊得不错。"

贾晟抚须而笑:"待人接物这种事,说句不谦虚的话,不敢说有山主一半功力,二三成终归还是有的。"

一袭雪白长袍的掌律长命从骑龙巷台阶上缓缓走下,在门口停步,脸上有些笑意。

这个娘儿们一年到头眯眼笑,可真没谁觉得她好说话,就连隔壁铺子那个天不怕地不怕的阿瞒遇到了她也一样蔫菜,乖乖当个小哑巴。不料今儿个长命脸上的笑意倒是透着一股真诚,受宠若惊的贾老神仙可不敢得意忘形,立即低头弯腰,双手轻轻摇晃了几下,然后一个滑步,再一个侧身,摊开一手,笑容灿烂道:"掌律里边请,里边请。"

长命斜靠门,与贾晟点头致意,再跟陈灵均说道:"这一行人多半是奔着你来的。"

陈灵均如遭雷击,一跺脚,使劲甩袖子,哀号道:"遭了哪门子孽啊!不能够啊,大爷招谁惹谁了,每天与人为善,路边蚂蚁都不敢踩一下的。"

坐在隔壁铺子门口的阿瞒站起身来到这边,双臂环胸问道:"要不要我跟裴钱说一声?"

陈灵均眼珠子急转。找裴钱,管用是管用,问题是裴钱最喜欢记账啊。做人不能太箜篌不是?

长命嗑着瓜子笑道:"朝你来的,就不能是好事登门?"

陈灵均咳嗽一声,朝阿瞒挥挥手:"去去去,小孩子别掺和大人的事。"

阿瞒扯了扯嘴角,转身就走。

陈灵均补了一句:"好意心领了,下次再去我那个李锦兄弟的铺子买书,只管报上我的名号。"

报上他的名号,当然没屁用。毕竟报上自家老爷的名号,都一样不打折。但是他可以偷摸去一趟红烛镇啊,先把书钱垫付了,当是预支给书铺,再让李锦在小哑巴拎麻袋去买书的时候假装优惠了。这种小事,那位冲澹江水神老爷总不至于为难吧?若真的连这点面子都不给,还怎么混江湖?啊?要不要本大爷教一教啊?

大骊京城,铜驼坊。

一位衣衫老旧的老先生蹲在一条巷弄里,刚跟人下完一局棋。

对方是下野棋挣钱,老先生就像是在当财神爷送钱散钱呢。

围棋下一局耗时太久,所以巷子里几乎都是下象棋的,有些是凭真本事赢钱,更多是摆些棋路刁钻的老谱残局坑人。

老先生站起身,揉了揉手腕,蹦跳了两下,念叨着接下来要认真起来了。

气啊,输钱不说,还被一旁几个喜欢指点江山的老头子骂作臭棋篓子。

赢了他不少钱的是个笑眯眯贼兮兮的年轻男人,五短身材,长得有点歪瓜裂枣。这会儿男人只担心那个穷酸老先生兜里的钱不够多。

老先生重新蹲下身,深吸一口气,结果一局过后,又要掏钱结账。

这个老先生的棋品真是……一言难尽,悔棋的本事比下棋更高,几乎每走三五步就要嚷嚷容他悔一手。后来年轻男人都习惯了,只要老先生一抬头,就知道要打个商量。反正也简单,落子无悔,没得商量。所幸他给钱的时候还算痛快,愿赌服输,棋力差,棋品低,赌品还凑合。

老先生似乎还是有点不服气:"要是我学生在,保管输不了。"

年轻男人笑道:"老先生只管喊你学生来,赌注彩头还可以往上加。"

老先生揪须叹气道:"这不是喊不来嘛。"

年轻男人随口打趣道:"老先生还是个桃李满天下的教书先生?"

瞧着很穷酸,一只棉布老旧的干瘪钱袋子,当下越发消瘦了,刨去铜钱,肯定装不了几粒碎银子。

老先生笑道:"学生倒是不多,不过个个成才,青出于蓝而胜于蓝嘛。"

年轻男人笑问:"老先生的得意门生里边,难不成还出过进士、举人老爷?"

好刁钻的问题。老先生一时有些哑然。

师徒两辈人,唯独科举功名一事,还真是唯一的软肋。好像除了自己有个秀才功名,然后就没有然后了。亏得再传弟子当中出了个曹晴朗,好苗子啊,幸甚幸甚。

见那老先生摇摇头,年轻男人眼中的一点炙热和希冀也就转瞬即逝。本以为遇到了闲云野鹤一般的某位大骊官场老人呢。

年轻男人实在是赢钱赢得太过轻松,以至于老先生悔棋或是落子犹豫之时,他就背靠墙壁,从怀中摸出一本版刻精良的书,随手翻几页打发光阴,其实内容早已背得滚瓜烂熟。

老秀才笑问:"老弟是进京赶考的举子?"

年轻男人摇摇头:"暂时还不是,来京城参加秋闱的。我祖籍是滑州的,后来跟着祖辈们搬到了京畿,勉强算半个京城本地人。本来这么点路,盘缠是够的,只是手欠,多买了两本善本,就只好来这儿摆摊下棋了,不然在京城无亲无故的,死活撑不到乡试。"

老秀才说道:"桂榜题名,饮酒鹿鸣宴,妥妥的。"

"何以见得?莫非老先生还会看相?"

"看相嘛,会那么一丢丢,只不过呢,圣贤有云:'相人,古之人无有也,学者不道也。'"

年轻男人愣了愣,然后大笑起来,挥了挥手中那本解禁没多久的圣人书籍:"有理有理,不承想老先生还是同道中人。"

老秀才抚须而笑:"是极是极,不承想年轻人眼光如此老到。"

年轻男人卷起书,抱拳晃了晃:"不管如何,借老先生吉言了。只要真能通过乡试,我就请老先生喝酒。"

老秀才微笑不言。

年轻男人收起书放入袖中,见那老先生还笑望向自己,只得一拍脑袋,恍然道:"差点忘了与老先生说一声,我叫卢灵昌,放榜那天,要是中了举人,我就来这儿摆摊等老先生,要是没中,也就直接打道回府了。"

"这敢情好。"老秀才点点头,"卢老弟,容我多说两句,形相善恶,非吉凶定例,才高需忌气盛啊。"

卢灵昌笑着点头称是,也没如何当真,心里想着等老子考中了举人再考进士,将来当了官再来谈什么才德配位。

老秀才起身告辞离去,卢灵昌蹲在地上,在老先生走出几步后再转头时,笑着与他挥手作别。

老秀才叹了口气，双手负后，踱步离去。

北风吹瘴疠，南风多死声。此生困坎壈，忧患真吾师。

少不解事老又懒，治学得一或十遗。水陆冰冱天冻云，一见梅花便眼清。

老秀才诗兴大发，只觉得好诗好诗，就算白也老弟在此，也要强忍住拍案叫绝的冲动吧。

人云亦云楼所在的巷子里，李希圣身边跟着书童崔赐，两人一同游历大骊京城。

李希圣之前从中土神洲返回俱芦洲后，在那个藩属小国继续书斋治学。一位老夫子突然登门拜访，之后李希圣南下途中刚好碰到了一个少年道士和一位老观主。

其实这场重逢，对李希圣来说，略显尴尬。东海观道观的老观主倒是很乐和。

如今这个浩然儒生李希圣与师尊道祖再次相见，行的到底是道门稽首，还是儒家揖礼？结果李希圣先与道祖打了个稽首，再后退一步，作揖行礼。

之后李希圣就带着崔赐赶来京城，主要是先前此地动静太大，李希圣远在俱芦洲都心生感应。

大骊铁骑，所向披靡，天下震动而人心不忧。

小巷门口，刘袈见那气度不俗的儒衫男子挪步走来，立即看了眼弟子。

赵端明以眼神作答："干吗？"

老修士见他不开窍，只得以心声问道："该不该拦？"

"反正我不认识他。"

"确定？不再看看？"

"师父，真不认识。"

"文庙陪祀圣贤的挂像那么多，你小子再好好想想，拿出一点天水赵氏子弟该有的眼力。"

"师父你烦不烦啊，我真不认识他，半点不眼熟！"

"端明，你发个誓。"

"师父，差不多就可以了啊，不然咱俩的师徒情分可就真淡了。"

刘袈放下心来，现出身形，问道："何人？"

李希圣笑道："我叫李希圣，家乡是大骊龙州槐黄县。"

刘袈和颜悦色道："那就是与陈平安同乡了。对不住，得在此止步。"

其实之前还来了个身材高大的老道长，身边跟了个多半是徒弟身份的少年道童，一老一小并肩而立，朝小巷里边张望了几眼。

当然被刘袈拦住了，鬼鬼祟祟的，不像话。既然是道门中人，职责所在，还怕个什么? 况且那两个道士也没什么白玉京三脉道门的道袍装束。

在陈暖树的宅子里,墙上挂了一本日历和一张大表格,还有一本小册子,一年一本,一天一页,每年大年三十夜都会装订成册。

她每天都会记账,也会记录一些听到、见到的有趣的琐碎小事。所以其实落魄山上账簿最厚、册数最多的是暖树,不是裴钱,更不是只会记载每笔瓜子开销的周米粒。

暖树每天除了洒扫庭院、伺候花草、将越来越多的山上藏书分门别类地晒,还要采摘时令野菜、酿酒、腌菜腌肉晾火腿。此外,她还会帮朱老先生去自家山头的那片竹林找老竹雕刻些清供,几条周米粒的巡山道路也需要打理,避免杂草横生。到了年关,除了剪窗花,还要请朱老先生或是种夫子写春联,再带着周米粒一起贴春联、礼敬灶王爷、送穷神。

那么多的藩属山头,经常会有营缮事务,就需要暖树悬佩剑符,御风出门,在山脚落下身形,登山给工匠师傅们送些茶水点心。逢年过节的人情往来,山上像是鳌鱼背、衣带峰,更早还有阮师傅的龙泉剑宗,也是肯定要去的。山下小镇也有不少街坊邻居需要时不时去探望一番,除了打扫泥瓶巷祖宅,隔壁两户人家虽然都没人住,屋顶和泥墙也都是要注意的,能修补就修补。

因为落魄山的人越来越多,有关户籍一事就需要经常跟县衙打交道了。一开始暖树担心他们会觉得自己是个丫头片子,办事不牢靠,就会喊上朱老先生一起下山,后来余米剑仙也帮过忙,主动跟她一起去。不过如今不需要了,县衙户房的人与她很熟了。一个曾经只需要喊宋伯伯的,如今都要喊宋爷爷了。至于这么多年过去她也没长个儿,对方约莫是见怪不怪,也不会议论什么。

从自家那么多藩属山头搜寻而来的各类奇石,要做成盆景摆设,然后作为文玩清供,燕子衔泥一般,不断搬到那些其实不太有人常住的宅子里边。还有朱老先生亲笔绘出的山水、花鸟、仕女画卷,也不能胡乱堆砌,不然可就俗了。还要考虑如何搭配瓷器,比如养花用的花瓶,作为文雅士人所谓的"花神之精舍",首选旧藏青铜觚,其次才是瓷青如天、细媚滋润的几种官瓷。

山上的每处宅子都需要根据主人的不同喜好放置不同风格的文房四宝、衣柜书架、屏风壁画,栽种不同的花卉草木,所以暖树就自己搭建了一座花棚。堂花术是与朱老先生和种夫子请教的,她也会自己翻书查阅,所以她的书架上都是这类书籍。

哪怕人越来越多,事情越来越多,山里山外还是被一个粉裙小姑娘打理得干干净净,井井有条。此外,落魄山上所有发生过的事情,不管大小,暖树几乎都一清二楚。

当然,周米粒也会经常帮忙,肩挑金扁担,手持行山杖,得令得令!

今天米裕在山上乱逛,发现暖树难得闲着,坐在崖畔石桌旁发呆,就走过去笑问:

"暖树，来这边多少年了？"

暖树赶紧起身给米剑仙施了个万福，落座后才笑道："还没到三十年呢。"

米裕嗑着瓜子轻声问道："就不会觉得无聊吗？"

二十多年了，每天都这么忙忙碌碌，关键是日复一日年复一年的琐碎事务，好像就没个止境啊。就连他这个游手好闲的，再喜欢待在落魄山混吃等死，偶尔也会想要下山散心一趟，比如白天去黄庭国山水间赏景，晚上去红烛镇坐一坐花船，还可以去披云山找魏山君喝酒赏月。

暖树摇摇头："不会啊。"

米裕问道："不累吗？"

暖树笑道："我会休息啊。"

本来想说自己是半个修道之人，只是一想到自己的境界，暖树就没好意思开口。

米裕有些无语。前些年，有老气横秋的陈灵均、古灵精怪的裴钱、活泼可爱的周米粒，如今又有在路边行亭摆了张桌子的白玄以及在压岁铺子帮忙的筌蹄，唯独陈暖树，大概是性子温婉的缘故，相对而言，始终不太惹人注意。

其实，就像陈灵均跟贾晟吹嘘的，自己可是老爷身边最早的从龙之臣，远在裴钱认师父、大白鹅认先生之前，是落魄山资历最老、架子最小的老前辈。大风兄弟是当地人不假，可他上山晚啊，真要论资排辈，不得往后靠？再说了，还有谁陪着老爷在泥瓶巷祖宅一起守过夜？有本事就站出来啊，他这就给谁磕几个响头。

既然陈灵均的确如此，那么陈暖树当然也是了。

米裕突然说道："以后如果有谁欺负你，就找我。"

只是话一出口，米裕就觉得说了句废话。哪里轮得到自己出手，真有人敢欺负暖树的话，估计就算对方是个飞升境，都得死，而且注定毫无悬念。

所以米裕很快改口："比如那个陈灵均又说些傻了吧唧的话，我就帮你教训他。"

暖树眉眼弯弯，摆摆手："没有没有。"

一个大袖飘荡的青衣小童哈哈笑道："哎哟喂，余大剑仙在给傻丫头指点修行呢？好事好事，不然总这么乌龟爬爬蚂蚁挪窝，太不像话。"

米裕笑眯起眼望向暖树，暖树犹豫了一下，眨了眨眼睛，然后轻轻点头。米裕就拍拍手掌，站起身，朝陈灵均走去。

陈灵均察觉到不对劲："余兄，你这是要干吗？！有话好好说，没什么过不去的坎、解不开的误会、不好商量的事！"

米裕笑道："想啥呢，就是指点一下修行。"

陈灵均二话不说就跑路了。

落魄山上，曾经有三个小姑娘，经常一起躺在竹楼二楼的地板上，微风拂过，带来一阵阵的夏天蝉鸣声。她们枕着蒲扇,等着那只放在竹楼后边池塘里的西瓜一点一点凉透。

小小的忧愁,就是山外过路的白云,来了就走。有些胖一些,就走得慢一些;有些瘦一些,就走得快一些。

山中何所有?一袭青衫和所有美好。

第三章
剑斩飞升巅峰

一剑递出,诸多横亘在前方道路上的心魔幻象皆消散。

负责坐镇托月山的飞升境巅峰大妖元凶,不但是一位纯粹剑修,其本命飞剑上甚至摹刻了两尊高位神灵想象者、回响者的一部分神通。

城隍沈温的一颗金色文胆砰然碎裂,满脸悔恨神色,似乎后悔当年交出那颗文胆。

白衣僧人侧过身,微微后仰,捻动手上那串佛珠,以眼角余光打量那位年轻隐官,笑容玩味,似乎在说山高水长,后会有期。

扎马尾辫的青衣女子不躲不避,任由剑光一斩而过。

托月山被从当中劈开,一分为二,出现了一道巨大沟壑,竟是久久未能恢复原样。与此同时,持剑的大妖元凶身躯法相也被一剑斩开,相距极远的半张脸庞上第一次流露出讶异神色。

显而易见,陈平安这一剑与先前递出的三千余剑有着天壤之别,再不拘泥于剑术层次,而是剑意盎然,甚至有那自成某个剑道的雏形,以至于在那条经久不散的剑光轨迹上硬生生阻滞了元凶合道托月山的光阴年轮手段。

这条开山"道路"两侧,千里山河的天地灵气,甚至山水气数和天时气运,皆被疯狂牵扯而至,如汹涌潮水般填补那条沟壑带来的大道缺陷,仿佛一剑造就出一处天外太虚境地,大道运转,界限分明。

相较于元凶的处境,山中那三只仙人境大妖才叫惨不忍睹。

那只先前裹缠山尖数圈的蜈蚣下场最为可怜,身躯连同托月山一起被斩开,还试图裹挟金丹逃离,仍是被遮天蔽日的剑光搅碎成数截,滚落山脚,就此身死道消。

坐在七彩蒲团上的那只大妖身形在一片剑气洪水中摇摇欲坠,座下蒲团已经黯淡无光,模样从一个精力充沛、相貌古意的中年男子变成了一个皮包骨头的瘦削老人。

另外那只女妖身上那件金丝绣铜钉纹甲胄,连同那仙人抬灯盏一并崩碎,一张依旧精致的脸庞上出现了无数条裂缝,就像一块干涸多年的田地。她那人身小天地内的山河气象也是差不多的惨淡处境,算是油尽灯枯了。

若是与那隐官捉对厮杀一场,落败而亡,也就罢了,可今天这桩祸事却像是那年轻隐官与元凶合伙打杀他们这些上五境,教她如何能够心甘情愿?故而这只在蛮荒天下割据一方的女妖心中大恨,恨那隐官的出剑狠辣,更恨托月山大祖开山弟子的阴险手段,故意将他们囚禁在此。即便自家祖师堂有续命灯可以帮她重塑身形体魄,可毕竟还是折损了相当一部分。况且续命灯可以点燃,修士至关重要的金丹与元婴却带不走,故而靠续命灯重新修行,在山上一向被视为最下乘的尸解,几乎都要跌境到地仙以下。尤其是蛮荒天下的妖族修士,一旦失去先天强横坚韧的妖族真身,大道折损要比浩然天下的练气士更大。

这只道号繁露的仙人境女妖当下如一株野草,身姿随风摇晃不已,被那道剑气罡风吹拂得神魂痛苦不堪,脸庞和身体的崩碎声响如一连串细微爆竹,随手一抹,皆是大道消亡的那种死灰之物。她心生绝望,咬紧牙关,死死盯住山外那个托月山大祖首徒:"今天这场灾殃,连累十数位上五境同道死在此地,全部拜你所赐!元凶,好个元凶,真是取了个好名字,你就是蛮荒天下的罪魁祸首!"

元凶置若罔闻,只是遥遥看了眼曳落河方向。

繁露状若疯癫,蓦然大笑起来,抬起那条灰烬不断飘散的胳膊,拍了拍自己的头颅:"来,隐官,再给你一笔战功便是!只求你一定要做掉元凶,打崩托月山!能够死在剑气长城的末代隐官手上,也不算太亏⋯⋯"

一道金色雷电从雷局中迅猛降落,将繁露的身躯彻底打散。

仅剩下的那个仙人境妖修从蒲团上站起身,环顾四周,苦笑道:"怎么都没有想到会是这么个死法,有点憋屈啊。"

一个都不曾去过剑气长城的妖族修士竟然会死在托月山,尤其是死在隐官剑下,传出去就是个天大的笑话。

元凶收回视线,看了眼两座天地禁制之外的某地。山中这些先后身死的妖族修士逃还来不及,不承想还有个主动闯入托月山地界的剑修。

来者是个元婴境的妖族老剑修,驾驭一把本命飞剑,分出数以千计的长剑,试图从山水禁制处凿出一扇门。可惜在这座战场,依旧只像一条水流有限的纤细溪涧冲撞在一座巍峨通天的山岳之上,注定徒劳无功。

老剑修始终无法破开托月山和笼中雀的内外两重禁制,在外边叫嚣不已。

元凶望向陈平安:"有个剑修想要拿命换命,怎么说？你要是答应,我就放行。"

陈平安扯了扯嘴角。一个元婴境,哪怕是剑修,换个仙人境？是不是想多了,天底下有这样的买卖？

陆沉唏嘘不已:咱们隐官大人,果然小心驶得万年船。

元凶笑道:"那个剑修名叫蕙庭,来自红叶剑宗。"

直到这一刻,元凶的法相身形才合拢,托月山随之再次恢复原貌。不承想那道剑意轨迹竟然无视光阴长河的逆流,依旧贯穿托月山,虚实变幻不定,绽放出一种令人目眩的七彩颜色——那是光阴长河与中流砥柱相撞激起的璀璨道韵,不断有光阴凝聚而成的琉璃碎片,在剑路和托月山附近四溅而出,一块块快若流星,小如指甲盖,大若铜钱,流散天地四方,直接掠出托月山千里大阵地界,撞向笼中雀小天地的无形壁障之上,最终砰然而碎,不得不重新归于光阴长河。

这足见陈平安方才一剑杀力之大,同时意味着这一剑已经在元凶人身天地山河中留下了一条不可修补的剑气长廊,就像陈平安一剑劈出了类似曳落河的剑气江河。

元凶继续说道:"你应该听说过蕙庭这个名字,曾经也是个玉璞境剑仙,只不过在战场上跌境两次,最近一次是在百年前,碎了那把本命飞剑脂粉,一直养伤,所以错过了上次大战。"

元凶倒是不担心陈平安会违约反悔,若是存心使诈,方才直接开门就是了。

听到红叶剑宗和蕙庭的大名,陈平安眯起眼,点点头。

知道,怎么可能不知道这位鼎鼎大名的妖族剑修,避暑行宫记录得很详细。不单单是因为这位妖族剑修喜欢跑到剑气长城凑热闹积攒战功,以致两次跌境都是在战场上。而且他一直喜欢偷袭女剑修,并借此炼剑,温养某种飞剑神通。

曾经被他袭击过的一名女剑仙叫宋彩云,就是那个让赵个篾、程荟两位老剑修心心念念了一辈子的女子。

其实宋彩云当时原本可以撤出战场,但是她在半路遇到了一拨身陷绝境的年少剑修,为了救下他们,才被伺机而动的蕙庭一剑斩杀。

那拨剑修当中有个曾经阳光灿烂、性格随和的少年,名叫殷沉。

很好,既然对方自己送上门来了,这笔买卖,做了。

陈平安率先将笼中雀小天地打开一条道路,之后元凶就跟着打开托月山大阵,让蕙庭赶赴战场。

那个原本已经束手待毙的仙人境妖族看见了那道熟悉的剑光,无奈道:"蕙庭,你傻不傻？"

肯定要白送一颗头颅给年轻隐官了。至于老友死后的那点灵气和剑道气数,当然就会被元凶收下。

虽说蕙庭确实欠他一条命,准确说来是一条半——早年他救过蕙庭一次,后来又帮过一次大忙——可是换命一事,岂可当真?

蕙庭却不理睬好友,只是御剑悬停在小天地边界,仰头望向那个头顶莲花冠的万丈法相,笑问:"你就是萧愻的继任者,新任隐官陈平安?"

陈平安这个土了吧唧的名字,他这些年真是听得耳朵起茧了。

红叶剑宗有个被寄予厚望的晚辈剑修跻身了托月山百剑仙之列,位次不高,但是有幸去过剑气长城和浩然天下,只是在桐叶洲受了伤,很早就返回宗门养伤,每每提及那位年纪轻轻的隐官,都颇为仰慕,以双方未曾有机会真正问剑一场当作那趟远游的最大遗憾之一。

自家山头如此,山外访友也是差不多的情形,烦得很。

陈平安转过头望向那个小如芥子的剑修身形。

蕙庭感知到年轻隐官的浓重杀意,放声大笑道:"我的这条命,是不是还值点钱?"

陈平安淡然道:"不值钱,你只是该死。"

元凶笑了笑。如果没有记错,这是陈平安现身托月山后第二次正式开口言语,而且比起简简单单的"可以"二字,字数多了不少。

陆沉笑道:"尊重强者,怜悯弱者。这个元凶,其实挺有意思的。可惜你们处于敌对阵营,不然一场别处的江湖偶遇,说不定还能同桌喝酒。"

当然,在这蛮荒天下的所谓尊重,比较另类。而所谓怜悯,相对比较好理解,是说元凶让陈平安放过那些附近门派的蝼蚁修士。

一道凌厉剑光当头斩落,从蕙庭的头颅处竖切而下。剑光又起,再拦腰横斩。法相再一挥袖子,蕙庭的身边便出现了一座袖珍的悬空雷局——陈平安选择以五雷正法缓缓炼杀魂魄。

关键是那雷局当中被迫浮出两个金光熠熠的文字,正是蕙庭的妖族真名。真名引发的光亮摇晃不已,如风中残烛。

硬生生剥离出妖族真名?!陆沉一时间竟然觉得有几分毛骨悚然。他不是没瞧见过比这更惨绝人寰的画面,只不过当出剑者是陈平安时,就有点让人背脊发凉了。这小子的修行路上,递剑也好,出拳也罢,一向不喜欢拖泥带水,打杀就打杀了,从无这般故意虐杀行径。

先前询问无果后,陆沉就显得有些懈怠了,这会儿也懒得去翻检陈平安的心相景象。想必这位跌过两次境的蛮荒剑修,在避暑行宫那边肯定是榜上有名的存在。而且一位剑修,能够两次跻身玉璞境,实属不易。别说是蛮荒天下,就算在剑气长城,都屈指可数。这笔买卖,确实划算。若是再宰掉那个仙人,就更划算了。看那大妖元凶的架势,既然没有将那仙人丢出托月山地界,明摆着是在等陈平安毁约了,而且绝不阻拦。

陈平安双指一点,将那两个字打碎。如此一来,就算蕙庭在红叶剑宗祖师堂搁放有一盏续命灯,也无半点用了。

那只仙人境大妖瞪大眼睛,颤声道:"蕙庭!"

陈平安说道:"还不滚?"

仙人境大妖迅速收敛心神,一脸不可思议,试探性问道:"真让我活?"

不信拉倒,不走更好。陈平安沉默片刻,见那仙人仍然狐疑不定,便要运转那枚悬空的五雷法印。不料万丈法相一个猛然下沉,双脚踩踏之下,大地塌陷出两个巨坑。

陆沉立即打量起陈平安的人身天地,竟然同时亮起了一串妖族真名,而且个个都是岁月悠久的飞升境。

陈平安一剑再斩托月山,刹那之间,山水朦胧,别有洞天,莫名其妙置身于一座景色乏味至极的秘境当中——是一条仿佛没有尽头的长廊,一眼望去,哪怕是穷尽陈平安当下十四境的目力,也未能看到出口。

陈平安收起万丈法相,走廊随之缩小。右手边是数不胜数的房门,另外一侧类似早年剑气长城的两端尽头,是无尽虚空,是不知通往何处的光阴长河。

历史上,许多文庙陪祀圣贤就是陨落在这条道路上的。早先的四座天下,加上如今的五彩天下,相互之间所谓的"接壤",无非是被先贤们开辟出类似数条驿路、构建有光阴渡口的存在,山巅大修士的"飞升",才能凭此远游,跨越天下,不至于迷失在光阴长河当中,沦为一具具天外尸骸。事实上,几座天下相互间相隔极远。

陆沉皱眉道:"是白泽出手了,还故意挑这个时候动手,是在挑衅老大剑仙吗?不愧是白泽,要惹也惹不该惹的。"

显然是白泽在陈清都一剑斩杀远古高位神灵后就立即礼尚往来,在曳落河唤醒了那拨实力强横的沉睡者,长久冬眠于各处秘境的远古大妖即将彻底苏醒过来。

只是白泽在打破那些冬眠后,似乎自身实力有所下降。难怪白泽如此有恃无恐,这条道路,走得委实出人意料。

陆沉坐在莲花道场内,一番推演过后,啧啧称奇,拊掌而笑:"原来如此,懂了懂了,白泽的十四境合道之法如此奇思妙想,足可媲美贫道的五梦七心相。"

如果说三教祖师的存在各自决定了一座天下的道法高度,那么白泽的合道方式就是对其他几座天下的一种最大震慑。虽说白泽并不好战,对于杀戮一事从无兴趣,可如果因此就将白泽当作一个心慈手软的大修士,那就太天真了。万年之前,大地之上,妖族强横天下之辈不小心死在白泽手上的极多。人族修士,无论是练气士还是纯粹剑修,白泽一样打杀了不少。

白泽在万年之前的那场河畔议事中,为了让两座天下都得到休养生息,主动牺牲了妖族的利益，交出了一部分大妖的真名，这才有了后世流传浩然天下的《搜山图》。但是白泽此举意义深远，就像他为天地画出了一条底线，那就是必须保证妖族的繁衍生息——不至于太过强大到肆意攻伐，将战火绵延至所有天下，但也绝对不允许任何外界势力对妖族赶尽杀绝。过线者、越界者，即与白泽为敌，等于一场分生死的大道之争。一旦蛮荒天下的妖族修士折损严重，白泽的修为就会随之暴涨。

陈平安站在原地，不着急剑斩秘境，也不着急御风前行，而是换成右手持剑。

先前递出那倾力一剑，哪怕是以十境武夫归真一层的坚韧体魄，恐怕也要伤筋动骨了。

陈平安轻轻呼吸一口，让体内山河气象趋于平稳。

先前两袖春风，人身小天地如天人感应、大地共鸣一般，春雷震动。

长剑夜游悬停在身形左侧，陈平安心意微动，夜游剑刃刺入光阴长河之中，只剩下半截剑身，剑锋如同横切一道虚无缥缈的天幕墙壁。

之后，陈平安凭借与夜游的一丝神意牵引，试图确定一墙之隔到底有多遥远，结果竟然出现了一阵不由自主的头晕目眩。他赶紧稳住道心，收起那一粒心神芥子。

道路在天外，之所以不急，是因为与留在托月山地界的金身法相和青衣道人厮杀照旧，三者之间的心神感应依旧清晰，陈平安凭此依然可以洞察大妖元凶的所有动向。

不是佛家的八万四千法门，这条好似无止境的走廊右侧，一扇扇房门上都铭刻有一个数字，起始于三，随后排列似是无序。

"是术家手段，按照密率排列数字。"陆沉解释道，"如果不出意外，我们走到尽头，就会遇到一间没有数字的屋子。可如果给不出准确的数字，这处小天地肯定就会轰然崩塌，威力大致相当于……一位飞升境巅峰剑修的生平最得意一剑？当然了，要是咱俩运气够好，猜中了数字，就可以大摇大摆走出秘境。"

陈平安笑道："密率？听说过。术家祖师堂有一件镇山之宝，就是通过密率打造出一处大道自行循环的阵法天地，可以算是术算一脉的压箱底手段了。那块祖传罗盘，传闻历代祖师爷和术算天才合力炼化了足足六千年。对了，罗盘真能够随意拘禁一位剑修之外的飞升境修士？"

陆沉撇撇嘴："那是旧皇历了，在计算到九万九千九百九十九这个数字的时候，遇到了第二个虚无缥缈的大道瓶颈，术家两位祖师爷就不太敢往下推演了，毕竟之前就吃过两次大苦头，生怕功亏一篑，招来天道压胜，导致重宝崩裂，结果遇到了你师兄绣虎，帮忙跨过了那道天堑。当然，这也跟崔瀺不太把那件镇山至宝当回事，心境反而最为湛然无垢大有关系，不是说他的术法手段就一定高出术算祖师爷。"

说完又感慨一句："之所以说是旧皇历，就是你方才所谓的'剑修除外'得去掉了。"

陈平安微微皱眉。

陆沉笑道："别多想，贫道的旧皇历还有一层含义。那两位痴迷学问钻研的术家祖师爷未能在那场战事中建功，拿下一只飞升境大妖，或是帮陈淳安联手对付刘叉，可不是他们有意作壁上观，而是内部出现了一个天资极好的叛逆，用心险恶，处心积虑，故意给出了八个错误数字，之后的几百个自然都是错的了，导致那块罗盘出了大问题，差点就要彻底销毁。"

陈平安默然。大道之行，山水险峻。

陆沉叫屈喊冤道："贫道消息灵通，咋了个嘛，碍着谁了？"

陈平安冷笑道："那咱俩就趁着片刻闲暇，好好翻一翻旧账？"

比如骑龙巷的石柔，白玉京三掌教通过她的一双眼眸看了小镇多年。

陆沉开始转移话题："那元凶是在拖延时间？意义何在？托月山又没长脚。那么，是在等救援啰？比如重返蛮荒的白泽。"

陈平安抖了抖袖子，其内飘掠出数以千计的符纸，是最普通的黄箓材质，在山水渡口、仙家客栈都不稀罕卖的货色，山泽野修在市井坊间降妖除魔，此物倒是必不可缺。陈平安伸手以掌心覆住其中一张，再一抹，数千张黄箓瞬间成符，皆是清一色的山水破障符。陈平安再一挥袖，一条符箓长河如斥候探路，率先远游。

陆沉犹豫了一下，提醒道："不要太过贪恋和沉溺于境界。"

一旦成为名副其实的十四境大修士，任你山门禁制森严，一样如入无人之境；任你山河广袤无垠，大可缩地山脉，随便跨越江河，随心所欲。这种无拘无束，与纯粹剑修的道心天然相契。

陈平安点点头："当然需要自省，由奢入俭难。"

手持利刃，杀心自起。道法一肥，天下就瘦。得道之人，一旦拘不住哪怕只是些许的心猿意马，就会闲来打蚊蝇，忽起杀尽蚊蝇心，轻则道心流散，重则走火入魔。

陈平安缓缓而行，突然停步，随手打开一扇房门，发现里面是两幅定格的光阴画卷，一幅清晰，一幅模糊，这是因为陆沉暂借道法给自己的缘故，所以出现了两种画卷景象的重叠。

其中一幅山水画卷描绘的是个背大箩筐的小孩子在登山，而陆沉那幅光阴图则是他乘舟海上，撑船人正是道号仙槎的顾清崧。那会儿的仙槎瞧着还很年轻，方脸大眼睛，长得虎头虎脑的。一叶扁舟，两人出海访仙，看那倾斜坠入水中的船头，似乎要辟水而行了，而大海深处似乎有一粒光亮，柔和静谧，就像在等待这条小船。

陆沉尴尬笑道："别看了别看了，小心着了元凶的道。"

陈平安笑道："各看各的，怕什么。"

陆沉无奈道："说这种话，不亏心吗？"

陈平安发现那条符箓流水一路飞掠不知几万里，这条走廊就像一口无底古井。

不去管那些符箓的徒劳无功，陈平安始终驾驭长剑夜游切割那堵光阴屏障的无形墙壁，然后记住零星几次的异样动静，在心湖书楼内专门摊开一本崭新账簿详细记录在册。

陆沉解释道："此地是一处光阴长河的漩涡，类似归墟通道，光阴长短，路途远近，不可以常理揣度。"

陈平安点点头。

这类玄之又玄的大道显化，实打实的千载难逢，哪怕只是多出一丝一毫的明了感悟，都等于在某条他人开辟出来的道路上成功跨出一步。有了第一步，就等于有了大道方向，所以陈平安才会拿夜游长剑试探虚实。何况外边天地，一尊脚踩仿白玉京的金身法相同时掌控剑仙幡子和五雷法印，再有那位类似阴神出窍远游的青衣道人与那河上姹女以层出不穷的水法对攻，都没闲着。

陆沉问道："外边还在斗法？"

陈平安点头道："元凶在砍白玉京了。"

元凶的每次递剑，他山之石可以攻玉。

白玉京实在太过，一些个暗藏深处的大道流转，哪怕陈平安是将其炼化的主人，一样未能完全勘破。再加上他对道门术法一途实在了解不多，很多地方都是知其然而不知其所以然。就像山下凡俗的篆刻大家能够刻出一方绝佳印章，可事实上对于玉石内在肌理都不敢说全部了解透彻。所以只要确保那件仙家重宝不至于被元凶砍碎就行，元凶越是能以剑术拆解一座仿白玉京，陈平安越是可以袖手旁观。唯一可惜的，也就是玉符宫开山祖师所仿造之物是大几千年前的那座旧白玉京了。

陆沉揉了揉下巴："这就奇了怪了。"

元凶要是站着不动，就可以帮助托月山支撑更久，不然看似施展神通，术法迭出，只会让陈平安朝托月山少递出几十甚至几百剑。

陈平安说道："元凶当然也希望痛痛快快厮杀一场，比如以纯粹剑修身份与人问剑，至于是不是我，其实不重要，只要对手的境界足够，比如换成齐老剑仙，说不定这会儿都开始拿剑互砍了。"

稍后自己离开此地，一定让元凶得偿所愿。

陆沉没来由地道："那个家伙，到底吃掉了多少个拥有王座实力的蛮荒大妖？"

陈平安想了想："很多。"

随后重复："很多！"

周密的后手之一，就是料定白泽会重返家乡，心甘情愿辅佐斐然这位名义上的天下共主，一同与浩然对峙。

要知道，文海周密的阴神所在是那个被他吞并大道的十四境修士陆法言，而阳神身外身正是枯骨王座大妖白莹。此外还一鼓作气吃掉了包括切韵、黄鸾、曜甲在内的一众旧王座。

这还只是周密放在台面上的成果，如果不是算准了白泽会重返蛮荒，估计还要在暗中吃掉更多飞升境。这种事情，恐怕除了周密，谁也做不到，哪怕同样是十四境。

陆沉由衷感叹道："从某种程度上来说，这家伙真可以算是个……独醒之人。"

天时地利人和，三者缺一不可，首先需要得到托月山大祖的默许，其次需要周密自身境界足够，拥有打杀十四境大修士的实力。最后，也是最大问题所在，还是周密能够以自身的通天学问解决掉那些大道相冲的隐患，保证如此逆天行事也不至于被蛮荒天下的大道厌弃镇压，反而折损自身实力……否则那位托月山大祖为何不亲自来做此事？大可以凭此跨出最后半步，大道圆满无缺漏，真正跻身十五境。

非不愿，实不能。

极有可能，已经登天的周密犹有手段将这些带往新天庭的"鸡肋"存在剥离出来，再彻底打消殆尽，好让白泽弥补那份唤醒冬眠大妖的大道折损，比如……真名皆归白泽？那么陈平安的合道半座剑气长城，拓芯以缝衣人的手段帮助陈平安承载大妖真名，就成了一记不讲理的关键手。

拦阻白泽，截取真名，准确说来，是留在人间的年轻隐官阻拦身在天外的神人周密。

一座独木桥，好似有人拦路，截断津流，舍我其谁。

陆沉佩服不已："先前在曳落河，白泽没出手，确实不是一般的高人风范了。"

陈平安说道："互换立场，我也不会动手。我尚且能够做到，白先生当然更是，无须担心什么。"

陆沉一时间讷讷无言，有点明白隐官大人的长辈缘是怎么来的了。

炉火纯青，出神入化，而且最重要的是诚心啊。

陆沉犹豫了一下，问道："陈平安，你其实不是左撇子，对不对？"

陈平安没有藏掖什么："小时候上山摔了一跤，右手被割伤，干不了活，很长一段时间都得用左手，后来就习惯了。而且烧瓷拉坯也讲究两手均衡，所以我谈不上什么左撇子右撇子的。"

好看的风景，值钱的草药，往往都在险峻处。

陆沉彻底无语："你这就有点过分了吧……"

极有可能，陈平安右手的出剑与递拳从未真正下过死力，就算有过，在一切外人眼中，肯定一直隐藏极好，所以陈平安的左撇子其实又是一层障眼法。

陈平安笑道："又没碍着谁。"

遥想当年，泥瓶巷的草鞋少年路过自己的算命摊子那会儿瞧着多质朴，与人言语，从头到尾没半句怪话的。不过这么多年过去了,财迷依旧。

其实深究起来,陆沉倒是不奇怪陈平安的变化。一本书字数越少,余味越长,反之往往越经不起细细推敲。不过白纸黑字,对错是非毕竟都在里边了,一目了然,苦难、砥砺、坚持、取舍、远游、返乡、失望、希望。

陆沉瞥了眼陈平安手中长剑,神色凝重起来:"怎么回事?为何如此界限分明?"

在天外,她曾亲手斩杀披甲者,陆沉在参加那场河畔议事的时候就已知晓——毕竟,她是提着一颗头颅来参加的,然后就那么随手丢入光阴长河当中。那一幕,陆沉相信就算再过一万年,自己都会记忆犹新。

但是按照陆沉的推演,她哪怕在那场天外厮杀当中大道受损颇多,可仍不至于到得当下这般境地,就像她是她,陈平安是陈平安,剑就是剑,持剑者就真的只是字面意思的持剑者。

陈平安低头看了眼手中长剑,说道:"我当年莫名其妙离开剑气长城,出现在海上一处名为造化窟的地方,后来发现被崔师兄不知以什么手段打断了我与她的那份心神牵引。"

除了有意让陈平安误入歧途,一直如坠云雾,不得不反复扪心自问,人生到底是真实无疑,还是一场大梦虚妄,需要陈平安去选择。而造化窟三梦之后,彻底打断陈平安与她的牵连感应,又是第四梦的关键之一。崔瀺好像故意让陈平安失去这份"心安",教给小师弟一个道理:世间一切外物,都不足以成为一颗道心的依凭。

陆沉笑道:"绣虎用心良苦,这样的师兄上哪儿找去。"

"你也想要一个?"

"那就算了,贫道细胳膊细腿的,多半无福消受。"

自家的师兄就很好嘛,白玉京大掌教那是公认的道法高、脾气好。

话说回来,余斗、陆沉、陈平安三人好像都是师兄代师收徒。

陆沉说道:"差不多可以了,此地久留无益。"

陈平安点点头,重新以左手持剑。

长廊天地之外,元凶接连递出二十余剑,竟然成功斩断了仿白玉京五城十二楼之间的衔接。之后他终于停剑,低头看了看白骨裸露的持剑之手,眼中出现了一抹恍惚神色,但很快又眼神坚毅起来,抬头远望曳落河。

白先生终于返乡了,那就可以放心了。

不曾辜负师恩,不曾辜负家乡,只希望自己也不曾辜负白先生的赐名。万年之后,见不见面,其实不重要了。

剑斩虚空,从云雾涟漪中走出一名没有施展法相的青衫剑客。

元凶站在托月山之巅，提起手中长剑："问剑？"

陈平安点点头。

对峙双方各自收起了法相、阴神。

蛮荒天下，大祖首徒，剑修元凶。

剑气长城，末代隐官，剑修陈平安。

元凶脚尖一点，从托月山一闪而逝，直奔那一袭青衫。

陈平安身上突然蔓延出无数条黑白长线，一瞬间整个人动弹不得。

是先前那条金色长桥贯穿万丈法相牵扯而起的因果线，这意味着陈平安一次次远游路上越喜欢多管闲事，越不把修道之人的远离红尘当回事，随之生发而起的因果线就越繁密。

作茧自缚，不堪重负。

陈平安以心神驾驭长剑夜游尽量斩断更多的因果线，同时祭出本命飞剑井中月，用数以万计的攒簇剑阵护住自身四周，用以阻滞元凶的近身递剑。

剑阵脆如琉璃砰然四溅，一人一剑杀至眼前，剑尖直指陈平安眉心处，一粒金光转瞬即至。

陈平安反手一剑斜斩元凶头颅，下一刻就跌出去数十里，地面被他的双脚硬生生犁出一道裂纹。

哪怕陈平安悄然施展云水身，身上仍然多出了一条手指粗细的金色因果长线，而元凶那颗本该被斩落的头颅亦是多出了一道不易察觉的剑气裂纹。

双方几乎同时消散身形，各自划出一道璀璨弧线，然后在数十里之外的战场上撞剑在一起。

罡风大作，陈平安再次倒飞出去，后背直接凿穿了一座先前被打烂山尖的山头。

一道剑光从天而降，剑意裹挟一道粗如山峰的金色闪电，瞬间将整座山头击碎，大地之上出现了一个大坑。

元凶御风悬停。未能刺中那个年轻隐官，他微微皱眉，身形再次消失不见，看似随意抖了个剑花，天地之间就蓦然出现一条火焰长线与一条水路轨迹。两道剑光风驰电掣，最终各自首尾相连衔成一圆。元凶再一抬手，如同两个圆环的剑光便开始蔓延出两道水幕火帘，最终熔铸一炉，竟是融合两条大道，水火相容，火中雨水，大火熊熊燃烧于光阴长河之中。千里山河战场上大地翻裂，岩浆四起，雷电交织。

一袭青衫被元凶一剑当头劈落，陈平安整个人狠狠撞向地面，大地随之凹陷。

毕竟陈平安的十四境是与陆沉暂借道法而来，无论是两把本命飞剑的炼化磨砺，还是自身剑道高度，都并非真正意义上的十四境纯粹剑修。而且有意无意，陈平安主动舍弃了那份无人之境。故而战场之上，每次剑锋相击，都是元凶步步紧逼，陈平安吃亏更多，一退再退，一次次尘土飞扬。

不过短短几个呼吸工夫，剑光就已经闪过百余次，以致整个千里天地黄沙滚滚，遮天蔽日。

元凶没有给陈平安任何喘息机会，持剑近身厮杀之余已经施展了不下三十种远古剑术，而陈平安就只是递出了十九剑。但是陈平安的递剑速度反而越来越快，似乎后一剑始终被前一剑牵扯而出，如同纯粹武夫的一口真气不断绝。等到二十剑过后，就换成了陈平安占据上风，一场登山，身形刚好落在托月山的山门口。

陈平安一路递剑不停，速度越来越快，以致数剑叠为一剑，剑光合拢一线，元凶竟然暂时只能招架，而无还手之力。

三十六剑过后，陈平安非但没有继续出剑，反而瞬间撤离托月山，又换成左手持剑。

元凶从血泊中站起身，拼凑皮囊和魂魄。

陈平安单手攥拳，五指弯曲，掐合掌上，再以手心纹路为山河符箓，同时运转五件本命物，嘘气成风雷。一脚重重踩地，陈平安脚下方圆百里的大地瞬间变成一片金色镜面，仍是龙虎山不传之秘的雷局。

雷法集大成者，是将雷法、符箓、阵法三者叠加，是谓雷局。龙虎山外，也有道门高真手握雷局之说，请神降真，调兵遣将，敕令天丁力士。呼风起雾，鞭龙致雨，拔起山岳，驱逐入海，一样可以搬运大水登岸。不过相较于天师府代代相传、被誉为万法之祖的雷法正宗，还是逊色太多。传闻真正的雷局，掌握远古雷部诸司总诀，术法极致，掌握阴阳，万物荣枯，四时生灭，天地在乎手，万化生乎身。

看陈平安施展雷法一道越来越娴熟，陆沉忍不住笑问："是宝瓶洲那个你，走了赵老龙城战场遗址？"

陈平安点点头："趁着境界高赶路快，一路南下，去了不少地方，故地重游，见了些老朋友。"

陈平安这种人一旦真正跻身十四境，境界就会异常扎实。

之后双方展开了一场枯燥乏味的拉锯战。元凶依旧术法无穷，简直就像是要在一场问剑当中一口气炫耀完生平所学。反观陈平安，不是换手持剑，将那一剑从接连三十六次不断攀升到接近五十次，就是以雷局小天地稳固身形与道心，或是祭出一把井中月，如雨落托月山。

战场已经再次迁徙到了托月山的山脚。元凶仗剑而立，背对托月山。

距离托月山百里之外，陈平安手持夜游猛然抬头，看了眼两座天地之外的天幕。

一轮明月被拖曳远游，好像有一道身形被打落人间，但是很快就止住坠落之势，仗剑重返明月。

一瞬间，陈平安判若两人。

一座被元凶以剑诀敕令连根拔起的山头横移砸向陈平安，但是这一次，陈平安只是挪步前行，不急不缓，一座近在咫尺的山头就自行碎裂开来。

一道弧线剑光同样止步于数丈之外，火星迸射，火雨遍地，四周焦土一片。

此后，几乎陈平安每往托月山前行数步，便有一道剑术或是术法在附近炸裂。

他始终立于不败之地，身前无人，以无敌之姿，与那托月山，与大妖元凶，既问剑，又问道，还问心。

为何修道？大道之行也，仗剑直行，无须绕路。

那一袭青衫渐渐变成了鲜红法袍，就连十四境道法都未能阻止这种变化。

年轻隐官仿佛重回半座剑气长城，脸庞和身躯是那纵横交错的千万条丝线，而那些蔓延开来的金色因果长线就像是一层神像的镀金色彩。

元凶一剑朝那个开始登山的年轻隐官斩下，结果渐行渐近的神异存在只是抬起一手，就让元凶手中长剑悬停静止。因为去势太过凶狠，元凶持剑手腕甚至当场折断。他就保持着那个劈砍姿势，身形一个踉跄向前。

陈平安一剑递出。很简单一剑，剑斩飞升。

陆沉蓦然瞪圆眼睛，呆如木鸡，满脸匪夷所思。

只见另外一个金色眼眸的陈平安站在山巅，就在那元凶身后，手持一把金色长剑，轻轻抹过元凶的脖颈。

那把长剑横切过后，什么光阴长河大阵，什么合道托月山，皆是无用虚妄的道法。

之后，那人一手提剑，一手拎头。

陆沉瞪大眼睛问道："是你吗？"

那人微笑答道："是我。"

陈平安将夜游收入剑鞘，沙哑开口道："当然是我。"

陆沉直愣愣看了半天，既看那个以粹然神性现世的陈平安，又看主动将神性剥离出去的陈平安，最终长叹一声，后仰倒地，装死算了。

两个陈平安合二为一。至于那个飞升境巅峰的大妖元凶，天地两魂都已经被一剑斩碎，人魂带着七魄开始如灰烬飘散，万年道行，一身境界，就此消亡。

脚下整座托月山开始呈现出一种枯白色，元凶心神维持住最后一丝清明，只剩下一个虚幻假象的黄衣男子站在一旁，没有什么悲恸不甘，反而如释重负。

真名元吉的托月山大祖首徒此生修行无怨无悔，竭尽所能，仍是守不住托月山，虽有遗憾，可是问心无愧，再不用画地为牢，未尝不是一种解脱。

元凶笑道："陈平安，我这颗头颅，你只管带去剑气长城，凭此昭告数座天下。"

陈平安摇摇头，将大妖元凶的那颗头颅轻轻搁放在托月山之巅。

如果这只飞升境巅峰大妖不是以纯粹剑修的身份落幕，那么别说一颗大好头颅，妖丹都给你刨出来。

托月山开始出现分崩离析的迹象，元凶转头看了眼陈平安，对于年轻隐官的选择，似乎备感意外，只是很快就又半点不意外了。

元凶最后盘腿而坐，轻拍自己那颗头颅，眺望远方，微笑道：“陈平安，是不是有点胜之不武了？”

一份凭空得来的十四境，还有那把杀力高出天外的长剑，以及那个神性粹然的存在。

一件鲜红法袍在这山巅随风飘摇，猎猎作响，但是面容身形都开始恢复正常。

陈平安说道：“我要是有你这个岁数，今天这场问剑，你都看不到我的人。”

元凶哈哈大笑起来。

之后双方不再言语，黄衣男子最后看了眼家乡，缓缓抬起手，朝身边那个年纪轻轻的人族剑修竖起大拇指。

陈平安抬头望向天上那一轮月，许久没有收回视线。

曾经担心她迟迟无法跻身上五境，在一座崭新天下会有危险，又担心她成为玉璞境后肩上的担子更重，而他又不在身边。

担心她无法成为天下第一人，又担心她成为天下第一人。

大概这就是喜欢，能让一个人不像自己，能让乐观者悲观、悲观者乐观，能从绝境中看到希望，有胆子去憧憬未来，能让一个贫寒困苦的陋巷少年突然觉得自己就是天底下最有钱的人，能让一个连"剑"字都不会写的草鞋少年跨越山与海，默默练拳百万，还要默默告诉自己，一定要成为大剑仙。

陆沉说道：“放心吧，问题不大，哪怕拖月终究不成，谁都不算白跑一趟了。”

之后就是两两沉默，唯有山风拂过，如有阵阵呜咽。

在白泽敕令冬眠者醒来之后，蛮荒腹地一座冰冻万年的千里冰川突然开始消融，蓦然间就出现了一个不着寸缕的曼妙女子，真身仿佛就是整座冰原。她伸了个懒腰，抬起手掌打了个哈欠，然后嗅了嗅，一步就跨越数千里之地，来到一座雄伟城池，抿了抿嘴，城内一切生灵的鲜血瞬间汇成一条鲜血长河，被她如饮酒一般喝光。一个上五境妖族和几个地仙修士试图以本命遁法远离这座炼狱，被她几个弹指就打散元神，在空中绽放出几朵血花。

一座历史悠久，如今却只能勉强维持"宗"字头的山门祖师堂内，居中挂图并非历代祖师挂像，而是一幅古老山河图，绘制了一处古战场的惨烈厮杀，一只浑身浴血的大妖真身脚下是一大片金身神灵尸骸。然后挂像开始剧烈震动，这等开山老祖显灵的异象让宗门上下激动不已,跪在祖师堂内外疯狂磕头。画卷中,一具不起眼的妖族尸骸蓦然跳起,神色僵硬,环顾四周。之后就走出了一个青年修士,他挑了张椅子坐下,伸手一抓,拧下一颗老修士的头颅——反正这群属于自身道脉的后世蝼蚁万年以来都敬错香了,不是死罪是什么?

另一座建造在蛮荒某福地的小门派内,有少年突然歪着脑袋,双眼漆黑一片,怔怔出神。

与此同时,蛮荒天下八件早就各有归属的仙兵品秩竟然同时切断了与主人的大道牵连,朝同一个方向飞掠而去。一瞬间,七位上五境蛮荒修士重伤,还有一位被视为天之骄子的年轻地仙当场身死道消。

蛮荒各地各有异象,一道道苍茫气息纷纷现世,托月山这边则是不断有山脉崩裂的巨大声响,如同一场问剑过后的天地回响,与风声相和。

陆沉终于打破沉默,问道:"代价是不是太大了点?"

陈平安长剑拄地,突然弯腰低头,颤颤巍巍伸出一只手,五指如钩,伸手覆脸。

他闭上一只眼睛,还有一只金色眼眸。

陆沉难得有胆战心惊的时候,只当什么都不知道。

片刻之后,陈平安抬头微笑道:"境界什么的,越喝酒越有。"

陆沉欲言又止。自己其实不是只说境界一事,一旦自己收回道法,陈平安就会立即跌境——练气士从玉璞境跌落元婴境,武道从归真一层跌落气盛。

虽说此次问剑成功剑斩飞升境收益不小,只是后遗症也大,比如重新跻身玉璞境所需要面对的心魔。道高一尺,魔高一丈,这可不是什么说笑的事情,就更不用谈那场人性与神性之争了。大概这就是剑修,这才是剑修?

自己果然不适宜练剑,之前差点就被孙道长说动了的。

陆沉提醒道:"陈平安,打个商量,真的不能再干架了。"

再来一场类似的问剑,陆沉就真要担心连自己都得交待在蛮荒天下了。

陈平安点点头:"回了。"

蛮荒三月,玉钩已落人间。

蟾宫旧主赊月已经远在浩然,此轮明月沦为一处无主之地。

而曾经居中而悬的那轮皓彩明月里有一处死气沉沉的远古仙宫遗址,似乎曾经经历过一场术法通天的大战,占地广袤的府邸,昔年绵延不绝的数百座建筑,好像被一气呵成夷为平地,只剩地基。哪怕是包括齐廷济在内的几位剑修出手拖月,废墟依旧没有丝毫异样,直到白泽在曳落河现身,才有了天翻地覆的巨大动静。

一只占据明月将近三分之一疆域的庞然蜘蛛破土而出后,瞬间化作人形,是身形佝偻的老者容貌。他张嘴一吸，似乎要将月色悉数吸入腹中，再一吐，就是一把长剑。

正是这位远古妖族剑修先前的突兀一剑，将负责开路的宁姚劈落人间。之后便是宁姚仗剑重返战场，一剑将他重新劈入明月深处的老巢当中。

他抬头瞥了眼那个凶悍无比的小婆娘，运转一门本命神通探查虚实，有点不敢置信：不到一百岁的人族剑修？

这只远古大妖忍不住用那古老言语破口大骂白泽做事情不地道，同时心中惴惴：难不成万年之后的剑修，修行资质、剑道境界都这么可怕吗？那自己醒来又能如何，根本不顶事吧？

他再迅速散开心神看了看其余几个剑修：还好还好，虽然境界都高，不过相比那个杀气腾腾的小姑娘，年纪都算不小了。

只是自己岂不是要被围殴？他二话不说，施展出一道本命遁地术，直接从老巢穿过整个明月，然后举目远眺，大吃一惊：咦，蛮荒怎么少了一轮明月？那就选择蟾宫好了。

一道白光瞬间牵连皓彩与蟾宫，结果那女子竟然不依不饶，几次剑光散开复聚拢，就直接御剑绕过半轮明月，剑光之快，不可理喻。

她拦住去路，问道："要去哪里？"

既然双方都是剑修，只问一剑自然不够。

矮小老者眯眼笑道："小姑娘脾气这么暴躁，小心找不到道侣。"

老者言语与如今的蛮荒大雅言差异不小，宁姚勉强听了个大概意思。她懒得说废话，刚要递剑，突然视线偏移，望向老者身后极远处——那里有一个御风远游而来的家伙，宁姚松了口气。

原来陈平安并未直接返回剑气长城，而是手持一张奔月符，先到了气象相对平稳的蟾宫明月，然后沿着那条好似在两月之间架起了一座桥梁的蛛线，再次祭出一张奔月符，最终赶到。

陈平安当下脸色惨白，双手笼袖，就像一个大病尚未痊愈的病秧子。他站在那条蛛线上，身形微微晃悠，望向老者，微笑道："就在这里，不用找。"

然后又朝宁姚笑了笑，以心声说道："不用担心我，你们只管继续拖月。"

宁姚点点头，毫不犹豫返回，继续出剑不停，稳固那条开天道路。

只是又忍不住转头回望一眼，发现陈平安就在看她，可能是他和她心有灵犀，也可能是他本来就一直在看她。

宁姚负责出剑开路，硬生生以剑气和剑意维持那扇连接蛮荒与青冥天下的大门，此举类似当年老大剑仙的举城飞升。

齐廷济现出法相，将一身剑气笼罩明月千里疆域，就像一条绳索，在明月前方拖曳前行。

刑官豪素置身于一轮明月中,祭出本命飞剑婵娟,银霜万里,与月色相融。同时递剑,一攻一守,共同阻断这轮皓彩与蛮荒天下的大道牵引。

陆芝位于最后方,祭出本命飞剑抱朴,外加陆掌教免费赠送的木盒八剑,就只管出剑劈砍明月,将其推动向前。

剑气长城的四位剑修,对于拖月之事,分工有序,各司其职。

豪素距离齐廷济最近,双方勉强能够以心声交流,豪素便问:"要不要顺手宰掉那远古大妖?"

齐廷济摇头笑道:"既然隐官都没发话,就不节外生枝了。"

那只大妖嘿嘿笑道:"真要打起来,胜算嘛,自然是你们人多势众,更大一些,就是得小心谋划落空了。"

几位剑修合力搬徙明月一事,他是没什么想法的,白泽都不管,他还管个屁。

他娘的,老子酣睡万年,一朝醒来,先被个小姑娘吓了一大跳,再看了一场此时无声胜有声的打情骂俏。

先前在托月山,白玉京三掌教还提心吊胆呢,这会儿就又以心声道:"诈他一诈,看谁虚张声势的本事更胜一筹!"

却又蓦然正色道:"要小心白泽!"早知道就不该来这儿凑热闹。

只是陆沉很快就又笑道:"好像不用小心了。"亏得凑热闹来了,贫道颇有先见之明啊。

城头之上,魏晋正在炼化那数缕古老剑意。

曹峻美其名曰护道,实则是无心修行,因为魏晋竟然跻身了一种境地,以致独独他俩附近下起了一场没头没脑的鹅毛大雪。

曹峻闲来无事,就堆了个高高的雪人,模样英俊极了。然后从方寸物里边取出两双青竹筷子,先在雪人腰侧各悬上一根,再让雪人双手各拿一根。又堆了几只巴掌大小的旧王座大妖,让雪人一手抵住一只的脑袋。

曹峻转头瞥了眼一旁如同老僧入定的魏晋。一个四十岁的玉璞境剑仙,之后在剑气长城以杀妖一事砥砺剑道,返乡之后,在甲子岁数跻身仙人境。

听说阿良曾经帮他点破元婴境瓶颈,左右指点过他剑术,老大剑仙丢了本剑谱给他,重返剑气长城时,又得到了宗垣的数缕粹然剑意。

羡慕不羡慕?自己都不认识阿良,左右曾经几剑碎过自己的道心,老大剑仙称赞了自己一句"后生可畏",宗垣的粹然剑意根本不稀罕搭理自己。无奈不无奈?

魏晋突然睁开眼睛,仰头望向天幕。

曹峻顺着魏晋的视线也抬头远眺,揉了揉眼睛。

视野中，一轮大月逐渐现出巨大轮廓，正在"缓缓"移动。

南边的整座蛮荒天下估计又得再次共看一轮月了。

桐叶宗的于心、王师子、李完用、杜俨、秦睡虎先前离开剑气长城遗址后就联袂远游，直奔日坠，拜访大骊宋长镜以及玉圭宗韦滢，所以错过了近距离目睹老大剑仙出剑的机会。一行人只是在半路停步，回望北方城头那边的剑气如虹。

秦睡虎笑骂道："先前是谁着急赶路的，站出来。"

哪怕隔得远，一行剑修依旧能够感受到那股气冲斗牛的浩大剑气。

李完用目眩神摇，长长呼出一口气，使劲搓脸："大概唯有这一剑，才当得起'最纯粹'三字。"

杜俨眼神恍惚，喃喃道："我们这辈子，练剑百年千年，哪怕更久，最后能够递出这么一剑吗？"哪怕此生只有一剑都好啊。

王师子说道："其实左先生的剑术最接近老大剑仙。"

一提起左右，几个大老爷们儿就不约而同望向唯一的女子。

于心置若罔闻。

其实未能在剑气长城见到左先生也不错，自己可不忍左先生为难。

她继而自嘲：左先生岂会因为自己单相思的那点儿女情长为难半点？左先生，只会让浩然天下和蛮荒天下共为难吧。

陈三秋和叠嶂跟随邵云岩和酡颜夫人，连同龙象剑宗十八剑子，一起御剑去往南边的渡口。

老大剑仙从剑气长城远游蛮荒之时，曾经故意放慢身形，低头望去，与陈三秋和叠嶂点头致意。两个年轻晚辈被迫抬头，只是匆匆一瞥，就再不见老大剑仙的踪迹。

马苦玄揍完人之后，拍拍手，神清气爽。

最有意思的事情，是那位悲愤欲绝的老元婴仰头望天大声喊道："贺夫子，难道就由着这厮肆意伤人吗？"

坐镇天幕的那位文庙陪祀圣贤都没有用心声言语，直接开口说道："我不在。"

马苦玄闻言大笑：不承想这个有资格吃冷猪头肉的贺夫子还挺风趣。

不再理睬那拨可怜兮兮的谱牒仙师，马苦玄去余时务那边坐着。

高明说道："老马，与你说个事儿。"

马苦玄笑道："有屁就放。"

高明问道："我能不能转投落魄山，给陈平安当弟子啊？我觉得去那边跟隐官混可能出息更大些。"

数典和忘祖面面相觑。他们都知道这个少年要么闭嘴不说话,一说话就不着调,只是没想到会这么胆大包天,真是什么话都敢说。

高明低头摸着那把心爱柴刀,自顾自说道:"至少出门有面儿,不像跟着老马你走南闯北,遇到的山上仙师,无论男女,瞧我的眼神都怪怪的——余师伯祖,那句话怎么说来着?"

余时务笑道:"上梁不正下梁歪。"

高明使劲点头:"对!"

"选不了在哪里投胎,拜师也差不多,就乖乖认命吧。"马苦玄不怒反笑,而且还笑得很开怀,不似作伪,摸了摸少年的脑袋,"再说了,师父也没太亏待你,说了带你上山修行当神仙,跟着我吃香喝辣,两件事都做到了。"

高明想了想,点头道:"倒也是。"

少年当初跑路之前,还不忘拿起手中柴刀,在那具尸体上擦拭了一下血迹。

其实当初那拨同乡没有赶他走,也没有埋怨他乱砍人闯下大祸,大概是因为这个一起长大的愣子打架下手最重,还喜欢冲在最前头。但是当少年看到了他们眼中的心虚、害怕和胆怯时,就觉得挺没劲的。要是马苦玄一行人没出现,他也就继续跟着同乡们厮混了,毕竟他也没其他地方可去。可既然马苦玄当时说了,可以跟着上山当神仙,他就想知道什么叫神仙。

高明好奇问道:"老马,你跟陈平安不是同乡吗,怎么就较上劲了?你说你招惹谁不好,偏要招惹他。"

马苦玄抬起双手,抱住后脑勺,眯眼笑道:"同龄人当中,好像就我胜过他两场?"

高明抬头赞叹道:"那老马你很可以啊,也算曾经风光过了。"

马苦玄指了指余时务:"不过如今真正让陈平安忌惮的人,是你们的余师伯祖。"

独自一人,三份武运,真正意义上的神灵庇护。

余时务看着那几个晚辈,摇头笑道:"你们还真信啊?"

数典和忘祖将信将疑,唯有高明点头道:"信,咋个不信?"

余时务一笑置之,转头望向南边。

在他眼中,天下一切有灵众生,生死皆如蝼蚁,却美如神。

中土文庙功德林一处山水秘境内,剑修刘叉从一个横行蛮荒天下的大髯豪侠变成了一个痴迷垂钓的钓鱼人。

钓鱼这种事,确实容易上头。刘叉垂钓的讲究越来越多,钓竿鱼篓就不提了,选择钓位、鱼钩鱼线、钓底钓浮、饵饵养窝,原来都是有学问的,如今刘叉"道法"精进无数,门儿清。当然，前提是刘叉刻意压制修为，以凡夫俗子的眼力、气力在此垂钓，若不然，钓鱼就没有半点乐趣可言了。

今日渔获颇丰，刘叉给自己煮了一锅鱼汤。先前跟文庙讨要了一些柴米油盐，打算再买些鱼苗投放入湖，文庙要是连这都抠抠搜搜，那自己就花钱买，鱼苗钱和路费一并出了。

旧王座大妖仰止被囚禁在一片人迹罕至的火山群中，相传曾是道祖一处炼丹炉。

一个姿色平平、荆钗布裙的妇人突然在临水靠山的僻静地方开了一家酒铺，平时连个鬼的客人都没有，她也无所谓。礼圣与她只约定一事，除了不可越界，就是不可伤人性命，此外，千里之地，她都可以来去自由。

今天来这边喝酒的，破天荒凑了一桌，是位附庸文雅的山神老爷，还有个少女模样的河婆，剩下两个都是炼形有成的山怪精魅。只不过这四位酒客都不知晓仰止的底细，只是将那酒铺老板娘当成了一个修道小成的水裔精怪。

今天仰止单独坐一张酒桌，随手翻看一本浩然早就禁绝的《新书》，书上有个关于斩杀两头蛇的寓言故事，看得仰止颇为唏嘘。

隔壁桌的那位山神老爷还在吹嘘如今大妖仰止那个臭婆娘算是归自己管辖，自己每天巡视两遍某处火山口，那老婆姨吓得心惊胆战，都不敢正眼看自己。

河婆少女双手托腮，眼神哀怨地望向外边的黄沙大地，说："女子就是菜籽命，嫁人可不就是菜籽落地，撒到哪里是哪里——苦哩。"

便有一只山精嬉笑搭讪，说："河神娘娘你还是黄花大闺女呢，什么嫁人不嫁人的，难不成是瞧上我啦？好说好说，哥哥我的床笫本事那是公认一绝。"

他可不怕那个顶着个神灵头衔的少女，不过等于一个山水官场的胥吏而已。何况在这儿当个小小河婆简直就是遭罪，只管着一条可怜巴巴的河流，用自家山神老爷的话说，小姑娘衣衫单薄，穷酸命。

小河婆斜了那只山怪一眼，呵呵一笑，撂了句狠话："一拳把你裤裆打烂。"

山怪一拍桌子，打出了个窟窿，仰止抬头望去，笑道："赶紧赔钱。"

然后又补了一句："是床笫，不是什么床第。"

俱芦洲一个做好事从不留名的江湖游侠逛荡到一处不大的仙家渡口，花钱买了本《甶剑仙印谱》。本来他是觉得价格便宜，拿来随便打发光阴，不承想还有意外之喜，因为翻到其中一页，一枚印章的款底是那"让三招"。

杜俞眼前一亮：这位隐官大人也是个妙人啊，若是好人前辈远游剑气长城，他们一定聊得来。

大骊京城火神庙，老车夫找到了封姨。她还是醉醺醺坐在花棚台阶上，打着酒嗝。

老车夫闷闷道："到底怎么回事？"

先前大骊京城莫名其妙就闹出了那么大的动静，飞升境起步，要是一个不小心，可就是传说中的十四境了。虽然那份惊人气象稍纵即逝，可对他们这些岁月悠久的老古董而言，越是如此收放自如，越是高看。

封姨笑道："终于晓得怕了？"

老车夫双臂环胸，嗤笑一声："老子当然怕！"

搁谁谁怕的事儿，有啥好犟的，再说这边也没什么外人。

封姨毫不掩饰自己的幸灾乐祸，摇晃酒壶，调侃道："外人雾里看花就算了，我们都是亲眼看着骊珠洞天年轻人一步步成长起来的老人，怎么还这么不小心？"

"那劳烦你捎句话给那小子，就说我厌了，保证以后见着他就绕路走。"

"自己不会说去啊？"

"见着那小子就气不打一处来，还是不见为妙。"

主要是那小子不厚道，根本不给什么一言不合的机会。之前双方就只是打了个照面，对了个眼神，就结下了梁子。

老车夫越说越憋屈，伸出一手："闲着也是闲着，来壶百花酿。"

封姨还真给了一壶，让他有些意外："今儿大气啊。"

封姨笑呵呵道："不怕贼偷，就怕贼惦记。"

蛮荒大地与一轮明月之间的路途中，一点光亮骤然绽放。

原来是白泽虚蹈光阴长河，从曳落河动身，终于出手阻拦四位剑修的拖月之举。

白泽祭出一尊法相，白衣飘摇，仅是一只大手就足可攥住一轮明月。

同时有人悄然动身，一步登天，现出同等高的巍峨法相。一袭儒衫一手按住白泽法相的头颅，猛然下按，将其推回人间。

白泽法相砰然消散，只是再次凭空出现在天幕更高处，朝那儒衫法相的脑袋重重一拳凶狠砸下。

儒衫法相轰然炸开，下一刻就出现在白泽法相身后，拧断了后者的脖颈。

一座浩然天下，一座蛮荒天下，天时皆震。

一场看似朴素至极、半点不山上的"斗法"，实则双方道法余韵早已气势汹汹涌入了青冥天下。

那只远古大妖心神震动不已：溜了溜了，不然在这边等死啊。

他都没敢去往蟾宫明月，而是隐匿身形，笔直一线坠落人间。

他妈的，竟然是那个脾气最差、最会干架的小夫子！

当初陈平安从钦天监借了几本书，没有回人云亦云楼或是客栈，而是直接一步来到京城的外城墙头上，看到了一艘悬在京畿之地边境上空的渡船，其上两股龙气异常浓郁——真龙稚圭、藩王宋睦，就像大半夜的泥瓶巷隔壁院子里晃着两盏大灯笼，想要看不见都难。陈平安就又跨出一步，直接登上这艘戒备森严的渡船，与此同时，掏出了那块三等供奉无事牌，高高举起。

一名披甲按刀的武将与几名渡船随军修士已经形成了一个半月形包围圈，显然以驱逐访客为首要，等到他们瞧见了那块大骊刑部颁发的无事牌，这才没有动手。

武将沉声问道："来者何人？"眼前修士青衫长褂，气定神闲，总觉得在哪里见过，偏偏记不起来。

一名慈眉善目的老修士道："还请劳烦仙师报上名号，渡船需要记录在案。"他一手缩于袖中，悄然拈住了一张金色符箓，"至于能否留在渡船上，老道不敢保证什么。"

藩王宋睦、皇子宋续、礼部侍郎赵繇如今可都在渡船上，谁敢掉以轻心？

陈平安自报名号："落魄山陈平安。"

那武将愣了一下，随后恍然，问道："是差点杀了正阳山那帮龟孙的陈山主？"

陈平安也愣了一下，笑着点头："如果没有意外的话，应该就是我了。"

正阳山那个乌烟瘴气的仙家山头，只出钱，几乎就没怎么真正出力，更不出人，除了屈指可数的一小撮剑修去了老龙城战场冒头，其余那些个所谓的剑仙坯子，敢情都是下山游山玩水的，反正哪里安稳去哪里，大骊军方但凡是领兵打仗的武将都看得真切，自然对正阳山很瞧不上眼，所以落魄山的那场观礼大快人心。

那武将满脸笑意，挥了挥手，撤掉渡船包围圈，然后抱拳道："陈山主今天没有背剑，方才没认出来。护卫渡船，职责所在，多有得罪了。末将这就让属下去与洛王禀报。"

宋睦就藩之地在洛州，古洛水也是后来那条中部大渎的发源地之一。

这位武将其实平时是个闷葫芦，不承想今儿倒是没少笑脸，主动介绍起自己来了："我叫廖俊，曾是苏将军麾下，步卒出身，低人一等，不说也罢。跟关翳然是朋友，可惜当年在书简湖与陈山主错过了，未能见上一面。经常听虞山房和戚琦提起陈山主，说你酒量无敌，一顿酒喝下来，最后但凡有一个能坐着的，都算陈山主没喝尽兴。"

其实是一桩怪事，照理说陈平安方才登船时并未刻意施展障眼法，这廖俊既然见过那场镜花水月，绝对不该认不出落魄山的年轻山主。

这就是陆沉那一身道法带来的结果，陈平安当下并未完全消化掉那份道韵、道气，使得他如今在这人间行走，宛如一条不系虚舟，人身与天地井水不犯河水，故而在"道貌"一事上，自然而然就让外人雾里看花。等到陈平安报上山门和名字，在他人眼中，才变得像是刹那之间记起此人,不然就休想守得云开见月明了。更早之前,道祖骑牛造访小镇更是如此,道祖不欲人知自己的行踪,便会天不知地不知人皆不知。

陈平安以心声笑道:"我酒量一般,就是酒品还行。不像某些人,虚招迭出,提碗就手抖,每次撤离酒桌,脚边都能养鱼。"

廖俊听得十分解气,爽朗大笑。自己在关翳然那个家伙手上没少吃亏,聚音成线,与这位言语风趣的年轻剑仙密语道:"估摸着咱们关郎中是意迟巷出身的缘故,自然嫌弃书简湖的酒水滋味差,不如喝惯了的马尿好喝。"

一袭雪白长袍的稚圭站在渡船顶楼,眯眼望向那个先前在大渎祠庙一别的青衫男子。

她很烦陈平安的那种平易近人,好像与谁都能聊上几句,这类人的眼睛里好像总能找到些美好事物。若是伪装也就罢了,偏不是。

陈平安抬头以心声笑问:"作为新晋四海水君,如今水神押镖是职责所在,你就不怕文庙问责?如果我没有记错,如今大骊金玉谱牒上边的神灵品秩可不是雷打不动的铁饭碗。"

那场文庙议事过后,不断有各类措施通过山水邸报传遍浩然九洲。

只说山水神灵的评定、升迁、贬谪一事,山下世俗王朝一部分的神灵封正之权上缴文庙,更像一个朝廷的吏部考功司。大骊这边,铁符江水神杨花补缺那个暂时空悬的长春侯一职,属于平调,神位还是三品,有点类似山水官场的京官外调。但能够外出执掌一方,担任封疆大吏,属于重用。宝瓶洲钱塘江风水洞的那条老蛟刚刚补缺了齐渎三位公侯中的淋漓伯,当然更是升迁。真名程龙舟的黄庭国老蛟转任儒家书院山长,去桐叶洲大伏书院赴任。

各有造化。

稚圭冷笑道:"如果我没有记错,陈山主并未在大骊礼部任职,难道是那场议事,文庙论功行赏,得了个与文脉身份匹配的实权高位,所以可以管得这么宽了?"

陈平安笑道:"好歹是多年邻居,提醒一句不过分。听不得别人好劝的习惯,以后改改。"

"不过是读了几本书,好为人师的这个习惯,你也要改改。"

稚圭回了他一句,又笑:"要我说,你还是以前没念过书那会儿更讨喜。还是当年好啊,在铁锁井挨顿骂就能让人气愤好几天。"

双方都是民风淳朴的骊珠洞天"年轻一辈"出身,只说言语一道,可算出自同一座祖师堂。

稚圭眯起那双金色眼眸,以心声问道:"十四境?哪来的?"

作为世间唯一一条真龙的存在,还是一位身负蛟龙气运的飞升境大修士,比起一般山巅修士,她的眼力自然更好。

陈平安说道:"跟人借来的,那个人你刚好也认识。"

稚圭嗤笑一声,显然不信,只是又突然眯起眼:"陆……道长?!"

差点就要直呼其名。

她好像找到把柄,手指轻敲栏杆:"啧啧啧,都晓得与仇家化敌为友了。都说女大十八变,可也只是变个模样,倒是陈山主的变化更大。不愧是经常远游的陈山主,果然,男人一有钱就了不起。"

陈平安不以为意,问道:"你知不知道三山九侯先生?"

稚圭笑眯眯道:"知道如何,不知道又如何?"

她一只洁白如玉的手掌,手背已经暴起青筋。显而易见,她对那位三山九侯先生是恨得咬牙切齿,却又怕到了骨子里。

真珠山是昔年稚圭这条真龙所衔骊珠所在,而那条被当地百姓俗称龙须溪,后来才抬升为河的水流是名副其实的龙须之一,与另一条龙须小镇主街一隐一现。此外,福禄街和桃叶巷又分别是龙颈和一段龙脊,整条福禄街的每一处府邸就是一张张压胜符箓,而桃叶巷的每一棵桃树就像是一颗颗龙钉,合力将一条筋骨裸露的真龙困在原地,不得动弹丝毫。小镇数十座高人精心寻龙点穴的龙窑所在号称千年窑火不断,对于稚圭而言,无异于一场不停歇的大火烹炼,每次烧窑,就是一口口油锅倾倒沸水汤汁,业火浇灌在神魂中。

陈平安提醒道:"别忘了当年你能够逃离铁锁井,之后还能以人族皮囊体魄自由自在行走人间,是因为谁。"

如果按照骊珠洞天三教一家圣人最早制定的规矩,这属于法外开恩,同时还有僭越之举的嫌疑。

稚圭眨了眨眼睛:"当然是因为齐静春看守不力啊,不然还能如何?"

陈平安双手笼袖,微微转头,做竖耳倾听状,而后微笑道:"你说什么,我没听清,再说一遍?"

稚圭趴在栏杆上笑嘻嘻道:"你算老几,让我再说一遍我就一定要说啊。"

当了那么多年的邻居,陈平安什么性格,她很清楚。在他这个滥好人面前,谁都可以言行无忌,反正他打小就是被翻白眼戳脊梁骨惯了的可怜虫,都不用担心他会记仇,更不用担心会遭报复。一般人连好人有好报都不信,他偏信那恶有恶报,打小就不怕鬼,偏是个半点坏事都不敢做、半点坏心都不敢有的胆小鬼,只是唯独在某些事情上别界。

当年稚圭看到刘羡阳的第一眼就不喜欢他。世间真龙,天生逆鳞,因为刘羡阳祖上精通扰龙、豢龙和斩龙之术,所以对于身为养龙士后裔的刘羡阳,稚圭拥有一种发乎大道本心的憎恶。那会儿的刘羡阳就是个实打实的凡夫俗子,对此懵懂无知,又被田婉牵了红线，只当稚圭是嫌弃自己没钱。

宋睦走出船舱，身边跟着宋续和赵繇，还有那个翻箱倒柜收获颇丰的少女余瑜。只是余瑜一瞧见那位笑吟吟杀人不眨眼的青衫剑仙，立即就变成了苦瓜脸——虽说眼前这个他不是那个他，可那个他终究还是他啊，还不是打得自己鲜血狂喷，将自己的所有魂魄随手扯出。

一想到这些不堪回首的糟心事，余瑜就觉得渡船上边的酒水还是少了。

宋睦笑问："找我有事？"

陈平安反问："不是你找我有事？"

宋睦点点头："那就去里边坐着聊。"

一间屋子，陈平安和宋睦相对而坐，稚圭跨过门槛，站在了宋睦身后。

宋睦开门见山道："不要杀人，这是我的底线，不然我不管付出什么代价，都要跟你和落魄山掰掰手腕。"

陈平安说道："你要先弄清楚一件事，不是我为难她，是她在为难我。"

稚圭笑道："公子多虑了，一个好人怎么会杀人呢？最多是说几句道理，稍稍教训一番，就可以扬长而去了。"

宋睦死死盯着陈平安，摇头道："以德报德，以怨报怨。以怨报德是真小人，以德报怨是伪君子。这可不是我的道理，是至圣先师的教诲。"

陈平安对稚圭道："外人就别待在这儿了。"

稚圭摇头如拨浪鼓："首先，我不是外人；其次，我也不是人。"

宋睦吩咐道："稚圭，你先离开片刻。"

稚圭撇撇嘴，身形凭空消散。

陈平安蓦然抬起一手，双指并拢作剑诀。下一刻，稚圭就被迫离开屋子，重回顶楼廊道。她以拇指抵住脸颊，其上有一丝被剑气伤及的浅淡血痕——果真是那传说中的十四境！

宋睦倒了两碗茶水，手指抵住其中一只白瓷茶碗，轻轻推给陈平安。

桌上这套茶具，来自龙州窑务督造署。

不到一刻钟，陈平安就回到了船头，只留下一个神色落寞的大骊藩王呆呆看着眼前的茶碗。

赵繇一直等着陈平安返回，以心声问道："其余两位剑修？"

其实赵繇第一次去见陈平安的时候不是没有担心，保不齐陈平安会想着补全仙剑太白一事。

陈平安说道："剑修刘材，蛮荒斐然。"

赵繇皱眉道："怎么会是斐然？"

陈平安摇头道："不清楚。以后你可以自己去问，如今他就在大玄都观修行，已经是剑修了。"

赵繇苦笑道："我如今才是玉璞境，你让我飞升去往青冥天下，猴年马月的事情，还不如等着白先生重返浩然更实在点。"

陈平安笑道："既然能从五彩天下破例返乡，说不定就能去青冥天下破格游历。"

赵繇一时无语凝噎。跟这个喜欢记仇的家伙聊天，真不舒心。

他客气了一句："一起回京城？"

陈平安摇头道："南下重游几处故地。"

稚圭神色淡漠，眯起一双金色眼眸，居高临下望向陈平安，以心声道："现在的你，会让人失望的。"

陈平安双手笼袖，抬头望向那个女子，没有解释什么，只是笑了笑。

至少这些年离乡，跟随宋集薪四处漂泊，她终究还是没有让齐先生失望。

大战之中，她既不曾倒戈向蛮荒天下，反而主动离开陆地，与那旧王座绯妃大打一场，拦下对方那手试图水淹老龙城的水法神通，以致挨了搬山老祖朱厌的当头几棍。大战落幕后，也不曾莽莽撞撞去往归墟，试图在无人约束的蛮荒天下自立门户。

没有为了水运之主的身份去与渌水坑澹澹夫人争什么，不管怎么想的，到底没有大闹一通，跟文庙撕破脸皮。

最重要的是，她没有坑害宋集薪。既然她在泥瓶巷可以从宋集薪身上窃食龙气，那么如今她一样可以反哺龙气给藩王宋睦。一旦她这么做了，就会牵动一洲气运形势，极有可能会导致大骊宋氏一国两分，最终形成南北对峙的局面。

陈平安转身，伸手出袖，与那披甲武将廖俊抱拳作别。

稚圭等到那个家伙离去，回到屋子里，发现宋睦有点魂不守舍。她随意落座，问道："没谈拢？"

宋睦一言不发，沉默许久，起身道："不去京城了，去蛮荒天下。"

第四章
次第花开

大隋山崖书院。

茅师兄已经卸任副山长,而且文庙议事过后,再不是大隋礼部尚书兼任书院山长,来了一位来自别洲的新任山长。

陈平安在书院那座名为东山的山顶现身,站在一棵大树枝头,远眺那座皇宫。昔年的皇子高煊已经是大隋新帝了。

当年小镇鱼龙混杂,陈平安得到的第一袋金精铜钱,从严格意义上来说,就是从高煊手中得到的。加上顾璨留给他的两袋,刚好凑齐了三种金精铜钱:供养钱、迎春钱、压胜钱。而这三袋金精铜钱其实都属于陈平安错过的机缘,最早是送给顾璨的那条泥鳅,后来是遇到李叔叔,正在谈价格的时候,被高煊后到先得,硬生生抢在陈平安之前买下了那尾金色鲤鱼,外加一只白送的龙王篓。之后,这位大隋弋阳郡高氏子弟以两国结盟的质子身份来到大骊王朝,曾经在披云山林鹿书院求学多年。而在山崖书院,高煊经常跟于禄一起钓鱼,其实跟李宝瓶、李槐他们都很熟了。

陈平安犹豫了一下,还是没有去大隋皇宫找高煊。当下这位登基没多久的新帝正在御书房忙着批朱,那位被大隋官场暗地里称作两朝"内相"的年迈宦官就守在门口,然后有位供奉修士觐见皇帝陛下,好像是叫蔡京神。

陈平安跟他不熟,崔东山和李叔叔跟他好像都很熟。

之后,陈平安只是去了书院那座湖边散步片刻便再次消失,继续远游。

南涧国与古榆国接壤的边境上有一座规模不小的仙家渡口,渡船停泊处是一个大湖,名为报春湖。

按照张山峰的说法,上古时代,有神女司职报春,管着天下花草树木,结果古榆国境内的一棵大树枯荣总是不守时候,神女便下了一道神谕敕令,让此树不得开窍,故而极难成精炼形,于是就有了后世榆木疙瘩不开窍的说法。

如果陈平安没有记错,南边那位楚姓书生当年的确只有五境修为,这与它的存世年月确实极不相符。修道之士在山上有那虚岁和周岁的说法,跟山下年龄是不太一样的算法,那么这只古榆树精真是典型的虚长几千岁、周岁很不足了。

那会儿陈平安读书少,眼界浅,起先还误以为对方是古榆国的皇室子弟,不然单凭一个楚姓,加上张山峰所说的典故,以及对方自称来自古榆国,就该有所猜测的。

天下精怪,只要炼形成功,真名一事,至关重要。以召陵许夫子的解字之法,楚字上林下疋,疋作"足"解,双木为林,树下有足,那位古榆国国师便以此作为自己的姓氏。

陈平安抬头看向渡口上空。

古榆国,大茂府。

古榆国的国姓也是楚,而化名楚茂的古榆树精担任古榆国的国师已经有些岁月了。

这会儿楚茂正在用餐,一大桌子的精巧佳肴,加上一壶从皇宫拿来的贡品美酒,还有两名妙龄侍女在一旁伺候,真是神仙过神仙日子。

看他在饮食一事上花费的心思,就知道是个讲究人。当然了,这位国师大人当年还很客气,身披一枚兵家甲丸形成的雪白甲胄,使劲拍打身前护心镜,求着陈平安往这边出拳。那是陈平安第一次见到兵家甲丸,好像还是古榆国皇家的"地"字号库藏。

楚茂与后来陈平安在俱芦洲遇到的鬼斧宫杜俞是一个路数的英雄好汉,一个求你打,一个让三招。

陈平安站在门口,稍稍解禁一丝修士气象。

楚茂绷着脸冷笑道:"来者是客,何必鬼祟。"

他没有转头,继续拿筷子夹菜。一个洞府境修士,境界不低,胆子不小。

门口出现了一个双手笼袖的青衫男子,微笑道:"楚国师,别来无恙。"

楚茂微微皱眉,缓缓转头,看清那人容貌身形后,顿时汗如雨下,一手扶住桌面,晃晃悠悠站起身,后退几步,先正衣襟,再从袖中摸出一块玉牌悬在腰边,最后作揖到底,道:"古榆国练气士楚茂,见过陈宗主。"

老子又没眼瞎,先前那场正阳山的镜花水月可是看得很欢快的,还没少喝酒。

至于楚茂那块由大骊刑部颁发的太平无事牌,当然是末等。

只是楚茂打破脑袋都猜不到，这么一位高不可攀的剑仙，来小小古榆国作甚？

陈平安从袖中摸出一块无事牌："这么巧，我也有一块。"

不承想这么一块供奉牌用处颇多。

楚茂立即见风使舵："真是不敢想象的事情，竟然有幸与陈剑仙同是大骊供奉修士，在这之前，还痴心妄想着能够换成一个二等供奉头衔便好了，可如今大骊便是赏我一块头等无事牌，我都要拒绝了。"

陈平安抬脚跨过门槛，手腕一拧，多出那只朱红色酒壶模样的养剑葫，笑道："是你自己说的，将来只要路过古榆国，就一定要来你这里做客，就算是去皇宫饮酒都无妨，还建议我最好挑个风雪夜，咱俩坐在那大殿屋脊之上，大大方方饮酒赏雪，就算皇帝知道了，都不会赶人。"

当初楚茂自称与楚氏皇帝是相互帮衬又相互提防的关系，其实回头来看，是一番极有良心的实诚话了。

楚茂站在原地怔怔无言，天打五雷轰一般。

眼前这位青衫剑仙怎么可能会是当年的那个少年郎？！这才几十年工夫？那会儿自己跟少年剑修一场狭路相逢，双方怎么都算……打得有来有回吧？再说了，你一个上五境的剑仙老爷，把我一个小小的观海境精怪当个屁放了不行吗？何必刨根问底翻旧账，白白折损了仙家气度。

陈平安搬了把椅子坐下，与一名侍女笑道："劳驾姑娘，帮忙添一双碗筷。"

楚茂刚要训斥那只没半点眼力见儿的呆头鹅几句，结果发现那位剑仙正似笑非笑地望着自己，便立即与那婢女和颜悦色道："记得再拿几坛好酒来。"

陈平安落座后，随口问道："你与那个白鹿道人还有没有往来？"

对那个作为楚茂盟友之一的白鹿道人，很难不记忆犹新——来得很快，跑得更快。

当时楚茂见势不妙，就立即喊秦山神和白鹿道人赶来助阵，不承想白鹿道人刚刚飘然落地，就脚尖一点，以手中拂尘变幻出一只白鹿坐骑，来也匆匆，去更匆匆，撂下一句："娘咧，剑仙！"

其实那会儿的陈平安哪里能算剑仙？一把飞剑，有无本命神通才是重中之重，而初一和十五作为与陈平安相伴最久的两把飞剑，直到现在，陈平安都未能找出它们的本命神通。

楚茂越发提心吊胆，叹了口气："白鹿道长在先前那场战事中受了点伤，如今云游别洲散心去了，说是走完了浩然九洲，一定还要去剑气长城看看，开开眼界，就当是厚着脸皮了，要给那些战死剑仙敬个酒。道长还说以前不晓得剑气长城的好，等到那么一场山上谱牒仙师说死就死，而且还是一死一大片的苦仗打下来，才知道本以为八竿子打不着的剑气长城帮浩然天下守住了万年太平光景，何等气魄，何等不易。"

其实当年回到古榆国京城,楚茂曾经派过两名纯粹武夫和两个山泽野修去刺杀那个少年剑仙,结果如泥牛入海,肉包子打狗,一个个有去无回,所以这么多年来,楚茂就一直没去彩衣国胭脂郡报仇,算是认栽了,惹谁都别惹剑修。

陈平安笑问:"以楚国师的大道根脚,当年为何没有投靠蛮荒妖族?"

楚茂笑了笑:"是精怪,又不是畜生。"

陈平安提起酒碗:"走一个。"

楚茂连忙双手持杯,等那位青衫剑仙先喝,这才一个猛然抬头,饮尽杯中酒,而后又倒满酒,赶紧说些惠而不费的好听话:"陈剑仙要不是有个自家山头,实在脱不开身,不如风雪庙魏大剑仙那么潇洒,不然去了剑气长城,以陈剑仙的资质,一定半点不比魏大剑仙差了。"

陈平安举起酒碗,身体前倾,与楚茂手中的酒杯磕碰一下,笑道:"本就该恩怨各算,今天喝过了酒,就当都过去了。不过有一事,得谢你。"

是说当那包袱斋捡钱一事,开门大吉。但在楚茂这儿,年轻剑仙没说什么事,他当然也不敢多问。

最后,等到那位年轻剑仙笑着告辞,楚茂还是有一种恍若隔世的错觉。

一座山神祠附近的僻静山头,视野开阔,适宜赏景,三名女子铺了张彩衣国地衣,其上摆满了酒水和各色糕点瓜果。

江湖老话,山中美人,非鬼即妖。当然,还有落魄书生最为向往的神女。

其中一名少女开心得在毯子上边欢快打滚:哈哈,真是万事开头难,开了头就万事不难了。发了发了,终于发达了,老娘终于阔气了,终于不用寄人篱下看人脸色了。

少女正是山神韦蔚,带着两名祠庙侍女来喝酒的。她刚刚晋升为山神娘娘的那些年,所有家底都花在了修建祠庙上边,怎么瞧着富贵气派怎么砸钱。一开始没经验啊,当惯了剪径劫财的梳水国四煞,哪里晓得如何当山神娘娘嘛,可不就是黄花闺女坐花轿——头一回的事儿,所以根本没想着省着点花。

那会儿可真是低声下气得令人发指,只得与城隍暂借香火维持山水气数,结果因为欠得太多,县城隍见着她就喊姑奶奶,说自个儿比她更惨,已经勒紧裤腰带过日子了。县城隍倒不是装的,确实是被她连累了,可府城隍就不够厚道了,让她吃闭门羹。等到了一州阴冥治所的督城隍庙,那更是衙门里边随便一个当差的都可以对她甩脸子。

山水官场,真真难混。

韦蔚还是女鬼的时候,就曾经埋怨过这个世道人难活,鬼难做。不承想好不容易当上了享受香火的山神娘娘,还是处处捉襟见肘。

事情的转机出现在那个青衫剑仙拜访过后,山神庙就开始时来运转了,以至于韦蔚私底下专门给邻近祠庙的那段山路取了个名字,就叫"分水岭"。

陈平安趁着韦蔚不在山神庙内,就坐在了祠庙外的长条青石凳上,遥遥听着山神娘娘与两位神女说她那趟京城之行的曲折情节,就当是听人说书了。

原来她们在"精心"挑选了一位进京赶考的读书人,确实是大费周章了,教人好等。这还亏得是陈平安早有提醒,不然她们如果只是盯着自家山界里边的读书种子,估计这会儿山神庙都要揭不开锅了。

一开始那个士子就根本不稀罕走山路,只会绕过山神祠。咋办?就按照陈平安的法子办嘛,下山托梦!

按照韦蔚的估算,那士子科举制艺的本事不差,只要考场上别犯浑,捞个同进士出身是板上钉钉的事,可要说考个正儿八经的二甲进士,就稍微有点悬乎了,但也不是完全没有可能,如果再加上韦蔚一鼓作气赠予的文运,就更有希望了。

可那个书生的长相委实是硌碜了点,歪瓜裂枣的,一开始韦蔚的侍女还不太情愿,嫌弃人家丑,说她真的……下不去嘴。气得韦蔚揪着她的耳朵骂她不开窍:"只是入梦,还下嘴,下什么嘴?又不是让你直接跟他来一场云雨春梦。"

一场蹩脚的托梦之后,亏得那个士子这辈子是头一遭遇到这种事情,不然会破绽百出,韦蔚自个儿都觉得惨不忍睹,后来她就一咬牙求来一份山水谱牒。山神下山,尽量偏离水路,小心翼翼走了一趟京城。之前陈平安所谓的"某位庙堂重臣",虽然没有明说是谁,但韦蔚心知肚明。双方原先就熟得很,只不过自从韦蔚当了山神娘娘,双方就极有默契地相互划清界限了。

那家伙不是省油的灯,更不念旧情,弯来绕去打官腔,什么科举一道是国之大事,不宜插手,坏了规矩。韦蔚原本不太愿意提起陈平安的,实在是没法子了,只得搬出了这位剑仙的名号。

好嘛,"陈平安"三个字简直就是天底下最好的一剂灵丹妙药。虽然那家伙当时只说了句"不要抱过大希望",但是韦蔚这点人情世故还是有的——那士子的一个进士出身是十拿九稳了,至于一甲三名,韦蔚还真不敢奢望,只要别在进士里边垫底就成,结果那士子直接得了个二甲头名。他二话不说,快马加鞭直奔山神庙,敬香磕头,热泪盈眶,无比虔诚。

正是在那一刻,亲眼看着祠庙内那一缕精粹香火袅袅升起,韦蔚蓦然间心有一丝明悟,好像瞬间明白了一连串的道理,真正懂得如何担任一方山水神灵。

陈平安坐在古松旁的青石长凳上,拿着养剑葫慢慢喝酒。

韦蔚那边大笑一句:"咱们这位怜香惜玉的陈公子说起黑话来比咱们还顺口,真是人不可貌相啊。"又随口说了些那本山水游记的事迹,捧腹大笑不已。

陈平安翻了个白眼,不跟她一般见识。

在祠庙周边的山水地界，果然悬起了许多拳头大小的红灯笼，这些都是山神庇护的象征，小巧玲珑，既有高门大户的，也有市井陋巷的。

一粒善因，只要能够真的开花结果，是有可能花开一片的。

一事顺，百事顺。两国边境再没什么作祟害人的梳水国四煞了，本就是一处山水形胜之地，既有适宜探幽的崇山峻岭，也有便于赏景的易行之地，不然韦蔚也不会挑选此地作为祠庙地址。加上这边的志怪奇闻、山水故事又多，祠庙地界内还有一条官道，世道重新太平起来，踏青郊游、游山玩水的士人女子就多了，江湖中人、游学士子、商贾镖师，各种三教九流，山神祠的香火便越来越多。

某次祠庙来了个虔诚信佛的大香客，捐了一笔可观的香油钱，于是韦蔚就在自家地界修建了一座寺庙，规模不大，但是还专门请了庙祝，将那些早早就归拢起来的破败佛像重新修缮，或贴金或彩绘，总之那个大香客捐的钱，她一两银子都没贪。

大香客有一次专程挑了正月十五烧头香，头一天就在这儿等着了，看过寺庙后，很是满意。有钱人可能在其他事情上糊涂，可在挣钱和花钱两件事上最难被蒙混，所以一眼就看出山神庙做事讲究，十分豪爽，干脆又捐了一大笔银子，算是礼尚往来。

韦蔚曾是鬼物，不是没见过钱，常年打交道的多是神仙钱，但是香火一事，还真不是能用神仙钱来折算的。

那个相貌其实半点不起眼的大香客也就是个实打实挣着了山下钱的凡夫俗子而已，可他当时说了一个诚心的道理，让韦蔚记忆深刻："其实不是我在行善事，施舍钱财给他人，而是他人在施舍善缘与我。"

大骊陪都，洛京。

皇帝陛下至今还不曾驾临陪都，陪都的礼部尚书柳清风垂垂老矣，卧病不起，已经不去衙门很久了。

其实浩然天下不少王朝都有两京、三京乃至陪都更多的前例，如今洛京这边，不单是礼部，就连其他衙门都有官员建言南北两京并为帝都，两者不分主次。

暗流涌动啊。两种心思，一种说法罢了。

今天老尚书听见一声"柳先生"的久违称呼，睁开眼睛凝神望去，认出了那个凭空出现的不速之客，点头笑道："比起当年拘谨，如今随心所欲多啦，是好事。随便坐。"

柳清风坐起身，自己拿了个枕头靠着。暖阁那边其实有个侍女。

陈平安找了把椅子，轻拿轻放，坐在床边不远处，双手放在膝盖上，轻声道："柳先生躺着说话就是了。"

柳清风笑道："以后有得躺了，这会儿不着急。"

陈平安哑然失笑。

柳清风指了指书案:"一个朝廷,如何治理贪官,不用多说了,是一国兵戎两事之外的重中之重,而且咱们大骊在这方面做得顶好了。不过呢,某些清官的为官之道,弊端相对不显。我提笔写字,难啰,只好趁着还没死,犹有余力口述,让人代笔,赶紧折腾出一份折子。自以为为官不求财,便刚愎自用,行事酷烈,非是圣贤教诲的中庸之道。"

陈平安点点头:"曾经在一本小集子游记上边见过一个类似说法,说贪官祸国只占三成,这类清官惹来的祸事得有七成。"

"那倒不至于,言过其实了。不过这也是情理之中的事情,不说几句怪话重话,谁听谁看呢?对了,那本册子我读过,还帮其中的女子改了名字,'翠环'不如'环翠',雅致嘛。"

陈平安会心一笑,轻轻点头道:"原来柳先生还真读过。"

那本游记在宝瓶洲销量不大,而且早就不再版刻翻印了,足可见这位柳老尚书的读书之杂、记忆之好。大概这就是所谓的博闻强识了,何况老人还不是一名练气士。

"最快目处,可是书中人帮这娼家女脱离苦海,公了私了兼备,层层递进,滴水不漏?"

陈平安还是点头:"正如柳先生所说,确实如此。"

柳清风笑道:"把一件好事办得滴水不漏,让受惠者没有半点后顾之忧,哪怕只是些书上事,你我这般看客,翻书至此,那也是要欣慰几分的。"

陈平安就只有继续乖乖点头的份儿。

柳清风沉默片刻,说道:"柳清山和柳伯奇,以后就有劳陈先生多多照拂了。"

陈平安说道:"柳先生只管放心便是。"

柳清风笑道:"万一有些意外,照顾不来,也无须愧疚。要是做不到这点,此事就还是算了吧,相互不为难,你不用担这个心,我也干脆不放这个心。"

陈平安笑道:"可以放心。"

柳清风看了眼陈平安,玩笑道:"果然还是上山修行当神仙好啊。"

陈平安欲言又止,柳清风摆摆手,知道这位年轻剑仙想要说什么:"我这种文弱书生,吃得住些小苦,可惜万万吃不住疼的。啧啧,什么血肉剥落、形销骨立,只是想一想就头皮发麻。何况我也没那想法,即便有成为山水神灵的捷径,我都不会走的。别人不理解,你该理解。"

陈平安便不再劝什么。

柳清风咳嗽几声过后,突然喊了一声:"陈平安。"

陈平安说道:"柳先生?"

柳清风看着那个瞧着还很年轻的山上剑仙,如此生翻书得见最会心一页,闭眼喃喃:"世态翻覆雨,吾心分外明。"

正阳山,过云楼。雨过天晴,气象清新。

山外的白鹭渡,一丛丛的芦苇已经开花,梯田的稻谷金黄一片。

更远处的几座山头好像就比较忙碌了,土木营造,缝缝补补。

那间再熟悉不过的甲字房没有客人,陈平安就去屋子里边搬了张藤椅到观景台坐着,远眺那座距离最近的青雾峰,轻轻摇晃手中的养剑葫。

有些事情一旦开了个头,就很难戒掉了,比如喜欢谁,又比如喝酒。

在酒桌上,陈平安看到过很多的人情世态。喝酒可以让寡言者变得健谈,可以让平时喜欢高声言语者喃喃低语,可以让人带着笑颜却泪眼蒙眬而不自知,可以让一个老人变成孩子。

不知道自家那位周首席到了蛮荒天下会是怎么个光景,又会闹出多大的动静。

一片柳叶斩仙人,至于姜尚真这把飞剑的本命神通,陈平安一直没问。崔东山倒是随便提了一嘴,说周首席飞剑品秩高得很,锋芒无匹,在避暑行宫都完全可以评为甲等,翻山越岭,渡水过河,遇甲破甲。

比较意外的,是本该去往大骊中岳地界的倪月蓉当下竟然就在客栈里边,好像正在查账。

倪月蓉察觉到此地的气机异象,立即放下那本越看越心酸的账簿,迅速赶来探查虚实。她动身前还在心中默默祈祷莫要是那个人,千千万万莫要是那个人,结果大概是平日里入庙烧香少了,怕什么来什么。

倪月蓉微微侧身与那个不速之客施了个万福,犹豫了一下,仔细思量一番,还是故意用了个比较见外的称呼:"见过曹仙师。"

陈平安转头,提了提手中养剑葫,说道:"首先得祝贺倪仙师,众望所归,担任正阳山下宗的财神爷。"

倪月蓉赶紧再次敛衽施了个福。真要计较起来,她能够荣升未来下宗的三把手,还真得感谢这位落魄山剑仙的大闹一场,不然一个萝卜一个坑的,什么时候才能轮到她一个都不是剑修的青雾峰龙门境在下宗占据要职?做梦都不敢想的美事。

她这位过云楼前任掌柜与师兄韦月山一样不是剑修,以前貌合神离的师兄妹如今关系可亲近太多了。一场差点宗门覆灭的患难与共,让这对师兄妹真正做到了同门情深。在倪月蓉离开宗门之前,双方私底下有过一场从未有过的坦诚谈心,打定主意以后相互扶持,韦月山坐镇青雾峰,她如今在下宗管钱,将来会尽可能照顾自家峰头。

倪月蓉小心翼翼道:"下宗一事,尚未有定论。"

陈平安笑道:"你们正阳山是出了名的好友遍天下,这点小事不在话下。"

倪月蓉倒是不显得如何尴尬。年复一年的待人接物迎来送往,脸皮早就跟重叠账簿一样厚了。

陈平安疑惑道:"倪仙师怎么还在过云楼?"

照理说,下宗筹建事宜千头万绪,倪月蓉作为算账管钱的那个人,又属于新官上任,本该最脱不开身才对。

这话让倪月蓉产生了些不真实感。之前就是在这里,陈平安约见宗主竹皇,她是连大气都不敢喘一口,如今陈平安倒像是客客气气拉起了家常。

倪月蓉收敛心神,小心斟字酌句答道:"回曹仙师的话,月蓉这次是临时有事,需要走一趟上宗祖师堂。云霞香商贸一事,还是希望竹宗主能够拿个主意,因为那云霞山给出的价格……"

"具体什么事就别说了,我一个外人,别坏了规矩。"

陈平安摆摆手,拦下倪月蓉的话头,转移话题:"好像客栈的生意冷清了些。"

倪月蓉只是轻柔地嗯了一声,都没敢腹诽半句。

为何生意不景气,客人寥寥?怪谁?当然是怪她这个掌柜的不懂生财之道,不然还怪这位礼数周到的陈山主?太没道理的事情。

正阳山未来下宗的首任宗主正是旧朱荧王朝的剑修元白,因为曾经与风雷园黄河有过一场问剑,元白伤及大道根本,不出意外,昔年旧朱荧双璧之一的天才剑修此生剑道会止步于元婴境。

竹皇也确实算是个能忍的人,元白曾在观礼途中,在众目睽睽之下公然宣称自己退出正阳山,摆明了你们一线峰祖师堂谱牒不除名,元白就当自己动手一笔勾销了。

当然,目前还只是个所谓的下宗,就像倪月蓉说的,还不敢说是板上钉钉的事情。经过那么一场观礼风波后,意外就更多了。

之前中土文庙议事当中,宋长镜额外跟文庙讨要了至少三个宗门的名额,宝瓶洲的宗门候补当中,除了这座正阳山,还有只欠缺一位上五境修士的云霞山、位于雁荡山大小龙湫附近的一座佛门古寺以及陆沉嫡传弟子曹溶昔年的那座山中道观备选,神诰宗也希望能多出一座下宗,再加上大骊本土仙府长春宫……总之,如今各方势力都在争夺这三个名额。

本来正阳山最有希望增添一座"宗"字头下宗仙府,别看宋睦故意从中作梗阻拦此事,还摆出了一副半点没商量的架势,其实就是在跟宋和唱双簧,一个红脸一个白脸,让正阳山修士不至于太过目中无人,免得尾大不掉,未来难以约束,又能让正阳山多往外吐些货真价实的宗门底蕴,同时能够打消一部分山上仙府,尤其是老牌"宗"字头对大骊宋氏倾力扶植正阳山的那份怨气。

一举三得之余,大骊朝廷还藏着一记后手。不是正阳山如何受大骊朝廷青睐,而是大骊宋氏和宝瓶洲需要聚拢起更多原本散落一洲山河的剑道气运,所以正阳山创建下宗其实悬念不大。

在陈平安看来,反而是一直口碑最好且呼声最高的云霞山最不可能正式跻身宗门行列了,不单单是缺少一位坐镇山头的玉璞境那么简单,而是大骊有更深远的谋划。

山崖书院、林鹿书院都已跻身文庙七十二书院之列,再加上一寺庙一道观跻身宗门,那么儒、释、道三教就算在宝瓶洲真正扎根了,一洲山河气运就可以逐渐稳固下来,天时步入正轨。

最关键的还是三教祖师那场散道,宝瓶洲就可以获得更大的气运馈赠,相信这些早就在师兄崔瀺的既定谋划之内了。

陈平安自认就像一个棋手,只是死记硬背了些所谓的妙手、定式,在棋盘上东拼西凑,长于拆解和切割,短于缝补和黏合。这也是一场观礼正阳山,陈平安必须处心积虑、谋而后动的根源所在——务必让自己占尽先手优势,得以率先落子。

所以比起师兄崔瀺,郑居中和吴霜降都差得远了,师兄可是人情练达得不知不觉,老谋深算得不露痕迹。

泥瓶巷的宋集薪其实也在成长,据说如今中土神洲有几份山水邸报都开始专门研究骊珠洞天的年轻人了,雨后春笋,茁壮成长,修竹成林。

方才倪月蓉误以为陈平安说创建下宗是件小事是在挖苦正阳山,往伤口处撒盐,其实那还真就是一件小事。当然,前提是正阳山自己别再作妖了,老老实实低头求人,出钱又出人,剑修乖乖投军入伍,担任随军修士,跟随大骊铁骑去往蛮荒参战,那么下宗一事自然就会水到渠成。不是倪月蓉不够聪明,而是过云楼和青雾峰都不够高的缘故,就算修士站在山顶,也看不远。

真正的意外,其实是陈平安铁了心要让正阳山在数百年之内自行消亡,比如落魄山下宗就放在宝瓶洲中岳地界,而不是桐叶洲,处处与正阳山针锋相对,那么后者很快就会成为无源之水,坐吃山空。

陈平安暂时是没办法跟那些天底下最聪明的人较劲,可要说对付竹皇、晏础这些个喜欢坐井观天的老剑仙,绰绰有余。

倪月蓉问道:"曹仙师,容我备些酒水瓜果?"

她前不久得了祖师堂赐下的一件方寸物,名为数峰青,里边搁放有那卷白玉轴头的画轴。自家青雾峰其实本来就有一件,不过师兄才是峰主,轮不到她。

按照一线峰的祖例,一切被记录在册的山门重宝只是给嫡传使用,仍然归属祖师堂。就像当年仙子苏稼被风雷园黄河打碎剑心,黯然下山之前还得归还那枚价值连城的养剑葫一样。

陈平安婉拒:"不用这么客套,我又不是打秋风来了,只是路过。"

视野中,正阳山雨后诸峰风景各异,水运相对浓郁的水龙峰和雨脚峰之间甚至挂起了一道彩虹,好一幅仙气缥缈的画卷。一线峰、大小孤山、仙人背剑峰、满月峰、秋令山、水龙峰、拨云峰、翩跹峰、琼枝峰、雨脚峰、茱萸峰、青雾峰……这就是落魄山的第一座敌对宗门了。

夏远翠和陶烟波这一玉璞一元婴两位老剑仙果然结盟了,秋令山最是元气大伤,陶烟波自己辞去了宗门财神爷职务,对外宣称闭门思过一甲子;水龙峰晏础卸任祖师堂掌律,转而执掌一宗财权,算是拿虚名换来了实惠;辈分最高的夏远翠就顶替了晏础的那个掌律,反正是不拿白不拿的好处。

琼枝峰女祖师冷绮已经闭关谢客,将不少事务都交给了柳玉打理。至于雨脚峰峰主庾檩,这位年轻有为的金丹剑仙估计这辈子都再没心气与龙泉剑宗问剑了。

出身满月峰的司徒文英不惜沦为鬼物,还是就那么走了。她不论生前死后都痴情于风雷园李抟景,却不知李抟景的兵解转世远在天边近在眼前,就是那个被茱萸峰田婉带上山的天才少年。

竹皇突然订立了一条规矩:在他担任正阳山宗主期间,一线峰从今往后不再设立护山供奉一职。

陈平安晃了晃朱红色酒葫芦,笑道:"得说话不作数了,劳烦倪仙师去酒窖拿两壶酒水来。"

倪月蓉不敢怠慢,拿来两壶过云楼珍藏多年的长春酒酿。一直坐在藤椅上的陈平安却只接过其中一壶,挥了挥袖子,将屋内一把椅子移到观景台来。倪月蓉道了一声谢,落座后揭开另一壶酒的泥封,小抿了一口。

陈平安晃了晃酒壶,放在耳边听了听酒花,然后笑道:"是真酒,可惜跑酒不少。"

新仇旧恨,新酒老酒。可能某些新仇变成积攒多年的旧恨后一样会跑,年年分量清减而不自知。但也有些怨怼,就像周首席说的,像是那张老鳖的嘴,死死咬住就不放了。

陈平安突然问道:"那块立在边境的石碑,正阳山这边,有没有人偷偷跑去破坏?"

倪月蓉顿时心弦紧绷起来:果然这趟重返正阳山,陈剑仙是兴师问罪来了。所以自个儿喝的是罚酒?

只是接下来,这半个立碑人说了句让倪月蓉打破脑袋都想不到的话:"碑得长长久久立在那边,这是落魄山跟正阳山定好的规矩。在这之外发生任何事情,你们可以不用太紧张。比如,如果碑被人打碎了,一线峰就重新将它立起来,反正不需要我花钱,只是时间别拖太久;给人丢远了,就只需要重新搬回原处;字迹被人以剑气抹掉,就记得重新刻上。"

倪月蓉只得小声应承下来。

陈平安喝过了头回尝到的长春酒酿,笑道:"要是你们正阳山担心我会借机生事,所以故意重罚谁，尤其是下狠手，什么打断弟子的长生桥、剔除山水谱牒名字、驱逐下山之类的，就都免了。"

倪月蓉心思急转，不敢立即应承下来，担心这位青衫剑仙是在说反话。

陈平安也无所谓倪月蓉是怎么想的："回头倪仙师帮我捎句话给竹皇，就说这些意气用事的年轻人大概才是你们正阳山的未来。"

倪月蓉迅速瞥了眼那个年轻剑仙的侧脸，神色不似作伪。她很快就低头喝酒，有些摸不着头脑：不知为何，怎么觉得这个落魄山的山主像是自家正阳山的宗主了？

陈平安继续说道："当然，修行路上意外重重，不能一味年轻气盛，一直把犯错捅娄子当能耐。比如哪天正阳山嫡传当中谁一个热血上头，偷摸到落魄山下狠手、出阴招，逃不掉再打生打死，这种事情，你们这些当山上长辈的最好能避免就避免，能阻拦就阻拦。不然真发生了类似事情，就有劳新任掌律夏远翠亲自去我们落魄山收尸，再与落魄山某位剑修一起返回此地，收下一份回礼了。至于正阳山剑修赶赴大骊龙州，堂堂正正问剑落魄山，则另说。"

倪月蓉一边默默记下这些紧要事，一边自作主张地从方寸物中取出那支卷轴，打算找个由头忍痛割爱，与落魄山，或者说与眼前这年轻剑仙卖个乖讨个好，结下一份私谊和些许香火情。哪怕对方收了宝物却根本不领情也无妨，她就当是破财消灾了——自古伸手不打笑脸人嘛。

陈平安目不斜视，却好像洞悉人心，笑道："修行不易，谁兜里的钱也都不是刮大风发大水得来的。"

倪月蓉悻悻然收起那支卷轴，壮起胆子问了一个她这段日子以来始终百思不得其解的问题："曹宗主为什么独独对青雾峰还有我们过云楼都还算……客气？"

同样是女修士，琼枝峰的冷绮可谓境地凄凉。

陈平安躺在藤椅上，双手笼袖："方才说了，修行不易。女子在正阳山修行，很不容易。"然后坐起身眺望渡口的静谧景致，"有些事可以理解，但不代表你做得对；不会看不起你，却也不会可怜你什么。"

倪月蓉既没有流露出感激涕零的表情，也没有说什么，只是不再喝酒，眉眼温柔，双手十指交错，安安静静地望向远处的青山白云。

陈平安准备喝完了手中这壶长春酒酿就离开正阳山远游下一处，笑道："本来没打算说这么多的，如果倪仙师不在这边的话，最多就是去拜会一下水龙峰，与人道声谢。"

是说那个勤勤恳恳、兢兢业业管着正阳山情报的水龙峰某位奇才兄。

陈平安随口问道："那座下宗的名字，想好了没有？"

倪月蓉不觉得这种事情有什么好隐瞒的，毫不犹豫道："祖师堂那边的意思，是命名为篁山剑宗，不过还没有正式敲定。"

一线峰祖师堂关于此事都没过多商议，毕竟能不能有个下宗都还两说呢。何况哪怕创建下宗，名字一事还要先看过大骊朝廷的意思，如果中土文庙最终不拍板不点头，就又得重新改名了。

传闻历史上有很多宗门名字不被文庙通过的先例，比如俱芦洲曾经有个剑道宗门起先准备给自己取名第一剑宗，被文庙拒绝后就改了个不那么高调的名字——第二剑宗，结果一位坐镇俱芦洲天幕的文庙陪祀圣贤问那个打算开宗立派的玉璞境剑修是不是脑子进水了。

陈平安笑道："由此可见，你们宗主对这座下宗寄予厚望啊。"

特意取名"筼山"，满山的竹子嘛，寓意自然是不错的。

竹皇肯定是有两个私心的，一个是希望借此告诉后世所有山下两宗子弟，这座下宗是他一手创建起来的，再就是"竹皇"即"筼"，同时翠竹满"山"，就能够聚拢旧朱荧地界那些如水流转的剑道气运。

竹皇显然是想要凭借整座下宗的剑道气运，在将来帮助自己破开玉璞境瓶颈，跻身仙人，一跃成为继风雪庙魏大剑仙之后的第二位仙人境剑修。

像齐廷济建在婆娑洲的龙象剑宗，还有阮师傅的龙泉剑宗，以及俱芦洲的太徽剑宗、浮萍剑湖……这些剑道宗门大多带个"剑"字前缀，并非为了彰显身份那么简单，很大程度上还涉及气运一事。

类似妖族取真名，山水神灵获得朝廷封正，都追求一个"名正"。

落魄山下宗取名之事之所以始终悬而未决，就在于崔东山也希望能带个"剑"字，那么落魄山的下宗就名正言顺成为南边桐叶洲一洲山河的首个剑道宗门，就像阮邛创立的龙泉剑宗成为一洲剑道"首座"那样。

时来天地皆同力，气吞万里如虎，这些可不是什么虚头巴脑的小事。龙泉剑宗创建时日不久，就已经有了刘羡阳、谢灵、徐小桥，如果加上半路转投正阳山的庾檀、柳玉，再通过大骊朝廷的扶持，帮着精心挑选剑仙坯子，原本最多两三百年，龙泉剑宗就会以极少的剑修数量成为一座名副其实的剑道大宗。

山下也不兴给孩子取过大的名字，担心承载不住。真要取了个"大名"，多半也会再取个听上去极为"土贱"的小名，家中长辈经常喊上一喊，作为一种过渡。

桐叶洲的桐叶宗就是典型的山上"大名"，以一洲之名命名宗门。浩然九洲大几千年的历史上曾有多个如此取名的大宗门，但最终只剩下个桐叶宗。然后就是蛮荒攻伐浩然，事后来看，桐叶宗的率先分崩离析就像是桐叶洲一洲陆沉的某种征兆。

反观玉圭宗老宗主荀渊，当年远游宝瓶洲，不惜与文圣一脉结怨，也要将下宗选址宝瓶洲书简湖，不得不说极有先见之明。而姜尚真与文圣一脉嫡传陈平安的交好，使得双方又不至于成为死仇，大概这就是一位老宗主的行事老到了。

倪月蓉并不清楚自己的一句无心之语就可以让落魄山的山主想那么多,她欲言又止。

陈平安问:"有事?"

倪月蓉狠狠灌了一大口酒,借酒壮胆之后,才换了个"陈山主"的称呼作为开头,小声说道:"我们青雾峰前不久新收了两名年少剑修,其中有个资质极好的剑仙坯子对陈山主十分仰慕。真的,绝非月蓉故意套近乎,那个小妮子是真的由衷仰慕陈山主的剑仙风采。她错过了那场观礼,又心思单纯,不会想太多。师兄其实提醒过她此事,那孩子也不听,只当耳边风,以致每次练剑之余还要学些江湖把式的拳脚功夫,如何劝都不听。师兄对她又当半个亲生闺女看待,都快要恨不得去别峰偷几部上乘剑谱了,只希望她能够好好练剑,争取在甲子之内结金丹,才好保住青雾峰。"

早年的青雾峰是靠着倪月蓉的师父纪艳与山主竹皇的那点香火情,夕时不时有一两名剑修过来,只是青雾峰自己留不住,导致两百四十年来都没有一位地仙剑修坐镇。加上倪月蓉和她师兄一来注定无望结金丹,二来还不是剑修,所以如果不是那场观礼变故,按照一线峰祖例,青雾峰就要被除名了,那她和师兄就会是亲手葬送青雾峰的最大罪人。

倪月蓉突然察觉到自己的言语有失分寸了。资质极好?剑仙坯子?这只是对她而言,可是身边这位落魄山的年轻山主听了这些,会不会觉得可笑至极?

陈平安无奈道:"跟我说这个做什么?"

为了保住青雾峰的香火,倪月蓉擦了擦额头上的汗水,算是不管不顾了,硬着头皮试探着说道:"月蓉不敢有任何非分之想,只希望将来如果再路过青雾峰,陈山主可以为她指点剑术一二,哪怕只是寥寥几句话都好。"

陈平安摆摆手,站起身:"这种事情就别想了。"上次问剑正阳山,都没觉得如此山水险恶。

倪月蓉叹了口气,只得作罢。

陈平安望向那些梯田,没来由问道:"打过稻谷吗?"

倪月蓉摇头道:"只是远远见过。"

陈平安玩笑道:"可以让青雾峰弟子在闲暇时下山试试看。"

倪月蓉却像是领了一道圣旨:"回头我就与师兄商议此事,列入青雾峰祖训条例。"

陈剑仙这番言语看似轻描淡写,随口道出,实则一定大有深意!

陈平安揉了揉眉心,无奈道:"我就是开个玩笑,你们还真不怕被别峰看笑话啊?"

倪月蓉却嫣然笑道:"我们青雾峰被人看笑话还少吗?不在乎多这一件了。"

呵,说不定以后青雾峰开了先河,别峰还要有样学样呢。

陈平安离去之前,将空酒壶收入袖中,微笑道:"希望没白喝过云楼倪掌柜的一壶酒。"

倪月蓉只当是句玩笑话,就没有在意。

刹那之间,观景台上就再无那一袭青衫身影,倪月蓉如释重负。

片刻之后,一道青色剑光从一线峰直奔过云楼。

竹皇飘然落地,收剑入鞘。倪月蓉立即弯腰致礼:"见过宗主。"

"你疯了?"竹皇面带笑意,开门见山道,"胆敢在陈山主的眼皮子底下飞剑传信祖师堂。"

原来倪月蓉在去帮陈平安拿那两壶长春酒酿期间,一番天人交战过后,还是以身涉险,偷偷飞剑传信一线峰,给宗主竹皇通风报信了。

倪月蓉惴惴不安:该不会被竹皇迁怒,自己就这样丢掉未来下宗的第三把交椅吧?

竹皇说道:"那你知不知道,方才是陈山主手持飞剑,亲自帮你送信到一线峰的?"

倪月蓉瞠目结舌,心惊胆战。行了,别说自己要吃不了兜着走,恐怕青雾峰都要被牵连了。只是为何陈山主明知此事,还是接下了那壶酒水?等着看她的笑话?难道陈山主主动讨要酒水,就是在故意等着自己飞剑传信?又为何宗主似乎并未动怒,反而像是一身轻松?

竹皇看着这个尚未理解其中关窍的女子,摇摇头:这算不算傻人有傻福?

倪月蓉小声问道:"陈山主方才与我说了什么,我与宗主原原本本重复一遍?"

竹皇摇摇头,来到栏杆旁,双手负后,望向青雾峰:"不用,这是你自己的一份造化。"

倪月蓉神色尴尬,说道:"可是陈山主有些话让我捎给宗主。"

竹皇转过头,倪月蓉等着宗主大人发话。

竹皇气笑道:"怎么,等我跪下来求你开金口啊?"

青蚨坊的生意,在地龙山仙家渡口,算是独一份的好。

宝瓶洲中部十数国地界,作为最后那场落幕战役战场所在,毁坏程度其实比陈平安想象中要小很多。事实上,整个宝瓶洲南方的半壁山河都要比山河稀碎、满目疮痍的桐叶洲好太多。蛮荒大军早前在扶摇、桐叶两洲的沿线登岸,过境如剃头,之后到了桐叶洲,将兵力分散,仔细搜刮各地,使得处处变成废墟,尸横遍野,还是惨不忍睹。那些灵气充沛的山上门派和国库充盈的山下王朝几乎都未能幸免,等到蛮荒大军跨海北渡,老龙城失守后,再北上宝瓶洲过境如梳。由此可见,蛮荒军帐是打定主意要依托整个南方疆域,来跟大骊来一场相互"剥削"的苦战,各自往战场添油,就看谁耗得过谁,看看那支曾经聚集一洲之力的大骊铁骑到底是杀敌更多还是战死更多。

青蚨坊还是老样子,楼高五层,不过看这崭新的木料就知道是新建的,只有匾额和楹联是旧的。想必是因为当初北迁避难带不走太多东西,蛮荒妖族对这类极为珍贵的仙家渡口当然不会放过。

陈平安看着楹联内容，有些笑意。

童叟无欺，我家价格公道；将心比心，客官回头再来。

剑气长城的自家小酒铺，也是差不多的生意经。

大堂里边有五名女子候着生意，一个衣裙素雅的妙龄少女立即上前问道："公子是要请人鉴宝，还是购买店内珍藏？"

陈平安望向一个刚好将视线投来的妇人，先转头与那少女道了声歉，再笑道："这次来贵坊是要找洪老先生，就让翠莹带路好了。"

因为按照坊内规矩，堂内待客的五名女子，若非她们各自的熟客登门，谁露面开口，是有先后次序的。

翠莹肩头悬有如碧玉雕琢而成的青色飞虫，脚步匆匆地走到那位点名让自己带路的青衫男子跟前，笑容妩媚，眼神里边略带几分歉意，柔声问道："恕奴婢眼拙，公子是？"

"姓陈。"陈平安笑着解释，"二十多年前曾经跟两个朋友一起来过，就是你帮忙带路去找的洪老先生。"

翠莹一脸恍然状，嫣然笑道："陈公子风采依旧。"

事实上，那次见面，眼前男子还是个背剑少年，而且青蚨坊生意好，人来人往，翠莹记性再好，又如何认得出？

陈平安也不揭穿她的客套话，跟着她一路到了二楼。廊道上有大幅的彩衣国特产锦绣地衣，绣工极好，不过是新物。

陈平安问道："这块地衣，如今要多少雪花钱？"

翠莹笑道："价格比前些年至少翻了一番，黑心得很呢。如今彩衣国就靠这个与斗鸡杯充盈国库了，真没少挣。"

陈平安却知道这是董水井的众多财路之一，这个同乡，就一条生意宗旨：挣有钱人的钱。

翠莹轻轻推开门，轻声道："洪先生，客人登门。"

陈平安在门槛处笑着抱拳道："洪老先生，又见面了。"

洪扬波愣了愣，连忙起身："陈……公子？"

本来是想敬称对方一声"陈剑仙"或是"陈山主"的，只是翠莹在一旁，不好犯山水忌讳。

第一次见面时，少年还略显拘谨，会小心翼翼打量四周，当然，不是那种贼眉鼠眼的打量。那会儿的远游少年，在洪扬波看来，最多是个三境武夫，算是在武学路上刚刚登堂入室。

第二次见面时，他就变成了一个头戴斗笠、青衫背剑的年轻人，就像个江湖上的游侠。

这次，可就是落魄山的宗门山主了。

果真还是东家的眼光好啊，只见过一面，就笃定此人就是那个在梳水国境内打退苏琅的年轻剑仙。当年自己还将信将疑，现在看来，确实是东家慧眼独具，自己老眼昏花了。

大桌案上除了那只小香炉，还有一个古柏盆栽，一排绿衣童子坐在枝干上摇晃脚丫，就是不起身。

老人无奈道："小家伙们正跟我闹脾气呢。"

陈平安神色柔和，笑着挥手，主动与那些绿衣小人儿打招呼："好久不见啊。"

反正打定主意，这些小家伙要是不跟我报喜，我今儿就不跨过门槛了。

所幸小家伙们很给面子，叽叽喳喳笑声一片，纷纷起身作揖行礼，稚声稚气，童真童趣，说着让陈平安百听不厌的喜庆言语："欢迎贵客光临本店本屋，恭喜发财！"

陈平安这才笑着跨过门槛，转头与翠莹道："你不用在这了，我与洪老先生是老熟人了，做点买卖，事后抽成分红，总归照规矩走，你若信不过我，总信得过洪老先生吧？茶水也不用了，我自己带了酒水，请洪老先生喝酒。"

洪扬波对翠莹点点头，翠莹嫣然一笑，施了个万福，说了句吉利话，这才姗姗离去。

陈平安没有关上门，径直走向桌案，拦住刚要挪步的老人："我对这里再熟悉不过，不会把自己当外人，洪老先生这么客气，难道是把我当外人了？"

陈平安挪了挪边上一把椅子，还是之前那把古色古香的枣红椅子。

老人，年轻人，都念旧。

洪扬波笑着点头，这才没有绕过桌子，重新落座看了眼敞开的门，感慨不已：当年自己不过是随便提了一嘴，这么多年过去，他记性还真是好，不是一般的好。

陈平安忍住笑，开门见山道："洪老先生，真不愿意去我那边帮忙？"

牛角山渡口的包袱斋生意越做越大，一直缺个真正的管事人物，骑龙巷两间铺子的代掌柜石柔和贾晟都不太合适。石柔更喜欢安稳的生活，至于贾老神仙，其实更适宜当个二把手。

洪扬波摆摆手，愧疚道："真不成。绝非我这老儿故意拿乔，自抬身价，只不过做生意，归根结底还是做人。老东家早年于我有一份大恩情，少东家接手青蚨坊后，更是待我不薄……与陈山主说这些大道理，有点不识抬举了。"

他在青蚨坊内，一晃眼，感觉就是几杯酒的事情，就待了将近八十年光阴了。

陈平安取出两壶自家酒铺酿造的青神山酒水，递给洪扬波一壶，手腕翻转，又多出了两只酒杯，是百花福地的花神杯。他与老人玩笑道："那位少东家可在坊内？我直接与她商量此事，实在不行就抢人了。"

挣些横财、偏门财和不义之财，不过就是饮鸩止渴。钱财越多，灾殃越大。这种事情，宁可信其有，不可信其无。这也是为何陈平安会那么在意骑龙巷两间铺子的生意，只要在落魄山，就会亲自走趟骑龙巷，按时认真查账，甚至都不是让两间铺子将账本交过来。因为只有他这个当山主的的的确确在意此事，石柔和贾晟他们才会跟着认真起来，而不会因为只有几两银子、几枚雪花钱入账，就全然不当回事。

洪扬波眼睛一亮，拿起那只酒杯："这花神杯似乎不是仿品？"

这可是与早年那双青神山竹筷差不多，都属于有价无市的好物件啊。

陈平安笑道："是真是假，我不敢保证，反正是捡漏来的，要是洪老先生这会儿愿意改口，我直接送一整套花神杯当见面礼。"

洪扬波瞪眼道："烦不烦？说了不去，又不是与你说笑的事情，陈剑仙再这么纠缠不休，我可真要赶人了。嗯，这只酒杯得留下。"

陈平安环顾四周，问道："铺子这边有没有新的压堂货？至于那块御制松烟墨，还有《惜哉帖》，两物可都还在？"

人间万事一线牵，很多时候不信也得信，还是得宁可信其有，不可信其无。

那块松烟墨与神水国大有渊源，那就是与披云山魏大山君有关系了。当年陈平安之所以不买下，不是心疼神仙钱，而是担心魏檗睹物感伤。时过境迁，如今就没有这样的担忧了。

洪扬波先摇头再点头："好物件不少，可称得上尖货的还真没有，就不拿出来跟陈剑仙丢人现眼了，所幸你说的那两件凑巧还在。"

越发佩服东家了，这两物不是卖不出，而是东家当年有意让他留下的，说万一将来哪天那位青衫剑仙再来登门，可以拿来送人情。当然，送人情不是不收钱，天底下没有这样做买卖的道理。

而那幅出自古蜀剑仙之手的珍稀字帖，虽说是摹本，可文字美若秋蝉遗蜕，几乎不输原本，所以有那"下一等真迹"的美誉。洪扬波当年开价五枚小暑钱，年轻人明明颇为心动，却直接给了三个字："买不起。"谁知最后却用五枚谷雨钱买下了整套四枚天师斩鬼钱。

洪扬波取出御墨和字帖，笑道："就按老价格算。"

陈平安毫不犹豫掏出神仙钱，清清爽爽，钱货两讫。

双方异口同声："能不能有件添头？"

老人放声大笑，陈平安也不觉得尴尬。

洪扬波摇头道："还是老规矩，没啥添头。"

之后两人就喝酒闲聊。

远游再返乡，人的眼界一大，家乡就小；人一老，故乡就跟着瘦。

人生苦短,江湖路长。人心险隘,酒杯最宽。

人间聚散知多少,且饮慢行一杯。

最后陈平安喝了个脸微红。

离开青蚨坊后,上次在渡口是牵马而行,还遇到了两个面黄肌瘦、个儿矮矮的孩子,最后花了十二枚雪花钱从他们手上买下三样东西:一方"永受嘉福"瓦当砚、一对老坑黄冻老印章和一只红料浅碗。

如果按照市价,当然用不了这么多雪花钱,所以两个孩子一拿到钱就跑得飞快,跑远了之后就开始窃窃私语,两张稚嫩脸庞上都是笑意。

陈平安没觉得自己花了冤枉钱,就像当年在家乡小镇,草鞋少年每送出一封信,就会撒腿飞奔向下一处。

陈平安曾将那些悲观情绪留在了合道的半座城头,此外还有……所有的希望。

怕什么呢?旧的余着不去,新的却能又来。

希望恰如离离原上春草,更行更远还生。哪怕失望会堆积成山,可是希望也会次第花开。

陈平安转头望向青蚨坊三楼,那里有个女子凭栏而立,是当年伪装成坊内侍女的青蚨坊东家,一名故意隐藏自身气象的女剑修。

她看到陈平安转头后,就立即转身走入屋子。

上次也是这般,在与那位年轻剑仙相逢后返回青蚨坊时,她曾与洪扬波说过一句话:"那一刻的他,定得像尊神龛上的泥菩萨。"

陈平安收回视线,瞬间远游千里之外,在一片金色云海之上缓缓而行,从袖中取出那张刚刚买到手的字帖,自嘲一笑。因为蛮荒天下那个头戴莲花冠的年轻隐官刚刚下定决心要问剑托月山,而这幅《惜哉帖》的开篇之语就是当下浩然、蛮荒两个陈平安的共同感受了——惜哉剑术疏。

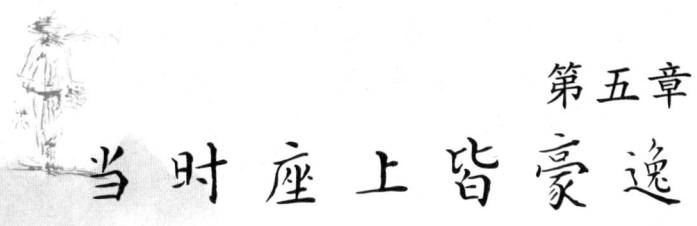

第五章 当时座上皆豪逸

陈平安在年少时曾经感叹宝瓶洲实在太大了,可它竟然还只是浩然天下最小的一个洲。而对于一位十四境修士来说,原来一洲之地,小得像是自家庭院。

得道之人御风远游,鸟瞰人间,将千奇百怪尽收眼底。

陈平安曾亲眼看到一名僧人盘腿坐在瀑布下入定,双手合十,仿佛一尊金身罗汉。

一只鸟雀倾斜低掠,翅尖划破池塘水面,引得涟漪阵阵。

豪门庭院内,有女子凭栏赏花。她可能是在默默想着心上人,一处翘檐与花枝偷偷牵着手。

大骊藩属小国的山岳,山路险峻,抬滑竿的轿夫健步如飞,乘轿登山的女眷却蒙着眼睛,错过了沿途的大好风景。

一处水乡,路边有荷花裙少女,光着脚,拎着绣花鞋,踮起脚尖走路。

有位豪门公子带着数百奴仆在一处沿途山水神灵皆已沦落又无补缺的僻静地界凿山浚湖。

有高士醉卧山中凉亭,亭外忽来白云,他高高举起酒杯随手丢出,醉眼蒙眬,高声言语,说此山有九水顽石横卧,不知几千几万年,此亭下白云提供皴法最多矣,见此美景,感激不尽。

有数位仙师骑乘仙鹤云游,其中有清秀少年随手挥动拂尘,使得身边白云飞若乱雪,一旁少女笑靥如花。

在一处林木深幽的山中,有位身高两丈的山神娘娘行走在廊道,裙摆曳地,身后跟着两排夭折后被她收拢魂魄的童男童女。

一座脉络不显的高峰，整个山势就像一把刀子劈砍在案板上。在那条山巅羊肠小道尽头的崖畔竟然建造有一座孤零零的院落，白墙黛瓦，有口天井，四水归堂，附近唯有一棵扎根崖壁的古松与之相伴。

但他看得更多的还是那些大小城池的遍地废墟。大战落幕已经多年，却依旧未能恢复往日的容貌。

半洲山河，人物两非，唯有山上老旧的崖刻榜书及山下无数崭新的墓志铭相对无言。

之前在大骊京城，曹晴朗那个在鸿胪寺任职的科举同年苟趣帮陈平安拿来了一些近期的朝廷邸报。陈平安就按图索骥，去了邸报记载的几处地方，大多只是停留片刻，看完就走。

豫章郡有满山参天大木，无论是拿来建造府邸还是作为棺木都是一等一的良材，故而京师贵戚、各地豪绅、山上仙师等都对山中巨木索取无度，陈平安就亲眼看到过一伙盗木者在山中跟官府兵丁持械斗殴。

在那号称茧簿山立的婺州，一座织罗院已经建成，连官衙匾额都挂上了，满打满算还不到一个月，足可见大骊各个衙门对政令的运转速度。

黄庭国郓州地界的那条溪涧果不其然是古蜀国一处龙宫遗址的入口所在，水质绝佳。陈平安在此汲水数十斤，之后无视那些古老禁制，比大骊堪舆地师更早进入其中。只不过他并未取走那几件仙家材宝，只当是一趟山水游览了。因为陈平安曾在桐叶洲的藕花福地和俱芦洲仙府遗址先后遇到东海观道观的老观主以及大玄都观的孙道长，让他如今对于这类探幽访仙实在是有点犯怵。

邸报上还有大骊陪都一个名叫李垂的工部官吏精心绘制的一幅导渎图，涉及十数条大渎附庸江河的改道，不出意外，大骊朝廷已经派遣精通堪舆的钦天监练气士勘验此事是否可行。

对于山水神灵而言，也有天灾人祸一说。

一场大战，整个宝瓶洲南方的山水神灵陨落无数，这才有了一洲山河各国的文武英烈阴灵大量补缺各级城隍爷和山水神祇。

而江河改道一事，对于沿途山水神灵而言就是一场巨大灾难了，它能让山神被水淹没金身，让水神遭大日曝晒。

金身与祠庙，一般情况下，迁徙一事难如登天。空有祠庙，没了人间香火，又会被朝廷按律从金玉谱牒上除名，只能沦为淫祠。那么就只能苦熬，最多就是与邻近城隍暂借香火，何况那也得借得来才行。所以在山水官场，一向宁愿当那职权极为有限的县城隍爷，也不当那明明约束更少的小山神、河伯河婆之流的山水胥吏。

一个庄稼汉模样、身材精壮的老人这会儿正蹲在河边长堤上长吁短叹,愁得不行。他旁边坐着个年轻人,垫了一张湘纹篁竹席,轻摇折扇,竹扇纹路与竹席的相似。年轻人的肌肤有几分病态的白皙,像是那种常年躲在书斋里不晒日头的读书人。

老人说道:"回头我跟大骊陪都仪制司的刘主事求个情,看能不能让他帮忙递份折子。"

年轻人摇摇头,说话耿直得像个拎不清半点好坏的愣头青:"只是个主事,都不是京城郎官,肯定说不上话的。"

老人恼火道:"那几位郎官老爷咱俩高攀得上?就咱俩这种小神,管着点小山岭、小河流的山水地界,那位刘主事就已经是我认识的最大的官了。死马当活马医,总好过在这儿等死。"

所谓郎官,是指作为礼部一司主官、辅官的郎中、员外郎。对于他们这些品秩不太入流的山水神灵而言,就是衙门里边的天官大老爷了。

年轻人淡然笑道:"天要下雨娘要嫁人,有什么法子?只能认命了。改道一事,撇开自身利益不谈,确实有利民生。"

老人丢了块石子到河里,闷闷道:"皇帝不急太监急。"

年轻人依旧是淡定从容的神色口气:"谁让你是我的朋友呢?"

老人转头往旁边瞥了一眼,轻声道:"来了个练气士,面生,看不出真实境界高低,反正乍一看是个观海境。"

年轻人也看了过去,见来人青衫长褂布鞋,行走间呼吸绵长,一看就不是什么凡夫俗子。世间山水神灵都擅长望气,往往比修道之士更能断定对方是不是练气士,至于能否一眼看穿其道行深浅,就得看金身塑像的高度了。

年轻人合拢折扇,笑道:"劝你别病急乱投医。再说了,此地总计废弃六条江河支流,对你这位山神老爷来说是天大的好事,就别瞎折腾了,被你兼并了我那些辖下旧水域,就当是肥水不流外人田。"

附近其余几位山神、土地公如今都眼巴巴等着礼部工部着手大渎改道一事,至于那些江水正神和品秩低微的河伯河婆则是听天由命了,虽然陪都的礼部工部官员承诺大骊朝廷会安排退路,可就怕只是些场面话,一旦翻脸不认账了,找谁诉苦?

老人气呼呼道:"好个屁的好事,地盘大了,是非就多,何况原本都是属于你这条跳波河的,我糟心!你一走,留我一个,算怎么回事,帮你守墓啊?你岑太傅生前是官大些,可我好歹也是个生前封侯、死后美谥的,怎么都轮不到老子来给你看守陵墓吧?你还真当自己是皇帝老爷啊。"

年轻人劝道:"就算就此断了人间香火,靠我积攒下来的那些家底,加上以后再跟你借些香火,你那叠云岭就当养了个光吃饭不干活的废物客卿,估计再熬个甲子终究不难。你得这么想,山下的凡夫俗子,六十年差不多是活了一辈子的岁数了,我还有什么好抱怨的?"

那个青衫客停下脚步,抱拳笑道:"散修曹沫,见过叠云岭窦山神。"

再转头望向年轻人:"这位想必就是这条跳波河的岑河伯了。"

叠云岭有那仙人驾螭飞升的神仙典故流传市井,山神窦淹生前被封为侯,历任县城隍、郡城隍和此地山神。

跳波河的河伯岑文倩生前曾经担任过转运使,主持一国漕运疏浚、粮仓营建两事,官至礼部尚书,死后被追赠为太子太保,谥号文端。

窦淹笑着点头,高高举起双臂,与青衫客抱拳还礼:"幸会幸会。"

哟,小娃儿看着年纪不大,眼光倒是不错,竟然认得出自己和岑文倩。尤其身边老友是出了名的深居简出,不管是谁大驾光临,一律闭门谢客,架子比那江河正神还大。

岑文倩这装聋作哑的犟脾气,就连窦淹也无可奈何。跳波河因河中老鱼跳波嚼花而食得名,在山上山下都名气不小,来此垂钓的山上仙师和达官显贵就跟河里独有的杏花鲈、巨青一般多。几百年间,也没见岑文倩与谁套近乎,若换成窦淹,早结识几大箩筐的豪贵公卿,再拉拢为自家祠庙的大香客了。

青衫客环顾四周,微笑道:"岑河伯果然如外界传闻一般性情散淡,根本不在意香火多寡,只管着河内水裔不犯禁即可,不屑经营山水气数。如果我没有记错的话,被跳波河恩泽的数十万百姓已经差不多有两百年没出过一位二甲进士了,只是断断续续冒出过两位同进士出身的……如夫人?"

其实一早的跳波河无论是山水气数还是文武气运都十分浓厚醇正,在数国山河享誉盛名。只是岁月悠悠,数次改朝换代,岑文倩也就意态阑珊了,只保证跳波河两岸没有洪涝灾害,自家水域之内也无旱灾,就不再管任何多余事,以致至今还是个河伯,不然以跳波河的名声和水运浓郁程度,怎么都该是朝廷封正的水神老爷了,甚至在那一国礼部供奉的金玉谱牒上边抬河升江都不是没有可能。

窦淹忍着笑,憋着坏:好好好,解气解气,这小子拐弯抹角骂得好,岑文倩本来就是欠骂。虽然对于老友如今的处境十分心酸,但无论是生前官场还是山水官场,疏散清淡,洁身自好,半点不去经营人脉,能算什么好事?

不过听着那"如夫人"的调侃,窦淹又有些啼笑皆非:这个官场说法有点损啊。

赐同进士出身,相较于一甲三名和二甲进士,就类似小妾嘛,如夫人而非夫人。

听着一个陌生人的含蓄挖苦,岑文倩倒是不以为意。毕竟不是那种劈头盖脸的登门骂街,就当没听明白好了。

见那外乡人挑选了一处钓点,竟然自顾自拿出一罐早就备好的酒糟玉米,抛洒打窝，再取出一根青竹钓竿，在河边摸了些螺蛳，挂饵上钩后，就开始抛竿垂钓。

窦淹是个天生的热心肠，也是个话痨，与谁都能攀扯几句："这位曹仙师，哪儿人哪？"

"大骊本土人氏，这次出门南游，随便走随便逛，踩着西瓜皮，滑到哪里是哪里。"

"这敢情好，要是再晚来个几天，说不定就与杏花鲈、大青鱼错过了。"

"窦山神，此话怎讲？"

岑文倩轻轻咳嗽一声，窦淹却懒得理会他，反而起身来到青衫客身边蹲着，自顾自说道："曹仙师有所不知，如今大骊那边大渎改道，跳波河说不定就要成为往事了，不少水裔都已经开始搬迁，届时河床裸露，两岸杏花枯死，何谈什么杏花鲈？"

陈平安点头道："如此一来，跳波河确实遭了大殃。亏我来得巧。"

后边那句话，听得窦淹心凉了半截："曹老弟，我见你面善，也不与你兜圈子，不妨与窦老哥说句透底的话，你该不会是大骊京城工部的官员吧？表面上垂钓自娱，实际是在勘验山川河流？官儿大不大，老哥看人的眼光一直不差，看老弟你这一身官气，啧啧，不小，真真儿不小，得是一司主事起步吧？以后职掌一司，我看问题不大。

"如果我没猜错，曹老弟是京城篾儿街出身，是那大骊将种门户的年轻俊彦，所以担任过大骊边军的随军修士，等到战事结束，就顺势从大骊铁骑转任工部任职当差，是也不是？！

"再看曹老弟这一身山水相貌，错不了，绝对错不了，只是不知道如今是在那京城工部衙门的虞部还是水部高就？"

工部这两司郎官掌天下川渎山泽、官驿桥梁、堰堤河渠一切政令事务，不可谓不位高权重。

陈平安一直没有搭话。这位窦山神要是去摆算命摊子，会饿死的。

窦淹犹不死心："曹老弟，要是能给工部郎官，当然，侍郎老爷更好了，你只需帮忙递句话，不管成与不成，以后再来叠云岭，就是我窦淹的座上宾。"

陈平安摇头道："窦山神想岔了，我不是什么大骊官员。"

窦淹小声问道："难道曹老弟是大骊钦天监的青乌先生？"

陈平安还是摇头，很快钓起一条鲈鱼，伸手攥住，轻轻抛入鱼篓。

窦淹拍手叫好："曹老弟手气不错，看来是真的与跳波河有缘。"

为了朋友，这位窦山神真是什么老脸都不要了。往日里，无论是山水官场的同僚，还是管着数州数十府县山水的自己的顶头上司督城隍爷，窦淹都不曾如此低声下气赔笑脸——他是笃定这位气态不俗的曹仙师是那出身大骊京城篾儿街或意迟巷的工部官员了。

大骊官员，不管官大官小，虽然难打交道，但在公事上还是很上心的，各司其职，有条不紊，做事情极有章法。

什么样的人，交什么样的朋友。陈平安大致心里有数了，便以心声问道："听说岑河伯的朋友不多，除了窦山神之外，不知道还有没有一个姓崔的老人？"

"没有。"

"老人姓崔，是位纯粹武夫。"

"不认识，他与江湖人一向没什么往来。"

陈平安继续说道："那位崔老爷子曾经悉心教过我拳法，不过觉得我资质不行，就没正式收为弟子，所以我只能算是崔老前辈一个不记名的拳法徒弟。"

在落魄山竹楼，崔诚可从不跟陈平安聊什么往事，像与跳波河岑文倩是好友这种事情，还是他与暖树她们闲聊，陈平安再靠着周米粒通风报信才得以知晓。说来奇怪，崔诚在陈平安跟前从没什么好脸色，但对暖树和周米粒，简直和蔼得不像话。

岑文倩沉默片刻才道："曹仙师真会说笑，一个修道有成的山上神仙竟然跑去练拳，岂不是空耗光阴，浪费仙材？曹仙师就不怕家族和山中长辈埋怨一句不务正业？"

显而易见，这位河伯相较于先前那场问答的言简意赅，话多了些。

陈平安又钓上了一条金黄色的鲈鱼，再次抛竿入水，微笑道："家里也没什么长辈了，至于上山修行一道，有领路人，可一样没有什么师徒名分，所以先前自称散修，非是晚辈有意诓人。"

岑文倩笑问："一个修道之人，学拳滋味如何？"

陈平安轻声道："学拳大不易，尤其是崔老先生教拳，难熬得让人后悔学拳。"

岑文倩叹了口气：那就作不得假了，这个深藏不露的大骊年轻官员，多半真是那崔诚的不记名弟子。崔诚看待习武一事，与对待治家、治学两事的严谨态度如出一辙。

岑文倩问道："既然曹仙师自称是不记名弟子，那么崔诚的一身拳法可有着落？"

陈平安笑答："我有个开山大弟子，习武资质比我更好，侥幸入得崔老爷子的法眼，被收为嫡传弟子。只不过崔老爷子不拘小节，各算各的辈分。"

岑文倩点点头，是崔诚做得出来的事情。

陈平安问道："崔老先生也会与岑河伯诗词唱和？"

岑文倩笑道："当然，崔诚的学问才情都很好，当得起文豪硕儒的说法。刚认识他那会儿，他还是个负笈游学的年轻士子。窦淹至今还不知道崔诚的真实身份，一直误以为是个寻常小国郡望士族的读书种子呢。"

他转向窦淹："窦老儿，曹仙师是那崔诚的不记名弟子。"

窦淹疑惑道："哪个崔诚？"

岑文倩笑道："就是那个每次路过都要与你叠云岭蹭酒喝的穷书生。"

窦淹哈哈大笑道："哦，是说那个小崔啊，记得，怎么不记得，见过几次。不过那小崔眼界高，只与你关系亲近，每次只晓得从我这边骗酒。"

然后窦淹就发现那个大骊年轻官员的脸色、眼神都有点怪，于是他疑惑道："咋个了，不喊他小崔喊什么，双方年龄差着两三百年呢，难不成我还得喊他一声崔兄啊？那也太矫情了。"

陈平安怔怔看着河面。河水碧如天，鲈鱼恰似镜中悬，不在云边在酒边。

原来也曾年轻过，就像那个老嬷嬷。

这是一种无法想象的事情，就像齐先生、崔诚、老嬷嬷之于陈平安，陈平安之于裴钱、曹晴朗、赵树下他们，李宝瓶、裴钱和李槐之于白玄、周俊臣这些孩子。而那些如今还小的孩子，说不定以后也会是落魄山及下宗子弟们无法想象的前辈高人。

大概这就是薪火相传。

陈平安蹲在河边，将鱼篓里边的两条鲈鱼抖搂入河，收起钓竿、鱼篓后，起身从袖中摸出一只白碗，换了一个称呼，笑道："岑先生，大渎改道一事，晚辈是大骊官场外人，无力改变什么，不过岑先生是否愿意退一步，无须更换金身祠庙和河伯水府，就在这附近担任一湖河伯？"

那人说得没头没脑，窦淹听得云里雾里：岑文倩转任一湖河伯？可是方圆数百里之内，哪来的湖泊？咋的，要搬山造湖？年轻人真当自己是位上五境的老神仙啊，有那搬山倒海的无上神通。

退一万步说，就算可以搬徙几条山岭的无主余脉，再从地面凿出个承载湖水的大坑雏形，水从哪里来？总不能架起一条桥梁河道，水流在天，牵引跳波河入湖吧。如今是枯水期，跳波河水量可不够。何况真要如此肆意，山水气数牵扯太大，会影响两岸老百姓今年的秋收，届时大骊朝廷一定会问罪，即便大骊陪都与京城工部都可以破例通融一番，江河改道终究已成定局，新湖即便建成，还会是那无源之水的尴尬境地，湖泊水运死气沉沉，旧跳波河水域的一众水裔精怪是绝对不会跟着岑河伯搬迁到一处死水潭的，到时候岑文倩还是个香火凋零的孤家寡人，那么此举意义何在？

年轻气盛，不知所谓。不过话说回来，这份好意，还得心领。

岑文倩笑着摇头道："曹仙师无须如此吃力不讨好，白白折损修为灵气和官场人脉。"

陈平安笑道："容晚辈说句大言不惭的话，此事半点不吃力，举手之劳。"

窦淹以心声气笑道："文倩，你瞧瞧，这神色、这口气，像不像当年那个穷光蛋崔诚？"

"晚辈去去就回。"陈平安一手端碗，只是跨出一步，转瞬便消失不见。

窦淹施展一番本命神通，收回心神后震惊道："好家伙，已经不在叠云岭地界了！"

很快，那一袭青衫就重返跳波河畔，依旧手端白碗，只是碗中水已满。

窦淹大失所望：雷声大雨点小？这么点大的白碗，就算施展了仙家术法，又能装下多少水？还不如一条跳波河的流水多吧？舍近求远，图个什么？

只是岑文倩却神色凝重起来，问道："曹仙师是与大渎借水了？"

陈平安摇头道："稍稍跑远一些，换了个取水之地。"

岑文倩追问："可是海水?!"

陈平安点头道："岑先生放心，虽是在入海口附近取的水，但晚辈已经去浊取清，暂时比不得跳波河的水流清澈，但是假以时日，水运品秩不会太差。这一碗水，水量尚可，足可支撑起一座三百里大泽湖泊。"

岑文倩无言以对。这叫"尚可"？

相传远古仙人，袖中有东海！窦淹瞪大眼睛，伸长脖子看着那一碗白水：年轻人该不会是吹牛皮不打草稿吧？

陈平安将那只盛满水的白碗递给岑文倩，笑道："岑先生与崔老先生相识一场，是君子之交淡如水。"

岑文倩也不是什么迂腐之辈，大大方方接过那只水碗。

陈平安打量了几眼四周山水，双指并拢，画了一个圆相，先界定疆域，再一个翻掌，刹那之间，山河震动，跳波河周边三百里地界瞬间凹陷下去。陈平安一抖袖子，一切有灵众生都如腾云驾雾一般被抖搂到跳波河上游岸边。陈平安再轻轻一虚握，那些塌陷的山根地脉便凝为芥子大小的土球，来到陈平安的手中。陈平安又学那仙簪城与陆沉的一人一符，先后在大坑底部与手中土球上分别画水字符与山字符，让未来大湖与叠云岭形成山水相依的格局雏形。

神乎其技。饶是河伯、山神，对于这等搬山运水之法，窦淹和岑文倩依旧闻所未闻，以致金身震动，心神摇曳不已：什么曹仙师，得尊称一声"曹仙人"或"曹仙君"才妥当吧？

陈平安将那袖珍土球递给窦淹，笑道："窦老哥，萍水相逢，一见如故，以后再与老哥讨要酒水喝。这枚山字符可以搁放在地界山根处，以后土气生发，于叠云岭的山运小有神益。至于将来叠云岭与湖泊山水接壤，更无须担心山水相犯，只会两相稳固。"

窦淹接过被说成是"山字符"的古怪土球，竟是一个趔趄，差点没能接住，顿时老脸一红，瞥了眼轻松端碗的岑文倩：奇了怪哉，为何就只有自己出丑了？

陈平安说道："稍等片刻，我还要写一封书信，有劳窦老哥转交给那位大渎长春侯了。我与她算有半分同乡之谊，今日此地动静，说不定她可以帮我在陪都、工部那边解释一二。"

陈平安言语之间，手腕一拧，从袖中取出纸笔，纸张悬空，水雾弥漫，自成一道玄之又玄的山水禁制。陈平安很快便写完了一封给那位补缺大渎长春侯水神杨花的密信，大致解释了今天跳波河地界的变动缘由，最后希望她将来能够在不违禁的前提下对叠云岭山神窦淹稍加照顾。

就像浩然九洲的每尊大岳山君也会管辖众多江河，那么身居高位的大渎公侯的辖境之内一样拥有诸多山脉。

陈平安最后取出一枚印文"陈十一"的私人印章,朝那底款三字轻轻呵了一口气,盖在书信末尾。

这是陈平安第一次用这方珍藏多年的印章正式钤印书信,以后落魄山与别家山头书信往来,只要是山主的亲笔手书,要么钤印"落魄山陈平安",要么就是"陈十一"——这才是名正言顺的山上礼数。

陈平安将书信放入信封,交给窦淹,最后抱拳与两位笑道:"岑先生、窦老哥,晚辈还着急赶路,就此别过,山高水长,后会有期。"

岑文倩和窦淹各自还礼。

窦淹唏嘘不已:"文倩,这次是我沾你的光了,天大福缘,说来就来。"

当之无愧的神仙手笔,轻描淡写造就出这等匪夷所思的仙迹。

岑文倩笑着没说话。

窦淹突然问道:"咦?岑文倩,你可记清了那位曹仙君的面容相貌?"

岑文倩微微皱眉,摇头道:"确实有些记不清了。"

窦淹感慨道:"这算哪门子事,山巅仙人行事,果然不可以常理揣度。"

岑文倩轻声道:"没什么不好理解的,无非是君子施恩不图报。"

如果他没有猜错,在那封信上,神出鬼没的青衫客定会嘱咐长春侯杨花不要在窦淹面前泄露了口风。

窦淹将那枚山字符小心翼翼收入袖中,使劲抹了把脸,正要说话,再次金身震动,全身光彩流溢。

不光是窦淹的叠云岭霎时间山雾升腾,彩云萦绕,明明是夏秋之际的时节,跳波河两岸竟是杏花绽放无数,如遇春风。

岑文倩轻声道:"是那'山高水长'四字谶语使然。"

窦淹颤声道:"莫不是一位口含天宪的道德圣人?!"

岑文倩默不作声。

窦淹自挠头:"到底咋个回事?"

岑文倩笑着打趣道:"又不是只有我认识崔诚,你不也认识小崔?"

窦淹突然一个灵光乍现,恍然大悟。先前自己那个趔趄,莫不是那位敬称崔诚为老先生的曹仙君在记仇自己的一口一个小崔?

窦淹问道:"就没问崔诚如何了?"

只知道这位老友曾经数次犯禁,擅自离开跳波河辖境,要不是小小河伯已经属于世间水神的最低品秩,官身已经没什么可贬谪的了,不然岑文倩早就一贬再贬了。州城隍直接放话给跳波河水府,每年一次的城隍庙点卯免了,一座小庙万万伺候不起岑大水神。

岑文倩神色黯然:"在那位青衫客的神色里早有答案,何必多问。"

陈平安随后走了一趟梅釉国,只是未能在那座熟悉的县城见着当年算是个疯癫酒鬼的年轻县尉,与县衙打听,才知道那人早就辞官北游了。当年那笔买卖实在太过划算,陈平安只用五壶山上酒酿就买了一大摞草书字帖,文字既天光焕彩,又法度森严。

陈平安自己的字写得一般,但是自认鉴赏水准不输山下的书法大家,何况连朱敛和崔东山都说模仿不出那些草书字帖七八分的神意,这个评价,实在是不能再高了。崔东山直接说每一幅都可以拿来当传家宝,年份越久越值钱。就连魏檗都死皮赖脸跟陈平安求走了一幅《仙人步虚帖》,上书:仙人步太虚,脚下生绛云,风雨散天花,龙泥印玉简,大火炼真文。

种夫子的手法比魏檗更胜一筹,也不强求索要,只是三番五次去竹楼跟小暖树借某幅字帖,说是要多临几次,否则难得其中神意。陈平安后来重返落魄山得知此事,就识趣地将那幅字帖主动送出去了。种夫子还一本正经地说君子不夺人所好,曹晴朗就回说他可以帮种夫子将那幅《月下僧帖》归还给陈平安。

陈平安在书简湖的池水城买了几坛当地酿造的乌啼酒,喝着喝着就想起了"刚刚交过手"的那位飞升境鬼修,仙簪城城主玄圃的师尊刚好道号乌啼。

当年一直被当成傻子的少城主范彦如今已经成了城主,还攀附上了大骊朝廷,使得池水城的势力能够在真境宗的眼皮子底下日渐壮大。就是这么一号枭雄人物,曾经对着屁大孩子顾璨一口一个"顾大哥"。

陈平安走在水边,回首望去,遥遥看见一座生意兴隆的酒楼。好像自己人生第一次,也是唯一一次正儿八经地置办酒局,就是在那儿。

其实那天顾璨要比陈平安更熟稔自在,一个半大孩子,谈笑风生,眉眼飞扬。

姜尚真在自己还管事的时候,从真境宗所在的书简湖划拨出五座岛屿给了落魄山,不过这块飞地挂在了一个叫曾掖的年轻修士名下。

姜尚真都没有折腾什么祖师堂议事,完全是一言决之。谁敢对此有异议?能算自己半个儿子的韦滢,当时的首席供奉刘老成,还是次席供奉刘志茂,或者李芙蕖?

书简湖北边的石毫国皇帝韩靖灵因为不曾修道,年近半百就已经显出几分老态了。今天退朝后得闲,又开始拉上孙子孙女老调重弹:"那位落魄山陈剑仙,当年请我喝过酒!"都不是什么"我们"了。

再好汉不提当年勇,这一茬故人故事也得提,时不时就提,与龙子们说多了,就再与龙孙们说。

当了皇帝后，韩靖灵与黄鹤一起走了趟青峡岛，要求去那间账房里边坐一坐，被顾璨拦下了。当时双方闹得还不太愉快，只不过那会儿的顾璨就像变了个人，城府深沉，没有摆在脸上而已。

"可不是什么随便丢壶仙家酒酿的那种，是正儿八经的酒局，摆了一大桌子酒菜，就只是寻常酒水。这里边的门道，你们这些孩子不懂，要是山上的酒水，反而就没劲了。"

这些老皇历，两个孩子早就听得耳朵起茧子了，摇头晃脑，相互做鬼脸。一个孩子早早张开嘴巴，无声言语，帮皇帝爷爷说了那句每次拿来收尾的话："当时座上皆豪逸！"

陈平安不过是两步就往返了石毫国和书简湖一趟，对于韩靖灵那些个添油加醋的措辞也不以为意。吹牛皮又不犯法，何况还是一位皇帝陛下。

之后他悄无声息去往宫柳岛，找到了李芙蕖。李芙蕖新收了个不记名弟子，来自一个叫仙游县的小地方，叫郭淳熙，修行资质稀烂，但是李芙蕖却传授他道法，比对嫡传弟子还要上心。

见到了陈平安，李芙蕖备感意外。陈平安询问了一些关于曾掖的修行事，李芙蕖自然知无不言言无不尽。双方顺便聊到了高冕，原来李芙蕖在那场观礼之后，还担任了无敌神拳帮的供奉，并非客卿。

高冕已经卸任帮主，这位曾经两次从玉璞境跌境的高老帮主先前在大渎附近的战场上被一只大妖打断长生桥，又跌境了，只勉强保住了个金丹境，这辈子是不太能够跟人逞强了。

李芙蕖参加的第一场祖师堂议事，两拨人就吵了起来，不是吵到底要不要更改山头名字，而是吵哪个新名字更好，毕竟一个正儿八经的修士门派怎么能取一个连江湖门派都不会取的糟心帮名呢？早年要不是看在老帮主身子骨还硬朗的分上，打也打不过，骂更骂不过，不然早就将此事提上议程了。

在真境宗哪里能够见到这种场景，三任宗主都很服众。真境宗也算厉害了，在这么短的时间里就接连出现了三位宗主。

李芙蕖一开始还颇为担心高老帮主会不会因为此事大为失落，英雄气短，结果根本不是这么回事。她找到高冕的时候，老人兴致极高，原来是正阳山的苏稼仙子重新纳入祖师堂嫡传谱牒了。

绰号一尺枪的荀渊，绰号玉面小郎君、别号武十境的高冕，以及那位神龙见首不见尾的崩了真君，这几个土财主都是山上镜花水月的著名豪客，号称撑起了一洲镜花水月的半边天，不知多少仙子得过这几位的一掷千金。

此外还有一位道号浪里小白条的不知名仁兄，花钱倒是不多，但是次次捧场，用几枚雪花钱，扯开嗓门，帮着一些冷清的仙子营造出一种千军万马都已拜倒在石榴裙下的气势。

李芙蕖问道："陈山主这次来宫柳岛，不见一见刘宗主或是刘岛主？"

陈平安摇头道："这次就算了。"

其实姜尚真担任真境宗宗主的时候，除了那桩以公肥私之举，还曾喊来首席供奉刘老成。两人走在宫柳岛湖边小路上，姜宗主随手折了一枝柳条，笑嘻嘻对刘老成说了两句话："你觉得打破玉璞境瓶颈跻身仙人就得亲手打杀了她，这是你的自家修行，我管不着。但是你想要让她死，我就一定让你先死，这是我姜尚真的自家事了，你一样管不着。"

刘老成不敢不当真。

约莫是天无绝人之路，反而让不得不另辟蹊径的刘老成竟然成功跻身了仙人境，并从首席供奉升至真境宗历史上继姜尚真、韦滢两位剑仙之后的第三任宗主。

陈平安之后走了一趟青峡岛，却不是找刘志茂，而是去那座朱弦府。

青峡岛女鬼红酥真实身份是上一世的宫柳岛女修黄撼，更是刘老成的道侣。她前几年辞去了横波府女官之职，重新当起了朱弦府的门房，因为她还是不擅长处理那些女子之间的钩心斗角。

不过在横波府当差的那几年，她也攒了不少雪花钱，每当心情不好的时候就会开销一枚，从面容丑陋瘆人的老妪重新变成年轻女子，让自己瞧着不那么面目可憎，结果给马老爷骂了句"败家娘儿们"。

驮饭人出身的鬼修马远致如今还是青峡岛的二等供奉，在刘志茂手底下混饭吃。跟着这位步步高升的截江真君，他也鸡犬升天，在真境宗混了个谱牒身份。其实都不用做事，就是每年白拿一份俸禄。

马远致颇有一副雅致心肠，给自己的府邸取了个"朱弦"的名字，源自故国一首生僻诗词里边的那句"重润响朱弦"。"响"谐音"想"，而旧珠钗岛岛主刘重润正是他那故国的长公主殿下。可惜心心念念的长公主殿下带着一群莺莺燕燕早就搬出了书简湖，去了个叫鳌鱼背的异乡山头落脚了。

这些年来，马远致没少骂那个账房先生：一边信誓旦旦说自己对长公主殿下没有半点非分之想，绝不主动招惹，另一边却偷摸将长公主殿下给拐骗到他那家乡去了。鳌鱼背……他娘的，鱼，滑不溜秋的，至于背，马远致只是稍稍想象了一下长公主殿下那白皙柔嫩滑腻的背脊就想哭。

话说回来，长公主殿下如此尤物，陈平安那么一个年轻小伙儿，有点绮念，有些歪心思，倒也正常。就是不知道隔着千山万水，长公主殿下这么多年没瞧见自己，会不会相思成疾,憔悴瘦削得那小腰肢儿越发纤细了?

当年为了她,马远致真是实打实地把命都给搭上了,早就把心给了她。

今天马远致想要出门一趟,去珠钗岛逛荡一圈,想着万一长公主殿下回来了,第一眼就能瞧见自己的伟岸身影不是?

门房红酥壮起胆子问道:"老爷,陈先生真的当上了宗门山主啊?"

马远致停下脚步,嗤笑道:"骗你能挣钱吗?"

红酥怯生生地道:"那不能够。"

马远致揉了揉下巴:"不晓得我与长公主那个缠绵悱恻的情爱故事到底有没有版刻出书。"

红酥赧颜道:"还有奴婢的故事,陈先生也是抄写下来了的。"

马远致瞪眼道:"你也是蠢得无可救药了,不知道在咱们刘首席的横波府那么个富贵乡好好享福,偏要跑到我这么个鬼地方当门房。"他双臂环胸冷笑,"下次见着了那个姓陈的王八蛋,看我怎么收拾他。年轻人不讲信用,混什么江湖,当了宗主成了剑仙又如何?"

有一袭青衫凭空现身,笑眯眯接话问道:"又如何?"

马远致定睛一看,哈哈大笑道:"哎哟喂,陈公子来了啊。"

书简湖那几座相邻岛屿上鬼修鬼物扎堆,几乎都在岛上潜心修行,不太外出,倒不是担心出门就被人肆意打杀,毕竟只要悬挂岛屿身份腰牌,在书简湖地界就出入无碍,可以得到真境宗和大骊驻军双方的认可。至于出了书简湖远游,就需要各凭本事了。也有那忘乎所以的鬼物,做了点见不得光的老行当,与山上谱牒仙师起了冲突,打杀也就打杀了。

不过真境宗竟然赔了一笔神仙钱给曾掖,还说是依照大骊山水律例办事,罪不当诛,如果曾掖他们不愿意就此作罢,是可以继续与大骊刑部讲理的。

曾掖其实当时很犹豫,还是马笃宜的法子好,让他去问章老夫子——既然曾掖没那脑子,就去找脑子灵光的人。

曾掖心知肚明,真境宗和青峡岛之所以愿意对他们这帮不入流的鬼修、鬼物区别对待,其实都是陈先生的功劳。

曾掖这个曾经的茅月岛少年天生就适宜鬼道修行,机遇连连,先是被青峡岛管事章靥带离火坑,成了那个账房先生的帮手,然后就一直跟在顾璨身边,前些年就已经是一位观海境练气士,如今俨然是一个山上门派的执牛耳者了。顾璨离乡远游中土神洲之前,将那块太平无事牌留给了他。一开始曾掖挺担心此举不合大骊律例,根本不敢拿出来,毕竟冒用大骊刑部无事牌是死罪。后来才知道顾璨一早就办妥了,将其移到了曾掖名下。这种事情，按照章廐的说法，其实要比挣得一块无事牌更难。

至于马笃宜，她是鬼物，就一直住在那张狐皮符箓里边，胭脂水粉买了一大堆。

陈先生和顾璨的家乡怪人怪事真多，只说陈先生的落魄山，曾掖和马笃宜就曾被一个身材瘦削的少女吓了一大跳，亲眼看到她从极高的山崖上摔下来，在地面上砸出了一个大坑，一个更小的姑娘就那么双手抱头蹲在大坑边缘。等到少女落定，穿着草鞋的脚上鲜血直流。后来他们才知道那个肌肤微黑的少女名叫裴钱，是陈先生的开山大弟子。

用独有的法子确定了他们两个外乡人的身份后，那个肩挑金扁担、手持青竹杖的黑衣小姑娘一下子就变得活泼起来，说："我们裴钱是在问拳嘞，要给地面的小脑壳狠狠一锤！"

小姑娘蹦蹦跳跳，一路叽叽喳喳，反正都是在说裴钱如何厉害，结果被裴钱按住小脑袋，语重心长地说了一句："我辈江湖儿女，行走江湖，只为行侠仗义，虚名要不得。"愣是把也算见多识广、江湖半点没少走的曾掖和马笃宜说蒙了，因为他俩终究不是纯粹武夫，当年并不清楚裴钱跳崖砸地的诸多精妙之处，更无法理解那种"以纯粹体魄问拳大地"的拳法高度。

这些年，曾掖始终关注陈先生和顾璨的动向，真境宗的山水邸报那是一封不会落下的，只可惜陈先生一直杳无音信。倒是顾璨，当年在龙州分别后，竟然摇身一变，从截江真君刘志茂的嫡传弟子变成了中土白帝城城主的关门弟子。

对于曾经的书简湖众多野修而言，那座白帝城遥不可及，高不可攀。至于那位被誉为天下第一魔道巨擘的郑城主，更是高高在上，犹如天一般的存在。

早年曾掖在青峡岛只要一见到顾璨就会怕得直哆嗦，后来跟着顾璨四处游历，情况才有所好转。到最后，曾掖出门，甚至觉得只有待在顾璨身边才能心安几分。

马笃宜曾经提醒过曾掖，说其实顾璨还是顾璨。他确实变化很大，变得循规蹈矩，会做很多力所能及的好事，甚至很多事情由顾璨做来还会让人觉得大快人心，但是不能因此就觉得他是一个好人了。至于曾掖有没有真的听进去，马笃宜无所谓，她只认定一件事：只要陈先生在人间，山中的顾璨就会变得"更好"。哪怕未来顾璨顺利走到了浩然山巅，在顾璨的心中，依旧都会长长久久存在着某条不为人知的准绳。

其实与曾掖说过那番不讨喜的言语，马笃宜自己心里边也有些愧疚，毕竟当年跟着顾璨一起游历四方，多多少少能算半个朋友吧。不得不承认，跟着顾璨厮混，放心，就像跟着半个陈先生一起走江湖，只管蹭吃蹭喝，无忧无虑。

陈平安离开青峡岛朱弦府来到此地，发现岛主曾掖在屋内修行，就没有打搅这位中五境神仙清修。马笃宜也在自己院子里荡秋千，陈平安就独自去了岛屿山顶，坐在栏杆上慢慢喝酒，看着有些陌生的书简湖。

曾经在这儿兜兜转转数年之久，却也正是此地让陈平安明白了一个道理：天地英雄气，千秋尚凛然。

　　陈平安将一只乌啼酒的空酒壶抛入湖中。

　　当时座上皆豪逸？如果是说剑气长城的大小酒桌，就对了。

　　陈平安喝过了一壶酒，在去往云霞山之前，路过一地。

　　看着眼前的惨淡景象，很难想象这里就是昔年享誉一洲的南塘湖了。

　　大湖干涸，据说是被旧王座大妖仰止汲取殆尽，如今水位高度不足当年的一成。

　　几年前，这里还曾是宝瓶洲的形胜之地，南塘湖青梅观"草堂梅坞春最浓"，风景绝美，被誉为"几生修得此梅花"。

　　千年道观前，每逢梅开便车水马龙，外乡仙师、帝王将相、公卿豪绅、文人雅士络绎不绝，留下过无数诗篇。

　　这些年，青梅观女修们除了不惜耗费灵气，竭力施展水法聚云降雨，还要一直从别处江河借水搬水，试图重新填出一座湖，但是都进展缓慢。一来邻近几座山头的新晋山神、土地没少告状——这也怨不得他们秉公行事，终究涉及一地山水气运。二来观内梅树折损严重，而且山上填水可不是什么添补江河流水那么简单的事情。

　　陈平安看到了一个熟悉的身影，当下正在做她最拿手的事情：开启镜花水月，挣神仙钱。

　　这位青梅观的周琼林周仙子是镜花水月的行家里手，"借景"一事更是信手拈来，早年每到一座山上门派、一处仙家府邸，都会以青梅观的摹拓秘法将其截留下来，再将自己的身形嵌入图画中，然后寄给那些关系熟稔的山上仙师、山下豪客。上次她游历龙州，就跟在衣带峰的宋园和刘润云身边，不愿错过任何与朋友的朋友成为朋友的机会，就想要将衣带峰作为桥梁，与落魄山搭上关系。陈平安当时觉得她做事情不讲分寸，太过刻意和势利。钻营人脉没有错，但是没有像她这么不讲究的，所以就婉拒了。双方分别之后，裴钱偷偷告诉陈平安的一番言语，却让他心神震动。

　　裴钱当时说，她瞧见那个狐媚的姐姐心里边住着好多好多破衣服的可怜小人儿，就跟小时候的自己差不多，瘦不拉叽的，一个个都快饿死了，那个姐姐很是伤心，对着一只空落落的大饭盆，不敢看那些孩子。那会儿还是个孩子的裴钱不太理解自己的几句无心之语会让师父在未来的人生道路上一直反省。

　　陈平安此刻背靠一棵枯败梅树，看着那场镜花水月竟然弯来绕去，不知怎么就与自家落魄山扯上关系了。

　　原来是观礼一事在一洲山上山下闹了个沸沸扬扬，谈资无数。越是年轻的练气士就越是不以为然，对那个出尽风头的年轻剑仙观感极差，说他倚仗境界器张跋扈，做事情半点不留余地。

其实周琼林一开始也没想着如何为落魄山说好话，只不过是习惯使然，聊了几句自己有幸与那位陈剑仙相熟，想着以此自抬身价，就是个简单至极的江湖路数，不料一下子就炸锅了，实属失策。

有人砸了不少雪花钱，就为了说几句怪话："与落魄山认了爹，喜欢当孝子？"

又有人跟着砸钱附和："说错了说错了，漏了个字，咱们周仙子啊，说不定是认了个财大气粗的干爹。"

周琼林也全然无所谓，笑容依旧，只要那些家伙花了钱，她就挺开心的，只回了一句："贤孙儿，你们都说得对。"

陈平安看得出来，她是当真半点不在乎。

周琼林撤掉镜花水月后，轻轻握拳晃了晃，给自己鼓劲打气：懂了懂了，找着一条发财门路了，下次还要继续搬出那位八竿子打不着的年轻剑仙，最好将双方关系说得更水月朦胧些，肯定可以挣更多钱。以陈平安如今的显赫身份，怎么可能与她一个青梅观的小修士计较什么？

只是当她看向那座水面清浅的南塘湖时，却又有些茫然：就算能够重新开出一座南塘湖来，可是那么多枯死的梅树呢？还有旧南塘湖原本充沛的水运呢？她心生绝望，一下子就满脸泪水。

好像人生总有些坎坷是怎么熬也熬不过去的，就算熬过去了，过去的也只是人，而不是事。

周琼林猛然抬头，满脸匪夷所思。原来是眨眼工夫便出现了黑云滚滚的异象，云海瞬间聚拢，电闪雷鸣没有半点征兆，气象森严，惊心动魄。

云海笼罩住旧南塘湖水域方圆百里之地，大雨倾盆落向人间，南塘湖水位以肉眼可见的速度开始迅猛上涨。

周琼林身上的法袍能够辟水，倒是不介意这场滂沱大雨。

陈平安犹豫了一下，没有悄然离去，而是出声笑道："刚好路过贵地，巧了，白看一场不花钱的镜花水月，得谢过周仙子为落魄山美言几句。"

周琼林立即转过头，擦了擦脸上的泪水，与那位落魄山剑仙施了个万福，有些心虚地笑道："见过陈山主。"

陈平安说道："只是凑巧路过，就碰到这等天地异象，虽然没能见到传说中的青梅观胜景，也算不虚此行了。"

周琼林眨了眨眼睛。既然这位年轻剑仙自己不愿说破真相，那么她也就只好跟着装傻了，不然天底下哪有这么多的巧合。

其实周琼林最初对这个年纪轻轻的山主观感很一般，觉得他清高得很，半点不平易近人,后来那场惊世骇俗的观礼与问剑更是让周琼林打定主意这辈子都不要跟落魄山扯上关系了。至于今天陈剑仙为何如此行事,周琼林想不明白,也懒得多想,反正不会是看中了她的姿色,不然当年就不会将她拒之门外了。

何况就算看中了又如何,她怕什么?只要真能帮青梅观恢复往年风采,她就什么都不怕,做什么都是自愿的。一个在烂泥沟里摸爬滚打的市井孤儿,能够在少女岁数被师父带到青梅观,最终摇身一变,成为一位山上神仙,就得惜福,得感恩,得还债。

陈平安笑道:"要是周仙子不嫌弃的话,以后可以去我们落魄山做客,到时候在山中开启镜花水月,挣到的神仙钱,双方五五分成,如何?不过事先说好,山上有几处地方不宜取景,具体情况还是等周仙子去了龙州再说,到时候让我们的小管事和右护法一起带你四处走走看看,挑选适宜的山水景象。"

周琼林呆呆点头,有些不敢置信。

陈平安掏出那块大骊无事牌:"南塘湖附近的几位山神老爷,我可以帮忙解释一番,听不听是他们的事。"

周琼林再次诚心道谢。

陈平安继续说道:"此外,水运、梅树两事,我可能可以帮上一点小忙,周仙子以后可以静观其变。"

蛮荒天下的那个自己与绯妃一场拔河之后,得了些曳落河水运。至于青梅观那些枯死的梅树,自然也是有法子补救的,毕竟自己有幸结识那位倒悬山梅花园子的旧主人酡颜夫人。

周琼林欲言又止。她很想询问这位年轻剑仙如此作为是图什么。

陈平安最后笑道:"我还要继续赶路,今天就不久留了,如果下次还能路过此地,一定两手空空去青梅观做客,讨要一碗冰镇梅子汤。"

周琼林嫣然一笑,轻轻点头,在那个青衫身影消失后才抬起手背,揉了揉泛红的眼睛。

有些温暖,比雷鸣更震撼人心。

梦粱国境内。

云霞山的云海是宝瓶洲极负盛名的仙家风景,阳光照射之下灵气升腾,五彩绚烂,被练气士誉为"天上尤物"。那些变幻莫测的云雾在某些时刻会蕴藉一点真灵,幻化成历代祖师爷的模样,云霞山弟子只要有缘,就能够与之请教本门道法。

陈平安站在云海之上,眺望远方的梦粱国京城,将一国气运流转尽收眼底。

倒悬山曾经有个小酒铺,是一处破碎的黄粱福地,寓意喝过了美酒便可以得到一枕黄粱美梦,只是不知道跟这梦粱国有无渊源。

陈平安收回视线，望向一座被云海没过山巅的低矮山峰。

云霞山至今总计开山十六峰，其中绿桧峰女祖师蔡金简此刻正端坐在蒲团上，手捧一柄老旧的竹木如意，按例开课授业。课已临近尾声，她开始为那些师门晚辈解字，第一个就是"命"字。

按照蔡金简的理解，"命"一字，可以拆解为"人""一""叩"，故而人一叩关即修道。修道问心，性命攸关，生死存亡。修道之士若能不为外物、形骸所累，睁眼便见大罗天。

在云霞山，有资格开峰的地仙祖师都会遵循祖例，按时开府传道。不能说全无门户之见——当然，一些关键的修行诀窍也会藏私，若非本脉嫡传，秘而不宣——只是相对于一般的仙家门派，已算十分开明了。

这其中，有些是老祖言之有物，可惜输在了枯燥乏味；有些祖师是言语有趣，但往往离题万里，光说山水趣闻、仙家逸事去了，一个时辰之内就没几句说在点子上的，别峰弟子们听得乐和，可是诸多修行疑难，进门听课之前如何懵懂，出门之后还是如何迷糊。而绿桧峰每次传道都人满为患，因为蔡金简的课既能说类似这种说文解字的闲散趣事，更会说修行关隘的详细注解和体悟心得，毫不藏私。

"蔡峰主开课传道，言之有物，疏密得当，自愧不如。"

其实蔡金简真正让诸峰老修士自叹不如的地方，还是她将外峰弟子视为本脉嫡传，似乎只要是云霞山弟子，哪怕并非祖师堂嫡传，蔡金简依然一视同仁，半点不介意绿桧峰本脉术法外传。

好个青山绿桧，丹霞密雾，簇拥神仙宅。此山女主人神清气朗，有林下之风，真个仙气缥缈。

其实当年蔡金简选择在绿桧峰开辟府邸是个不小的意外，因为此峰在云霞山被冷落多年，无论是天地灵气还是山水景致都不出奇。不是没有更好的山头供她选择，可蔡金简独独选中了此峰。

陈平安视线稍微偏移。一座如海上岛屿的山顶，有个年纪轻轻的金丹地仙坐在白玉栏杆上，好像在借酒浇愁。

凭借对方身上那件法袍，陈平安认出他是云霞山耕云峰的黄钟侯。

在各自结丹之前，黄钟侯与蔡金简曾是公认的金童玉女，最有希望成为云霞山的一双神仙道侣。他身上那件法袍，是件传承久远的镇山之宝，名为彩鸾。

陈平安御风飘落在耕云峰山巅，黄钟侯对此视而不见，也懒得追究一个外乡人不走山门的失礼之举，只是自顾自喝酒。

陈平安坐在栏杆上，取出一壶乌啼酒。

黄钟侯转头看了一眼，摇头说道："这酒不行。"手腕一拧，手中多出一壶云霞山的春困酒，丢给那个根本不认识的不速之客，"喝我的。"

陈平安接过酒壶，道了一声谢，揭了泥封，仰头喝了一大口酒。

天地一酒瓮，都是醉乡客。

黄钟侯自报名号："耕云峰，黄钟侯。"

陈平安笑道："落魄山，陈平安。"

黄钟侯差点一口酒喷出来，抬起手背擦拭嘴角，转头猛瞧那人，左看右看都不对劲，怎么都不像是那个落魄山的年轻剑仙，一身装束倒是依葫芦画瓢得还算凑合。

黄钟侯笑道："道友做人不地道，白瞎了我这壶好酒。喝完了酒，就赶紧滚蛋。"

陈平安笑问："比较好奇一事，当年去骊珠洞天寻访机缘的为何是蔡仙子，而不是资质更好的黄兄？"

云霞山练气士的修道根本所在，正是降伏心猿和拴住意马。

当初蔡金简游历骊珠洞天，寻求法宝这类身外物之外，更要求一份仙家机缘，可惜那会儿的蔡金简其实连心猿意马到底为何物好像都没有弄清楚。

在陈平安看来，眼前这位金丹气象绝佳的年轻地仙即便为情所困，相较于当年的蔡金简，还是更适宜下山去往大骊碰运气。

黄钟侯双手捧住酒壶，扯了扯嘴角："这位道友假装自己是剑仙还装上瘾了？赶紧喝酒，不然我可要动手赶人了，小心喝一壶吐两壶。"

云霞山的当代山主是一位不太喜欢抛头露面的女祖师，两位真正管事的老祖一个管着山门律例，一个管着钱财宝库。蔡金简的恩师是那个管钱的，而黄钟侯的传道人就是那个掌律。前者对蔡金简的栽培可谓不遗余力，简直就是孤注一掷。当初云霞山凑出一袋子金精铜钱供弟子去往骊珠洞天寻觅机缘，为这人选就有过一场争论。资质更好的黄钟侯显然更合适，只是黄钟侯自己对此不感兴趣，反而劝师父算了。不过到了山外，在待人接物方面，黄钟侯就又是另外一副面孔了。

蔡金简两手空空返回山门后，好像道心受损颇重，本门神通术法修行得磕磕碰碰，处于一种对什么事都心不在焉、半死不活的状态，连累她的传道恩师在祖师堂受尽白眼，每次议事都要风凉话吃饱。不料没过多久，蔡金简就像突然开窍一般，触类旁通，修行登高势如破竹，先闭关结金丹，此后甚至连一些个云霞山历代祖师都束手无策的修行关隘、疑难症结，都被蔡金简一一破解，使得云霞山数道祖师堂上乘术法得到极大的补全。蔡金简的那位传道恩师一下子就扬眉吐气了，某次师徒谈心，老人泄露天机，说当年一眼选中她作为嫡传，曾经帮她算了一卦，上上签，得了个八字谶语：破而后立，有如神助。蔡金简听过之后，也只是微笑不语。

对于这些自家秘事，黄钟侯当然只字不提。他是喜欢喝酒，倒也不至于喝了这么点酒水就与一个外人袒露心扉。不承想那个青衫外乡人笑道："吐出两壶再喝掉两壶？若是如此待客，就很先礼后兵了。"

黄钟侯啧啧称奇,因为他曾经听蔡金简说过,骊珠洞天民风淳朴,那里的年轻人一个比一个会说话。身边这位说话就有点意思啊,难不成真是那个小镇出身的年轻人?

陈平安瞥了眼祖山丹顶峰,开始转移话题:"好像就算蔡仙子跻身元婴,无形中帮云霞山聚拢了一份人和气运,可山门气运还是外泄不停歇。将近三十年过去了,你们还是没能寻见一件能够归拢气运的镇山之宝?再这么耗下去,小心落个金玉其外败絮其中的下场。"

一座云霞山,万壑千岩,淡薄山家。布袍草履,栖真养神,闲看流水落花。

山门道法之根本所在,是练气士跻身心地清凉境界,求个云霞锁雾,洞然明白,练就云水性情,最终功满步云霞,三山是吾家。

黄钟侯抬手揉了揉额头。这家伙口气不小啊。

当年大骊王朝挑选出一拨地仙共登飞升台,蔡金简就刚好在名单上,而她的表现大为出人意料。原本自家几位老祖师都不看好她,认为她能够跻身金丹,在云霞山开峰,就已经足够意外了,不觉得她这辈子能够跻身元婴。不料蔡金简再次让人刮目相看,支撑到了最后,瞥见了那座天门。要知道,那一众修士个个都算是宝瓶洲最拔尖的修道坯子,随便拎出一个都不是蔡金简可以媲美的天才。事后证明,这些天之骄子确实都不负众望,跻身宝瓶洲年轻十人或是候补十人之列。

按照云霞山的祖师堂规矩,跻身金丹,除了能够开峰之外,还可以在山水谱牒上抬升一个辈分,假若更进一步,有幸成为元婴"老神仙",就再高一辈。至于原本所属道脉的师徒传承,则单独另算。所以等到蔡金简返回师门,在祖师堂更换了先前那把金丹境时的座椅,也就成了云霞山历史上最年轻的女祖师。

山中的蔡祖师,山外的蔡仙子,公认两步登天。

蔡金简当年退出飞升台,曾独自一人在那槐黄县城走到一座已经空无一人的旧学塾外。

科举有个"同年"的说法,因为一大拨地仙曾经共同登上飞升台,在小范围之内,相互投缘的,也就有了份类似同年的山上香火情。比如真境宗的岁鱼和年酒这对师姐弟,原本八竿子打不着的关系,在那之后,就跟蔡金简和云霞山都有了些往来。而真名是韦姑苏和韦仙游的两位剑修更是桐叶洲玉圭宗现任宗主、大剑仙韦滢的嫡传弟子。那可是一位有资格参与文庙议事的大人物,当之无愧的一洲仙师执牛耳者。

登山修行一道,就是这般一步慢步步慢,人比人气死人。所幸黄钟侯也没想着要与蔡金简比较什么。

陈平安递过去一壶乌啼酒:"滋味再一般,也还是酒水。"

黄钟侯一巴掌将那壶酒水轻拍回去,摇头笑道:"人心难测,你敢喝我的酒水,我可不敢喝你的。怎么,你小子是心仪我们那位蔡仙子,慕名而来?放心,我与你不是情敌。

不过说句实话,道友你这龙门境修为,估计蔡金简的父母根本看不上。当然了,要是道友能让蔡金简对你一见钟情,也就无所谓了。"

蔡金简是山上典型的仙家道侣之后,父母都是修道之人,故而她生下来就等于是半个山上人了。只不过她的爹娘境界都不高,一位龙门境,一位观海境,且只有她爹在祖师堂有把座椅,还靠着大门。所以每次议事,位置仅次于山主和掌律祖师的蔡金简都挺别扭的。

其实如今云霞山最上心的只有两件事,第一件当然是将宗门"候补"的二字后缀去掉,多去大骊京城和陪都走动关系,其中藩王宋睦还是很好说话的,每次都会拨冗出席,对云霞山不可谓不亲近了。第二件,则是蔡金简的道侣一事。

不光是蔡金简的师尊,就连山主都几次亲自出马,与蔡金简旁敲侧击,不好直接询问有无意中人,便拐弯抹角聊些宝瓶洲年龄相近、资质不俗的俊彦仙才,可惜蔡金简每次都避重就轻绕过话题,要么干脆就说姻缘一事只能随缘,强求不得。

陈平安将那壶酒收回袖中,哑然失笑,摆手道:"黄兄想多了。"

喝完了一壶云霞山秘酿的春困酒,陈平安道:"既然都敢喜欢,为何不敢说?以黄兄的修道资质,心关即情关,只要此关一过,跻身元婴不难。情关不过是'道破'而已。"

黄钟侯气笑道:"你知道个屁。道友真当自己是上五境的老神仙了?"

见那青衫客就要起身离去,又道:"要去哪里?提醒一句,云霞山别处山头不像我这没规没矩的耕云峰,无所谓山门禁制,道友要是乱闯一通,容易挨削。"

陈平安笑道:"当然是去绿桧峰找蔡仙子谈点事情。"

黄钟侯忍俊不禁:竟然还是个不敢说但是敢做的家伙。他挥挥手:"去绿桧峰倒是问题不大,蔡金简当初下山一趟,回山后就大变样了,让人不得不刮目相看,以后当个山主肯定不在话下,对吧,落魄山陈山主?"

陈平安站在栏杆上,脚尖一点,身形前掠,转头笑道:"我倒是觉得渡过情关的黄兄来当山主兴许更合适些。"

黄钟侯一笑置之。这位脸皮不薄的道友当个酒友似乎不错,酒桌上如果没点胡说八道,酒水再好,也没啥滋味。真要喝高了,说不定自己都要跟那位道友争抢着当陈山主了。毕竟自己对陈山主仰慕已久,只恨没有机会对面饮酒罢了。

陈山主跟自己一样是市井出身,一样是少年岁数才登山修行,唯一的不同,大概就是陈山主风流,而自己痴情了。

所以黄钟侯又打开了一壶春困酒,再从袖中摸出一本艳遇不断的山水游记当下酒菜,滋味极好。

以后若有幸瞧见陈山主,定要与他虚心讨教一番,如何与女子相处才算得体,才能一切尽在不言中。

绿桧峰上，大多数云霞山修士皆散去，只留下几个别峰的弟子还有些疑难要当面询问蔡祖师。

等到最后一名外门弟子恭敬离去，蔡金简抬头望去，发现还有个人留下，笑问道："可是有疑惑要问？"

有点印象，好像是个半途来听课的，没了位置，就在廊柱附近席地而坐。不过是张生面孔，之前未曾见过，多半是云霞山某峰的新收弟子了。

作为一洲屈指可数的宗门候补，再加上云霞山与大骊王朝关系密切，登山访仙拜师、学艺求道的人多如过江之鲫，让祖师堂叫苦不迭。最怕那些有几分面熟又关系平平的老仙师硬塞一些孩子给云霞山，推辞不收伤情分，可要是真收下了，云霞山总不能敷衍了事。到最后，还是蔡金简提出一个建议，才解决这个说大不大说小不小的难题——让叠瀑峰一位只知埋头修行、不太会做人的老古板龙门境修士负责迎来送往，同时掌管外门弟子筛选、收录一事。

那人笑道："蔡仙子，小巷一别，多年未见了。"

蔡金简一手攥紧木灵芝，心头凛然，眯眼道："谁？！"

等到她见着了个好像云雾散去显现真容的身影，神色变得复杂，心中幽幽叹息，躬身行礼："绿桧峰蔡金简，见过陈山主。"

陈平安笑着抱拳还礼："见过蔡峰主。"

随即开门见山道："云霞山想要在近期摘掉'候补'二字，很难了。"大骊朝廷极其务实。

蔡金简点头道："我曾与几位祖师聊过此事，都觉得不容乐观，除非……"她停顿片刻，随即苦笑，"除非云霞山赶在大局落定之前突然出现一位上五境修士。"

不然中土文庙绝对不会为一个宝瓶洲的云霞山破例。当然，不是没有先例。文庙议事过后，山水邸报解禁，陆续出现了十六座新晋宗门，就包括眼前这位陈山主的落魄山。其中有七个宗门都无上五境修士坐镇，看似数量不少，可放在整个浩然九洲，一洲都摊不上一个，云霞山哪里来的信心和底气能够成为其中之一？先前宝瓶洲一役，云霞山虽说战功颇多，但是比起那些得以破格跻身宗门的别洲山头，那就天差地别了。

那些暂时没有上五境修士的"宗"字头门派，可不是那山下官场上被取笑为墨敕斜封官的存在，绝不会因为少了个玉璞境就被人瞧不起。无一例外，那些暂时只是元婴境的年轻宗主，都是在战事中建立了极大功勋的人物。可要说云霞山走那条"正途"，得个文庙类似黄纸朱笔正封的敕命，这又怎么可能？蔡金简有自知之明，她至少还需要百余年光阴打熬，才有些许希望见着元婴境瓶颈。

如今的蔡金简，眼界一宽，真心不会觉得自己是什么修道天才了。

"我这趟登山,是想要与云霞山购买一些云根石和云霞香。"陈平安说道,"我知道供不应求,几乎都被大骊垄断了,所以可能需要蔡仙子动用一些同门私谊。这两样东西有多少我就要多少,你们云霞山只管开价。"

他打算将那些云根石安置在彩云峰几处山脉龙穴之内,再送给小暖树作为她的修道之地,选址开府。

云根石这种地宝被誉为无瑕无垢,最适宜拿来炼制外丹,有点类似三种神仙钱,蕴藉精纯天地灵气。一方水土养一方人,所以在云霞山中修行的练气士大多都有洁癖,衣衫洁净异常。

作为宗门候补的山头,云霞山的云根石是立身之本。只是云根石在最近三十年内开采太过,有涸泽而渔之嫌。所幸此外还有一笔额外收益,就是云霞香。

大骊王朝在各个战场引渡英灵还乡,在山香水香之外,往往还需要用到云霞香。无论是山上烧香礼敬山水神灵,还是山下达官显贵祭祖,云霞香都是上上品秩。因为云霞山如果追本溯源,还可以算作是源于中土佛门数大正宗之一,相传开山鼻祖云霞老仙其实是中土一座祖庭大禅寺内的某种神异出身,听佛法,悟禅机,才炼形成功,故而云霞山极为推崇每次缘起缘灭即是一次渡劫之说。

当初那场中土文庙议事,两座天下对峙,当时有数位高僧大德现身,宝相森严,各有异象,其中就有玄空寺的了然和尚,所以后来云霞山代代相传的几种祖师堂秘传道法都与佛理相近。不过云霞山虽然亲佛门远道门,但因为云根石的关系,却是与道家宫观更有香火情。

蔡金简一时间有些为难。诚如陈平安所说,这确实需要她东拼西凑。不是她不想与落魄山交这个好,只是以落魄山如今的雄厚底蕴,怎么可能只是为了几十斤云根石、百余筒香火,就让山主亲自登门开口讨要?

再者,当年那份榜单现世后,见着了那个云遮雾绕的剑气长城末代隐官陈十一,蔡金简几乎没有任何怀疑,认定他必然是那个泥瓶巷的陈平安!

蔡金简只得硬着头皮报上两个数字。

陈平安点头笑道:"可以,已经超出预期了。"

蔡金简心中大为讶异,不过还是如释重负。

陈平安突然默然作揖,蔡金简先是震惊不已,然后瞬间了然于心,赶紧侧身避让。

当年那件小事,她就只是帮忙,名副其实的举手之劳,代为传信而已。至今山头内还有数位老祖师猜测她与那剑气长城有什么不宜言说的香火情。

陈平安离去后,蔡金简犹豫了一下,还是御风去往耕云峰了。此处为了避嫌,她并不常来。

黄钟侯远远瞧见蔡金简后，显然有些意外，迅速收起那本山水游记，晃了晃酒壶，笑道："蔡峰主可是稀客。"

蔡金简以心声问道："听人说，你打算与她正式表白了？"

黄钟侯喜欢的那个女子名叫武元懿，是上任山主的关门弟子，所以辈分高，即便是身为一峰之主的黄钟侯见了她都得喊一声师伯。

黄钟侯愣了愣："什么？"

蔡金简会心一笑，柔声道："这有什么好难为情的，都拖泥带水了这么多年，黄师兄的确早该如此爽利了，是好事，金简在这里预祝黄师兄渡过情关……"

黄钟侯满脸涨红，使劲一拍栏杆，怒道："是那个自称陈平安的王八蛋在你面前乱说一气了？你是不是傻子，这种混账话都信？"

蔡金简小心翼翼道："那人临走之前说黄师兄脸皮薄，在耕云峰与他一见如故，酒后吐真言了，只是依旧不敢自己开口，就希望我帮忙飞剑传信祖山，约武师伯见面，估计这会儿飞剑已经……"

黄钟侯呆滞无言，沉默许久，咬牙切齿道："说吧，那个外乡人到底是谁？我要去砍死他。"

蔡金简笑道："自称是谁，就不能就是谁吗？"

风雷园。

园主黄河在正阳山问剑过后，就独自仗剑远游，离开了宝瓶洲。先去剑气长城遗址，再去被他说成是"天高地阔，最宜出剑"的蛮荒天下。如果当年不是师父李抟景兵解离世，作为大师兄的黄河必须承担起一切，不然以他的性情脾气，早就去剑气长城了。

高楼栏杆上，刘灞桥摊开双手，在此散步。

一个原本相貌英俊的男人，此刻不修边幅，胡子拉碴的。

今天又是无事的一天，刘灞桥实在是闲得无聊。

黄河让刘灞桥敬重又害怕，自惭形秽，同时还会心怀愧疚。

刘灞桥这辈子距离风雷园园主的位置最近的一次，就是他去往大骊龙州之前，师兄黄河打算卸去园主身份，因为他已经做好战死在宝瓶洲某处战场的准备。

那次跟随飞升台"飞升"，受益最大的是身披猴子甲的清风城许浑，虽然只是破了一境，却是从元婴跻身的玉璞。可最值得惋惜的，就是与许浑一同登顶云海、得见大门的刘灞桥了。他其实差点有机会连破两境，完成一桩壮举。他明明已经跨出一大步，不知为何又小退了一步。

刘灞桥双手抱住后脑勺，忍不住唉声叹气。师兄远游蛮荒之后，风雷园就只有他这一位元婴境修士了。

刘灞桥就不是一块能够打理事务的料，一切庶务都交给宋道光、载祥、邢有恒和南宫星衍打理。这四位剑修都很年轻，其中两个金丹都不到百岁，剩下的一龙门一观海自然更年轻。不出意外，风雷园下任宗主就会从这四个年轻人中选了。至于刘灞桥，既无心又无力。

刘灞桥有些时候都恨不得把自己的境界送给邢有恒那小子，只要可以，他绝对不皱一下眉头。当然了，别看邢有恒那家伙平时吊儿郎当的，其实跟师兄一样，心高气傲得很，不会收下的。

风雷园另外几位脾气犟、说话冲的老古董对此也没意见，只是专心练剑。争权夺利？风雷园自创立起，就根本没这说法。

老人们偶尔遇见刘灞桥，骂得那叫一个不含蓄，一个不留神，都要连累上任园主李抟景。他们也就是打不过刘灞桥，或者说赶不上刘灞桥御剑的速度，不然都能把鞋底板搁在刘灞桥脸上。

虽然是宝瓶洲的年轻十人之一，刘灞桥的名次却一直"跌跌"不休，先是被龙泉剑宗的谢灵赶超，后来又被兵家修士余时务挤到身后。于是那几个长辈每次练剑不顺就会找上门骂几句："灞桥啊，喊你刘大爷行不行？年轻十人年轻十人，就只有十个，不是一百个。"

"师伯此言差矣，我还可以跌到候补十人嘛。"

老人语重心长地道："练剑能不能上点心？不就是一个元婴升玉璞嘛，多大点事，搁师伯我是元婴的话……"

刘灞桥立即对那位金丹境的师伯溜须拍马："搁啥元婴，师伯搁在玉璞境都委屈了。"

"小王八蛋，赶紧把脸伸过来，师伯手痒了。"

刘灞桥已经答应师兄，百年之内跻身上五境。如果师兄无法从蛮荒天下返回，刘灞桥还要争取熬出个仙人境，做成了，他就算对风雷园有了个过得去的交代。

刘灞桥深吸一口气，转头望向远处。

苏稼恢复了正阳山祖师堂的嫡传身份。听说她好像留在了小孤山，但是也会去茱萸峰。

练剑之余，刘灞桥时不时就会偷偷下山走一趟旧朱荧王朝藩属小国郡城的那座坊间书肆，卖书人曾是个姿色寻常的年轻女子，那会儿的她名叫何颊。她离开后，刘灞桥就将铺子买下来了，一切原封不动。哪怕每次只是看着关门的铺子，刘灞桥都会舒心几分。

身为剑修，练剑一事以前好像是为了不让师父失望，后来是为了不让师兄太过看不起，如今是为了风雷园。以后呢？刘灞桥不知道。

一个温醇嗓音在刘灞桥头顶响起："喂，刘大剑仙，想谁呢？"

刘灞桥身体前倾，抬起头，看见一个坐在屋脊边缘的青衫男子，一张既熟悉又陌生的笑脸挺欠揍的。

"哟，这不是陈大剑仙嘛，幸会幸会。"刘灞桥立即探臂招手，"悠着点，我们风雷园剑修的脾气都不太好，外人擅自闯入，小心被乱剑围殴。"

跟陈平安没什么好见外的，况且风雷园待客一样没那些繁文缛节，反正一年到头也没几个客人，因为风雷园剑修的朋友都不多，反而是瞧不上眼的茫茫多。

陈平安从屋脊上轻轻跃下，再一步跨到栏杆上，丢给刘灞桥一壶酒，两人不约而同坐到栏杆上。

刘灞桥仰头狠狠灌了一口酒，抬起袖子擦了擦嘴角，笑道："其实距离上次也没几年，在山上二三十年算个什么，怎么感觉咱俩好久没打照面了？"

陈平安笑着打趣道："差点没认出你。怎么，现在宝瓶洲的仙子们都喜欢这副落拓模样的男子了？"

刘灞桥嬉皮笑脸道："秋风吹瘦刘郎腰，难养秋膘啊。"

他记起一事，压低嗓音道："你真得小心点，我们这儿有个叫南宫星衍的小姑娘，模样蛮俊俏的，就是脾气有点暴躁。小姑娘看过一场镜花水月后就两眼放光，如今口头禅都成了'天底下竟有如此英俊的男子'。陈剑仙，就问你怕不怕？"

陈平安根本不搭理这茬，说道："你师兄好像去了蛮荒天下，如今身在日坠渡口，与玉圭宗的韦滢十分投缘。"

听说黄河在剑气长城遗址只是稍作停留，跟同乡剑修魏晋闲聊了几句就去了日坠，直接与驻守的修士挑明他会以散修身份独自出剑。不过之后好像改变主意了，临时担任一支大骊铁骑的不记名随军修士。

在日坠的，除了苏子和柳七，还有大骊宋长镜和玉圭宗韦滢。

陈平安一直相信，不管是李抟景还是黄河，如果生在剑气长城，剑道成就绝对会很高，说不定能够与米祜、岳青这样的大剑仙比肩。

刘灞桥好奇地问道："你怎么知道我师兄在日坠渡口的？甚至连跟韦滢投缘都知道，你小子开天眼了？"

陈平安笑眯眯道："你尽管猜去。"

风雷园没有镜花水月，没有创建山水邸报，没有任何多余的人情往来，对外商贸也极为有限。在外人眼中，风雷园就是一个与世隔绝、修行乏味枯燥的地方，除了练剑还是练剑。

风雷园有数十位祖师堂嫡传，加上暂不记名的外门弟子和一些帮忙处理世俗庶务的管事、婢女杂役，共两百多人。按照风雷园祖训，此处是传授剑道之地，不是个养闲人的地方。

别的山头，练气士每次破境，祖师堂一般都会赏下一笔神仙钱，在风雷园就没有这个说法。下五境剑修练剑一切所需消耗的天材地宝，可以跟风雷园预支，跻身中五境之后再还。当然，如果所在剑脉的师门长辈愿意帮忙掏这个钱，风雷园也不拦着。

邻近风雷园的几个山下王朝，除了送来剑仙坯子，还有其他主动送上门来的记名供奉、客卿头衔，倒是一笔笔不小的俸禄。哪怕是当年李抟景离世后，也没有任何一个山下王朝和藩属国胆敢擅自拿掉那些剑修的头衔，克扣神仙钱——实在是对风雷园剑修的敬畏已经深入骨髓。

风雷园剑修，无论男女，除了境界有高低之分，就像一个模子里刻出来的性情：出剑直截了当，为人恩怨分明，行事雷厉风行。

曾经有一位中五境剑修在历练途中被人砍去双臂，故意留了活口。园主李抟景问清楚事情经过后，就一人仗剑下山，前往那座旧朱荧王朝的大山头，一句话没说，只是将对方祖师堂十二人的双臂全部斩断，曾经被誉为剑修如云、冠绝一洲的旧朱荧王朝愣是没有任何一位剑修愿意出头说话。要知道，李抟景还专程去了一趟朱荧京城外，在一座渡口待了整整三天，就故意等着别人问剑呢。

刘灞桥问道："怎么想到来我们风雷园了？要待多久？"

陈平安说道："马上就走。"

刘灞桥打趣道："真怕了个小姑娘？"

陈平安摇头道："你记得有空就去落魄山，我得走一趟老龙城了。"

刘灞桥察觉到一丝异样，点点头，也不挽留他。

老龙城遗址，昔年气势恢宏的内外城都在重建，大兴土木，热火朝天。只是曾经孙嘉树名下的百里长街，那座登龙台、天上云海、小巷里边的灰尘药铺，以及让米大剑仙颇为怀念的十里荷花浦自然都没了。

浩然天下的夜幕中，蛮荒天下的白昼时分。

陈平安此刻站在南海之滨，看似闭目养神，其实是在翻阅一幅光阴走马图，如亲眼见到那座雷局。

睁眼后，陈平安立即重返北方，选择家乡作为落脚点，双手笼袖，站在了骑龙巷的台阶顶部。

刚好家乡小镇有一场大雨从天而降，落向人间。

托月山一役已经落下帷幕，剑斩一位飞升境巅峰。

陈平安沿着台阶缓缓走下，落地无数雨点水珠，仿佛跟随一袭青衫沿着台阶倾泻而下。

陈平安伸手抵住眉心，走到一半，突然停下脚步，先看了眼杨家药铺，又转头望向落魄山。

哪怕大雨滂沱，落魄山右护法还是恪尽职守，在山脚独自看着大门。

周米粒似乎有点无聊，在那儿摇头晃脑，像是在自言自语，又像是在与谁抖搂威风，一手金扁担，一手行山杖，对着雨幕指指点点："你看不出来吧，其实我的脾气可差可差了，信不信一扁担给你撂倒在地，一竹竿给你打成猪头？罢了罢了，这次就算了，下不为例，不如打个商量，咱们双方可都得长点记性再长点心啊，不然总给人惹麻烦，多不妥当。再说了，咱们都是行走江湖的，要和和气气的，打打杀杀不好，是不是这个理儿？好，既然你不否认，就当你听明白了……"

黑衣小姑娘蓦然停下话头，皱着一张小脸庞和两条疏淡的小眉毛，一动不动。

莫不是仇家找上门来了？竟然连雨都停了，看来对方道行很高，咋办？

陈平安笑问道："干吗呢，这么凶？"

周米粒猛然抬头，哈哈大笑。原来是好人山主啊。

陈平安揉了揉她的脑袋，轻声问道："说说看，怎么给人惹麻烦了？"

周米粒肩扛金扁担，拿行山杖一戳地面，咧嘴一笑："我在胡编个精彩纷呈的江湖故事呢。"

陈平安转头望向红烛镇的一条江水，周米粒赶紧伸手扯了扯好人山主的袖子，说道："嗑瓜子不？"

陈平安嗯了一声，伸出手，周米粒立即打开斜挎棉布小包，双手掏出一大把。等到好人山主接过瓜子，她就飞奔而去，搬来两把竹椅，一大一小并排而坐，一起嗑瓜子。

周米粒挠挠脸，问道："好人山主，啥时候回家啊？"

陈平安笑答道："马上就回了，等我在城头刻完一个字。"

第六章 刻字

　　陈平安站在那根将两轮明月牵线搭桥的蛛丝上,后撤一步,身形笔直坠落,去追那只主动撤离战场的远古大妖。同时伸手一扯,将那根主人来不及收走的蛛丝收入袖中。反正有陆沉在,无后顾之忧。

　　陈平安瞥了眼大门。一门之隔,就是青冥天下了。那边道气沛然,气象万千,似乎陆陆续续聚集起了一大拨山巅道士。

　　白泽跟礼圣这对曾经并肩作战且极其投缘的万年好友,等到万年之后各自出手,皆毫不留情,为了那一轮即将搬徙出蛮荒天下的明月,打得天时大乱。

　　双方万年之前就已都是十四境大修士,又各自因为心中大道主动选择放弃跻身十五境。一尊白衣法相,古意苍茫;一尊儒衫法相,浩然正气。

　　礼圣儒衫上的每一条经纬丝线就是一条浩然天下的"规矩",而细看之下,白泽的法相则是由无数个妖族真名聚拢而成。故而双方每一次法相崩碎,都是一场名副其实的天翻地覆,大道之争。

　　陆沉好不容易才找准一个稍纵即逝的机会,从袖中拈出一页道书,念念有词,随后丢出一张紫气萦绕的自创符箓,通过那道衔接两座天下的大门去往白玉京给二师兄报喜,让他赶紧领着白玉京修士过来接引那轮明月,早早落袋为安,再立即关上大门。不然白泽一个发狠,直接将战场换到青冥天下,再一拳打碎那轮明月,则后果不堪设想。

　　以白泽的境界修为,哪怕是在青冥天下,师兄余斗即便身穿法衣、手提仙剑,也注定无法将其留下。一来礼圣到了青冥天下,大道压胜之重无法想象,甚至要比至圣先师去往青冥天下还要夸张。二来陆沉最清楚师兄的脾气，是绝对不愿意与谁联手对敌的，尤其是白泽的合道方式，重伤不重伤的，没两样，只要被白泽返回蛮荒天下，以白泽的真身坚韧程度，加上白泽对天下众多道法的了解，相信很快就会恢复战力，毕竟不是谁都能够指点绯妃水法的。

那个从月宫废墟地底深处长眠中醒来的枯瘦老人在下坠途中仅是几个呼吸工夫就已经变成中年男子的容貌，并且还处于类似道家返璞归真的玄妙状态，不出意外，相信很快就会易容为年轻姿态，这种变化并非障眼法，而是一种不可阻挡的大道显化。

这位飞升境巅峰大妖笔直一线坠向大地，不承想被那个头戴莲花冠的家伙跟上了。

大妖手持长剑，绕在背后，心弦微动，迅速权衡一番利弊，放弃递剑砍人。

双方间隔不过十数丈，两道剑气虹光一同直直撞向蛮荒大地，动静之大，如雷鸣震动。

已是青年模样的大妖以蛮荒古语问道："就不帮帮那位小夫子？"

不料那个人族修士竟以无比纯熟的蛮荒古语微笑道："你不也没帮白先生？"

大妖略微惊讶："难道是我看走眼了，你其实不是人族？"

一个年纪轻轻的人族修士，谁会吃饱了撑的跑去钻研蛮荒古语？再者，这个修士身上确实存在着一丝虚无缥缈的熟悉气息。

见那人笑着不说话，大妖问道："跟着我做什么？"

那人倒是实诚："看能不能趁你境界不稳，还没有真正重返巅峰，找机会做掉你。"

大妖哑然失笑。如今的年轻修士，一个个的境界都这么高，脾气都这么差，说话都这么直接吗？

眼前这个，相较于先前几个，只说年龄一事，还要古怪。人身小天地的山河气象以"周岁"计算明明不到五十，可如果按照光阴长河塑造出的某种年轮来算，约莫有三百年的修道岁月了，只是偶尔又显露出四五千岁的道龄。

看着那个双手笼袖的年轻剑修，大妖冷笑道："别在这儿诈我，你要真有能耐，有五成把握，早就出剑了。"

陈平安微笑道："那就试试看？"

还是别试试看了，没必要。只要自己双脚触及地面，就是结阵，天空地面，遍张罗网。在自己的天地之内，再喊几个帮手，打个十四境修士，哪怕胜算不大，也要剥掉对方一层皮，比如与托月山知会一声……他娘的，托月山怎么没了？难道浩然天下已经打到托月山了？大妖环顾四周：看那人族的排兵布阵，根本不像啊。

他瞬间心凉了一截，又权衡了一番利弊，想着还是先归拢昔年麾下那六洞妖魔精怪，吃饱喝足过后，恢复巅峰再跟人问剑更为稳妥。就是不知道万年之后，那帮徒子徒孙有无在蛮荒天下开枝散叶。

怎么自己这次被白泽唤醒之后有这么多意外,还有完没完了?他神色颇为无奈,越发下定决心,得拗着性子,收一收脾气,多一事不如少一事,所以直截了当道:"说吧,怎么才肯各走一边?"

脸面一事,真不算什么。当年术法如雨落人间,大地之上,无论妖族人族,唯有得大机缘者才得以登山修行。而他相较于白泽、初升这拨妖族修士,其实算是晚辈了,而且资质一般,因为练剑一事,是他匍匐在地,与一位至高存在磕头苦苦求来的。

陆沉察觉到陈平安的心境变化,不得不提醒道:"你可别真打起来,礼圣在这边跟白泽打架比较吃亏的。"

陈平安以心声道:"有数。"

陆沉松了口气。

陈平安对大妖笑道:"我看你手里那把剑还不错。"

先前一轮皓彩的精粹月色被这只巅峰大妖以秘法凝为一把长剑,此刻大妖抖了个剑花,其上月光流溢:"早说,送你就是了。"

陈平安从袖中探出一手,不是去接剑,而是将背后那把夜游握在手中。

大妖点点头:有点意思。

之后双方便是倾力出剑对砍,各自身形后退十数里,大妖手中长剑瞬间崩碎化作一大片浓郁月光,月色如水银一般浓稠。

大妖身形消散,大地之上蓦然出现一个巨坑,从明月废墟重返人间的大妖微微屈膝,挺直腰杆,抬头望向那个并未追杀自己的人族剑修,似乎要好好记住这张脸庞。

陈平安一挥袖子,将那些月色收入囊中。剑光一闪,去往剑气长城遗址。

当陈平安双脚踩踏在城头之上时,陆沉一个后仰,躺在了莲花道场之内。

这位白玉京三掌教如释重负:贫道终于不用提心吊胆了。

贺绺从天幕处落下身形,依旧遵循规矩,悬在城头之外,双脚不落地,小心翼翼取出那把古老神兵——都只敢将其虚握,而根本不敢攥住——轻轻推给风尘仆仆重返城头的年轻隐官:"这把刀,是老大剑仙一剑斩杀神灵行刑者后遗落的兵刃,老大剑仙让我将此刀转交给你,算是你与宁剑仙的成亲贺礼。"

陆沉伸长脖子,瞪大眼睛,一再端详那把传说中的兵刃。这可是当之无愧的神兵,比起什么后世的有灵仙兵,品秩还要高出一等。无须炼化,只要能够让这类兵器认主,就可以获得一种甚至是数种远古神通。

贺绺提醒道:"隐官要小心些,此刀极难掌控。"

从化外天魔处换来的狭刀斩勘曾是斩龙台行刑之物,隔着一堵剑气长城的城墙,两刃相邻，君臣有别。

那尊远古高位神灵行刑者现世之时曾言，有幸见此锋刃者即不幸。

陈平安点点头，仍是毫不犹豫伸手握住无鞘长刀的刀柄，见其没有半点异样，十分温顺。

贺绶颇为惭愧。这把神灵锋刃先前被陈清都握在手中没有半点桀骜也就罢了，不料年轻隐官接过手也还是这般……轻巧。要知道，这段暂时代管的时间，光是为了镇压那份粹然神性引发的诸多异样，就让自己颇为吃力。

陆沉心中叹息一声。不单单陈平安是某个"一"的缘故，还因为他是止境武夫，以及玄之又玄的大道相契。

整个青冥天下四处辛苦搜刮来的十八件神兵遗物，只有两件可与此物品秩持平，一件在白玉京碧云楼，已经被封存数千年，是一副甲胄，相传是披甲者身上那副甲胄的三件赝品之一。而这三件赝品又衍生出了后世兵家铸造的三种兵家甲丸：经纬甲、金乌甲和神人甘露甲，甘露甲又一口气铸造了八件祖宗甲。

当年陆沉本来打算将那副甲胄从碧云楼偷出来送给小师弟，但是没能得逞，被楼主拦阻，再与师兄余斗告了一记刁状。

余斗倒不是心疼这件重宝，而是认为陆沉境界太低，暂时无法驾驭它，至少得跻身仙人才能抵消那份神性余韵。

另外一件神兵流落在白玉京之外，在那个脾气极差的十四境老婆姨手中，她也因此获得了一种"铸造者"神通，能够凭一己之力锻造出半仙兵甚至是仙兵。

另外十六件神兵都不是十二尊高位神灵持有之物，品秩就要逊色一筹了，其中之一就是岁除宫吴霜降的狭刀斩勘，结果一路辗转到了剑气长城，又被陈平安获得。

这类神兵有个古怪之处，纯粹武夫用起来十分顺手，几乎没什么后遗症，而练气士手握至宝就要小心再小心了，即便被修道之人炼化成功，还是容易造反。这类惨事，青冥天下历史上发生过十数起，修士道心被浸染，潜移默化，浑然不觉自己性情大变。最惨烈的一次，是一位好像走火入魔的飞升境大修士差点凭借手中神兵打破天外天屏障，还是白玉京大掌教亲自出手才补上那个天大窟窿，拦下了打算砍掉那修士头颅的师弟余斗，亲自将那差点酿成大错的修士领回白玉京，跟随他修道数百年，最终恢复正常道心，甚至还担任了一城之主。此人就是上任神霄城城主，也正是那位坐镇剑气长城天幕的道家圣人。

所以，每一件神兵的去向以及每次现世，白玉京都会时刻关注。

陈平安突然以心声问道："当年那件倒悬山灵芝斋卖不出去的甘露甲是故意让我捡漏的？谁的手笔，道老二？不太像，是邹子？"

陆沉端坐在道场内，单手掐诀，摆出一副沉吟不语状。

陈平安立即了然：就是那个成天吃饱了撑的没事干的家伙。

他将斩勘和行刑叠放悬佩腰间，蹲下身，轻轻取出两只酒壶，实则是两坛骨灰，悬在城头之外。酒壶贴着墙壁，轻轻一磕，两壶皆碎，骨灰随风飘散。

还乡了。

沉默许久，陈平安站起身，主动与贺绶笑道："贺夫子只管落地城头好了，此次远游蛮荒腹地的具体路线，我们剑气长城还需要跟文庙报备录档。"

贺绶笑着点头。亏得这位文圣的关门弟子善解人意，不然自己还真开不了这个口。以坐镇此地的陪祀圣贤身份与五位剑修询问事宜当然在理，却未必合情。陈平安既然愿意以年轻隐官的身份主动提及，就没有任何问题了。

贺绶立即喊来了一位儒家君子，两人一起落在城头上，后者与年轻隐官作揖致谢。

陈平安开门见山道："我们此行先后去了蛮荒天下的白花城、名为'龙泓'的古战场遗址、大岳青山、云纹王朝玉版城、春润山、仙簪城、酒泉宗、曳落河以及托月山，总计九处。"他抬起头，"如果加上明月皓彩，就是十个地方了。"

那位儒家君子一一记录在册，越听越心神震撼。除了春润山相对陌生之外，其余地点都再熟悉不过。若非眼前此人正是剑气长城的末代隐官，他都要忍不住出言质疑真假了。不是他不愿意相信，实在是太过匪夷所思，让人不敢相信。

白花城一座蛮荒"宗"字头山门覆灭，除了仙人境宗主以折损阴神的跌境代价勉强逃出生天，上五境掌律和地仙妖族修士皆死，之后的那处龙泓古战场也被剑光一扫而空。

不过陈平安也没忘记提一嘴，这两地的具体战功，文庙事后仍需询问齐廷济他们。

贺老夫子盘腿而坐，眯眼抚须而笑。痛快痛快。

隐官陈平安、宁姚、齐廷济、陆芝、豪素。当这五位剑气长城剑修联袂远游，便是如此长驱直入，势不可当。

之后，听到陈平安说将那座号称天下最高城的仙簪城打成了两截，贺绶哈哈大笑。那位负责记录的君子愣在当场，不得不开口询问："隐官，仙簪城被打成两截了？我能不能问句题外话，怎么打断的？"

陈平安盘腿而坐，原本双拳虚握，轻轻搁放在膝盖上，这会儿便笑着抬了抬双手，那位儒家君子便懂了。

"现任城主飞升城老修士玄圃已经毙命，"陈平安说道，"被刑官豪素斩杀。"

那只飞升境大妖真身是一条上古玄蛇，甚至连一颗妖丹都未能保全。一般能够做到这种地步的捉对厮杀，只有双方实力悬殊的碾杀之局才会出现。

这桩战功，陈平安按照约定，让给了豪素，帮助他将功赎罪，完成与中土文庙的约定，得以远游青冥天下，从此获得自由身。

第六章 刻字

对于陈平安来说，豪素去往青冥天下，终究顶着一个末代刑官的头衔，是好事。晏溟、董画符这拨远游剑修暂时境界不高，尤其是在跻身上五境之前，需要有自家前辈护道。再者，豪素此人最为念旧，不然也不会对家乡那块灵爽福地心生执念，好像此生练剑只为寻仇。

陈平安补了一句："回头豪素就会将玄圃真身连同妖丹一并交给文庙，并由文庙勘验此事。"

贺绶啧啧称奇："好个刑官，不鸣则已，一鸣惊人，为我浩然立下一桩天大战功了。有机会的话，老夫还要与豪素诚心道个歉。先前得知此人斩落南光照的头颅，这其实没什么，以怨报怨而已。老夫当时只是觉得一个剑气长城的刑官在那场战事中半剑不出，连个妖族出身的老聋儿都不如，倒是回了浩然才开始斗狠逞凶，实在当不起刑官头衔，所以曾与礼圣建言，将这犯禁之人往功德林一丢，刚好与刘叉做伴，一个负责钓鱼，一个生火煮饭，不是神仙道侣，胜似神仙道侣嘛。现在看来，是老夫误会豪素了。"

陈平安瞥了眼那轮越来越靠近大门的明月，说道："豪素未必会亲手给出玄圃真身，可能会让齐宗主转交，还希望文庙能通融一二。"

贺绶点头道："这些都是小事，我直接就可以答应下来。"

陈平安轻轻点头，然后继续说道："我在仙簪城还与白玉京陆掌教联手将瑶光福地收入囊中，陆掌教返回青冥天下之前会将其交给文庙，换取将来三次重返浩然的机会。"

他大致说了些过程，方便文庙找机会验证。

这瑶光福地才是仙簪城被蛮荒誉为"天下武库"的根源所在，没了这块上等福地，以后的仙簪城就等于彻底失去了兵器铸造的来源。

陆沉一下子就不心疼那些价值连城的三山符、奔月符、洗剑符了，都是小钱，一个修道之人，每天自称贫道贫道的，计较些许天材地宝神仙钱做什么？

贺绶咳嗽一声，伸出一只手，搭在儒家君子执笔的那条胳膊上，轻轻拍了拍，语重心长道："隐官与陆掌教此次精诚合作获得瑶光福地一事，功劳的主次还是要实事求是写上一写的。"

儒家君子立即心领神会，妙笔生花，写得环环相扣，滴水不漏。

陆沉对此也无所谓，只是有些想不明白。按照白玉京的情报，这位贺老夫子是个出了名的不通人情的老古板啊，就差没直接给个"腐儒"说法了。

关于曳落河一役，陈平安说得极为简略，只说是一场拔河，自己从旧王座绯妃手中强行截取了三成水运。之后他问道："贺老先生喝不喝酒？"

贺绶笑问："隐官难道不知道此事？"

陈平安愣了愣，有些摸不着头脑：我知道这种事做什么？

贺绶哈哈大笑，伸出手："老夫不喝酒多年了，但是今天可以破例一回。"

这位老夫子酒能喝,但不爱喝,当年连老秀才都劝不动。

真正让贺绶觉得舒心之事,是这位剑气长城的末代隐官对自己这些所谓吃冷猪头肉的陪祀圣贤在鸡毛蒜皮小事上的半点不了解,这就意味着这个与文庙关系极为微妙,以致让人完全不觉得他是文脉,尤其是亚圣一脉儒生之一的年轻隐官看待文庙的态度,即便不算亲近,却也不至于心怀怨怼,不然就陈平安担任隐官期间的行事风格,早就将文庙学宫书院、圣贤山长们的底细摸了个门儿清。

陈平安跟着笑起来,为颇为老江湖的老夫子递去一壶酒,是自家酒铺的青神山酒水。

陆沉以心声问道:"那位前辈呢?"

先前双方持符奔月途中,好像那把从天外而来的长剑就消失不见了。

陈平安以心声给了一个不是答案的答案:"之前不是说了,那份心神感应已经被崔师兄斩断。"

陆沉又问:"另外那个你到宝瓶洲哪儿了?"

陈平安说道:"已经在家乡了,刚到骑龙巷,趁着境界还在,就去确定一下陆掌教在石柔身上到底有没有留下什么深藏不露的后手。"

陆沉哀怨道:"贫道这个人一向没有害人之心的。再说了,就你那个学生,在神魂一事上手段多高明,你会不清楚?"

陈平安笑道:"防人之心不可无。"

陆沉试探着说道:"接下来的托月山一役,不如让贫道来详细解说过程?你刚好可以缓一缓心神。跌境一事,需要早做准备了。"

在骊珠洞天摆摊多年,陆沉自认口才不错的。

陈平安点点头。

陆沉一粒心神从莲花道场掠出,蹲在陈平安一旁,笑着与对面两人招手。

该有的礼数不能缺,贺绶笑着起身与这位白玉京三掌教作揖行礼。那位儒家君子更是如临大敌,立即起身,跟随贺绶一同作揖。陆沉与两人还了一个道门稽首。

陈平安告辞,说要去隔壁城头找人叙旧,很快就回,只留下陆沉当起了说书先生。

当贺绶听说陈平安仗剑开山三千余次,最终亲手剑斩托月山大祖首徒元凶,顿时目瞪口呆,久久无言,仰头一口喝完壶中酒,擦了擦嘴角,转头望向城外。

不得不承认,人间其实已无剑气长城,但犹有剑气长城的剑修。

继陈清都出剑之后,犹有陈平安问剑托月山。而且听陆掌教的意思,那大妖元凶还是一位剑修。

陆沉蹲在那儿,学陈平安双手笼袖,嘿嘿笑道:"如果再加上离真,那么托月山大祖的开山弟子跟关门弟子好像都在陈平安剑下死过。"

此外，托月山一役，光是仙人境大妖就有三只，玉璞境和地仙妖族修士自然更多。不过其中一个仙人妖族被一个元婴境剑修换命了。

那些妖族修士的"音容相貌"都被陆沉做成了一幅幅挂像，此刻他便将其从光阴走马图中截取出来。不过他知道陈平安的打算，所以将大妖元凶之外的所有战功都分摊给了齐廷济的龙象剑宗和宁姚的飞升城，待中土文庙一五一十仔细录档。

陈平安先去往马苦玄和余时务那拨人附近。

余时务抱拳笑道："见过陈山主。"

除了余时务，也就没什么动静了。马苦玄的首徒和婢女是不敢开口言语，至于那个关门弟子，是在确定眼前这位"道士"的身份。

陈平安朝余时务抱拳还礼。

就像马苦玄所说，陈平安对此人，在大渎祠庙第一次相见时就已心怀忌惮。

高明突然跨出一步问道："陈山主，你们落魄山还收不收弟子了？"结果被马苦玄一脚踹在屁股上，摔了个狗吃屎。不过他也不以为意，一掌轻拍地面，身形翻转，飘然落地。

陈平安笑道："暂时不收弟子。"

高明犹不死心，问道："那能不能先帮我留个位置？"

陈平安摇摇头。

马苦玄伸手按住关门弟子的脑袋，笑嘻嘻道："一个人是很少去在意自己影子的，不过反正被踩上一脚也无所谓，山上人孑然一身，都是不痛不痒的小事了。"

陈平安微微皱眉，好像猜不出马苦玄的葫芦里卖的什么药，就没有搭话，只是转头问余时务："你们接下来要去哪里？"

余时务笑道："打算先去墨家钜子建造的那座高城看看。"

随后陈平安来到了魏晋和曹峻身边。

魏晋以心声说起了前辈宗垣一事，陈平安神色凝重，点头道："幸好那几份剑意被你拿到手了，不然会很麻烦，很麻烦！"

魏晋问道："中途改变主意了，没有去那处战场？"

陈平安嗯了一声："一直在绕路，最后走了趟托月山。"

魏晋指了指天上那轮大月，笑问："结果就闹出这么大的动静？"

陈平安一笑置之。

曹峻冷不丁问道："陈山主，你交个底，我如果早点来剑气长城，到底能不能进避暑行宫？"

陈平安有些意外，不知道曹峻问这个做什么，想了想，还是以诚待人给出了答案："性子太躁，进不去。"

不是曹峻的才智不够，而是那些年避暑行宫主持战局，一切排兵布阵，唯一的宗旨是追求以最小战损换取最大战功，尽可能拖延时日。如果换成势均力敌的战场，以曹峻那种剑走偏锋的性格，多半会有所建树，但是相较于林君璧、玄参他们，曹峻肯定还是要逊色不少。

陈平安在返乡后，专门通过魏羡了解过将种子弟刘洵美以及老乡曹峻的性情和带兵风格，因为魏羡和曹峻在大骊军中都曾跟着刘洵美混饭吃。虽然两人都顶着个随军修士的头衔，但事实上最后都曾各领一营骑军，也算是刘洵美用人不疑了。关于同僚曹峻，魏羡给了个擅长裙里脚的说法，说好听点是用兵奇险，说难听点就是出招阴损，为了战功不计代价。当然，曹峻自己也会身先士卒。

曹峻问道："你在托月山有没有跟飞升境大妖对上？"

陈平安没搭理他，只是取出两壶酒，递了一壶给魏晋。

曹峻伸出手："陈山主可别厚此薄彼啊。"

陈平安一手肘打掉曹峻的手掌，问魏晋："听没听说过红叶剑宗的妖族剑修蕙庭？"

魏晋点头道："当然。不过好像上次大战期间一直没露面，据说是跌境了，在山门里养伤。"

陈平安伸出拇指抹了抹嘴角，笑道："这次被我顺手宰掉了。"

魏晋也没多说什么，举起酒壶，与陈平安轻轻磕碰一下。

只有剑气长城的剑修才知道那个妖族剑修有多该死。

魏晋笑问："这趟远游，又'见好就收'了？"

陈平安笑了笑："还凑合，顺手牵羊，小有收获。"

魏晋打趣道："换成我是托月山大祖，肯定得后悔说过这么句话。"

陈平安点头道："必须的。"

曹峻有些无奈，自己是真心插不上嘴说不上话。什么红叶剑宗，听都没听过。至于"见好就收"，又是什么典故？蛮荒大祖与陈平安聊这个做什么？

从云纹王朝那道号独步的皇帝叶瀑手中获得的一套剑阵，还有仙簪城老妪被迫留下的一把拂尘，再加上三成曳落河水运，以及那份来自明月皓彩的粹然月色，此行确实收获不小。

喝过了酒，陈平安起身道："等下你们可能需要撤出城头片刻。"

魏晋猛然抬头。

陈平安说道："可惜境界是借来的。"

魏晋气笑道："陆掌教怎么不借给我？不过借给我又如何，说不定就要反过来被蛮荒刻字了吧?"

陈平安对曹峻笑道:"瞧瞧,我们魏大剑仙就能进避暑行宫。"

重新回到陆沉和贺绶所在的城头时,战功记录一事已经结束,贺绶在此等候已久。

陈平安抱拳道:"劳烦贺老先生让所有人撤出那半座城头。"

贺绶笑着答应下来,离去之前,犹豫了一下,竟然是与陈平安抱拳。好像在这城头,一个暂时不是什么儒家弟子,一个不是文庙陪祀圣贤,更像是一场江湖相逢。

贺绶与那位君子离去后,陈平安仰头看了眼天上月。

韩俏色通过归墟日坠处重返浩然,谨遵师兄法旨,真去白帝城读书,尤其是兵书了。

那只重返人间的远古大妖在确定无人跟踪之后,大摇大摆御风远游,然后就看到了一个身材高大的白衣女子。

陈平安脚尖一点,掠下城头,站在大地之上,道:"劳驾陆掌教现身片刻。"

陆沉心中疑惑,嘴上开玩笑道:"难道是刻字一事需要贫道代劳?这就有点难为情了。"

陈平安默然无声,陆沉就没有继续插科打诨,从莲花道场散出一粒芥子心神,以白玉京三掌教的道人形姿在陈平安一旁现身。

陆沉猜不出陈平安的心思。此行他跟随五位剑修一路奔波劳碌,最终陈平安成功剑斩蛮荒祖山。如果说托月山老祖让剑气长城成了一页老皇历,那么陈平安让托月山同样成了一页老皇历。

此外,拖月之举也即将大功告成。要说分赃,就是坐地分赃一事,轮不着他陆沉。不过一切折损都可以忽略不计,为青冥天下增添一轮明月皓彩,大道收益不可估量。此行功德圆满,陆沉已经打定主意,返回白玉京后,就算是二师兄,也得硬生生给自己挤出个笑脸,竖大拇指,还得两只手一起竖,不然这事没完。

还好意思埋怨师弟在先前一百年内懈怠偷懒?自己不但补上了上一个百年的功德,就连下一个百年的都早早挣到手了。

再说了,陆芝身上的那只剑盒,贫道是借,又不是送。

陈平安摘下那顶莲花冠还给陆沉,身上那件青纱道袍也自行消散,再收起叠在腰间的两把狭刀,只以青衫背剑之姿面对剑气长城。

两截城头之上总计十八个字,一边分别刻有"道法,浩然,西天""雷池重地",另外一边则是"剑气长存""齐,董,陈""猛"。

贺绶开始赶人了,魏晋和曹峻早已离开,马苦玄、余时务一行人也已御风南下,其余百来号来此游历的外乡修士都只能纷纷离开。

陈平安开口说道："此次蛮荒腹地之行，与隐官陈平安同行护道者，浩然陆沉。"

剑气长城的战场上，护道人分两种，一种是家族供奉、扈从出身的剑侍，类似晏家的大剑仙李退密，宁府的纳兰夜行。剑侍一说，并无半点侍者之贬义。另外一种是境界高的剑修，负责护卫境界低的剑修，使得后者不至于过早夭折在战事中，故名剑师。

侍卫之侍，既大道同行，又护卫晚辈；师长之师，每次递剑，既救人，又传道。

陆沉破天荒露出肃穆神色："浩然陆沉，有幸同行。"

萍之草无根而浮，于水中飘零而不沉溺。

万年刑徒剑修，如浮萍飘零天地间，死而无坟。

唯有剑气长存。

而老大剑仙陈清都的那把本命飞剑，名为浮萍。

屹立万年的剑气长城，剑气长存的末代隐官。

两两相望，默然对视。

青衫剑修，手持长剑夜游，以凌厉剑气遥遥在半截城头最高处刻字。

刻"萍"字者，剑客陈平安。

陈平安来到剑气长城以北地界。除了一条文庙新开辟出来的道路，其余皆被夷为平地，举目望去，空无一物。

陆沉现出身形，与陈平安并肩散步在没有半点风景可言的遗迹上。

一座剑修如云、酒铺林立的城池，与城外那些零星散落的剑仙宅邸都已不复存在。

种榆仙馆曾有一个喜好种植花卉的女剑仙托倒悬山灵芝斋从扶摇洲重金购得一株古本榆树，移植小庭，大概是水土不服，经受不住那份无处不在的剑气，凋敝多年，不承想某年忽发一花，高迈屋脊，美不胜收。只是等到中土神洲的苦夏剑仙再次重返剑气长城，女子与花皆不得再见。

太徽剑宗凭借战功换来的甲仗库、郦采租赁的万鳌居，每逢月色便有松涛声。被她花钱买下的停云馆，整座馆阁竟是以一整块巨大碧玉雕琢而出。

陈平安蹲下身，拈起些许泥土。

陆沉已经将那顶莲花冠再次交给年轻隐官。

城头刻字一事，消耗掉陈平安太多的精气神，暂时不宜归还道法，还需稍等片刻。反正陆沉也不着急返回青冥天下，去了，又要被余师兄嫌弃。亏得师尊已经发话，不用他去天外天跟那些杀之不绝的化外天魔大眼瞪小眼，不然他还真就打算找个由头留在浩然游历几年了。就像身边这位年轻隐官，人走到哪里，哪里就是包袱斋，那么，贫道的摊子摆在哪里不能算命？

陆沉见陈平安一时半会儿没有起身的念头，干脆席地而坐，从袖中摸出一块从墙根捡来的巴掌大小的破碎石头。

这次游历浩然，如果剑气长城的隐官不是陈平安，他肯定寻一处隐蔽城头，刻下一行蝇头小楷"陆沉到此一游"就跑。

陆沉抬起手："不介意吧？"

陈平安摇摇头。

陆沉取出一把竹黄裁纸刀作为刻刀，最终将石头雕成一对纤长的素方章，再以手指抹去那些棱角，呵了口气，吹散石屑。

陈平安问道："一座天外天，化外天魔就那么难以解决？"以致道祖都需要创建一座"峻极于天"的白玉京抵御其无止境的侵扰。

陆沉点点头，双指拈住裁纸刀，正在篆刻印章边款，大致内容是自己与年轻隐官的蛮荒之行，听到这个问题，流露出几分惆怅神色："难，难得很，贫道去了也不过是担雪塞井，炊沙做饭，空耗气力。所以白玉京道官历来都将其视为一桩苦差事，因为只会消磨道行，没有任何收益可言。飞升之下的修士对上那些千变万化的化外天魔，就是负薪救火。若道心不够稳固，稍有瑕疵间隙就会沦为天魔的大道饵料，无异于火上浇油。青冥天下历史上有不少死活打不破瓶颈的年迈飞升自知大限将至，实在没法子了，就兵行险着，想着偷摸去天外天碰运气，无一例外都身死道消了，要么死在天外天，被化外天魔随意玩弄于股掌之间，要么死在余师兄剑下。

"余师兄曾经有三位相逢于山下的至交好友，四人是差不多时候登山修行的，都是资质极好的修道之士，千年之内共登飞升，唯有余师兄进入白玉京，其余三位，一位是符箓大宗师，另外两位是道侣，一阵师一剑修。你能想象当年那段岁月里，余师兄他们几个的那种意气风发吗？"

陈平安点头道："大道同行，横行天下无敌手。"

刘羡阳、张山峰、钟魁、刘景龙……陈平安也会憧憬自己和朋友们游历天下，遇水渡水，遇山翻山，遇见一件不平事，就停下脚步，让人间少却一桩意难平。

"嗯，余师兄的真无敌就是从那会儿开始流传开来的，锋芒毕露，所向披靡，身为道祖二弟子，在白玉京众多城主楼主和天君仙官当中是唯一一个不是剑修，却敢说自己稳胜剑修的得道之士，每次余师兄离开之后再重返白玉京，都能为五城十二楼带回一箩筐故事。"

就像剑气长城的阿良，后来的陈平安，以及五彩天下飞升城的宁姚。

"岁月久了，以讹传讹，就成了余师兄自封的'真无敌'。师兄也懒得解释什么，估计更是觉得一个'真无敌'头衔早晚都是囊中物，无非是被人早喊个几千年，不算什么。只可惜后来他们其中一个死在了天外天，余师兄当时没有阻拦，因为不忍心向挚友递剑，就故意放行了。余师兄因此被白玉京史官弹劾，状告到了师尊观道的小莲花洞天。

那对道侣，一个死在了余师兄剑下，另一个也因为这事与余师兄反目成仇，以致每隔数百年，她出关的第一件事就是问剑白玉京。

"世间一切道法剑术，只能压制天魔，治标不治本。贫道的两位师兄，还有孙道长的师弟，这三人各自挑了一条道路，都曾试图找出个一劳永逸的法子。

"举两个不太恰当的例子，你可以将所有的化外天魔视为某种术家的集合，或者一位能够随便'散道''合道'的十五境大修士。"

陈平安犹豫了一下，试探着说道："佛门好像有一实不二的说法。"

陆沉点头道："所以才会说天魔外道，毁坏正法。掌教师兄的法子，是亲手打造出浑仪与浑象，真正做到了法天象地，试图确定每一只化外天魔的唯一性，允许一定程度的界限模糊。这工程量实在太过浩大，无异于仅凭一己之力清点恒河之沙，但是掌教师兄还是兢兢业业，数千年间致力于此事。以后你去白玉京做客，贫道可以带你去看看那浑仪浑象。"

陆沉谈及两位师兄，称呼略有差异，一个是掌教师兄，一个是余师兄。似乎在这位白玉京三掌教看来，真正有资格被称为"代师掌教"的道士，还是那位"至人无己"的大师兄。

"孙观主师弟的想法更是惊世骇俗，要对化外天魔追本溯源，准备以天魔整治天魔。只是此举禁忌重重，一旦泄露，极有可能引发一场不可估量的人间浩劫。你那师兄绣虎偷偷打造瓷人就更过分了，虽说路数不同，可其实已经要比前者更进一步，等于真正付诸行动了。

"我余师兄的法子就很是简单粗暴了，他觉得只要自己的道法够高，杀力足够，就可以逼迫化外天魔聚拢，再被他来个一网打尽，将其镇压、拘禁和炼化，就算功德圆满了，随后跻身圣人，成为继师尊之后的第二位十五境，代价就是得腾空整座白玉京，作为化外天魔的牢笼。余师兄对此早有打算，要与师尊求来一道法旨，答应他将白玉京炼化为本命物，以白玉京和人身山河两座道法天地，辅以仙剑道藏，再加上五百灵官负责巡守山河，凭此囚禁、炼杀全部化外天魔。不过师尊对余师兄此举始终态度模糊，好像既不支持也不反对。"

陈平安突然问道："为何化外天魔作祟会被称为水患？"

陆沉笑道："以后等你自己游历天外天，去探究真相好了。我们这些修道之人，距离山顶越近，就会离人间越远，等到好不容易走到山巅附近，或是站在山顶，再来登高望远，最好学会珍惜每一个'不知道'，不然修道生涯很快就会觉得没半点乐趣可言了。

"你之前以一身十四境修为随心所欲跨越山河，四处游览宝瓶洲，相信已经明白一事：登高望远，登得越高看得越远。一座有涯地界经得起几眼反复瞧？天下再大，终究是有边际的，同样的风景看多了，就会让人感到疲乏，心生倦怠。"

陆沉终于雕完两方印章的边款底款:"此次离别,天各一方,等到下次见面,估摸着少则百年,多则数百年,没个准数了。"

如果陈平安没有这趟远游,不曾跌境,相信用不了太久就可以仗剑飞升,远游青冥天下,寻求跻身十四境的某个合道契机……现在悬了。

陆沉轻轻抛给陈平安一方印章,笑道:"那就一人一方印章,留作纪念。"

陈平安接过印章,底款是"随意翻吾书"。

先前瞥了一眼,另外那方印章的底款也是五个字:交心宜狂士。

那几位屈指可数的符箓大家都是山上公认的金石名家,几乎每一件"闲暇"之作,稍有几分"得意",便可以被寻常的仙家门派直接拿来当作镇山之宝。

"生平技艺,涉猎百家,皆天分高于人力,唯治印,天五人五。"

能够说出这种话的人,何等自信,尤其是"天五人五"一语,看似自谦,实则是一种莫大自负。而这个人,就是陈平安身边的陆掌教。

陈平安道了一声谢,大大方方将印章收入袖中。

陆沉又提起那件得自玉版城的珊瑚笔架,言语都没怎么拐弯抹角,直接让隐官大人开个价,由此可见,白玉京三掌教对此物是志在必得。

陈平安倒是对此物并不看重,并不拒绝买卖一事,只是让陆沉先开价,而且就一口价,价钱合适就卖,不合适就别再纠缠了,以后放在落魄山吃灰尘都好。

这反而让陆沉头疼,而且跟陈平安打交道久了,知道他没有待价而沽的念头,说不卖就真不卖的。

陈平安见陆沉一脸为难,笑问道:"开价之前,不如聊聊珊瑚笔架的来历?"

陆沉干笑道:"鲜艳欲滴,色泽动人,玲珑可爱,谁瞧见了不心生喜欢?贫道也就是兜里神仙钱不够,不然哪里舍得为琳琅楼那位好友购买此物。"

陈平安随口问道:"难道这珊瑚笔架还是东海龙宫的水殿旧藏?"

就像山下民间的古董买卖,除了讲究一个名家递藏的传承有序,如果是宫里头流出来的老物件,当然身价更高。

陆沉没有藏掖,直截了当道:"好眼力,确实是龙宫旧藏,可以算是天底下一等一的文房清供。而且还是龙宫'木作'里边的瘦山样,琢水属宝物作山样,当然就显得十分罕见了。这就像水德立国的大骊王朝在京城留下了一座火神庙,独一份。未必是火神庙本身有何稀罕,而是火神庙在大骊京城很值钱了。"

"海月挂珊瑚,枝枝撑著月。"陈平安点点头,"由此推断,此物至少有三五千年了,是很值钱。不过珊瑚笔架与那白玉京琳琅楼又能有什么渊源?"

天下蛟龙之属几乎全部划分给了浩然天下,归儒家文庙管辖。西方佛国的蛟龙数量不多,无一例外都成了佛门护法,不算在蛟龙之列了。

"琳琅楼有一幅《珊瑚帖》,意气淋漓,堪称神品,传言墨彩灼目,画珊瑚一枝,旁书'金座'二字,奇绝。传闻东海珊瑚枝最可贵之处是犹有一句谶语'万年珊瑚枝上玉花开',所开之花被誉为五色笔头花,就是后世妙笔生花的由来之一。"陆沉娓娓道来,"最关键的,是那书画长卷里边其实藏着一座品秩不低的古老龙宫遗址,虽然比不得四海龙君的府邸,差得也不会太远了。至于是谁,竟然能够让龙宫纳入一幅字帖之内,就无从知晓了,有说是那位三山九侯先生的手笔。贫道反正是没亲眼见过字帖,那个王洞之各啬得很,谁都不给看,贫道也就无法推衍一二,只知道琳琅楼那边始终无法打破山水禁制,倒是可以确定一事,玉版城的珊瑚笔架极有可能就是那把失传已久的钥匙。"

陈平安点头道:"那就得按照半座龙宫算账了。"

陆沉大义凛然道:"必须的。"反正不是花自己的钱,不心疼。

陆沉想起一些陈年旧事,唏嘘不已,反正闲着也是闲着,就当起了说书先生:"遥想当年,天地中央,八极之地,九垓同风。只说那浩然天下的四海龙君都还在,身居高位,执掌海陆水运,层出不穷的龙裔之属,大渎江河里边水族无数,很热闹的,每逢山上修士与水族山水重逢,全是事端,经常吵架,一言不合就打架,打完架再换个地儿继续吵,给后世留下了无数志怪逸事。

"大哉沧海何茫茫,天地万宝蕴藏其中,名义上都属于那些大小龙宫、水仙府邸。世间真龙确有搜刮天材地宝的习俗,每一座龙宫水府就是一处宝库,上古四海水域又以东海最为广袤无垠,海底尤其盛产玉树、珊瑚,品相最好。陆地上的仙师们纷纷入海寻宝,砍伐玉树,攀折无数。珊瑚有尽采无穷嘛,于是诸位龙君便会登岸诉苦,喋喋不休,似怕龙宫宝藏空。还有什么东海金鲤一口吞却海,率领麾下百万水族揭竿而起,要造四海龙君的反。此外,还有龙女晒衣,书生梦游水府,成为名副其实的乘龙快婿。

"就像你们宝瓶洲,早先就有古蜀地界腥风怪雨,经过数千年的繁衍生息,蛟龙横行,曾经版图两头接壤海滨,外乡剑仙喜好行斩龙之举,以此淬炼剑锋。要说剑修练剑,砥砺剑锋,后世有价无市的斩龙台如何比得过真正的蛟龙,反正水裔不计其数,随便找个由头,剑仙就能够肆意递剑。"

一个滔滔不绝,一个凝神倾听,双方不知不觉就走到了昔年城池地界。

一只黄雀停在陆沉肩头。当年在骊珠洞天摆算命摊子,生意冷清,实在无聊,陆沉就凭借这只黄雀勘验文运多寡。赵繇、宋集薪、刘羡阳、陈平安……几乎小镇所有年轻一辈都被实在闷得发慌的陆掌教测试过文运。至于陆沉为何会独独将陈平安看走眼,他早就认栽了,反正不差这一件两件的。

陈平安笑问:"陆掌教的胸襟气量当世无二,总不会对刘羡阳记仇吧?"

陆沉笑道:"你都这么说了,贫道哪里好意思揪着点芝麻大小的陈年旧事不放,不大气。"

当年在家乡，刘羡阳掀翻了陆沉的算命摊子，气势汹汹，还要打人。陈平安不是担心这个举动会让陆沉耿耿于怀，而是忧虑刘羡阳为何会有这个举动，陆沉又会不会循着某条不为人知的脉络有所布局，伏线千里，然后守株待兔一般，等着未来的刘羡阳。比如刘羡阳祖上是文庙钦定的豢龙士，而陆沉与世间真龙又有着千丝万缕的渊源，尤其是那位身份尊贵的龙女。

陈平安很少在陆沉面前如此不强硬，近乎示弱。无论是言语还是买卖，两人多是针锋相对，算计分明。

陈平安收敛笑意，说道："没有与陆掌教开玩笑的意思。"

陆沉会心一笑："明白了，放心便是，以后等到贫道返乡，由你做东，也就是喝几碗酒的事情。"

陈平安回头望向城头，陆沉感叹道："其实原本可以不用如此的。如果'如果'是个人，一定最欠打。"

一座蛮荒天下，虽然土地贫瘠，但是矿产丰富，尤其金、银储量冠绝数座天下。

金、银二物作为山下钱财，在后世通行数座天下，显而易见，这也算是三教祖师的良苦用心，约莫是希望坐拥金山银山的蛮荒天下能够凭此与其余天下互通有无。如果蛮荒妖族修士不那么禀性难移，炼形之后依旧嗜好杀戮，极端推崇个体的强大，对自身之外的天地攫取无度，毫无节制，不然移风易俗，更换地理，变贫瘠之地为良田有何难？

只说农家修士，便可以施展术法神通呼风唤雨，春风解冻，地气膏腴，草木生长，五谷繁茂，而无洪涝干旱之忧，只需数十年经营，兴许就是沃土万里的丰收年景了。问题在于蛮荒天下的农家修士是诸多练气士当中数量最稀少的，而且只有那些资质最差的妖族修士才会跑去学这一门手艺，一有钱，境界一高，就会立即转行，将农家修士视为贱业，比起浩然天下的商家子弟，地位更加不堪。

直到文海周密出现后，这种情况才有所好转，培养了一大拨农家修士，分派给那些大王朝。只要是托月山记录在册的农家修士，每年都可以领取一笔俸禄，并且还会颁发一道免死牌，十年一度的考评也门槛极低。可哪怕如此，还是收效甚微，相较于一座天下，无异于杯水车薪。

道理很简单，一座山上门派，一个山下王朝，说覆灭就覆灭，山中祖师堂香火和山下国祚说断就断。而且蛮荒天下的大妖只要出手，历来是喜欢斩草除根，杀个片甲不留，动辄方圆千里之地，一个门派山崩地裂，座座城池生灵死绝，悉数焦土。哪怕那撮农家修士可以侥幸逃过一劫，可那良田万亩，练气士百年心血，朝夕之间就会付诸流水，搁谁受得了？到最后，真正愿意当农家修士的妖族练气士自然少之又少。

百人百年植树，可能还敌不过一人一年砍伐，归根结底，说的正是人心，难免行涸泽而渔之事，做焚林而狩之举。

陆沉说道:"如果周密铁了心要当那一整座天下的国师,凭他的心智和手段,还是有机会从根本上改变蛮荒风俗的。"

陈平安点头道:"周密的雄才伟略毋庸置疑,估计他还是觉得棋盘太小,不够纵横捭阖,不足以承载浩然贾生的志向。"

陈平安言语之间对周密没有半点贬低、轻蔑的意思,甚至用了"志向"一词,都不是什么"野心"。道理很简单,看不起文海周密,就对不起剑气长城的那场死守。

陈平安抬头看了眼大门:"那位真无敌会不会出手?"

陆沉摇头道:"可能性不大,余师兄不喜欢乘人之危,更不屑跟人联手。"

陈平安随口问道:"青冥天下的纯粹武夫打架本事如何?"

陆沉揉了揉下巴:"如果两座天下各自拎出十人,然后按照排名顺序依次捉对厮杀,则青冥天下略胜一筹。但若是拎出一百人,则青冥天下稳赢。"

师兄余斗掌管白玉京的百年之内,对那些犯禁修士一向是杀无赦,可杀不可杀之间的,一定选前者。但是对待武夫,反而出奇地好说话。

陆沉继续说道:"当然了,如果拖延个十年几十年,然后再来一场决生死的十人之争,就是浩然天下赢面更大了。"

这得归功于两对师徒:中土大端王朝的裴杯和曹慈,宝瓶洲落魄山的陈平安和裴钱。

浩然天下的纯粹武夫,撇开中土神洲不谈,其余八洲均摊下来,差不多是两到三个止境武夫。比如桐叶洲武运一般,如今有吴殳、叶芸芸;而武运稀薄的皑皑洲,暂时就只有一个沛阿香。至于宝瓶洲,就不太讲理了,未来百年武运之昌盛,会吓数座天下一大跳。

"如今青冥天下武道成就最高的名叫林江仙,那家伙不是一般的能打,已经独占鳌头将近三百年了。还有个女武夫白藕,别看名字可人,其实打人最凶。不过还是要数那个独坐闰月峰的辛苦,年纪最轻,资质最好,不知为何,按照孙老观主的说法,那家伙就是喜欢孑然一身,白眼看青天。"陆沉啧啧道,"辛苦,名字怪,脾气怪,那家伙确实就是个……怪物。

"举个例子好了,如果他一开始没有习武,而是上山修行,一定可以跻身十四境。退一步说,他当下愿意舍弃武道,转去修行当神仙,还是板上钉钉的十四境大修士。白藕已经算是天不怕地不怕的人了,都与林江仙问拳两次了,但始终故意绕开辛苦,半点问拳的想法都没有。"

陈平安默默记下,尤其是那个辛苦,一个能让陆沉如此高看的纯粹武夫。

这是天下武夫前三甲,不是一洲之地的武评榜单。就像当年在俱芦洲的那处仙府遗址内,远游浩然的孙道长,真身留在大玄都观,可谈及中土神洲十人之一的怀荫时,毫不掩饰自己的讥讽:"细胳膊细腿的,都怕一不小心,没掌握好分寸,就给打折了。"

陈平安忍不住问道:"天底下怎么可能会有修士在登山之初就敢说一定可以跻身十四境?"

白帝城郑居中可能是例外,哪怕是岁除宫吴霜降,从严格意义上来说,都只能算半个。

陆沉叹了口气:"谁说不是呢,可事情就是这么怪。"

他竖起三根手指,继续道:"贫道曾经偷摸去过闰月峰三次,对那辛苦,横看竖看,上看下看,怎么都看不出他有十四境的资质,不管如何推衍演化,那辛苦最多就是个飞升境才对。但是没法子啊,是我师尊亲口说的。"

陈平安点头道:"哪里都有奇人异士。"

陆沉双手掌心相对,笼在宽大道袍袖中,缓缓而行:"白玉京给人的最深印象大概就是比较冷清吧,各行其道,忙着修行,心无旁骛。

"就像每个人的脚下都有一条登天道路,台阶分明,行走稳当,每踏上一级台阶,就瞧得见更高的那几级。

"所谓登高,抬脚便是。"

陆沉突然转过头,笑着建议:"以后你到了青冥天下,反正不会着急去白玉京做客,那就一定要在某个州停步几年,比如寻一处十方丛林混个监院当当,管着手底下的三都五主十八头,宫观不用太大,一样很有意思的。

"我曾经足足花费三百年光阴游走四方,最后在将近四十座大小道观好不容易凑齐了那些个职务。都管事务烦琐,名副其实什么都得管。至于提科、主翰和夜巡,都是极有意思的。当那圊头就有点惨兮兮了,不过贱业多油水,还没人争没人抢的,十分自在。说来说去,还是当那号房最有意思,迎来送往,看菜下碟。"

陈平安不置可否。

陆沉突然问道:"陈平安,你觉得如何才能做到真正的无欲无求?"

陈平安摇摇头:"不清楚,从没想过这个问题。"

陆沉说道:"所有欲望都得到满足之后,找到下一个欲望之前?"

陈平安想了想,道:"听着很有道理。"

陆沉思量一番,道:"不如等你返回宝瓶洲再归还境界?"

陈平安摇头道:"不用。"

陆沉欲言又止,陈平安笑道:"真的不用这么客气。"

陆沉便不再坚持。

刹那之间,两人身边出现一阵涟漪,竟是连"两位"十四境都未能事先察觉,便走出了一名白衣女子,身后还跟着一个缩头垮肩的年轻剑修,正是那只远古大妖,陈平安怎么都没想到他会出现在此地。

白衣女子微笑道:"肯定是要跌境了,所以落魄山近期可能还是需要一个稍微能打的死士。"

陆沉伸手覆脸。稍微……死士……

白衣女子笑道:"记得早点去往天外炼剑,我先回了。"

言罢就化作一道剑光去往天外,陈平安只得仰起头,轻轻点头。

大妖保持一张微笑脸庞,略显僵硬。

陈平安憋了半天才蹦出一句:"其实我也尴尬,扯平了。"

大妖这才重重松了口气,转头望向陆沉,竟然以极为纯正的浩然大雅言问道:"你是哪位?"

陆沉嬉皮笑脸道:"就是个小人物,隐官大人身边的跟班,不值一提。"

天上那轮大月即将靠近大门,陆沉抬起头,喃喃道:"万古长空,一朝风月。"

陈平安举目远眺天幕。

长夜安隐,多所饶益。身语意业,无不清净。等到哪天真的闲下来了,背后这把夜游剑将来就悬挂在霁色峰祖师堂之内,作为下任宗主的信物。

陈平安摘下头顶莲花冠,递给陆沉,说道:"陆掌教,你可以拿回境界了。"

不料陆沉神色凝重,刚要婉拒,陈平安就已经笑着抛给他。

之前在小镇碰头的三教祖师至圣先师来到了西方佛国,与一个小庙住持相谈甚欢;佛陀来到了青冥天下,抬头望去,便是一块匾额:天下第一祖庭;道祖也离开了浩然天下,没有返回白玉京,而是去往天外天。

大骊京城的老修士刘袈主动拉着徒弟赵端明一起喝酒。

老人与少年聊起了一桩往事,说崔国师当年曾经问过自己,帮忙看守这条巷子,想要什么报酬。当时自己只说这辈子就没见过啥了不起的大人物,崔国师就说会让自己见到。

先前陈平安在骑龙巷现身,去了趟落魄山的山门口,跟小米粒嗑过了瓜子,最后又返回骑龙巷,而不是去往杨家铺子。

石柔笑着帮小哑巴邀功一番,说之前陈灵均遇到了一伙山上仙师,周俊臣放心不下,担心陈灵均会有危险,就去帮忙了。

陈平安拈起一块杏花糕细细嚼着,闻言笑望向周俊臣,轻轻点头。

周俊臣就站在柜台后边的板凳上翻看一本江湖演义小说,见陈平安看过来,撇了撇嘴：屁大事情，不值一提。但他随即想起一事，问道："山主吃糕点，是给钱，还是赊账？"

他作为裴钱的嫡传弟子，却一向不喜欢喊陈平安为祖师，陈平安不在的时候，与人提起，最多是说师父的师父，如果当面，就喊山主。石柔劝过几次，孩子都没听，犟得很。

石柔笑道："山主吃自家糕点，记什么账。"

见陈平安还要拈起一块糕点，周俊臣故意重重翻过一页书，小声嘀咕道："难怪铺子生意这么好，客人还没欠债的人多。"

陈平安就多拿了几块糕点，气得孩子满脸通红：这个从没有教过自己半点拳法的祖师爷实在太欺负人了！

白发童子飞快跑出后院，刚要振臂高呼，就被隐官老祖一个斜眼，识趣闭嘴。但依旧高高举起手臂，只是嘴唇微动，不发出声响。过了一会儿，估计是自个儿觉得没点响声挺没劲的，又悻悻然放下手臂，憋得难受。

白发童子悄悄说道："隐官老祖，如今我改了个名字，叫筌篌，咋样？"

"远远不如'天然'。而且自古筌篌多悲音，这个名字的寓意不好。你肯定翻过儒家的《郊祀志》，所以别不当回事，最好再改一个，回头让暖树多跑一趟县衙户房就是了，不过别忘了与暖树道一声谢。"

陈平安拍拍手，去了隔壁的草头铺子。

少女崔花生与那位传说中神龙见首不见尾的年轻山主怯生生施了个万福，陈平安笑着点点头，抬头望向一处。

铺子里边挂了一副对联：阶崇云深古书左右，天高海大明月正中。据说是贾晟一次醉后挥毫泼墨的得意之作。

除了落款，对联上还钤印有一枚私章：会心处不远。

陈平安上次返乡，按例来骑龙巷查账时其实就瞧见了。

贾老神仙"瞧"见了年轻山主，正要掰扯几句，不承想对方已经笑着告辞。

当下还有个十四境修为的陈平安再次缩地山河，径直返回大骊京城，等到剑气长城的自己归还境界，再想回京城，就不是几步路的事情了。

三教祖师都已经离开浩然天下，浩然天下的陈平安走到了那条小巷附近。

剑气长城的陈平安白捡了一个飞升境死士，似乎觉得大局已定了，好像天幕的拖月一事也无意外，就将一身十四境道法还给了陆沉。

果不其然，跌境了。武道跌一层，修士跌两境。

陆沉却不是忧心这些大事，以心声急匆匆说道："怎么回事？！两次了，两次！我都在提醒你不要过早归还境界，因为我推算过会有某个意外发生，但是不能与你道破，不然大道一触即转，说不定新的意外只会更大。虽然我还算不出意外从何而来，但是……"

陈平安神色平静道："因为我知道,意外一定来自周密,他在等三教祖师离开浩然,等礼圣与白先生打这一架,等她重返天外,以及等我剑斩托月山。最后,等我刻完了字,他就会动手了。他比谁都清楚我在意什么,所以他根本不用针对我本人,只需让落魄山消失,而且就像是从我眼前消失。"

陆沉呆呆无言:"知道了,然后呢?!"

陈平安神色淡然道:"我刚到城头那会儿还没有跟你借境界,其实就开始跟人打招呼了。一般人可能不理解,但对方不是一般人。"

何况还有后手。

远古天庭遗址,周密从袖中拈起一枚棋子,轻轻丢出。

棋子瞬间破开浩然天幕,如一颗星辰砸向整个龙州地界。

落子之处,正是落魄山。

实在太快,甚至连大骊陪都的仿白玉京都无法出剑阻挡,连大骊京城的老秀才都救援不及。

但是,与此同时,骑龙巷草头铺子的那副对联之中走出了一位与年轻隐官心生默契的白帝城城主。

第七章 后手对后手

陆沉大袖一卷,挥手造就出一处天地禁制,帮陈平安遮掩那份跌境的惨淡气象,以心声提醒道:"既然你早有谋划,远在天边的事情,反正想管也管不着,那就先不管了,还是先收拾眼前事为妙,马上回城头。"

半座剑气长城是合道所在,能够帮助陈平安稳住道心和境界。

人身小天地之内的山河,一颗道心如一叶扁舟,在惊涛骇浪中漂泊不定,那么合道所在的半座剑气长城就是天底下最佳的压舱石。

陈平安点点头,沙哑开口道:"稍等片刻。"

陆沉问道:"为何不在城头跌境?至少不用这么吃疼。"

陈平安给出一个让陆沉无言以对的答案:"修士跌境,山河破碎,却能够神益武道,按照李叔叔传授的法子,可以让我摸清楚更多由血肉筋骨形成的'山川'脉络,也算是一种打熬武夫体魄底子的手段。"

陆沉瞬间了然。

武夫气盛一层,学问极大。走了一趟蛮荒天下,对于跌境极惨的陈平安而言,苦当然不能白吃。

当下两人身边还有个拖油瓶,他始终保持沉默,小心翼翼打量着这两个人族修士。

一个是年纪轻轻的人族剑修,一个自称是前者身边的帮闲跟班。

一个跌境,一个升境。

十四境修为也能借人?这比起见着个十四境修士更让他心神震撼。

万年之后的人间,果然无奇不有。

通过那个存在赠予他的一份光阴画卷,以及几本类似《山海志》的书籍,他得知眼前此人是个道士。

在远古时代,天下练气士,无论人族还是妖族,都统称为道人。不承想如今分出了个僧道,好像被道士独占了个"道"字,年轻道士头上所戴的那顶莲花道冠好像就是白玉京三脉道士的身份象征之一。

陆沉也在观察那只大妖。就几步路的距离,他很担心对方不问青红皂白就给自己来上一剑。

这会儿的大妖看着就是弱冠的岁数,黄帽青鞋,一身麻布衣衫,没有丝毫戾气,反而挺像个负笈游学的浩然书生,还是那种家境比较穷酸的——问题是,像什么有屁用,他的的确确是个战力完全可以媲美蛮荒旧王座的远古大妖啊!

陆沉以心声问道:"他也跟着登上城头?这家伙的本命神通似乎可以操控心弦,我们都得悠着点。"

陈平安点头道:"让他跟着就是了。"

陈平安当然信不过他,但是信得过她。

修行路上,时时刻刻,习惯了将简单问题复杂化,思量复思量,多想再多想,看似吃力不讨好,其实就是为了有朝一日面对所有一团乱麻的复杂局面时能够将复杂问题简单化,这就又是一种花果同时。

陆沉伸手搭住陈平安的胳膊,缩地山河,一同来到城头。

陈平安跟跄坐地,双手搁放在膝盖上,重重吐出一口浊气。虽然形神惨淡,可武夫血气之雄壮,还是让大妖刮目相看:体魄坚韧程度不输妖族了。

见那年轻人族掌心朝上,轻轻呼吸吐纳,运转五行之属本命物,面门七窍的雾气如条条白蛇,两袖之间宛如青龙紫绕盘踞,大妖点头赞许道:"好气象。"

不知怎么,来时路上就已经学会了中土神洲的大雅言以及宝瓶洲的大骊官话。

陆沉提醒道:"最好取出所有不曾大炼的身外物。"

陈平安深吸一口气,接连取下夜游、养剑葫、行刑、斩勘,以及拂尘、剑阵、珊瑚笔架三件仙兵品秩的重宝,看得大妖眼皮直打战。

陆沉就跟个絮絮叨叨的管家婆差不多,继续问道:"如何处置眼前这个莫名其妙的家伙?"

陈平安可以放心当个甩手掌柜,陆沉可不行。身边杵着个飞升境巅峰剑修,如果只有自己在场,即便面对面吵架,都是无所谓的事情,可如果还要为陈平安护道,就实在揪心。

陈平安显然没有就这么撂挑子的打算,不急于心神沉浸,转头问道:"有没有给自己取个化名?"

大妖立即蹲下身,轻声道:"不曾。"

陈平安想了想,建议道:"不如道号喜烛,喜欢之喜,灯烛之烛。道友意下如何?"

大妖点头道:"好名字。"

似乎觉得不够有诚意,还加了个说法:"幸甚。"

陈平安笑道:"不过在我家乡,无论修士还是凡俗,想要落地生根,都有户籍录档一说,你可以再给自己取个化名。"

这只大妖的真身是一只蜘蛛,而蜘蛛别称亲客、喜子,所以陈平安家乡小镇就有一个代代相传的老说法——蜘蛛集,百事喜。老人都以蜘蛛结网为喜事之兆,在家里见着了蛛网,不管有无蜘蛛在网中,屋舍主人平时都不会清扫,只在年关以扫帚将其轻轻卷起,再让家里孩子接过扫帚送出门去,途中还需要说几句类似谢旧喜,求添新喜的言语,寓意辞旧迎新。

等到陈平安离乡远游,又发现浩然天下还有七夕习俗:女子穿新衣,在庭院摆上瓜果糕点,模样如有喜蛛结网。焚香点烛之后,女子手执彩线,对着灯影,将线穿过针孔,以此与天乞巧。

如果说大剑仙张禄的真身天禄是一种瑞兽,那么蜘蛛就是一种能够预兆吉祥的喜虫。

陈平安还在一些寺庙的壁画以及一些文人字画上边都发现了绘有蛛丝下垂、蜘蛛悬停的图案,美其名曰"喜从天降"。要知道,陈平安是个在青蚨坊铺子门槛前不等到一句"恭喜发财"就不肯挪步的人。

大妖笑道:"容我想想。"

陆沉揉了揉眼睛:这位道友竟然还有几分腼腆神色。在那轮皓彩明月中初次相逢时,可不是这么个温和脾气。

大妖瞥了眼城头以南的广袤地界,想起了先前那场对话。

"主人如果将你驱逐,你就将一身剑术归还给我。"

"主人?"

那位至高之一轻飘飘的一句话,他就像早年被白泽按住脑袋往大地上砸出几百个大坑,再拖去明月中狠狠一丢,硬生生砸出一个"老巢"一般。

他的剑术,早年正是与那位持剑者苦苦求来的。至于万年之后,白泽让他醒来便醒来,当然是登山修行之后曾被白泽狠狠教训过。

他听到那个称呼后,立即恍然,再不敢多说一个字。甚至因为担心多事,主动以一种远古封山秘术封锁了一切与"主人"这个词语相关的遐想,只为自己留下一道分量极重的心念,提醒自己不可忤逆那个叫陈平安的人族修士。

陆沉说他擅长操控心弦，其实所言不虚，一语中的。

陈平安说道："我们约法三章，跟我回了浩然天下，道友必须遵守。"

大妖正色道："公子请说。"

在给自己找名字的间隙，他也学会了不少浩然称呼。

"第一，不许对低于玉璞境的练气士出手，不管出于什么理由。"

大妖点点头。上五境之下的练气士，一切术法神通，所有攻伐法宝，哪怕是剑修的飞剑，就当是挠痒痒好了，计较个什么？

"第二，飞升境之下，玉璞、仙人两境修士，遇到冲突，你可以将其拘拿封禁，却不可以只凭喜好擅自打杀。"

大妖还是没有异议。大道凶险，小心为妙。

此次醒来，先是遇到了一大拨剑修不说，天上一轮明月，不对，是两轮明月，说没就没了，再低头一看，还要加上人间少去了一座托月山。如今的浩然天下，实在太吓人了。公子如此提醒，看似约束，实则好心，自己不能不知好歹。

"最后，到了我的家乡，你就当入乡随俗了，少说多看，小心修行，好好做人。

"在这三件事之外，我那落魄山规矩不多，没有什么山水忌讳，除了境界一事你还需遮掩，你的妖族身份倒是不用刻意隐瞒。"

大妖点点头："公子的提醒，我都记下了。"

其实陈平安也很奇怪，似乎眼前这个和颜悦色的"年轻"修士与最早相逢于明月畔、蛛丝上的那只飞升境大妖差异太过天壤了，好说话得就像个在听教书先生开课授业的学塾蒙童。

陈平安看了眼陆沉，陆沉以心声说道："可能是以某种秘法剑术切割性格了，压制住了所有的凶戾本性。这种事情，你又不陌生。"

陈平安说道："以后在浩然天下，遇到不讲理的大修士，我帮你讲理。这种入乡随俗，你要赶紧适应。"

大妖笑着没说话。终究是一位飞升境剑修，在强者为尊的蛮荒天下，还是要靠境界说话的。

陈平安不以为意，笑道："讲完道理，你再出剑。"

大妖这才嗯了一声：这还差不多。

他见陈平安打算养伤去了，说道："公子，我给自己取了个化名，叫陌生，是否妥当？如果公子觉得可行，以后喊我一声小陌就是了。"

陆沉笑容尴尬。偷听心声，真不地道。

陈平安也好不到哪里去：一口一个公子的，好不容易在老厨子那儿修炼出了一种耳旁风神通，结果又来一个？

陈平安笑道:"这有什么不妥当的。不过你以后喊我名字就可以了。"

小陌点头道:"好的,公子。"

"小陌,这算是见面礼。"

陈平安摊开手掌,宛如一轮袖珍明月在掌心山河之中冉冉升起,高悬在天——是那把长剑震碎的月色碎又圆。

陆沉憋着笑。

"这是我给公子的回礼。"小陌以双指拈住那轮明月,轻轻放入袖中,然后翻转掌心,其上多出了一座上古遗迹,琼楼玉宇,月光皎皎,雪白一片,细看之下,百余建筑,古老样式,鳞次栉比。

陆沉以眼神暗示陈平安:别瞎客气了,这是一处名副其实的月宫旧址,同那远古四海龙君的龙宫是一个品秩的!

陈平安道了一声谢,毫不犹豫就收入了袖中——以后刘羡阳和赊月的婚礼份子钱有了。

陆沉叹了口气,大致猜出了陈平安的想法。善财童子,果然还是个善财童子。

陈平安开始稳固境界,就像一处人身天地的老天爷不得不四处平叛,收拾旧山河。从武夫止境归真跌到了气盛一层,从修士玉璞境一路跌到了金丹境。

陆沉与小陌往远坐了坐,一起唠嗑。

陆沉取出两壶白玉京神霄城特制的桃浆仙酿,再拿出一张大如斗方小品的符纸当桌布,放上几碟佐酒小菜:手拍黄瓜、凉拌猪耳,最后还有一碟松子杏仁,满满当当。

看了眼略显拘谨的道友,陆沉越发啧啧称奇。控制心境,更换心性,这分明是用上了远古神灵的手段。这些个老前辈,施展起诸多失传手段,真是让人大开眼界。

陆沉笑问:"喜烛前辈此次重返人间,作何感想?"

小陌神色惆怅道:"物事两非,故友零落,心如刀绞,哀痛剥摧,情难自禁。"

停顿片刻,小陌提起酒杯,为自己的心绪做了个更加言简意赅的总结,就一个字:"苦。"

陆沉跟着举起酒杯,轻轻磕碰一下:"听到这里,小道可就要拦前辈一句了。"

小陌说道:"但说无妨。"

陆沉笑道:"人生难得苦尽甘来。再说了,有人共患难,苦就不那么苦了。"

小陌深以为然,微笑道:"陆道友高见。"

陆沉问道:"前辈似乎在后世……名声不显?"

言下之意是前辈你这么高的境界,为何在蛮荒天下没有留下一连串事迹在人间万年传颂?

小陌点头道："我喜欢专心练剑，不太喜欢与谁厮杀，抖搂威风一事，确实非我所擅长的。"

陆沉叹息一声："豪杰无名，是世道不对啊。必须与前辈走一个。"

各自饮尽一杯酒后，小陌想了想，道："我曾经追杀过仰止，可惜当时剑术不精，消耗一月有余光阴都未能将其杀掉，让仰止被朱厌救下。我以一敌二，打不过就跑了。"

陆沉手一抖，酒水差点洒了一地。他赶紧施展术法让酒水倒流回杯中，再仰头一饮而尽，擦了擦嘴角，赶忙致歉："听闻壮举如晴天霹雳，失态了，失态了。"

小陌心有疑惑：一个十四境大修士，何至于为了这种事情大惊小怪？不过看对方如此……捧场，小陌脸上也就多了几分笑意。

没办法，这只沉睡已久的远古大妖，更多还是对万年之前那些动辄各部神灵陨落如大雨、大妖战死后尸骸堆积成山的惨烈战役的记忆。如今蛮荒天下那些被视为"祖山""主峰"的雄伟山脉，几乎都是大妖真身尸骸的"断壁残垣"所化。自然而然，他就从不觉得任何一场捉对厮杀当得起"巅峰"二字。

陆沉便与小陌说了些旧曳落河共主与搬山老祖的事。

朱厌如今依旧在逍遥快活，倒是仰止，被文庙拘押在了道祖一处弃而不用的炼丹炉遗址内。

小陌神色认真，显然是个极好的听众，等到陆沉唠叨完毕，这才抿了一口酒："原来朱厌与仰止始终没有结成道侣。"

他环顾四周，继而感慨："道心不定，三界无安，犹如置身火宅，众苦充满，业火不熄，甚可怖畏。"

陆沉点头道："三界火宅，云水清凉，以渡人来自渡，就越发难能可贵了。"

他夹了一筷子菜，细嚼慢咽，好奇地问道："前辈还精研佛法？"

小陌赧颜一笑："曾经有幸亲耳聆听一位僧人在菩提树下说法，超脱文字藩篱，容尽十方云水客，委实是高妙无双。"

陆沉搭不上话了。他一向不太敢跟佛陀打交道。

小陌问道："公子在家乡似乎有个大遗患？"

陆沉点头又摇头："有，又没了。"

文海周密、年轻隐官，是截然不同的两种人。

周密追求利益最大化，而陈平安始终在追求无错，防止那个最坏的结果出现。

作为陈平安后手的白帝城郑居中，其实早先在中土神洲的山巅排名并不高，不然裴杯当年将弟子曹慈从剑气长城带回，从倒悬山重返中土，也不会问拳白帝城。

但是那个深藏不露的郑居中，陆沉一直觉得如何高看此人都不过分。只有千日做贼，没有千日防贼的道理。

在周密觉得陈平安最志得意满的时候,加上礼圣不曾坐镇浩然天下,确实机会难得,稍纵即逝。那么已经跻身十四境的郑居中,确实是最适合拿来针对周密一记"无理手"的对弈之人。

问题在于,陈平安是跟郑居中求情了,还是悄悄做了一桩什么买卖?

不管是哪种情况,陆沉都觉得陈平安会付出不小的代价。

小陌说道:"等我跟随公子回了家乡,想来总有略尽绵薄之力的机会。"

陆沉笑道:"可以有,不要多。"

小陌点头称是,然后眺望远方,笑道:"我学剑快,出剑更快。"

只有提及剑术一事,才流露出一个飞升境巅峰大妖该有的气势。

之后陆沉就与小陌聊了些青冥天下的风土人情。

青冥天下的疆域大致分为十九洲,而浩然却是九洲,由此可见,两座天下的山运和水运相差悬殊。

即便是在道官遍地的天下,也还是有些寺庙存在,那些佛门龙象,佛法之艰深、不可思议之妙,超乎想象。陆沉就曾游历天下,将大寺逛了个遍。曾有一位寂寂无名的小庙老僧近乎天心了,所处之室一丈见方之地却能容纳数千师子之座。

玄都观孙道长和吴霜降就不用说了,那个绰号小白的岁除宫守岁人看似被高估,其实是一直被低估。

兖州一位名叫聂碧霞的散修剑仙,三千年云水生涯,行踪不定,游戏人间。

大修士元唤仙,道号南阳鱼,别号赤子词人,腰别一支铁笛,自称"天知我赤诚",却是"天以百凶养一词人"的存在。

一位山阴羽客,道号太夷,喜欢养鹅。

陆沉一口气提了十几个名字,任何一位道官的生平事迹都可以写成一部神异志怪。

至于武道一途,天下武夫第一人林江仙,还有闰月峰的辛苦。

名叫辛苦,结果习武半点不辛苦,即便转去修行也不辛苦。

早知道取名字这么管用,陆沉就给自己改名陆有敌,道号蝼蚁了。

青冥天下的白玉京,类似浩然天下的中土神洲,而不是中土文庙。既管着整座天下,辖境之广,就像一座宗门的私家地界,反观真正属于文庙的领地,其实就只有三大学宫和七十二书院。

这些事情,都是陆沉与小陌道友一见如故的酒桌谈资,只是不小心给年轻隐官旁听了去,怎么能算他白玉京陆掌教通敌叛变呢?冤死个人。谁敢冤枉贫道,贫道可就要搬出余师兄了。

陈平安虽然如老僧入定,其实陆沉和小陌的对话都听得分明。

宁姚之前从五彩天下仗剑飞升浩然是临时起意,不然她可以给陈平安带来一份关于青冥天下的谍报，都是飞升城剑修四处搜集而来的，大致记录了青冥天下最近千年内发生的大事。

陆掌教的这些"谍报"当然很能查缺补漏，而且相对于那些传闻，会更加接近真相。

"陆道友的第二家乡高人辈出，想必那座大魁天下的白玉京只会更加高不可攀。"小陌大为感慨，"以后我就不去游历了。"

陆沉笑着不说话。这话说得早了。

小陌问道："公子的家乡是怎么个地方？"毕竟自己以后就要在那边落脚了。

陆沉满脸得意扬扬，一手持杯轻轻摇晃，一手下筷如飞，含糊不清道："道友算是问对人了，小道在那儿摆过多年的算命摊子，风评极好，有口皆碑，老幼妇孺瞧见小道，眼神脸色都透着股发自肺腑的热乎劲儿。打个比方好了，你家公子在剑气长城是怎么个被待见法，小道在那旧骊珠洞天就是怎么个受欢迎法。"

小陌身体前倾，一手虚扶袖子，一手从菜碟里边拈起颗杏仁放入嘴中嚼完咽下，这才口齿清晰地点头道："陆道友人缘好，不觉奇怪。"

陆沉抬起持筷之手挡在嘴边，压低嗓音道："只是小陌兄要注意一事，到了那边，听你家公子一句劝，真要小心做人了。至于缘由，且容小道为道友慢慢道来。"

小陌听陆沉言语间对那座旧骊珠洞天充满了戒备，微微皱眉，忧愁不已。

果不其然，自己真是个名副其实的死士啊。

不过最凶险的事情其实已经过去了，因为暂时无须归还剑术。

一旦陈平安在城头刻了"平""安"，或"清""都"，自己就会被那个至高存在带回城头，然后站着不动，被陈平安砍掉境界，直到砍出个刻字战功。

加上先前已有的"陈"字，可能就会凑成两个名字了，要么是陈平安，要么是陈清都。

陈清都，小陌当然很熟，是一个早年资质不算最好，但是登高最稳的剑修，而且在登顶之后，人族一众剑修当中就属陈清都最难缠，出剑最狠，怪话还多。

陆沉举起酒杯："有小陌道友担任护道人，我就可以放心了。"

小陌摇头道："不是什么护道人，我只是死士。"

他没有那么多的弯弯肠子，就像先前遇到了那位至高存在，双方久别重逢，哪怕万年之后，他依旧感激涕零，敬畏之情不减丝毫。

他是绝对不会还手的，这与双方剑术、境界高低没有半点关系，不然就算对上了白泽，假使起了争执，真有那涉及生死存亡的大道之争，他就算打不过，难不成连拼死一搏都不会？剑修什么时候只会与境界更低之辈递剑了？没有这样的道理。

除了跟白泽曾从人间打到明月皓彩之中，后来占据托月山的大祖、开辟英灵殿的大妖初升，身为天地间的第一位修道之士，还有与陈清都一个辈分的剑修元乡、龙君，他哪个没打过？当然，都输了。

"小陌兄,你觉得为人最紧要事为何?"

"长久活着。"

比如万年之前,他结网捕捉天上一切"飞鸟",鸾、凤、鹤之属,皆是果腹食物。

"陆道友似乎并不认同?"

"是得讲良心。人以国士待之,我以国士报人。"

小陌迅速翻检心湖书籍,寻找"国士"这个词语的含义。

"你在返乡之前,能不能去见一下仙槎?"陈平安突然开口问道,"当然,不是让你承认他的首徒身份,这是你的家务事,我不掺和。"

仙槎,又名顾清崧,是个不以境界名动浩然的奇人,曾经帮着陆沉撑船泛海访仙,所以一直被曹溶、贺小凉视为师尊陆沉的不记名大弟子。

顾清崧在文庙曾经答应过陈平安,以后会照拂所有他在修行路上遇到的落魄山弟子。

陆沉气笑道:"你就这么不把跌境当回事?!"

陈平安说道:"习惯就好,熟能生巧。"那是你不知道我当年在这儿碎过多少次金丹,跌过多少次境界。

小陌由衷感叹道:"公子真剑仙也。"

陆沉说道:"没问题,答应你了,只是跟那傻子见一面而已。"

陈平安竟然犹有余力丢给陆沉一物,陆沉接过手后,见竟是那珊瑚笔架,惊喜道:"送我了?!"

年轻隐官斜视一眼陆掌教,陆沉悻悻然道:"我可以尽量跟王洞之争取来半座龙宫的收益,只是咱俩怎么分账?"

陈平安说道:"陆掌教看着办,凭良心。"

小陌笑着点头。看来公子真是把自己当自己人了,先前说话多客气,到了陆道友跟前,好像就不太一样了。

陈平安说道:"你我三七分成,前提是宝瓶洲云霞山那边,你得帮我想出个应对之策,如果可行,我们就四六分账。"

当年云霞山蔡金简帮忙飞剑传信,陈平安必须还上这份香火情。何况刚认识的那位耕云峰峰主黄钟侯也挺有意思的,可以算是半个酒友了。

云霞山在近百年之内挡不住气运流散的趋势,皮囊内空,所以就算被云霞山跻身了宗门,不出三百年,绿桧、耕云在内的云霞十九峰和那些尚未被地仙开峰的灵秀山水都会变成过眼云烟,沦为不宜修行的灵气稀薄之地。而云霞山的这种气运衰落颇为古怪,在当时十四境修为的陈平安看来,甚至不是两张山字符和水字符可以解决的。

"妙不可言,贫道刚好有件宝物与那云霞山颇有缘分,青霞幽意不死方,好巧不巧,对症下药。"陆沉哈哈一笑，从袖中摸出一枚玉圭，云纹浮雕。此物有一大奇异，即颜色能随季节更替而变化，显现出不同的祥瑞图案、古篆文字。

陈平安点点头："那就有劳陆掌教在海上见过了顾前辈，再登岸亲自走一趟云霞山。"

陆沉疑惑道："你不自己送去此物？"

陈平安笑道："学一学杜俞。"不然以后得闲再去耕云峰找黄钟侯喝酒便少了几分滋味。

陆沉问道："杜俞？何方神圣？"

陈平安却没有搭理，重新心神沉浸。陆沉就只好继续与小陌喝酒，不再言语。

小陌看着那个头戴莲花冠的年轻道士。人生在世，难免会有孤独之感。谁知求道不求鱼，此时方认自由身。

"郑居中不愧是郑居中！"陆沉突然面露喜悦，"这都完完整整挡得下来，而且半点无遗漏，还顺手解决掉了一些个隐患。"

陈平安睁开眼睛，摊开手："来壶酒。"

陆沉抛过去一壶来自神霄城的桃浆仙酿，陈平安揭开泥封，喝了一大口，轻声道："他娘的，老子终有一天要干死这个王八蛋。"

小陌还是那句肺腑之言："公子真剑仙也。"

陆沉抹了把脸。这位小陌道友，在落魄山一定可以混得风生水起。

落魄山地界，又是很寻常的一天，风和日丽。

大骊龙州除了极少数几个修士，山上山下根本不知道发生了什么。

事实上，几乎整个宝瓶洲的练气士都是如此懵懂，因为那个异象实在太快了。

天开窟窿，一道白光一闪而逝。

落魄山中，只有躺在竹楼二楼廊道里的崔东山察觉到了不对劲。

骑龙巷里，箜篌感受到了一股近乎窒息的恐怖威势，就像一场飞升境大修士破境的浩大天劫。

山君魏檗心生感应，刹那之间，魏檗甚至误以为整个北岳地界就会毁于一旦，只是等到魏檗离开府邸，来到披云山之巅，发现又毫无异样。

错觉？当然不是错觉，那是周密亲自落向人间的一记手笔，是周密登天后第一次真正意义上的凌厉出手。

只不过一场原本足可让整个旧骊珠洞天消失的灭顶之灾，只因为一人的出手阻拦，顷刻间就烟消云散。

一个好像是访客的陌生男子，身材修长，着一袭雪白长袍，站在落魄山门口的桌子旁，笑容温和，转头与一个黑衣小姑娘轻声问道："可以坐吗？"

"可以可以，当然可以！"

周米粒赶紧放下金扁担和绿竹杖，伸手攥住斜挎棉布小包的绳子，一路飞奔过来，仰头问道："客人如果只是口渴，又着急赶路，桌上就有白水。如果愿意多歇一会儿，看看风景，可以喝茶，我这就去给客人烧一壶热水。"

那人笑道："不是特别着急赶路。"因为在礼圣重返浩然之前，他都得留在落魄山附近。

周米粒立即笑容灿烂："自家茶叶，没啥名气，不过先前有些跟先生一样路过此地的老道长都说好喝嘞。客人稍等，先坐着，我这就去烧水煮茶。"

见那人还站着，她立即瞥了眼长条凳，笑着补了一句："客人放心，虽说不久前是下了一场大雨，不过我拿抹布和袖子仔细擦过了。"

桌凳不敢说纤尘不染，一定还算干净的。右护法每隔小半个时辰就跑去擦拭一番，能不干净？

那人笑道："好的。"

周米粒很快就回来了，踮起脚尖，动作娴熟、手脚伶俐地递给那人一杯热茶。那人双手接过，道了一声谢。

周米粒挠挠脸，笑容腼腆，轻轻摆手，告辞一声，返回山门另一头的竹椅上坐着，其间停步转身，与客人说有事就喊她。

远处有个青衣小童大摇大摆地晃着袖子走了过来，远远喊道："哟，小米粒，又来客人啦？"

周米粒答道："嗯，景清回山啦。"

陈灵均问道："右护法要不要帮忙啊？"

周米粒咧嘴一笑，大手一挥："哈，不用不用。"

等到渐渐靠近那张桌子，陈灵均就开始放慢脚步，两只袖子也不晃荡了，慢慢站到桌旁，刚好挡在客人和周米粒之间，作揖道："落魄山陈灵均拜见先生，不知先生是来访友，还是纯粹路过赏景？"

那人微笑道："不用客气，你与我师父是好友。"

陈灵均一头雾水：自己的江湖朋友实在太多，不知道这位是在说谁啊。于是笑问道："先生是从红烛镇那边来的吧，可曾被行亭里边一个摆摊的屁大孩子拦路记名？"

那人继续答非所问："我师父是俱芦洲的陈浊流。"

陈灵均恍然大悟：他娘的，终于被陈大爷我碰到一个正常人了！越看他越像是陈浊流那家伙的弟子，读书人嘛，一身书卷气。不过穷得叮当响的陈浊流可以啊，约莫是收了个兜里有钱的徒弟？真是缺啥补啥。

陈灵均咳嗽几声，双袖一抖，坐在长凳上："那就辈分各算，你不用喊我世伯，喊我一声'景清道友'即可。反正只要你师父不在,咱俩就以平辈相交。"

见那人笑容颇堪玩味,陈灵均吃了颗定心丸:肯定是陈浊流在山下骗了个富家子弟,都不晓得我辈山中道人颜色常驻,岂能以容貌判断年龄?难道是陈浊流这家伙不地道,在弟子面前从没提过自己这么个好兄弟?他娘的,如果真是这样不讲究,下次碰面,定要收拾他。

陈灵均突然灵光乍现,再次提心吊胆几分,试探着说道:"陈浊流收了个好弟子啊,我看老弟你境界不低?"

在从不犯同一个错误这件事上,陈灵均觉得自己还是很拿得出手的。

郑居中似笑非笑,说道:"不低,也不高,暂时与师父境界相同。"

稳当了!陈灵均闻言爽朗大笑,朝对方竖起大拇指:"不错不错!"

郑居中微笑道:"飞龙在天,云雨阗阗。老剑刃涩,神采犹生。雷雨时过,壁上暗吼阗阗声,与之相和。"

陈灵均心想:这是在跟我拽文呢?不愧是陈浊流的徒弟。

他再无半点怀疑,至于对方是怎么绕过白玄和赵树下偷摸到这来的,反正山上有大白鹅,北边还有个魏山君,总是出不了半点纰漏。

崔东山站在山道台阶顶部,眯眼看着山门口那个跟陈大爷唠嗑的家伙,同时不得不佩服陈灵均的胆大命更大。

除了天上异象,其实龙州地下竟然还有一个不大不小的埋伏,隐蔽至深,一旦被文海周密得逞,后果不堪设想,落魄山仙人、止境之下都得死,所幸都被郑居中收拾干净了,干净得就像那几条长板凳。

先前这位白帝城城主明显是小心为上,力求万无一失,在出手阻拦那颗棋子之前,就已经使得落魄山和藩属山头光阴倒流,唯独置身山中的郑居中不被光阴溪涧所裹挟,但是他所有的言语、举止、神色,都是跟着光阴流水一同"倒退",天衣无缝。

崔东山当然是选择站在这条河流当中原地不动了。

郑居中似乎在询问山上的崔东山一事:"你会不会觉得其实光阴长河就是一直在倒流,只是我们皆不自知?"

看似很好证明此事,就连稚童都可以做到——向前慢悠悠跨出一步不就行了?可事实上,一旦真正深究,就连崔东山都不敢保证什么,近乎无解。

崔东山作揖道:"谢过郑先生仗义出手,这份大恩大德无以为报。"

郑居中摇头。仗义出手?不仗义。何况天底下从没有无以为报的恩德,不然就是一方施舍,一方忘恩。少装傻卖痴了,即便你只是半个绣虎。

崔东山叹息一声。既然无法私了,就只好做买卖了。他竖起两根手指,随后又加了一根——白帝城在蛮荒天下建造下宗一事,落魄山愿意鼎力相助,比如招徕两到三位剑仙。

郑居中好似懒得让崔东山抖搂这些小机灵，直截了当说道："先前在骑龙巷铺子里，我跟你家先生已经谈妥，你这个当学生的就别画蛇添足了。"

崔东山有些无奈。

其实早先第一眼瞧见压岁铺子的那副对联，他是有怀疑的。虽说是那位贾老神仙的亲笔无疑，可那副对联的内容怎么看都透着一股玄乎，傻子都看得出不对劲嘛。

所以当时崔东山笑得不行，抢了对联就往铺子外边跑，说是要给先生的师兄瞧瞧，把贾晟给吓得魂不守舍。所幸崔东山也就是吓唬吓唬贾晟，很快就还给了他。

其实那会儿崔东山已经将那对联的材质、文字、落款、钤印都给研究了一遍，的的确确没有半点玄妙可言，就真的只是很普通的对联，更是贾晟的手书字迹无疑。等到郑居中自己道破天机，崔东山才喟然长叹一声，真正明白了那个"会心处不远"的真实含义。

学问不在对联本身，而在距离对联"不远处"的贾晟身上。同时提醒先生，只要会心想到此事，就距离白帝城郑居中不远了。

这说明郑居中极有可能在他师父陈清流还是贾晟之时就已经捷足先登，就像与师父毗邻而居多年，郑居中以此观道，与斩龙之人学习剑术。

事实上，之前两个郑居中确实都在蛮荒天下，只不过陈平安在草头铺子与"贾晟"曾经有过一番心声，贾晟自身就像一个负责收寄信封之人，对于双方书信往来的内容毫不知情。

郑居中则悄悄跟随韩俏色通过归墟，凭此瞒天过海重返浩然，再以"贾晟"作为一座山水渡口，跨海登岸，直接来到骑龙巷。至于为何多此一举，故意从"会心处不远"那边现身，不过是让事后复盘此事的半个绣虎好好想一想，白帝城彩云间一别，百余年过去了，为何如今棋力不增反降。

崔东山顿时想明白一事，突然怒色道："郑先生这就过分了啊！实在太过分了！"

郑居中一笑置之，准备走了。

崔东山赶紧快步跟上："就不能换个对双方都更有利的法子？郑先生这种都快要跳脱三界外的高人，何必怄气呢？"

郑居中懒得多说一个字。

崔东山侧身而走，正色道："我可以与郑先生再下十局棋。"

"既然都比不过当年的彩云十局，你是觉得我很闲？"郑居中缓缓而行，"你可以觉得输棋有滋味，但是我觉得赢棋没意思。"

身边这个眉心有红痣的白衣少年终究不是那个好不容易跻身心智圆满无漏、太上忘情之境的巅峰绣虎了，他有了太多的牵挂。人味一多，棋力就浅。

郑居中叹了口气。少年崔东山，终究不是当年那个崔瀺了。

当年作为文圣一脉首徒的年轻读书人造访白帝城，双方对弈于彩云间，坐在郑居中对面的崔瀺拈子落子不言不语，但神色却像是在告诉他：你可以赢我这局棋，但是下一局棋的我就一定可以赢过上一局棋的我，只要棋局够多，你的赢面就会越来越小。

这才是郑居中愿意与一个年轻读书人连下十局的真正原因：明明输棋，而且是一输再输，却要比赢了棋更自信满满。

郑居中从不看自己的棋谱，只有彩云局是例外。如果不是崔东山好歹猜出了自己跟陈平安的那桩买卖，自己实在不愿意再多说一句。

作为出手帮忙阻拦周密的回报，自己让陈平安放弃在桐叶洲创建下宗的打算。

就这么简单。

只要不是桐叶洲，宝瓶洲、中土神洲，甚至是蛮荒天下，都随意。

是白帝城打算在桐叶洲有所谋划？

完全没有，就只是想让那位年轻隐官心里边不得劲儿。

你在书简湖没能做成的事情，就算你当上了剑气长城的隐官、文圣一脉的关门弟子、落魄山的宗主，更是一位剑仙了，在那桐叶洲依旧做不成。任你在桐叶洲早有布局，先手不断，苦心经营，谋划深远，看似天时地利人和都不缺，可你陈平安就是做不到。

郑居中曾经答应过崔瀺，要为他的小师弟护道一程。

这要还不是护道，怎么才算？

崔东山闷闷道："有些人也就是欺负我家先生年纪轻，境界不高。"

郑居中停下脚步。不是在意崔东山的含沙射影，而是觉得崔东山的这句话说得太过弱者。弱者不是身体羸弱，腿脚无力，不是山上人眼中的凡夫俗子，也不是山巅修士眼中的山中人，而是遇事喜欢找借口，是一个人的心性太过软弱。

崔东山举起双手："当我放了个屁。"

他极少如此吃瘪，谁让身边这家伙是郑居中。

郑居中的那个传道恩师，斩龙之人陈清流就算愿意出剑，也未必护得龙州地界这般周全。

在崔东山看来，真正称得上攻守兼备的得道之人屈指可数，白帝城城主当然稳居其一。

崔东山双手笼袖，问道："既然已经事了，还在这儿散步？"

郑居中说道："在等陈平安的第二记后手，李希圣。但是陈平安还是太过心软，既不愿求我，又不愿耽误李希圣修行，就只好与我做买卖了。"

一个修为实力不可以境界高低、以常理揣度的人。

师弟柳赤诚曾经为李希圣捎话给自己，郑居中很期待与李希圣下一局棋。

崔东山问道："如果我先生求你，会怎样？"

郑居中说道:"还会怎样?不会答应。"

突然,一个老秀才出现在两人身后,一手按住崔东山的脑袋,往旁边挪了挪,又伸手抓住郑居中的胳膊,哈哈笑道:"郑先生,郑先生,且慢行一步。走,回去喝茶。"

郑居中停下脚步,摇头笑道:"文圣先生,喝茶就免了。"

老秀才一本正经道:"请郑先生给我一个面子!"

就是这么开门见山。之前匆匆赶来落魄山,一路偷听,老秀才终于忍不住了。郑居中当然心知肚明,只是不揭穿而已。

郑居中一时语噎。破天荒的事情。

老秀才攥着郑居中的袖子,轻声道:"聪明人何必为难好人。"

崔东山默不作声,怔怔地看着老秀才的侧脸。

郑居中笑了起来,转头望向桌子那边,点头道:"落魄山的茶水确实不错,那我就慷他人之慨,请文圣喝个茶?"

老秀才拽着郑居中就往回走,大笑道:"老善了!"

崔东山却只是站在原地。

老秀才转头瞪眼道:"愣着干吗,赶紧倒茶水去,你那眼力见儿比我们小米粒差了十万八千里!"

崔东山挤出一个笑脸,屁颠屁颠抢先跑去桌子那边端茶送水。

老秀才以心声与郑居中说道:"谢了。"

求人之时要脸皮厚,谢人之时要脸皮薄。

郑居中看了眼白衣少年的背影,以心声答道:"文圣不用谢,我其实有私心。他可以不是文圣一脉首徒,但他必须是一个更强大的新绣虎。"

老秀才不置可否:"以后我肯定经常去白帝城做客。"

郑居中笑道:"文圣缺酒,我可以让人送去文庙。"

显然是提醒老秀才:你人就别去了。

老秀才跺脚埋怨道:"跟我客套个啥,生分了不是!"

四座天下,天时有异,差不多刚好是春夏秋冬,各占其一。

白玉京五城十二楼中的五城指的是青翠城、灵宝城、南华城、神霄城和玉枢城。青翠城内有那函谷、渑池旧址,神霄城的桃林以及那"白云生处"都是名动天下的形胜之地。

五城的副城主人数全凭城主喜好,就像南华城,有一飞升两仙人共计三位副城主,如果不是师兄余斗拦着,陆沉还能再添两三个,甚至破例让玉璞境担任。

姜云生在那传闻是世间所有白云生处的地方喃喃道:"看样子,蛮荒天下已经乱成了一锅粥。"

然后这位在倒悬山看门多年的"小道童"就发现天幕上突然出现了一扇门,竟是被剑气硬生生砍出来的。

见此异象,白玉京之内,仙师道官如流萤群掠而去。

被宁姚递剑开辟出来的那扇门附近,两拨势力各自御风悬停,一边是得以在白玉京位列仙班的道官,一边是大玄都观、岁除宫、采收山这些在各州执牛耳的仙家势力。

此外,还有一些零星修士两边都不靠,多是不入正统道门谱牒的山泽野修,或修行的道法属于不被白玉京认可的旁门左道。

三方都想要亲眼见证注定载入青史、流传千万年的"搬月"一幕。

白玉京有一小撮道官对此事最为在意,他们境界不高,但是地位超然,被誉为"山上史官",专门编撰白玉京以及整座天下的正统"青史"。类似山下王朝的起居注,记录一座天下道官的所作所为,无论善行劣迹,皆不为尊者讳。

白玉京每一道敕令、五城十二楼为天下各路道官传授道法、山下各大王朝变迁、四时气候、八方符瑞、各国道官户籍增减、大小道门宫观废置,皆由这拨"史官"详细记录在册,而且除了白玉京三位掌教,谁都没有资格翻阅。

不过大玄都观的孙怀中孙道长给了一句评语:落笔圆滑,弱于气象,不敢说真正的好话和坏话,浪费笔墨。然后建议他们从白玉京搬到玄都观,保管从此妙笔生花,气象一新。

白玉京余掌教至今不曾降下一道法旨,更不曾亲自现身,自然就无人出手,擅自接引那轮明月迁徙青冥天下。

大门那边剑气凛然不说,又有礼圣和白泽一场厮杀,一着不慎,被裹挟其中,就是身死道消的下场。有心气的未必有实力插手,白玉京之外既有胆子又有实力的暂时有三人,一个是懒得动,一个是不愿太早现世,还有一个是不愿在公开场合风头盖过自己的道侣。

这三人正是孙怀中及他不远处的两名女冠,她们年纪都不算小了。

孙怀中抚须而笑:"我就说嘛,怎么好久没见着二皮脸的陆老三了,原来是又出门遛弯了。"

孙怀中唏嘘不已。方才匆匆一瞥,他瞧见了陈小道友的那顶莲花冠,以及坐在里边使劲朝自己招手的陆掌教。他抚须而笑:"不得不承认,这次小三儿立功不小,换成我是那位真无敌的话,肯定得给师弟几大口热乎的。"

为朋友白送绰号,添砖加瓦,锦上添花,孙怀中要是自称天下第二,就没人敢称第一。

"那个与贫道可谓莫逆之交的陈小道友,英姿飒爽,风采犹胜当年啊,观其财运气象,似乎又重操旧业,挣了个盆满钵盈。"

毕竟那种实打实"背井离乡"的勾当,不是谁都做得出来的。

上次远游他乡,孙怀中从浩然天下的俱芦洲收了詹晴和狄元封两个正儿八经的记名弟子。

原本彩雀府的柳瑰宝也可以成为他的嫡传,但是错过了。

用孙怀中的话说,就是上了岁数的老人一定要多跟年轻人打交道,可以蹭点朝气,磨掉些暮气。

只是传授道法一事,他自己没有太过上心——反正观内徒子徒孙本来就多,也比他更有耐心——就将詹晴和狄元封丢给了两个上了岁数的弟子。

老道长给出的理由极为服众:"你们这些师兄弟之间就该多亲近多走动,不然一年到头碰不着几次面,不像话。"

大潮宗的年轻宗主徐隽如今是一个玉璞境的鬼修,他的道侣朝歌则是飞升境巅峰女冠,更是两京山的开山祖师,道号复勘。

这两座曾经一见面就打生打死的道门大宗历史上都曾建立过下宗,结果都被对方宗门坑害没了,由此可见两宗之间仇怨之大。所以孙怀中就必须出马了,说了句老成持重的肺腑之言:"天底下就没有一桩联姻解决不了的事情!"

此言一出,整座天下皆赞叹不已。

朝歌跟吴霜降一样,都曾是青冥天下十人之一,只因为闭关多年,又都退出了榜单。

在这件事上,只有孙怀中最"稳重",都没有什么之一。因为老观主自从第一次登评之后,就再没有掉出过十人榜单,就连名次都没有任何变化:第五。

朝歌身边还有名女冠。她施展了极为高明的障眼法,落在他人眼中的姿容相貌已经变化了数百种,让人如雾里看花。

这位十四境女冠转头望向孙怀中,神色不善。

孙怀中破天荒朝她赧颜一笑,略带几分心虚。

一个大老爷们,谁还没年轻过呢,怎么可能没点英雄气短的儿女情长?

不远处有一个中年相貌的美髯男子,此人名叫姚清,字资美,道号守陵,是那出了一拨五陵少年的青神王朝的三朝首辅,被尊称为"雅相"。

青神王朝可是一处风水宝地,当之无愧的金玉丛林、莹澈道场。

能够在青冥天下穿龙袍坐龙椅的,几乎人人都是资质卓绝、道法高深的大修士,长寿延年,每个帝王之家都是家传道法无比悠久的存在,历代皇帝还能炼化龙脉,所以只有那些日暮西山的老朽王朝的龙子龙孙当中出不了必定可以跻身上五境的修道坯子,也就意味着国运衰落,根本不用钦天监提醒。

姚清曾经完成一桩壮举:斩却三尸,共登仙籍。裴绩、韦居道、宇文山麓三位尸解仙,一仙人两玉璞。

在青冥天下,尸解仙跟米贼、挑夫、一字师差不多,虽然不至于被视为人人得而诛之的邪魔外道,可绝对不敢随便靠近白玉京地界。

孙怀中给姚首辅取了个绰号"四不像",姚清本人也不以为意,倒是作为姚清三尸之一的裴绩曾经找过大玄都观剑仙一脉的麻烦。之后大玄都观就带着一大帮剑仙去青神王朝游历,美其名曰结交朋友,实则堵门。而孙怀中自己倒是没有抛头露面,不然就太欺负人了。他去还是去了的,这才与其中几位五陵少年最年轻一辈成了忘年交。

成名要趁早,打人更要趁早。

与姚清并肩而立的女子是国师白藕,身材修长,姿容极美,天然妩媚,腰别一支手戟,名为铁室。

她是一位止境武夫,屹立武道之巅百余年,高居青冥天下十大武学宗师第三位。

不同于练气士的百年一评有人都觉得间隔太短,纯粹武夫是甲子一评犹嫌太长。白藕第一次登榜时名次垫底,之后几乎每隔十年她就会宰掉名次在自己前边的那个,以致不到一甲子光阴,被她问拳之人去三存一,活下来的那个还跌境了。所以,等到她第二次登榜时,就已经跻身前三甲。

众人一直将她与浩然天下的裴杯比较,而她也确实一直想要与那个所谓的女武神掰掰手腕。

孙怀中一直好奇,白藕那件旁生横刃的兵器,背不好背,挂在腰边,走起路来会不会割伤大腿?哪怕武夫体魄足够坚韧,神兵锋锐,割破了法袍,岂不是春光乍泄?可惜那个阿良在青冥天下没有久留,不然以那个家伙的脾气,肯定要帮自己问上一问。至于自己,毕竟年纪大了,开不了这个口,不然容易落个为老不尊的风评。

陆抬和袁滢站在一个不起眼的地方,米贼王原箓跟他的同乡、出身捉刀客一脉的纯粹武夫戚鼓也来凑热闹了。

低头缩肩的王原箓瞧见了风流倜傥的陆公子,就偷摸过去,好像站在陆公子身边比较安稳。

王原箓依旧是那头戴毡帽、脚穿棉鞋、一身青布道袍的寒酸装束,不是吝啬,这叫节俭，做人不忘本。

他与戚鼓虽然都出身青神王朝，但是与首辅姚清、国师白藕都不怎么亲近，甚至可以说半点好感也无。

孙怀中转头望向王原箓，抚须笑道："咋回事嘛，见着了贫道也不吱个声，弄啥子？"

王原箓没好气道："关你尿事！"

年龄、辈分、境界都很悬殊的双方都没有以心声言语，孙怀中说了一句"瓜皮"，王原箓回了一句"蕞娃"。

孙怀中笑问道："咥一碗？"

王原箓点头道："差的不要，来壶最贵的。"

孙怀中还真就丢过去一壶仙酿，似乎骂归骂，喝酒归喝酒。

米贼一脉道统不被白玉京认可，在青冥天下山上的地位有点类似山下落草为寇的贼子。

"闷尻啥时候才能找个暖炕的婆姨，休先儿咧？"

"不是明儿个，就是后儿个。"

老观主此举明摆着是在为米贼一脉撑腰，半点面子都不给白玉京。

不同于数量稀少的尸解仙，米贼这一脉道统在青冥天下已成气候，人数极多，在三州之地蔓延。可他们只求个道士谱牒，不愿去朝堂官府当道官，如果一定要当官，那他们就干脆连道牒都不要了，而这都是孙怀中那位师弟一手造就出来的局面。

传闻余斗曾经在接掌白玉京百年期间差点就要亲自动手杀尽米贼一脉，但是被大掌教师兄给拦阻了下来。

戚鼓一直内心惴惴：就这么跟老观主说话？真不怕被打个半死吗？听闻大玄都观的孙道长是出了名的小心眼，修行路上最大乐趣所在就是记仇翻旧账，擅长以迅雷不及掩耳之势半路敲人闷棍。

"贫道这个人，别的优点没有，就一点，嫉恶如仇，眼睛里揉不进半点沙子。"

你让贫道的眼睛里进沙子，贫道就往你的鞋子里装沙子，不耽误你修行赶路，就只是走路硌脚。

王原箓当年在家乡寂寂无名，第一次出门远游，半路跟这位隐姓埋名的孙道长碰着了，然后合伙做过些买卖，亏大了。倒不是钱财上被坑，而是老道长骗王原箓自己是他祖上，担心王原箓不信，还拿出一部族谱让王原箓认祖归宗。

那会儿的王原箓才刚刚开始修行没几年，没见过世面，又实心眼，还真就诚心诚意地喊了孙怀中好几个月的老祖宗。

不过他也不是真的缺心眼，而是有自己的计较。他不过是一个穷得娶不起媳妇的光棍汉，且都没能混出个最末流的道官谱牒，只能年复一年看守山中那些没半点名气的洞窟,根本不值得一位修道有成的老神仙诓骗什么,财、色,还是那一包破烂书籍?

王原箓就提醒那位刚认的老祖宗,这些书只需给个百两银子,都不用山上神仙老爷才用的雪花钱,就当孝敬老祖宗。

那会儿的王原箓只是想着若是能卖出那些书,他就立马回乡娶个姿色过得去的婆姨进门,哪里晓得自己之后过的是那么个刀光剑影、想都不敢想的山上生涯。

袁滢有些奇怪。印象中王原箓这家伙跟自己未来相公同桌喝酒那会儿拘谨得跟个乡下村夫一般,哪怕是坐着喝酒都不敢直起腰的胆怯模样,见着了陆抬,那种自惭形秽是从骨子里透出来的,好像都不知如何掩饰那份卑微,怎么到了孙老观主面前,就如此做人敞亮、说话大气磅礴了?

陆抬笑着以心声解释道:"这个王原箓会很了不起的,越往后越厉害。如果白玉京一直不把他当回事,放任自流,以后要吃大苦头。"

袁滢颇为意外,似乎陆公子对王原箓的评价要比对徐隽的更高。她问道:"白玉京里精通卦象的道官老爷不在少数吧?"

陆抬从袖中取出一把折扇,轻敲一下袁滢的脑袋,笑眯眯道:"这有什么想不明白的,当然是明知如此,却故意偏不当回事。那位真无敌觉得自己真无敌呗。"

袁滢笑眯起眼。

陆抬哗一下将折扇打开——正主儿来了。

是一个身材魁梧的道人,头戴一顶鱼尾冠,身披羽衣,手持仙剑。

第八章
事多如牛毛

拖月一事大功告成,齐廷济和陆芝率先返回剑气长城,身形落在南边大地之上。

齐廷济抬头望向那个最高处的大字,微笑道:"你就没半点吃味?"

剑气长城最想刻字的剑修当然是陆芝,阿良已经刻字了,而左右对这种事情是根本无所谓,即便斩杀了一只飞升境大妖,可能都不愿意。用阿良的话说,就是那家伙字太丑,不敢丢人现眼,但是没关系,自己可以代劳。

陆芝撇撇嘴:"不敢,怕被记仇。"

齐廷济有些意外。陆芝都会讲笑话了?就是有点冷。

陆芝好奇地问道:"如果将来你再斩飞升,还会不会刻字?"

在剑气长城战场,之所以难以斩杀飞升境大妖,不是齐廷济这些老剑仙剑术不高,杀力不够,而是大妖逃遁太过容易。可如今两座天下形势颠倒,以齐廷济的实力,完全有机会与某只穷途末路的飞升境大妖捉对厮杀,再仗剑斩首。

齐廷济摇摇头:"就以这个'萍'字收官,最好不过了。"

此地剑修人生如飘萍而不沉沦。一场举城飞升,在五彩天下落地生根。加上那些剑仙坯子,恰似浮萍四散天地间,如今的异乡,时日一久,将来也会成为各家乡。

齐廷济抬头望向另外半座城头:"我们这位隐官,跌境不少。"

陆芝有些忧心:"代价是不是太大了点?"

齐廷济疑惑道:"那个妖族剑修是怎么回事,怎么跟陆掌教喝上酒了?"

陆沉在城头朝陆芝遥遥招手,笑喊道:"陆芝姐姐,这里这里!"

陆芝与齐廷济一同御风去往城头，落地后陆芝一脸疑惑："有事？要跟随陆掌教去白玉京做客的人是豪素，又不是我。"

陆沉朝陆芝抬了抬下巴，笑着不说话。

原来这会儿的陆芝还手持南冥，腰悬游刃。一尾青鱼蹈虚围绕陆芝，优哉游哉摆尾游弋。

陆芝也跟着不说话。

陈平安开口说道："我没事。"

"宁姚很快就会返回。"齐廷济笑道，"豪素就不回了，只是让我捎话给你，让你放心那拨如今身在青冥天下的剑修，他会帮忙盯着，不会让人随便欺负，虽然不敢随口保证护住所有剑修的性命，但可以保证一旦有哪位剑修意外身死异乡，绝不至于无人报仇。"

陈平安点头道："这就足够了。"

从某种意义上说，豪素在剑气长城没怎么履行刑官职责，不承想却选择在青冥天下真正当起了刑官。

一位飞升境剑修的威慑力不管在哪座天下都是巨大的，尤其豪素还曾在浩然天下，在文庙和礼圣的眼皮子底下亲手杀过飞升境修士。

陈平安转头与陆沉说道："陆掌教，你帮我问一下豪素，愿不愿分出一部分拖月功德与你们白玉京商议一事：以后杀个飞升境，在白玉京那边可以不用担责。"

陆沉头疼不已："此事还得问过二师兄，他才是真正管事的，贫道这会儿可不敢打包票。"

揽事不是这位三掌教的风格，躲事才是他的老本行。陈平安笑道："可以让豪素尽量在你坐镇白玉京的那个百年之内出剑，也算给那位真无敌一个台阶下了，这总可以吧？何况我们那些剑修，在修行路上，不太可能主动挑事。"

陆沉无奈道："行吧，怕了你了，贫道就这么跟二师兄商量，约莫还得喝酒壮胆，硬着头皮才敢开口。我那二师兄的性情天下皆知，对贫道这个师弟又是出了名的看不顺眼，百般挑剔，只希望贫道别好心办坏事。

"再有，贫道得将丑话说在前头。白玉京那边，五城十二楼并无高下之分，按照我那位大师兄早年订立的法旨，在寥寥几条大道规矩之外，绝大多数事情，各位城主楼主能够各凭喜好驳回三位掌教的旨意。

"不过不论如何，贫道都会竭力促成此事。"

其实余斗颇为看好剑气长城的这拨剑修，道理很简单，大玄都观的剑仙一脉实在是占据天下太多剑道气运了。

大玄都观曾经被人说成是青冥天下的剑气长城，孙怀中听说后气得跳脚，说骂他可以，怎么能骂剑气长城。于是屁颠屁颠找上门去让人收回这句话，不然从今往后就与他彻底结下了梁子。对方只得通过宗门山水邸报昭告天下，说大玄都观不是青冥天下的剑气长城，这才让老观主心满意足。

陈平安说道："有件事得麻烦齐宗主与酡颜夫人说一声，请她择日走一趟宝瓶洲南塘湖青梅观。那处精心栽种的万余棵古梅树已枯死大半了，不知还有没有法子挽救。我肯定不会让她白跑一趟的。"

齐廷济点头道："好说，她如今巴不得有个正当理由返回浩然游览四方。"

这位梅花园子的旧主人怕死是真怕死，待在蛮荒天下每天都心内难安，总觉得置身战场太危险了，已经变着法子找了数个蹩脚借口要回婆娑洲宗门待着了。

陈平安笑着介绍道："这位喜烛道友会跟我一起返回浩然天下，担任几年落魄山的不记名供奉。"

堂堂飞升境巅峰的远古大妖略带几分拘谨地起身作揖，再直腰微笑道："喊我小陌就好了。"

齐廷济大为讶异，陆芝倒是根本不在意。是敌人最好，砍死就是了，无非是舍了一把本命飞剑不要，换来一个城头刻字，不亏。

陆沉抱拳道："告辞告辞，贫道先去一趟天上的大门口，然后就直接去往浩然天下了。青山不改，绿水长流！"

结果无一人给句客气话。

小陌是打算等自家公子先开口，再与相逢投缘的陆道友寒暄几句。

陆沉就保持那个抱拳姿势。

陈平安笑道："陆掌教见过了顾前辈，别忘了去趟云霞山。"

齐廷济跟着说道："以后有机会去青冥天下拜会陆掌教。"

陆芝说道："我不去。"

小陌这才作揖拜别："陆道友，就此别过，后会有期。"

陆沉心里这才稍微好受几分。

陈平安突然站起身，与陆沉抱拳告别。

下次重逢，多半就是在青冥天下的白玉京了。双方再不是末代隐官与浩然陆沉，而是骊珠洞天陈平安与白玉京三掌教了。

陆沉微微一笑，轻轻点头，身形化虹远去天幕。

确定陆沉已经远离城头，陆芝才以心声问道："陈平安，这只剑盒怎么办？"

她是真心喜欢，何况用顺手了。

陈平安笑道："陆沉以后肯定还会返回浩然天下，如果先去婆娑洲找到你，你别管他怎么说，就只管推到我身上，说买卖双方是他跟我，剑盒当然会归还，但是得让我亲自出面谈，不然到时候他取回剑盒，再跑到落魄山咋咋呼呼，存心一桩买卖挣两笔钱，就有失厚道了。

"如果陆沉下次是先找到的我,就更好办了,我会先拖住他片刻,留他在落魄山做客,私底下给你通风报信,你到时候就先找个地儿躲着他,比如白帝城,或是文庙功德林、神僧了然的玄空寺。三番两次过后,陆沉就心里有数了。"

陆芝听得神采奕奕,频频点头。其实她的本意是,实在不行的话,就让隐官大人跟陆掌教打个商量,她愿意花钱买下剑盒。只是她砍人还算擅长,独独跟人砍价抹不开面儿,得让陈平安帮忙出面谈价钱,反正这次出行没少挣。万一又给花没了,她就赊账,大不了让龙象剑宗或是陈平安先垫着。

其实陆沉也不是那么在意剑盒,此物对他来说比较鸡肋。当然,陈平安不是真心想要帮陆芝黑下来,他早就想好了,被陆沉带走的珊瑚笔架,以及将来一半龙宫旧址的所有收益,都可以归陆沉。

以陆芝的性情,以后等她跻身飞升境,肯定会先游历五彩天下,再去青冥天下,所以陆芝只是嘴上说不去,不能当真的。

小陌轻声道:"公子是在等待道侣返回城头?"

陈平安笑着点头。

齐廷济率先返回渡口,留下陆芝,等到宁姚返回才动身。

天庭旧址,金色拱桥那边,周密身边有一个女子始终站在栏杆上。

青冥天下被誉为真无敌的余斗凭借一座天下的大道天时现出一尊巍峨法相,手托一轮明月,蹈虚而行。

宁姚御剑重返人间。

一路打到天外的礼圣与白泽各自返回。

大骊京城的那个陈平安与从剑气长城返回的陈平安重叠为一。

青衫背剑,肩头停着一只雪白蜘蛛。

宁姚跟在陈平安身边,两人一起走向客栈。

一个老秀才坐在客栈门口晒着太阳,见状赶紧将手中一捧瓜子收入袖中,快步走向两人,却不是先与陈平安说什么,而是望向宁姚,笑道:"宁丫头,摊上这么个闲不住的家伙,多多包容。哪天要是真觉得委屈了,别管事情对错,都千万千万不要觉得是自己没道理啊,只管大大方方与我告状,我这个当陈平安先生的人肯定帮你骂他,绝不偏袒!"

估计天底下只有宁姚跟陈平安吵架,老人才会不帮自己的学生。

人间之事,其实好坏之间往往就只差那么一两句话。气头上多了一两句不该有的重话反话,平日里少了一两句宽慰人心的废话好话。因为越是亲近之人就越容易觉得对方做什么事都是天经地义的,觉得一切都只需要在不言中。结果越是觉得对方应该什么都懂的时候,往往就是对方什么都不懂的时候。

宁姚笑着点头道:"好的,告状一事,我会跟某人多学学。"

就像所有人都觉得宁姚的练剑资质太好,她就应该是五彩天下毫无悬念的第一人,做出什么壮举都不会让人意外。她是那座飞升城毋庸置疑的主心骨,岁月一久,还会被视为下一个剑道路上的陈清都。而老秀才偏不如此认为,他觉得眼前的宁姚就只是个想要告状都无人可告的年轻晚辈。

宁姚先告辞离去,说她可能要闭关两天。她在修行路上,闭关次数屈指可数。

老秀才这才牵起陈平安的手,轻轻拍了拍关门弟子的手背,也没说什么,只是轻轻一笑,蹦出个字:"嘿。"

坐镇剑气长城的贺绶已经将五位剑修联袂问剑托月山一事以最快的速度传信文庙,于是茅小冬就很快传信给了先生。如今茅小冬担任礼记学宫的司业,官职仅次于学宫祭酒。

陈平安在先生面前毫不掩饰自己的疲惫,不过依旧眼神明亮,笑着回了个"嘿"。

一般人不太清楚,其实金石篆刻一道,"嘿"字同"默"。

曾经,老秀才还闹出过一个不大不小的笑话。早年杂书翻得少,圣贤道理之外,学问不够宽泛,以致在书铺翻看一本版刻精美的印谱,见着了个"嘿"字印文,误以为篆刻此印的某位书院山长是个极风趣的读书人,结果等到老秀才在文庙有了神像,专程跑去书院拜会那个山长,不料却是个不苟言笑的老古板。

老秀才拉着陈平安坐在门口长凳上,重新拿出一捧瓜子,分给陈平安一半,边嗑边道:"先生帮不上什么忙,只是走了趟落魄山,那会儿已经什么都安然无恙,先生很是马后炮。不过见着了郑居中,落魄山下宗选址桐叶洲一事,照旧。"

陈平安备感意外,欲言又止。

老秀才说道:"先生能够帮上点小忙,是一件很开心的事情。"

陈平安点点头,就没有多说什么。

老秀才笑道:"东山那孩子这次与郑居中重逢吃瘪得很,气得不轻,总算有点少年郎的样子了。所以他主动开口请我帮忙,与你这个先生打个商量,希望落魄山的下宗就由他来当那个首任宗主,所以曹晴朗那边就需要你来解释一二。"

之前从正阳山返回落魄山途中,众人在那艘龙舟渡船上已经商量出了个既定议程,不管落魄山之外第二座拥有单独祖师堂的门派是一个拥有宗门头衔的"下宗",还是在文庙暂无"宗"字头名号的"下山",曹晴朗都是第一任宗主或山主。米裕、种秋、崔嵬、隋右边几个就在那儿落脚修行,而崔东山和裴钱只是去帮几年忙,前者主要盯着"邻居"金顶观与那三山福地万瑶宗的动向,后者负责与青虎宫、蒲山云草堂的人情往来。

陈平安道:"其实我一开始就是这个打算,只不过当初跟东山聊起这件事,我看他没有兴趣揽事,就退一步行事了。"

陈平安最早就是计划让仙人境的崔东山担任下宗宗主,在中土文庙都不用为了个"宗"字头名分跟谁掰扯什么,要更名正言顺。这对曹晴朗也是好事,可以先在崔东山身边多历练个几年,人情世故、修行境界、山上山下的人脉香火,方方面面。等时机成熟了,曹晴朗就是水到渠成的第二任宗主,不然陈平安多少会担心自己是不是拔苗助长了。曹晴朗再行事稳当、再心性坚韧,可在陈平安这个先生眼中,难免还是……心疼几分,总觉得曹晴朗早早挑起重担处理一宗事务,治学怎么办?将来还怎么跟他的朋友一起负笈游学,看遍大好河山?

只是崔东山那会儿不愿意,陈平安自然就不会搬出什么先生架子强人所难。可现在崔东山愿意亲自出马,就什么事都跟着迎刃而解了。至于曹晴朗,哪怕相信他不会多想,陈平安当然还是会解释清楚,反正就一壶酒的工夫、几句话的事情。毕竟落魄山从没有那种故意话说一半,让人去揣摩心意的官场习俗,所有事情都是摊开了说。

老秀才看了眼陈平安肩头的那只蜘蛛,疑惑道:"这位道友是?"

陈平安以心声说了个大概,然后开口说道:"小陌,这位就是我的先生,你在此现身就是了,不用太拘束。"

一只原本铜钱大小的雪白蜘蛛从陈平安肩头向前一个跳跃,落地之时,已经是那个一身麻布衣衫、黄帽青鞋的喜烛道友。他与老秀才作揖道:"小陌见过文圣。"

老秀才已经站起身,使劲点头道:"喜从天降,吉兆人间,好事好事。"这可是一位"万"字辈的飞升境巅峰剑修。

先生都起身相迎了,陈平安就只好跟着起身。

在老秀才笑眯眯看小陌的时候,小陌也在打量这位身材瘦削、个子不高的读书人。双方都很是正大光明,目不斜视的那种。

在小陌看来,相较于一般的山上修道之人,眼前老人的年纪其实不大,就是瞧着显老。这说明两件事:此人修行晚、境界高,能够脱胎换骨的时候,却也没想着更换容貌。

陆道友说过公子这位先生的身份:浩然文圣,儒家文庙的第四把交椅。看样子打架本事不算太高,那就是学问极大了。

凭借一门望气神通,小陌心中有数了。文圣似乎是合道地利,三洲山河分别是婆娑洲、桐叶洲、扶摇洲,难怪能够当自家公子的先生。

不是说十四境的境界,而是说文圣独独选择这三洲作为合道之地,恰好都是被那场大战殃及的破碎山河。

不过所谓的打架本事不高,这只是小陌眼中的"不高",专指杀力高低。毕竟与小陌打过交道的同辈修士,只说剑修,就有陈清都和龙君,还有那个与兵家初祖关系亲近的元乡。

曾经有个货真价实的读书人也让小陌记忆极为深刻,对方是至圣先师的爱徒之一,高冠簪缨,身材高大,剑术极高。

老秀才说道:"小陌兄,以后遇到纠缠不休的泼皮无赖,就报上我的名号,如果不管用,再搬出落魄山的供奉身份。"

这位岁月悠久的蛮荒剑修暂时还不适宜在文庙录档,更不可以被山水邸报昭告天下,这事只需要老秀才跟亚圣还有文庙三位正副教主打声招呼,半点不为难。小陌在明月中长眠万年,如今才刚刚醒来,之前两座天下的万年恩怨半点没掺和,身世清白得很,老秀才都已经酝酿好措辞,要如何跟文庙讨要功劳了。

小陌先点头,再作揖:"恕小陌不敢与文圣先生同辈相交,公子曾经提醒过我,到了浩然天下就要入乡随俗,循规蹈矩,礼数不可乱。

"其次,小陌如今也并非什么落魄山供奉,只是公子身边的一个死士扈从。

"最后,今天小陌得见文圣,学究天人,却平易近人,小陌荣幸之至。"

老秀才忍住笑,看了眼一旁站着的关门弟子:哪里找来这么个彬彬有礼、行事古板的宝贝疙瘩,差点误以为是一位书院学官的君子贤人了。

陈平安立即心领神会,与小陌笑道:"先生说话当然比学生更大,小陌,这也是入乡随俗的一种,得讲个先后顺序。既然我先生说你是供奉,那即刻起你就是我们落魄山的记名供奉了。先生与你称兄道弟,你坦然接受就是了。"

老秀才抚须而笑。心里暖啊,就像大冬天温了一壶黄酒,加两个蛋,再搞点姜末,围炉而坐。当然,最令人欣慰开怀的,是那个"围"字。一人只是独坐,至少也得两三人才能说是围炉嘛。

小陌有些为难。他听陆道友说过,自家公子自幼就尊师重道,还喜欢当善财童子和记账。

门口有两条长凳,老秀才伸手虚按:"小陌兄,我们都坐下聊。"

陈平安说道:"先生,不如找个地方喝酒?"

老秀才担心道:"能喝?"

陈平安笑道:"境界随酒,越喝越有。"

老秀才嗯了一声:"那咱们就去人云亦云楼。"

要不是小陌兄在场,老秀才就直接带着关门弟子去火神庙找封姨前辈喝酒了,那里有座花棚,地方荫凉嘛。

蹭酒?老秀才敢摸着良心说自己跟关门弟子都不是那样的人,谁敢说是,有本事站出来,自己要把酒水都还给他。

小巷门口的那处山水道场里边,老修士刘袈正拉着弟子赵端明喝酒,等到发现小巷外边的三位，就立即撤掉道场禁制，先与文圣抱拳致礼。

陈平安介绍道："这位是小陌，陌生的陌，我们落魄山的供奉。"

刘袈板着脸点点头：放行放行，再傻了吧唧见个人就拦路，老子就跟你陈平安一个姓。他犹豫了一下，还是没忍住，以心声喊道："陈山主？"

陈平安立即停步，问道："有事？"

刘袈好像有些难以启齿，硬着头皮问道："最近不会再有外乡人路过此地了吧？"好歹让我缓一缓。

陈平安笑道："这种事情让我怎么保证，别人的腿又没长在我身上。反正我很快就会离开京城。"

刘袈松了口气，又看了眼那个黄帽青鞋的年轻人，小陌立即朝他微笑点头。

陈平安以心声说道："等我离去之后，刘仙师记得打扫崔师兄的宅子。"

是提醒老修士等到自己离开大骊京城，就可以去那边"捡书"了。

雷法一道，如今陈平安不敢说如何精通，距离登峰造极还差得太远，但要说登堂入室，陈平安自认是有的。只说那个雷局，在老龙城战场遗址观摩而来，托月山那边又一次次施展出来，最终趋于娴熟，造诣不低。

刘袈老脸一红，继而疑惑道："陈山主这么快就凑出一本雷法书籍了？难道这趟外出凑巧见着了那位天师府的黄紫贵人？天底下有这么巧的事情？"

因为按照双方之前的约定，得等到这位陈山主游历中土神洲，去龙虎山天师府做客，见着了那个朋友，借书翻阅，才有可能拼凑出一本像样的雷法秘籍。然后这本书不小心遗落在人云亦云楼里边，被刘袈不小心捡到，随便翻了几页，再与被雷劈过几次的徒弟传授道法。刘袈连理由都想好了：自己某天喝高了，梦游远古雷部诸司，遇一神人为自己传授雷法。

刘袈越想越不对劲，他向来是有话就说的性子，直截了当道："陈平安，你别是半路反悔，觉得此事棘手，在龙虎山无法借阅雷法秘籍，只是抹不开面子，就随便拿几句山上雷法口诀来糊弄我吧？这可万万不行，我本来就对雷法一道半点不懂，宁可不教端明什么，也绝对不会让这孩子误入歧途！"

陈平安解释道："放心，这本我亲笔撰写的雷法秘籍品秩不会太低，保证不会误人子弟，赵端明只需要按部就班修行，不会出错的，若是有半点纰漏，刘仙师就直接去落魄山堵门骂街。"

刘袈气笑道："好你个陈平安，逗我玩呢？这才多久工夫，你就能琢磨出一门高深雷法来了？就此作罢，咱俩就当没这档子事，你也无须觉得丢人现眼。何况堵门骂街这种勾当，我可做不出。"你当自己是出身天师府的黄紫贵人，还是龙虎山的外姓大天师啊？

陈平安有片刻恍惚。确实，只是走了一趟蛮荒天下，因为礼圣帮着往返一趟，又有陆沉的三山符，只说光阴，确实不长，可稍稍回想几分，却恍若隔世。两座天下的两个自己，一个跨越了半座蛮荒天下，一个将宝瓶洲从北到南走了一遍，两趟山水路程期间，实在是遇到了太多人，经历了太多事情。

小陌突然开口说道："我家公子于雷法一道造诣极深。"

刘袈愣了一下。因为徒弟在场，他跟陈平安都是以心声交谈。

陈平安笑道："反正不着急，那就等我游历过中土神洲龙虎山，将书分出个上下册，刘仙师再挑选。"

刘袈点点头："陈山主做事情还是老到稳定的。"

此事就此说定。

临近宅子门口，小陌以心声说道："公子，这个修士是不是太没个好歹了？"

陈平安笑道："天底下当师父和先生的其实差不多，难免会患得患失几分，没有道理可讲。"

老秀才抚须而笑："是也。"

巷口那边，赵端明突然说道："师父，陈先生好像变了个人。"

刘袈转头看了眼那个青衫剑仙，摇摇头。不觉得。

到了书楼外，围着小院石桌落座，陈平安取出三壶酒和三只花神杯。

小陌起身接过，落座之后，突然想起一事："那个叫陆芝的女剑仙杀气很重，看我的眼神有些……瘆人。"

陈平安说道："不是陆芝故意针对你，她就是这么个脾气。陆芝其实跟我一样，从严格意义上来说都是外乡人，但她早就将剑气长城当成了家乡。等陆芝哪天跻身飞升境，会是杀力最大的飞升境之一，到时候杀气更重。"

如果陆芝能够将本命飞剑北斗彻底炼化，再精心炼化那只剑盒中所藏的八把长剑，擅长攻伐而弱于防御的陆芝就会变得攻守兼备，类似符箓于玄、龙虎山大天师、火龙真人。

未来陆芝的剑道成就其实有可能要比齐廷济更高一筹，当然，不是"一定"，但哪怕只是有这么一个可能，就已经很了不起了。

小陌开诚布公说道："公子，我除了是一位剑修，按照如今浩然天下的山上说法，还能算作一位阵师。除此之外，唯一拿得出手的，大概就是我还算比较擅长编织法袍。再除此之外，就没什么可取之处了。"

老秀才咦了一声，总觉得这套措辞听着十分耳熟，再一想，立即恍然：这就是自己找酒喝的独门秘诀啊。

小陌抬起一手，摊开掌心，其上搁放有一堆高低粗细不一的青色竹筒，显得袖珍可爱。数量有五六十只之多，其中一些由数丈甚至是数十丈的"布料"卷起，归拢于一筒之内，更多是已经成型的数件法袍缩放在一只青竹筒中。

小陌说道："依循浩然天下的山上规矩，一个人拜山头得有见面礼，还请公子帮忙分发出去。小陌终究是死士身份，行事不好太过招摇，免得被有心人找到蛛丝马迹。这些法袍都是我早年随手编织而成，故而品秩不高，按照如今山上的评定，连那半仙兵都称不上。"

在皓彩明月陷入长眠之前，小陌在蛮荒天下留下了六洞道脉。先前按照陈平安的推算，如今只有蛮荒南边一个"宗"字头洞府比较像是传承万年的旧道脉，其余要么是在漫长岁月里消散了，要么是改头换面了。比如金翠城的几道编织手法，分明就是出自小陌。这不是说金翠城就是小陌的道统，而极有可能是其中一脉洞府被金翠城吸纳了。对于蛮荒天下的道统，其实已经算是与小陌没有半点道脉渊源了。

老秀才抿了一口酒，呲溜一声，不插话。

陈平安无奈道："又是陆沉教你的？是不是说拜山头，手里边得有敲门砖？"

小陌笑道："公子天算。"

落魄山嫡传弟子加供奉，估计人手一件法袍，绰绰有余。至于彩雀府女修织造出来的那件制式法袍，其实落魄山修士不太适合穿在身上。但是这并不意味着陈平安就可以心安理得收下这份重礼，所以直接拒绝道："小陌，等你哪天完成约定，可以离开落魄山了，如果还想送，我就不拦着你了。在这之前，我们不谈此事。"

小陌只得转头望向老秀才，老秀才笑道："小陌，这件事就听你公子的。浩然天下有浩然天下的规矩，一座山头又有一座山头的风气，都不是那么刻板的。"

小陌翻转手心，收起那些竹筒法袍。

老秀才开始说正事："平安，有没有想过一件事？妖族修士，尤其是像小陌这样活了万年或是大几千年、早早就是飞升境甚至飞升境巅峰的蛮荒大修士，别说一双手，可能两双手都数不过来，可为何除了那个化名陆法言的大妖，始终没有任何一只成功跻身十四境？"

说到这里，老秀才已经提起酒杯："小陌兄，我就是就事论事，你千万别介意。我自罚一杯。"

小陌赶紧双手持杯，身体前倾，神色诚挚，言语恳切："文圣先生说话直爽，敞亮人说敞亮话，分明就是把小陌当半个自己人了。杯也好，大些的碗也罢，天底下只有一口闷的酒，酒桌上就没有弯来绕去的话。不多说，我先闷一个，文圣先生随意。"

小陌一个仰头，酒杯空了。

陈平安有些无奈。这都是从哪里学来的人情世故、酒桌学问？自己还提醒小陌要入乡随俗,是不是多此一举了?

老秀才又给自己倒满一杯酒:"就冲小陌兄这份善解人意,我就得再走一个。"

陈平安提醒道:"先生,这是自家酒水,慢点喝。"

是提醒自家先生,既然是自己的酒水,就算自罚一壶,也不占半点便宜。只有喝别人的酒水,喝多喝少,喝快喝慢,才是学问。不过真正的原因是,不管是先生,还是自己,当下都不适宜喝得太多太快。

老秀才悻悻然揪须,陈平安突然小声说道:"封姨那边好像还有百来坛百花酿。"

老秀才一拍大腿:"离开宝瓶洲之前,一定要与封姨前辈道个别。"

陈平安点头:"陪先生一起去。"

老秀才继续说道:"虽说合道极难,包括小陌在内,还需要以酣眠的方式养伤,但是那些个旧王座的修行资质哪个会差?"

陈平安点点头。托月山大祖首徒元凶的修道资质就极好。

妖族真身坚韧这个先天优势还带来一个后天优势,两者之间存在一个门槛,就是能否修行。妖族登山修行,入门远远比人族要难,可一旦炼形成功,相同的境界,妖族修士的寿命就要远远长于人族的,就像是一种冥冥之中的大道补偿。

小陌放下酒杯,轻声说道:"是白泽。"

老秀才点头叹息道:"对了,是因为白老哥的存在。"

白泽拥有天下妖族修士的所有真名,这就是白泽的本命神通,根本不用对方告知,只要炼形成功,有了真名,就会被白泽"记录在册"。

老秀才看了眼小陌,小陌笑道:"打又打不过,抢也抢不来,早就认命了。不单单是我,当年所有选择沉睡养伤的同辈修士都一样。"

其实小陌跟白泽不但打过架,而且还是两场,一次是觉得白泽看着不像是个能打架的,一次是得知白泽竟然准备帮助那个小夫子在浩然山巅铸造大鼎,要篆刻下无数的妖族真名,所以就有了小陌那趟皓彩明月之行。

老秀才一语道破天机:"其实白泽自己也为难,真名一事,可不是他想要归还给谁,就能归还给谁的。"

这大概就是白泽在修行路上唯一一件可以称之为大不自由的事情,这就意味着浩然天下和中土文庙一样为难。

原本白泽的存在本身就像是天下所有飞升境大妖一道不可逾越的天堑,需要得到某种大道认可,后世大妖才得以跻身十四境。一旦白泽身死道消了,就像是失去了某种大道禁制。

假如白泽没死,两座天下相互攻伐,战事惨烈,蛮荒妖族伤亡越惨重,白泽的境界就越无限接近十五境,白泽的战力更会成为一个史无前例、后无来者的十四境。简单来说,到时候的白泽,杀力之大,完全可以视为一个不被剑气长城拘束的陈清都。

老秀才转头望向小陌:"浩然天下不比你家乡,如今世道也不是万年之前了,让你入乡随俗,起先可能会有些不适应,不过我相信以后会越来越熟稔轻松。"

小陌点头道:"如今我刚到浩然,所见人事还不多,未必相信万年之后的世道就一定会比万年之前好太多,但是我愿意相信公子和文圣。"

老秀才十分欣慰:小陌兄这么讲理,不去落魄山才叫可惜。

陈平安慢悠悠喝着酒。

在京城,除了那桩私人恩怨之外,他还要请关翳然喝酒,以及与荀趣一起逛书肆。可能还要去一趟苏高山在京城的府邸,不是一定要见谁,说什么做什么。

然后就是与先生道别,再带着宁姚,还有裴钱和曹晴朗一路南下,返回落魄山。先要去一趟杨家铺子。

听小米粒说,张山峰见自己不在山上,就先去找徐远霞了,说在那边等自己。所以去往桐叶洲之前,还要直接去清源郡仙游县喝酒。

老剑修于樾还一直在落魄山上等着自己,要挑选剑仙坯子收为弟子。按照小米粒的说法,这件事有点眉头。

陈平安倒是不会觉得有何失落,那九个剑仙坯子最后能留下几个在落魄山修行,随缘。

之后就是在桐叶洲选址和创建宗门了,一行人刚好可以乘坐那艘玄密王朝送来的渡船风鸢跨洲远游,顺便勘验出一条相对安稳的商贸路线。

到了桐叶洲,还要先去趟大泉王朝见姚老将军。

等到下宗事了,原本打算喊上刘景龙一起游历中土神洲,如今因为跌境,肯定要耽搁一段岁月了。在大炼本命物之外,以修士身份开始真正意义上的闭关,将一身所学熔铸一炉,争取重新跻身玉璞境,再去太徽剑宗找刘景龙。

其实大小事情多如牛毛,但是都不会让人如何为难。

落魄山门口,在老秀才和郑居中离去后,崔东山、陈灵均、周米粒三个你看我看你。

陈灵均又不是个傻子,先前瞧见文圣老先生跟那人多客气,立马就知道自己估计又扯犊子了。他耷拉着脑袋,有些病恹恹的,提不起精神,问道:"为啥临行之前,那人会撂下一句教人没头没脑的怪话,说什么他师父高攀了?"

周米粒咧嘴一笑:"是那位郑先生在与景清说客气话呗。"

唉,景清还是小脑壳不太灵光。自己总想着要将景清举荐进入极为隐蔽、门槛极高的竹楼一脉,都提过两次了,暖树姐姐总是不答应,裴钱的态度模棱两可,就只好一直拖着了。

陈灵均以心声问崔东山："那人是谁啊，你肯定知道对方的身份，与我透个底？"免得吓着小米粒。

崔东山却有些心不在焉，摆摆手："你只要知道他姓郑就可以了。"

老秀才还是很厉害的，只有他才能够先让白泽，再让郑居中改变主意，卖他个面子。

但是崔东山心里边就是不痛快。

陈灵均抬起一只袖子擦拭桌面，委屈道："知道姓郑有啥用，肯定不是郑居中啊。"

崔东山翻了个白眼。

陈灵均也懒得多想了，反正都是过去的事情了，笑嘻嘻道："崔兄，想啥呢？"

崔东山说道："在想下宗的名字。"

陈灵均轻轻一拍桌子："不像话，取名字这种事情，老爷最擅长，你凑啥热闹，当自己是下宗宗主啊？"

崔东山一本正经点头道："我就是啊。"

陈灵均哈哈笑道："小米粒，你觉得这个玩笑好不好笑？"

周米粒挠挠脸，不说话。

崔东山突然心情大好。先生走了一趟蛮荒天下，做成了那么多的事情，已经变得不一样，很不一样了。虽然跌境很重，但是没关系。跌的只是境界，暴涨的却是道心。

崔东山都不用去大骊京城见先生，就能够想象如今是怎么个情况。

以前的先生：你可以试试看。

这会儿的先生：你跟我好好说话。

在人云亦云楼的院子里，老秀才喝了个醉醺醺，说自己要去个地方，早就想亲自登门去道谢了，还说那儿曾是自己钱袋子的由来，让自己生平第一次凑齐了比较像样的文房四宝，真正像个在书斋做学问的读书人。

陈平安知道先生要去哪里，就没跟随。

老秀才离开院子，独自出京南游。

曾经在中土神洲一个小国的陋巷，一大一小师徒两个每次穷得揭不开锅了，闲着也是闲着，读书也读不出个肚子饱来，就会有事没事一起站在门口，眼巴巴等着少年一封家书的到来。其实信上边写了什么两人都不在乎，反正等的也不是信，而是随家书一并寄来的那笔修金，也就是外乡少年与当地秀才拜师求学的薪水。

钱是英雄胆哪，偶尔碰到一些节庆日子，例如至圣先师的诞辰，远在宝瓶洲的东家还会为名义上的"西席先生"送一笔节敬，给个银钱多寡不定的节庚包。

穷酸秀才第一次跟银票打交道,就是收了一笔极丰厚的节敬。

那次收到少年的家书,只有一封轻飘飘的书信,秀才使劲抖了抖,别说碎银子了,都没个铜钱的声响。秀才傻眼了,少年便蹲在门口,双手笼袖,其实挺愧疚的。家里不是没钱,但是爷爷埋怨他私自离家出走,一走就走那么远,竟敢直接从宝瓶洲走到中土神洲,还找了个只有秀才功名的小国书生当先生。其实以宝瓶洲崔氏的家底,找个书院君子贤人当家塾先生都不难,所以崔氏每次给钱给得极为抠搜。

当时还不老的秀才倒是没有埋怨自己的学生,反而安慰少年:"怨不着谁,得怪先生的学问不深,讨你家长辈的嫌了。"

因为上一封家书的末尾,少年的爷爷给了个几十字的科举制艺策题,算是考校秀才的真才实学。秀才挑灯通宵,硬生生熬出一篇千余字的答卷,只觉得一肚子学问都给掏空了。他实在不擅长这些,若是真擅长,早他娘的考中进士了不是?等到少年的回信一寄出去,秀才其实就后悔了——实在是担心以后的修金和节敬都跟着驿骑一起跑没影了。

少年从先生手中一把抓过那信封,使劲攥成一团,丢到小巷对面的墙壁上,结果信封滚回了眼前,气得少年就要起身去踩上几脚,又被先生拉住胳膊。

少年赌气道:"这么个破家,回个屁,以后都不回去了。"

"不许说气话。"

秀才将少年拽回原位,一拍学生的脑袋,起身去捡回地上的信封,轻轻抹平,打开一看,里面就两张纸。一张是家书,上边除了一些老调重弹的长辈话语,末尾还有一句:"你这先生学问一般,不过秀才功名多半是真的,字不错。"

另一张就是货真价实的银票了,足有百两。

秀才笑得合不拢嘴,一旁的少年也笑容灿烂。

在那之后,秀才好不容易又攒下些银子,在学生的怂恿之下,开设了一家门馆,算是可以正式收徒授业了,从讲授蒙学转为传道经学。

这其实也是秀才自己最憧憬的事情,毕竟总跟一帮穿开裆裤的孩子每天之乎者也不是个滋味。是因为愧对一肚子圣贤学问?可拉倒吧,还不是挣钱少!

后来那些年,秀才又多收了几个学生,四个嫡传弟子里边,老大一直是钱袋子,跟着秀才年月最久,老二是个混吃混喝的二愣子,老三空有一身腱子肉,也是个兜里没钱的,饭量倒是不小。那几年,秀才总觉得自己被坑了,幸亏老大不知道从哪里拐了个孩子回来,聪明,灵秀,瞧着就让人打心底里喜欢,一看就是个读书种子。才情最高的首徒好像对科举很排斥,脾气还执拗,多半是指望不上,所以能不能冒出个进士老爷,就得看这个小弟子了,不偏袒他偏袒谁?

在那之后,秀才总算是过上了以往做梦都不敢想的好日子,就连自己那些文字都版刻出书了,虽说销量一般,但是对一个做学问的读书人来说,等于是立言一事有了个着落,秀才哪敢奢望更多。

除了老三君倩,其实崔瀺、左右、齐静春都是这个秀才一年年看着从少年变成青年的。

很多年之后,秀才也变成了老秀才,终于还收了个关门弟子,陈平安。

至于什么"文圣的学问天惊地怪,鲜有其匹",什么"文圣于儒家文脉有擎天架海之功",夸也好,骂也罢,老秀才都没怎么当真:你们愿意夸愿意骂,都各有各的道理,反正不耽误我当教书匠,给那几个学生当先生。

老秀才唯一不能容忍的事情,就是几个学生受委屈。

下出过彩云局的浩然绣虎在欺师灭祖叛出文圣一脉之后,在浩然天下藏头藏尾,颠沛流离多年,最终选择宝瓶洲北方一个蛮夷之地作为落脚点,担任国师,要将事功学问传道一国甚至一洲。

崔瀺当年回到宝瓶洲之后,一次都没有回过崔氏家族。

老秀才知道为什么崔瀺一半是愧疚,一半是愤怒。

在异乡的大骊京城,国师崔瀺给自己的书楼取名为人云亦云。

老秀才来到阁楼上,通过窗口望向窗外。

人见飞鸟追云,皆追之不及。

这次崔东山愿意主动请缨担任下宗宗主是好事,东山再起。

陈平安和小陌走出巷子,一起去往客栈。

小陌一直在仔细打量这座大骊京城。

这里就是浩然天下的一国京城,首善之地,可能这就是当年初升心中设想的山下城池该有的样子。

小陌问道:"公子,如今浩然天下的十四境修士多不多?"

陈平安摇头道:"不管是哪座天下,飞升境之上的一直就不多。"

修道之士,如果不以天下划分,而只以种族看待,就会发现十四境修士的数量寥寥各有原因:三教祖师的存在,以及白泽的截取真名。

陈平安打算将来在那艘夜航船上边开个迎接八方来客的酒铺,能否不花钱喝上酒,全看各自本事。

关于下宗的名字,陈平安其实已经想了一大箩筐,这大概就是太擅长取名的尴尬之处了。

再就是关于本命瓷的事情得有个结果了,反正也就是十四两银子的事。

不远处的客栈里。

师父和师娘不在京城,曹木头说是要去南薰坊找一个在鸿胪寺当差的科举同年叙旧,文圣老先生说要在门口晒太阳等人,裴钱就独自一人在院子里散步。是个把小门开在东南角的二进院,其实是刘老掌柜家的祖传宅子,专门用来招待不缺银子的贵客,比如一些来京城跑官跑门路的,毕竟这里离着意迟巷和篪儿街近。宅子分出东西厢房,当下正屋空着,曹晴朗住在东厢房,裴钱就住在与之对面的西厢房。

裴钱看似散步,实则走桩,出神入化,沉肩坠肘气到手,她已经不用刻意讲究桩架本身,或是呼吸的绵长,但是每一次纯粹武夫的真气吐纳,都是人身小天地内处处山河气府的甘霖干旱、昼夜明晦之大变化。这就像一位执掌天地的老天爷在有意控制山河万里的四季变迁、气象更迭。

俱芦洲那趟游历,裴钱其实时时刻刻都在练习走桩,不愿意让自己只是瞎逛荡,这使得她在走桩一事上开始有了属于自己的一份独到心得。

桩无形势,拳有神意。这个不低的评价是李二给的,可不是裴钱自封的。故而在狮子峰上喂拳之余,李二又传授给了裴钱一门自家师传的呼吸吐纳之法,一口纯粹真气的运转,专门用来调理筋骨血肉。

李二最后教给裴钱的拳理极大:桩架一起,如座座山岳巍然不动;神意一动,似条条大渎汹涌流淌。

这就是山水相依的大好格局,只要跻身拳法之巅,走到武道尽头,那么一位纯粹武夫就再不是什么一身拳意如神灵庇护了,而是"身即神殿,我即神明"。这才是真正的止境顶点,正是十境气盛、归真两层之后的所谓"神到"。

裴钱学得很快,一教就会,关键是能够在生活起居的细微处学以致用。所以李二才会与裴钱说句大实诚话:"如果撇开心性不谈,你比你师父的习武资质更好。"

裴钱听见了,非但没有半点欣喜,反而心虚不已,以致她觉得那位与师父同乡的李二前辈教拳喂拳的本事虽极高,说话却有些不着调。

院子里边除了裴钱,还有个打小就憧憬江湖的少女,是土生土长的京城人氏,正是刘老掌柜的宝贝闺女,名鹿柴,小字苔米。她此刻就坐在一旁的凳子上,脚边搁放着脸盆抹布。

刘鹿柴平时会帮着家里做些洒扫庭院屋舍、清洗晾晒被褥的琐碎活计,从她爹那儿挣些工钱,好攒钱买那些书商私刻、泛着墨香的豪侠传记、白话公案和志怪小说,直教少女经常感叹一句:"真是买不完的新鲜故事,怎么挣都挣不够的铜钱!"

刘鹿柴无论是大名还是闺名,确实都不像是小商贾门户出身。刘老掌柜是典型的晚来得女,虽然愁着女儿的女红实在是半点不随她娘亲,还成天疯疯癫癫的,怕她嫁不出去,可一想到女儿哪天会嫁人,就又忍不住揪心。反正自己两个儿子混得都挺有出息，又都孝顺，加上女儿岁数到底还小，离着被那些媒婆惦念上的大姑娘岁数还远着呢，刘老掌柜就不急了。

刘鹿柴本来是打算打着休息片刻的幌子，与那个姐姐偷师学艺的。

柜台里有所有入住客栈的外乡人的关牒簿子，不过她没有去翻。策马扬鞭、行侠仗义的江湖儿女，做事情得正大光明。她只知道那个姐姐是那个外乡游侠、青衫剑客的嫡传弟子。

女侠嘛，自己以后也会是的。

刘鹿柴见那个姐姐闭着眼睛，跟梦游差不多，犹豫了一下，轻声问道："姐姐你姓甚名谁呢？"

裴钱睁开眼睛说道："郑钱。"

刘鹿柴眼神熠熠："好名字！竟然与我最仰慕的郑大宗师同名同姓！"

江湖上有两种说法，一种是那位郑大宗师如花似玉，身姿纤细，却蕴藏着惊天地泣鬼神的气力。另外一种更了不得，说那郑撒钱虽是年轻女子，却身高一丈，孔武有力，膀大腰圆，一两拳下去，什么妖族剑修，什么妖族武夫，皆是化作齑粉的下场。

刘鹿柴像是想到了一件极有意思的事情，笑得不行，好不容易才止住笑，道："郑钱姐姐该不会还有个江湖化名，就叫裴钱吧？"

自家客栈离意迟巷和篦儿街就几步路，经常能听到一些山上和江湖上的小道消息。之前那场火神庙附近的擂台比武，她又听到个传闻，说郑钱竟然真名叫裴钱，来自一个叫落魄山的地方。至于更多的神仙逸事、江湖趣闻，当时四周吵闹得很，少女竖起耳朵使劲听也听不太真切。赔钱？挣钱？怎么好像两个名字都在跟钱较劲呢？

裴钱笑了笑，没说话。

刘鹿柴也笑了笑，觉得自己的这个说法有点可笑。

"郑钱姐姐，你看过某本山水游记吗？前些年卖得好极了，我出手晚了，就没买着，都要悔青肠子了。"

裴钱说道："看过。"

刘鹿柴好奇地问道："你这是在练拳吗？"

"嗯。出拳容易走桩难，一个难，难在学拳先学步，再一个难，难在滴水穿石，持之以恒。"裴钱继续散步，"我师父说过，辛苦练拳两三年，丢拳不过两三天。"

刘鹿柴一个蹦跳起身："这个拳理，晓得晓得，只要路过武馆，每天都能听着里边噼里啪啦的袖子打架声响，不然就是嘴上哼哼哈哈的，然后猛然间一跺脚，踩得地面砰砰砰。按照拳谱上边的说法，这就叫骨拧筋转如爆竹，对吧？拳谱老话说得好，拳如虎下山，脚如龙下海，郑钱姐姐，你看我这架势如何，算不算入门了？"

裴钱无言以对，也不好给少女泼冷水，就只好装作没听见。至于少女在那边瞎逛荡,裴钱更是看得……十分亲切,跟自己小时候差不多。

一想到当年师父还有老厨子、魏海量他们几个看待自己的眼神,裴钱就有点臊得慌。问题是那套小时候自创的疯魔剑法,裴钱自己都不要了,结果却被小米粒学了去。

裴钱见少女就没消停的迹象,只得一个站定,开口说道:"学拳容易练拳难,架子好学意难学。什么叫登堂入室,就是赢得一份拳意在身,使得我辈武夫如有神助。更大功夫则是人驭拳,不是一味跟拳走,就像对神灵发号施令,一身拳意,十八般兵器,随便拿在手里,自然样样件件如臂指使。懂?"

刘鹿柴小鸡啄米:"必须的!不懂!"

裴钱微笑道:"天下拳架万千,门派拳理百十,拳法唯一。"

刘鹿柴一头雾水:"怎么讲?"

裴钱眯眼笑道:"身前无人,武无第二。"

师父亲口说过,什么事都能让,唯独习武登高不能让。与人问拳,要身前无人;习武登顶,要旁若无人。而且崔爷爷也说过类似的道理。

刘鹿柴听得满脸通红,心向往之:"霸气十足!"

裴钱笑问道:"你为什么这么想要走江湖?"

刘鹿柴坐回凳子上,毫不犹豫地道:"当江湖儿女多自由啊,不用嫁人,还可以认识很多稀奇古怪的人和事儿。最好是揣着一大兜金瓜子、金叶子,在路边找家酒铺,停下马,喝完酒丢出一颗大银锭,撂下一句'掌柜结账',多豪气!书上都是这么写的。"

裴钱笑道:"出门在外,除了一见如故,否则莫贪'大方'二字。一来不露黄白是江湖规矩,再者,真正的武林中人过的是刀头舔血的日子,挣点钱不容易。书上写那大侠被人砍了一刀,眉头不皱,只是包扎好伤口就继续赶路,可能你都不用翻过一页书,大侠就已经养好了伤,在别处酒桌上谈笑风生了。可是伤筋动骨一百天是连蒙童都知道的道理。"

刘鹿柴愣了愣,裴钱犹豫了一下,说道:"你尝试着用最大力气打自己一耳光。"

刘鹿柴蒙了:是个江湖骗子吧,有这么教拳的?

只是见郑钱姐姐不像是开玩笑,少女一个鬼使神差,还真就狠狠甩了自己一耳光,再看那无动于衷的郑钱姐姐,少女耷拉着脑袋:"不中了,对不对?"

裴钱笑道:"反正比我当年好多了。"

刘鹿柴下定决心:"郑钱,我想明白了,从今天起,就不练武学拳了!"

裴钱有些意外。算了,自己果然当不来什么师父,什么狗屁传道人。自己那个名义上的开山大弟子阿瞒与石柔相处融洽,到了自己这里,那是半点好脸色都没有的,惜字如金,甘愿当个小哑巴。

裴钱走到刘鹿柴身边,抬起掌心,轻轻搓揉她的脸颊,很快就散了红肿,笑道:"你想要寻找的那个人其实离你不远,所以不用去江湖里边找。"

刘鹿柴揉了揉脸庞,根本听不懂对方在说个啥,但是知道眼前这个郑钱定然是女侠无疑了,便大声喊道:"郑钱姐姐,我要学拳!"

裴钱笑着摇摇头:"我自己都还学艺不精,教不了你什么高明拳法。"何况学拳实在太苦。

曹晴朗在柜台里陪着刘老掌柜聊了半天,来院子里找裴钱谈点事情,结果看到她在"教拳",就停下脚步,安安静静站在廊道远处。

既然小师兄和先生先后都建议他保留翰林院编修的身份,他不是迂腐之辈,就放弃了辞官的打算。

陈平安带着小陌过来了,曹晴朗作揖道:"见过先生。"

陈平安笑着点点头。温文儒雅,彬彬有礼,神采爽然,由此可见自家落魄山的风气之好。

刘鹿柴见着了那个外乡人,立即与裴钱告辞,拎起脸盆离开了宅子。

陈平安跟曹晴朗说道:"就在外边聊点事情,跟你有关的。"

曹晴朗立即去正屋搬来两把椅子和一条长凳。他可以和裴钱坐在一条长凳上,先生和那个陌生的客人坐椅子。

檐下廊道足够宽敞,双方可以相对而坐。小陌道了一声谢,才正襟危坐。

陈平安落座后,察觉到裴钱的异样,问道:"怎么了?"

裴钱虽然心虚,仍是老老实实回答道:"早先在客栈门口,我一个没忍住,偷看了一眼小姑娘的心境。"

陈平安笑着点头道:"看了就看了。"

裴钱一脸意外,疑惑道:"师父不生气?"

陈平安摇头道:"以前规矩重管得严,是担心你走岔路。如今不用这么拘束了,江湖险恶,人心叵测,你要保护好自己。"

在该立规矩的岁数,陈平安半点不含糊,是担心裴钱出拳没有半点轻重忌讳,可是等到裴钱大了,对于对错是非已经有了个清晰的认知,那么就不能被规矩束缚得太死,不能半点不知变通。

裴钱说道:"师父不用担心,我以后每次走江湖尽量不犯错,犯了错就改。"

这是裴钱长大后第一次与师父这么说话,很难想象眼前的裴钱是当年那个会私底下编撰《板栗集》的小刺猬,见谁扎谁。也很难想象是那个会纠缠魏羡和卢白象每人随便灌输给她二十年内功就可以的"吃苦耐劳"小黑炭。

每一个道理就像一座渡口,可能只有将来走到了那里,亲眼瞧见了一些人事,才会真切体会。而书上的圣贤道理、老人老话,书外的言行举止,就像一座座路上行亭。

陈平安笑道："好的，师父相信你。"

然后笑着为小陌介绍道："两个都是我的弟子和学生。裴钱，山巅境武夫。曹晴朗，大骊科举榜眼。"

陈平安再与两人介绍起身边的小陌："道号喜烛，如今化名陌生，是一位异乡剑修，境界不低——这是自然，毕竟是跟师父不打不相识的朋友嘛。以后小陌会在落魄山修行练剑，这次返乡就会纳入霁色峰山水谱牒，担任落魄山的记名供奉。他跟你们刘师伯是一样的出身，以后可以喊他喜烛前辈。"

裴钱起身抱拳，曹晴朗起身作揖，好像对眼前这位喜烛前辈的妖族出身根本没有半点情绪起伏，很是习以为常了。

小陌都不用施展什么本命神通就能清楚感知到眼前这对年轻男女的诚心实意，他早已起身，微微弯腰，拱手抱拳，笑道："我只是虚长几岁，不用喊什么前辈，不如随公子一般，直接喊我小陌就是了，我更喜欢后者。"

然后他就开始掏袖子，打算拿出两份准备好的见面礼。

陈平安笑道："免了免了。"

自家落魄山有个财大气粗的周首席已经很够了，而且小陌不比有块云窟福地的姜尚真，送出一件礼物，家底就薄一分。

小陌坚持道："公子，只是一点小小心意，又不是多贵重的礼物。裴姑娘和曹小夫子都是公子最亲近的嫡传，这要是没点礼物，于情于理都说不过去。公子先前已经拒绝了那些法袍，不如这一次就容我在他们这边摆一摆长辈的架子？"

陈平安只得点头。

小陌在落魄山上一定会如鱼得水，混得不比周首席差。擅长劝酒，那是酒桌上与人分高下的本事。喜欢敬酒，从不躲酒，还要自己找酒喝，就是酒品上见人品。

果然是应了那句老话：物以类聚，人以群分。小陌跟自己很像啊，酒品十分过硬，就是劝酒功夫差了点。

当年在酒铺，二掌柜是公认的躲拳不躲酒，至于那些赌棍酒鬼后半句的"反正一拳就倒嘛"，属于酒桌上的胡言乱语，当不得真。

裴钱和曹晴朗同时望向陈平安，陈平安继续点头，两人这才收下礼物。

陈平安看了一眼就知道深浅，是两件品秩比咫尺物更高的"小洞天"藏物法宝。

这种山上至宝，别说一般修士，就连陈平安这个包袱斋都没有一件。

两人与喜烛前辈道谢，小陌笑着不说话，见他们俩好像没有坐下的意思，这才坐下。

俩孩子，家教礼数很好啊，莫不是陆道友诓骗自己，故意将那民风淳朴的旧骊珠洞天说成个凶险万分的龙潭虎穴，算是送给自己一个惊喜？小陌忍不住以心声道："公子，裴姑娘很年轻啊，就快是止境武夫了？"

小姑娘在她师父面前很恭敬，陆道友显然又跟自己开玩笑了。

陈平安没有以心声作答，开口笑道："裴钱是很年轻，不过蛮荒天下的云纹王朝有个名叫白刃的女子好像也差不多，五十岁就已经是止境了。而且听陆沉说，青神王朝的女国师更年轻就跻身了止境。"

裴钱点点头。

曹晴朗清清楚楚、明明白白地看到了先生的那种扬扬得意。

其实陈平安在离开大骊京城之前就已经看出了裴钱身上的古怪，让他这个当师父的都要哭笑不得，因为裴钱当下处于一种极为玄妙的境地——她在压境！

纯粹武夫的破境可由不得自己说了算，得熬。瓶颈一破，不升境，更不是自己能说了算的。况且能够破境，天底下哪个纯粹武夫会像裴钱这样？

不过小陌见惯了打打杀杀，而且多是些山巅厮杀，所以对太多事都见怪不怪了，他如今反而对曹晴朗更好奇几分。

裴钱如今练拳确实只为压境，她要挑选某地某天，才让自己跻身止境。

陈平安开门见山，直接跟曹晴朗说了崔东山的想法，曹晴朗的回答很简单："先生，其实如此最好，之前是因为见先生和小师兄好像有了决定，我才硬着头皮答应当那下宗宗主。"

陈平安笑道："我们落魄山又不是一言堂，这么大的事情，你自己有点想法多正常，当时就该直接跟先生说……算了，这次是先生考虑不周，以后我会注意的，你也是。"

曹晴朗点头道："记住了。"

陈平安有些惋惜："本来你可以是浩然历史上最年轻的宗主。"

曹晴朗也不好在这件事上边说什么。

以前文庙管得严，练气士担任一宗之主必须是玉璞境，这是条铁律。

山泽野修想要在四十岁之前跻身上五境简直就是痴人说梦，即便是底蕴深厚、传承有序的谱牒仙师，想要在这个岁数成为玉璞境修士，一样难如登天，在浩然历史上屈指可数。

再者，就算有这样的修道天才，让资质如此之好的天之骄子被那些烦琐的山头事务消磨掉宝贵的修道光阴，太得不偿失了。何况大宗门里边，就算有那下宗，一个如此年轻的玉璞境也不适合直接当下宗的宗主。一个练气士，在修行路上的势如破竹，极有可能是一大堆鸡毛蒜皮里边的磕磕碰碰、跌跌撞撞。

自己如何，陈平安几乎从来没有什么讲究，甚至行走江湖，反而担心"跌境"不多，但是到了裴钱和曹晴朗这边，就大不一样了。比如曹晴朗摘得榜眼，陈平安高兴之余，难免有几分腹诽：我的学生怎么才是榜眼，不是状元？以致陈平安这次造访京城，得强忍着才能不偷偷走一趟礼部档案库,翻出那位新科状元的殿试对策文章,看看会不会是自己得意学生的卷子只是字迹不那么馆阁体,才被那些上了岁数的读卷官看走了眼,或是被皇帝宋和故意降了名次。

曹晴朗说道:"先生,我刚刚找过苟趣,他说先生很是平易近人,不是那种假装没架子,而是真的没架子。苟趣不是那种喜欢谄媚谁的人,更不是故意让我转述给先生。他愿意这么说,肯定是对先生由衷仰慕了。他还说自己以后要是当了大官,就得像先生这样,不管与谁相处,都可以给人一种如沐春风的感觉。"

陈平安笑道:"那就好,没让苟序班觉得你找错了先生。"

陈平安有点体会到火龙真人的心情了。出门在外,被人当成是趴地峰的火龙真人,以及昔年龙虎山的外姓大天师,还是张山峰的师父,两者其实是有微妙差异的。

陈平安轻声说道:"我这段时间一直在想一个问题,问题本身就不谈了,以后等到合适的时机会再来与你复盘。总之落魄山这边我可能还会多管些事情,大大小小的,看见了,只要觉得哪里不对,就会管一管。但是以后下宗我可能就会比较多放手了,所以你待在东山身边,可能会有这样那样的异议,甚至是争吵,到时候他是宗主,又是你的小师兄,这件事,你在去桐叶洲之前就可以想一想。"

他说着又自顾自摇摇头:"不是可能,是一定了。"

曹晴朗点点头:"先生,我其实不怕吵架的,只要不是意气之争,就可以取长补短,查缺补漏。"

陈平安嗯了一声:"记住,不单单是与你的小师兄,此外遇到诸多事情,喜欢、擅长讲道理是一回事,但是一定要考虑他人的情绪,讲究一个问因不问果,不以结果好坏来全盘认可或是否定他人。遇到难题,解决难题,就是修行。"

说到这里,陈平安摊开双手,轻轻一拍,然后掌心虚对:"我们称赞一个人,有分寸感,其实就是保持一种妥当的、得体的距离。远了,就是疏离;过近,就容易苛求他人。所以得给所有亲近之人一点余地,甚至是犯错的余地,只要不涉及大是大非,就不用太过揪着不放。心细之人,往往一不小心就会去求全责备,问题在于我们浑然不觉,但是身边人早已受伤颇多。老话说通达之人必有谋微之处,其实反过来说也是个好道理,擅长谋微之人,也当有一颗通达之心。

"再就是一定要告诉自己,谁都不是没有半点火气的泥塑菩萨,谁都会有自己的情绪,情绪本身就是道理,很多时候看似是在跟人讲理,什么时候真真切切看在眼里了,却不觉得自己是在容忍,那就是我们真的修心有成了。"

陈平安双手笼袖,笑问道:"我问你,就事论事,好不好?"

曹晴朗毫不犹豫道:"很好。"

陈平安又问道:"那你有没有想过,就事论事,一方再有道理,还是在否定对方?"

曹晴朗愣了一下，思量一番，点头道："确实如此。"

陈平安说道："所以就事论事本身当然是好事，可一旦谁占理了，粗脖子瞪眼睛大嗓门说话，结果会如何？显而易见，道理本身是对的，讲理一事却是失败的。

"真正的沟通和讲理，是要学会先认可对方。你自己先需要做到心平气和，然后用很多个认可来讲清楚你真正想要说清楚的那一两个否定。当然，你的一切言语仍需诚心诚意，不能是假的。这一点极为重要，要搁在'心平气和'的更前边。"

曹晴朗仔细思量一番，点头道："先生在这件事上的先后顺序，我听明白了。"

陈平安微笑问道："再想想，看看有无遗漏。"

曹晴朗开始深思。

裴钱坐在一旁的长凳上欲言又止，陈平安望向她，笑着点头。

裴钱壮起胆子说道："师父，这好像是……强者才能说清楚的道理。比如恰恰是不占理的一方，却地位更高，他反而一有人跟他讲理就半点不耐烦，立即粗脖子瞪眼睛，怎么办？又比如，山下门户里边的一家之主，山上的山主、宗主、掌律这些掌权者，他们要是不这么讲，好像师父的这个道理就很难说清楚……师父，我就是随便说说的。"

裴钱越说越没底气，嗓音越来越低，到最后，她挠挠头，赧颜道："不该插话的。"

陈平安却朝裴钱竖起大拇指："是了，这就是症结所在。"

然后陈平安又问道："那么，裴钱、曹晴朗，你们觉得自己可以成为强者吗？或者说希望自己成为强者吗？又或者，你们认为自己现在是不是强者？强者弱者之别，是与我比，还是与暂时境界不高的小米粒、还是个孩子的白玄或是谁比？"

裴钱眼睛一亮，使劲点头："懂了！"

曹晴朗站起身，与先生作揖，但是没有任何言语。

裴钱又不好跟着起身抱拳，不像话，就白了一眼身边的曹晴朗：马屁精！落魄山就数这个家伙的溜须拍马最深藏不露了。

陈平安喃喃道："天下人事，莫向外求。"

曹晴朗突然问道："先生是在担心落魄山和下宗以后会有很多人的言行举止都太像先生？"

陈平安会心一笑：不愧是自己的得意弟子。他点头道："是有这样的担心。"

当一个门派的开山祖师的个人烙印太过鲜明，就会自然而然上行下效，这种事情有利有弊。但是陈平安还是希望不管是如今的落魄山还是以后的桐叶洲下宗，哪怕以后也会分出祖师堂嫡传、内门子弟和暂不记名的外门修士，每个人的人生都能够不一样，各有各的美好。

小陌坐在一旁，从头到尾都只是竖耳聆听，对自家公子佩服不已。有序，拆解，精细，重新归一。他越发觉得自己是个糙人，要与公子学的东西还有很多。

陈平安起身说道:"你们两个先回落魄山等我。"

裴钱有些担心,她已经大致看出师父当下的处境了。

陈平安摆摆手,带着小陌离开客栈。

之前南下游历,陈平安打造了一只取材自豫章郡的木制食盒,现在准备出门在京城买些糕点,还有一壶酒,反正会总计开销十四两银子。

然后就走一趟大骊皇宫。

敬酒不喝,就喝罚酒。

第九章
坐 隐

陈平安将那把夜游剑留在了人云亦云楼,带着小陌在附近买了约莫两人份的糕点,再买了一壶酒水,刚好开销十四两银子,一钱不多一钱不少。

小陌跟着陈平安一起买完酒水和糕点,在繁华京城闲庭信步,笑道:"能忙世人之所闲者,方能闲世人之所忙。陆道友曾说自己是公子的帮闲,此言妙极。"

一夸夸俩。

陈平安拎着食盒,笑问道:"小陌,一口一个陆道友的,你难道还不知道陆沉的真实身份?"

小陌说道:"陆道友言语磊落,之前并无隐瞒白玉京的三掌教身份,只是我觉得喊陆掌教太见外了,有负陆道友的热忱。"

陈平安笑道:"小陌你到哪里都吃香的。"

小陌的笑容习惯性带着几分腼腆,瞥了眼陈平安手中的食盒,好奇地问道:"公子,这只食盒和里边的酒水吃食都有讲究?"

陈平安点头道:"有讲究。这只食盒木材出自大骊太后的第二家乡豫章郡。民以食为天,撑死的人少,饿死的人多,就看咱们这位太后的胃口如何了。京城之行,只要不管闲事,本来就不是一件多大的事情,十四两银子刚刚好。"

太后南簪的祖籍豫章郡盛产良材美木,这些年一直供不应求。先前大骊朝廷管得不严,其实不是此事如何难管,真要有一纸军令下去,只要调动地方驻军,不管人数多寡,别说地上权贵豪绅,就是山上神仙,谁都不敢动豫章郡山林中的一草一木。归根结底，还是大骊边军在那场惨烈战事中死人太多，死了人，就得有棺材。

所以朝廷最近才开始真正动手约束私自砍伐一事，准备封禁山林。理由也简单，大战落幕多年，那里逐渐变成了达官显贵和山上仙家构建府邸的绝佳木材供应地，不然就是以大香客的身份，为不断修缮营建的寺庙道观送去栋梁大木，总之已经跟棺木没什么关系了。

意迟巷和簏儿街就在皇城边上，所以这拨显贵京官去参加朝会、衙署当值，都极为方便。每天天未亮，这两条街巷就会车马喧阗如龙。

听说早个大几十年，在关老爷子刚刚进入吏部那会儿，经常会有人为了争抢道路而大打出手。反正那会儿的大骊官员几乎人人都能算是武官出身，有点类似如今的大骊陪都六部衙门。哪怕他们没有投身沙场参与厮杀，但是每天过手的公文案牍仿佛都带着硝烟味和血腥气。

陈平安带着小陌路过一座皇城大门，面阔七间，有一对红漆金钉门扇，气势雄伟，青白玉石地基，朱红高墙，单檐歇山式的黄琉璃瓦顶，门内两侧建有雁翅排房，末间是值班房。皇城重地，老百姓平时是绝对没有机会擅自入内的，陈平安已经将那块无事牌交给小陌，让他悬挂腰边做个样子。

一位披挂甲胄的武官快步走来，早早认出了陈平安的身份。这座皇城大门的周边数里地界设置有数道术法禁制，方便负责门禁的官员勘验、记录来者身份。一些个大骊官员、山上供奉出入皇城，根本不用拦阻。

陈平安说道："这位是我们落魄山的供奉，叫陌生，巷陌的陌，生活的生。"

很快有一名佐吏从值班房走出，与武官以心声言语一番。

武官抱拳行礼："陈宗主，查过了，刑部并无'陌生'的相关档案，所以陌生私自悬挂供奉牌在京行走，已经不合朝廷礼制。"言下之意，就是陈平安可以进，但是身边的随从却不行。

武官当然不会傻乎乎提醒这位年轻剑仙赶紧让扈从摘下那块刑部无事牌，但是此事，值班房肯定会仔细录档。至于刑部事后会不会计较，敢不敢追责，要不要跟落魄山兴师问罪，那就是刑部的事了。百年以来，大骊文武，无论官身大小，早就习惯了分工明确、各司其职的官场作风。

陈平安微笑道："回头我让刑部补上。"

武官一时语噎，满脸为难之色，深吸一口气，眼神坚毅起来，伸手按住刀柄，摇摇头，沉声道："陈宗主，既然于礼不合，本官职责所在，得罪了。"

陈平安对武官的那个按刀动作视而不见，也不会为难这些公门当差的，笑道："你们值班房可以传信刑部，我在这里等消息就是了。"刑部答应最好，不答应的话，跟我入城又有什么关系，你们当自己是刘袈吗？

武官松了口气，让陈平安稍等片刻，再没有半点拖泥带水，转身大踏步返回值班房，立即传信刑部。他很快就得到了答复，内容也很简单，就两个字：放行。只是信上除了堂部大印，竟然还钤印有两位刑部侍郎的官印，这让武官颇为意外，对于此次陈平安的皇城之行充满了好奇，看样子绝对不是去南薰坊之类的衙署做客那么简单。

等到那位大名鼎鼎的青衫剑仙与黄帽青鞋的扈从渐行渐远，武官返回值班房，与那个来自藩属国，此刻正在提笔录档的佐吏笑道："那位陈宗主是我们大骊本土人氏，这么年轻的剑仙，不比风雪庙魏晋差。至于陈宗主的拳法如何，教出武评大宗师裴钱的高人能差到哪里去？正阳山那场架，咱们这位陈山主的剑术高低，我瞧不出深浅，但是跟正阳山护山供奉的那场架，看得我多花了不少银子买酒喝。"

佐吏笑呵呵道："老马，陈剑仙是你家亲戚？奇了怪哉，陈剑仙好像也不姓马啊。"

武官笑道："酸。"

佐吏放下笔，突然说道："这么厉害的一位宗主，既是年轻剑仙，还是武学宗师，怎的在那场大战当中，只见他的弟子和祖师堂供奉在战场上各自出拳递剑，唯独不见本人呢？"

武官有些吃瘪，悻悻然道："说不定是忙着闭关吧。山上神仙，随便打个盹都要几个月，何况是破境跻身上五境这种头等大事。错过了那场战事，也实属正常。"

带着小陌，陈平安走在遍地都是大小衙署、官府作坊的皇城之内，气氛肃杀，跟内外城是截然不同的景象。

陈平安转头远眺中部陪都大渎方向，估计那边的仿白玉京当下已经得到大骊皇帝陛下的飞剑传信了。

吓唬人？不好意思，当年战场上，十四只旧王座大妖一线排开也没能吓住自己。

陈平安收回视线，以心声说道："如果那边有飞剑赶来，就得有劳你帮忙挡下了。"

小陌收敛笑意，点头道："公子只管放心请人喝酒，有小陌在这里，就绝不会劳烦夫人的闭关修行。"

自己终于有机会弥补一二了。在剑气长城时，陆道友幸灾乐祸地朝自己竖起大拇指，说竟敢在明月中朝那位宁姑娘递出一剑，将她打落人间。

陈平安听到小陌那个"夫人"的说法，轻轻点头。当个供奉，屈才了。

双方走到了一座门禁森严的宫门外，陈平安与一位负责把守大门的武将说道："帮忙通报一声，我今天只见南簪。"或者说是中土阴阳家陆氏的陆绛。

不料从宫门阴暗处走出一名腰挂头等无事牌的青年修士，对武将摆摆手，示意将这两个不速之客交给自己。

陈平安眯眼说道："陆老前辈，好久不见。"

青年修士一笑置之，假装没听懂，反而问道："陈山主为何此行没有背剑前来，是故意有剑不用？"

眼前这个青衫男子，是落魄山的山主，浩然天下的一宗之主，同时还是止境武夫、末代隐官，以及文圣一脉的关门弟子。当然，所有一切的最早那个一，还是男子当年踩了狗屎运，在小镇廊桥中选择前行，竟然成为……剑主。

可不管怎么看，实在无法跟当年那个泥瓶巷草鞋少年的形象重叠。那会儿的窑工学徒就是个送信途中，草鞋踩在福禄街、桃叶巷青石板路上都会惴惴的少年。

青年修士刚刚收到了一封来自家族的密信，说陈平安带着几名剑修联袂远游蛮荒天下，做成了那桩拖月壮举，将一轮皓彩搬迁到了青冥天下。此外还做了什么，未知。

陈平安说道："陆老前辈只是岁数大一些，修道岁月久一些，可既然都不是什么剑修，就别妄言剑道了。"

停顿片刻，陈平安盯着这个在骊珠洞天隐藏多年的某位陆氏老祖，善意提醒道："出门在外，得听人劝。"

青年修士也不恼火，笑道："剑气长城的隐官确实有资格说这些话，陆某受教了。"

事已至此，自己的身份就没必要藏藏掖掖了，眼前这个年纪不大却城府深沉的陈先生是个极不好糊弄的主儿。反正封姨、老车夫他们几个的身份在自己之前就已经水落石出了。

陈平安问道："你是打算带路，还是接剑？"

这位驻颜有术的陆氏老祖侧过身子，伸出一只手掌，以心声说道："请。陆绛已经设好酒宴，她要亲自为陈山主接风洗尘。"

三人一起走过宫门。

小陌以心声问询道："公子，我瞧这家伙挺碍眼的，反正他是陆道友的徒子徒孙，境界也不高，就只是个离着飞升境还有点距离的仙人境，要不要我剁死他？"

然后又补了一句："最多三剑。"

小陌约莫是真的入乡随俗了："公子，我可以先找个问剑由头，会拿捏好分寸，只是将其重伤，不至于当场毙命。"

不用怀疑一个追杀过仰止、挑衅过白泽两次，还与元乡和龙君都问过剑的剑修的剑术到底够不够高。

稍稍走在前边的陆氏老祖转过头，只能够模糊察觉到不对劲，看了眼陈平安身边那个暂时不知身份的年轻人。

小陌朝对方微微一笑，想着只要对方点个头，就当答应自己的问剑了。只要公子再给句话，自己就可以出剑了。只可惜，对方很快就转过了头。

陈平安以心声说道："不着急，一些个旧账都要算清楚的。"

等见着了南簪,陈平安将食盒放在桌上,轻轻打开,取出一壶酒,拿出两双寻常材质的青竹筷子:"要么交出本命瓷,要么稍微麻烦点,我今天宰掉你,自己去找。"

南簪刚要说话,陈平安拿起其中一根筷子,提醒道:"你只有说一句话的机会,如果没有确切答复,我就当你默认选择后者了。"

南簪欲言又止。

与先前在人云亦云楼的见面完全不同,她今天竟是不敢乱说一个字。

南簪看了眼自家老祖宗,后者面无表情。

陈平安安安静静等着那个答案。

有些时候,与不讲理之人不讲理,就是讲理。

老大剑仙曾经在城头教给当时还不是隐官的陈平安这个极为质朴的道理。

京城钦天监,两位监正不得不再次请来那位袁先生帮着测算卦象。

不得不承认,在这件事上,袁天风才是真正的"世外"高人。

袁天风在钦天监的身份类似山上的客卿,算是一个特例。很多年前,一介白衣,山泽散人,征召入朝觐见大骊皇帝。

袁天风精通看相一事,给后来的吏部关老爷子、大将军苏高山,还有曹枰这些未来的大骊庙堂中枢重臣都算过命,而且都一一应验了。大骊朝廷对此事从无忌讳,官员一样不忌讳。

关老爷子那会儿得了个极好的说法:命格是一等一的富贵两全,紫袍金带坐高堂,前人栽树后人乘凉,积玉堆金满祠堂。曹枰是额骨隆起如虬角,内有伏犀如山脉绵延至玉枕骨,贵不可言。苏高山则是眼含赤脉,贯穿瞳子,言语之时有赤黄气萦绕面门。

袁天风说道:"那陈山主莫名其妙变成一位十四境大修士后,卦象其实很稳。"

马监副追问道:"是不是得有个'但是'了?"

袁天风笑道:"但是等到对方似乎不是十四境了,卦象反而变得吉凶难料了。先前是陈山主隐忍,现在该轮到你们忍让几分了。"

马监副纠正道:"是我们,我们大骊!"

火神庙花棚,封姨斜瞥一眼那个不约而至的老车夫,气笑道:"你蹭酒还上瘾了?当自己是面子比天大的文圣啊?"

老车夫叹了口气,神色阴郁,伸出手:"总觉得哪里不对劲,很久没有的事情了,让老子都要提心吊胆,怕今天不来喝酒,以后就喝不着,趁着皇宫那边还没打起来,赶紧来一壶百花酿,老子今儿能喝几壶是几壶。"

封姨抛出去一壶酒,调侃道:"你们这些老古董要是觉得事情悬,就联手呗,难道还怕被一个不到半百岁数的年轻人翻旧账?"

老车夫揭了泥封,仰头痛饮一大口,用手背擦了擦嘴角:"联手个屁!翻旧账?老子现在都怕被那小子顺藤摸瓜刨了祖坟。那小子这趟远游后再回京城就不对劲,很不对劲,完全变了个人。跟那个古怪境界有关,可又不单单是境界的关系。"

封姨忍俊不禁:"这会儿总算晓得与人为善的道理啦?当年齐静春没少说吧,你们几个有谁听进去了?早知如此,何必当初。"

老车夫闷闷道:"千金难买早知道,万金难买后悔药。"

封姨不再继续打趣这个终于认尿的家伙,看了眼皇宫,点头说道:"风雨欲来,不是小事。"

曹府书房,叔侄二人正在对弈。

曹耕心环顾四周。相较于老爹的书房,二叔的确实有点寒酸了,除了书还是书。老爹的书房有那花叶俱美者秋海棠与水仙,还有冰裂纹极纤雅的青瓷梅瓶,以及一排金丝楠木鸟笼,其内精心饲养着鸟声之最佳者画眉、黄鹂,所用鸟食罐都是自己从龙州窑带回家的,很讨老爹的欢心。

身为曹氏子弟,曹耕心敢去爷爷面前撒泼打滚,在父亲书房里乱涂乱画,却不敢来二叔这儿晃荡——委实是因为身为巡狩使的二叔太过严厉了,好在二叔很快就要带兵赶赴蛮荒天下的日坠渡口。

曹枰官拜巡狩使,已经是武臣之极,整个大骊王朝总计出过五个,在世的只有三个了。

文柱国武巡狩就是未来大骊的格局,不过上柱国姓氏可以世袭,巡狩使却不能,由此可见,后者更加金贵。只不过对一个家族来说,两者优劣,如今还很难分出高下。至于死后美谥,皇帝是否会追封太傅什么的,相对前边两个头衔而言,都是虚的。

曹枰是朝野公认的儒将,出身上柱国姓氏,文韬武略,俱是风流。

今天一场楸枰对弈,曹耕心单手持一把玉竹折扇,不断并拢打开,噼啪作响。

这个当过多年窑务督造官的家伙,腰间还悬挂着一只油亮的朱红色酒葫芦。

曹枰抬起头,看了眼这个吊儿郎当的侄子。

曹耕心嘿嘿笑道:"二叔,这就心烦了?修心不够啊。"

曹枰问道:"皮痒?"

曹耕心只得坐正身姿。别说亲爹亲娘,就连致仕多年的爷爷他都不怕,唯独这个在家几乎从没有一个笑脸的二叔,他是真怕。

没办法,实在是小时候被打怕了,而且原因都没头没脑的。那些他以为会挨揍的事情,二叔视而不见;那些他以为没什么的事情,二叔每次都用腰带狠狠抽,家里谁求情都没用。

曹枰问道:"你什么时候娶妻生子?"

曹耕心一阵头大,见二叔不太会在这件事上放过自己,情急之下,只得随便找了个搪塞的理由:"我觉得周海镜很好,就是怕她瞧不上我。"

曹枰点点头:"眼光不错,只是周海镜看不上你也在理,所以我给你三年时间,不管你用什么法子,都要将她迎娶回家。"

曹耕心无言以对,结果曹枰来了句让人更揪心的言语:"你要是实在没本事,带个儿子回家也行。"

曹耕心呆滞无言。

曹枰没来由蹦出一句:"你觉得陈平安是怎么个人,说说看。"

曹耕心轻声说道:"二叔,虽然是在家里,可咱俩聊这个,还是不合适。"

世间第一等丘壑深邃的山水险境就在官场。沙场上即便面对的是那虎豹蛇虺之辈,也是真刀真枪,可是朝野非议,若蝇集人面蚊嘬肤,驱之不散。

曹枰从袖中摸出一封书信,交给曹耕心:"由不得你合适不合适了。"

曹耕心快速浏览信上的内容,竟然是二叔与陈平安的一桩买卖。他将密信交还给二叔,咳嗽几声:"不熟,真的不熟,在督造署当差那些年就没跟他说过一句话,都没有打照面的机会。那么个喜怒不外露的人,我可不敢随便评价。"

陈平安在小镇确实极少露面,每次远游返乡,无非是悄悄回趟泥瓶巷祖宅,上坟,然后就会去往落魄山,不然就是去骑龙巷的两间铺子查账,在槐黄县城几乎不作停留。

而曹耕心的路线就一个准则:哪里有酒往哪里凑。何况曹耕心的身份也不合适与陈平安有什么交集。

曹枰一手从棋罐中拈起棋子,一手按住腰带。曹耕心见机不妙,立即说道:"不过我跟刘大剑仙是极投缘的好朋友,而他又是陈平安最要好的朋友,所以这位年轻隐官的大致性情我还是了解的。陈平安在少年时做事情就稳重得不像话,但是他……从不害人。要说合伙做买卖的对象,陈平安肯定是最佳人选了,二叔独具慧眼,没话说!"

见二叔好像还是不太满意,曹耕心只得绞尽脑汁想出个说法:"律己带秋气,处事有春风。"

"那就是既能上山,也能下山了。"曹枰这才点点头,"寒门贵子才高权重,处世平和行事稳当,定从福慧双修得来。"

袁府。

离开客栈的元婴境剑修袁化境难得返回家族,找到了前不久刚刚回京述职的袁正定,双方对坐饮茶。

他们被视为百年之内上柱国袁氏最为出类拔萃的两个，只不过年龄悬殊，所幸只差了一个辈分。

单看容貌，人至中年的袁正定其实比袁化境还要老成几分。

担任龙州一郡郡守的袁正定与担任窑务督造官多年的曹耕心一直被京城官场老人拿来对比，再加上关翳然和刘洵美，四人年龄、家境相仿，而且如今混得都很好，其中刘洵美很快就会跟随曹枰去往蛮荒战场。

相对来说，曹耕心是最为异类的一个，典型的京城公子哥，少小风流惯。当然，更是打小就出了名的莺儿坯，意迟巷和篦儿街的那些"腥风血雨"，至少一半功劳都归于这家伙的煽风点火、从中牟利，所以袁正定一直对曹耕心没什么好感。

袁化境说道："正定，这次意外不大。"

那个黄庭国出身的龙州刺史魏礼其实现在也在京城，不过相信他很快就会离京，去大骊陪都担任礼部侍郎，那么空缺出来的龙州刺史一职，就成了各方势力争夺的香饽饽。

官场上，也有一些个类似兵家必争之地的要津官位。何况如果能够官居一州刺史，对于文官来说，就是名副其实的封疆大吏了。

袁正定点点头，疑惑问道："受伤了？"

袁化境笑道："你不用管这些，安心当你的官。"

然后以心声说道："宋睦的渡船都到了京畿之地，好像临时改变了主意，没有入京。"

这就是袁化境作为地支一脉修士的独有优势了，可以知晓很多上柱国姓氏子弟都绝不敢掺和的隐蔽事务。

宋睦身边，四海水君之一稚圭是飞升境，马苦玄来自真武山。

包括正阳山、云霞山、老龙城符家在内，这些山上仙家一向与那座藩邸关系亲近，何况还要再加上那几支大骊铁骑以及大骊陪都六部衙门的那些青壮官员。

袁正定神色淡然道："不认天子，只认藩王，这是国之大患。"

袁化境笑道："那还不至于。"

袁正定说道："我准备与陛下建言，迁都南部。"

袁化境不置可否。

袁正定问道："清风城许氏那边如何了？"

清风城许氏曾以家族嫡女与袁氏庶子联姻。

袁化境笑道："还能如何，元气大伤。"

惹上那个家伙，已经算很幸运了。

人云亦云楼所在的小巷里来了个赵府的管事，说是让赵端明回家一趟。

刘袈提醒道："快去快回。别忘了那几幅字，多给多拿，我不嫌多。"

赵端明点头道："妥妥的。"

大骊上柱国姓氏当中，袁、曹、关是毋庸置疑的第一档，然后是出了一位皇后娘娘的余家和管着一国马政的天水赵氏，之后才是扶风丘氏、鄱阳马氏、紫照晏家等，相互间差距都不大，各有各的官场山头和脉络。

先前刘袈帮陈平安跟天水赵氏的家主要了一幅赵氏家训，按照约定，不提陈平安，刘袈只说是自己想要。

虽说管着大骊诸多马场的天水赵氏被笑称为"马粪赵"，可是大骊官场所谓的馆阁体其实就是赵体了。像鸿胪寺官员苟趣的那块序班官牌，还有通行一国大小官衙的戒石铭，都出自赵氏家主的手笔。

刘袈在赵氏家主那边一向架子不小，偶尔对饮，对着那个享誉大骊的二品重臣都是一口一个"小赵"的。

赵端明跟着管事回到家中，瞧见了身体抱恙就在家养病的爷爷。但在赵端明这个练气士看来，爷爷明明身子骨很硬朗，哪有半点感染风寒的样子？

老人站在小院台阶上，弯腰摸了摸少年的脑袋，满是遗憾道："最近没被雷劈啦？"

赵端明翻了个白眼。

老人带着赵端明散步去往花园，自言自语一番，说桐叶洲是一部怒其不争的哀书，扶摇洲是一部充满血性的怒书。至于宝瓶洲，则是一部让敌我双方都看不懂的……天书。

赵端明等到爷爷不继续抖搂学问了，这才问道："爷爷，那一箩筐字画准备好了吗？师父着急要。"

"怎么就变成一箩筐了？"老人笑道，"正主都不急，你师父急个什么？"

赵端明闭嘴不言。自己江湖老到得很，岂会走漏风声。

老人没来由感慨道："要与有肝胆人共事，需从无字句处读书。"

赵端明点头道："爷爷，这句话很好啊，也得写幅字，我一起带走。"

老人看着朝气蓬勃的少年，笑了起来。

对于一位迟暮老人而言，每次入睡，都不知道是不是一场告别。

大概正因为如此，老人一般都睡得浅。

每天清晨的阳光就像一只金鹿，轻轻踩着酣睡者的额头。

皇后余勉突然出宫省亲，没有兴师动众，只让宋续和余瑜护送。

大骊宋氏在这种事上极为宽松，礼部从来都是睁一只眼闭一只眼，绝无半点非议。

余瑜年纪不大,辈分却不低,皇后娘娘见了都要喊她一声"小姨"。

上柱国余氏在官场上名声不显,只是管着地方上的官营丝绸、茶务。

"哈哈,陈剑仙当时给了宋续一句很高的评价。"余瑜笑得不行,好不容易才忍住,模仿那位陈剑仙的神态和口气,伸手指了指宋续,自顾自点头,"不到二十岁的金丹剑修,后生可畏。"

余勉微微一笑,宋续置若罔闻。

一家生意冷清的仙家客栈里,改艳、苦手和苟存几个正在闲聊。后觉当下已经返回译经局,葛岭好像也被喊去了道正院。

改艳突然打了个激灵,脸色微白。

苟存转头问道:"咋了?"

苦手开始苦笑。改艳为何如此,自己感同身受。

那场厮杀中,白衣人只说了"花开"二字,同僚陆翚就被数十把长剑钉入身躯,貌若刺猬。之后改艳又被无数道剑光切割成碎片。

用那个"人"的说法,这一手剑术是自创,名为片月,这如何让劫后余生之人不心有余悸?

大骊崇虚局下辖的京师道正院内,包括葛岭在内,谱牒、词讼、青词、掌印、地理、清规六司道录都到场了。

在场的还有一个习惯性眯眼、面带笑意的中年道士,倒不是什么笑面虎,而是因为年轻时喜欢挑灯读书,经常通宵达旦,伤了眼睛。如今虽说恢复了眼力,但是习惯难改。他来自宝瓶洲东南境的青鸾国,是名不见经传的小道观出身,如今却是崇虚局的领袖道士。

鸿胪寺的年轻官员荀趣近期多出了一桩秘密差事,就是负责搜集朝廷各大衙门的邸报。他官品不高,只是从九品,不过因为是科举进士的清流出身,在鸿胪寺颇得器重,故而在"序班"本职之外,还得以暂领京寺务司及提点所官务。这可就不是一般的官场历练了,明摆着是要高升的。

鸿胪寺卿私底下与荀趣问了一句那位陈先生的学问如何,荀趣当然不敢胡说,只能说暂时与陈先生接触不多。

落魄山。

崔东山盘腿而坐,院内是一幅桐叶洲北部的山水堪舆图。

陈灵均坐在一旁的小板凳上,正抬起手肘为崔老哥揉肩。

他几乎没有看过崔东山这么认真的脸色和眼神,自从那个姓郑的来了又走,大白鹅就是这副德行了。

难不成喜欢穿成大白鹅模样的读书人都是这般?问题是那个姓郑不知道叫啥的家伙走路的时候也不左摇右晃啊。

陈灵均想起一事,问道:"崔老哥,你知不知道啥是洛阳木客?"

崔东山随口道:"是一拨避世的山中野民,自古就习惯以物易物,不喜欢双手沾钱,不过在浩然山上名声不显。宝瓶洲包袱斋的幕后主人其实就是洛阳木客出身,不过哪怕这拨人出身相同,只要下了山,相互间也不太走动往来。"

陈灵均又问道:"那你认不认识一个叫秦不疑的女子?"

崔东山心不在焉,摇摇头:"没听说过。"

陈灵均补充道:"她自称是中土朣胧郡人氏。"

崔东山想了想,问道:"她有无悬佩一把白杨木柄刀?"

陈灵均大吃一惊:"还真有!"他娘的,莫不是又碰到极其扎手的硬钉子了?

崔东山始终直愣愣地看着那幅仙气缥缈的地图,说道:"那就对了。秀色如琼花,手执白杨刃,杀人都市中。她跟白也是一个地方的人,也是差不多的岁数,名气很大的。她在闹市手刃仇家之时既没有习武也没有修行,包括白也在内的不少文豪都为她写过诗篇。不过听说她很快就销声匿迹,看来是入山修道了,很适合她。有山上传闻,竹海洞天那个少女纯青的拳法武技就是青神山夫人请此人代为传授的。"

陈灵均抬起手,擦了擦额头上的汗水,怯生生道:"可我在骑龙巷瞧着她最多就是元婴境的修为啊。"

既然那个秦不疑跟浩然最得意是一个辈分的修道之人,那么肯定就不是什么元婴修士了。

崔东山说道:"不用担心,她既然是跟着陈真容来的,就没什么恶意。"

宝瓶洲曾经一直不受待见,大骊宋长镜的止境、风雪庙魏晋四十岁的玉璞境都被视为"破天荒"的稀罕事,如今倒是有越来越多的别洲奇人异士主动造访宝瓶洲了。

陈灵均气呼呼道:"那家伙既然是白忙的徒弟,那我好歹是他师伯辈分的长辈,下次再见着了那个姓郑的,看我不泼他一大桶墨水,怎么都要帮你出口恶气!"

这就是陈灵均硬着头皮撂狠话了。没法子,崔东山一直这么个模样,陈灵均其实瞧着挺不是个滋味的。

崔东山原本想要提醒陈灵均说话谨慎点,尤其是涉及那个"姓郑的",只是再一想,好像提醒谁都不用提醒身边这家伙。浩然仙槎、蛮荒桃亭,要比拼丰功伟绩,估计已经输给这位陈大爷了。

崔东山似乎心情好转，突然一把勒住陈灵均的脖子，笑嘻嘻道："先生怎么收了你这么个天纵奇才？"

　　"眼光，是老爷的眼光。福气，是我的福气。"

　　陈灵均朝周米粒挤眉弄眼，周米粒立即抬起双手朝他竖起两根大拇指：景清景清嘛。

　　山君魏檗走了进来，陈灵均一个摇头晃脑也没能挣脱开大白鹅的胳膊，气势一下就弱了，哈哈笑着挥手道："哟，这不是魏兄嘛，稀客稀客。"

　　魏檗懒得搭理他，手持一纸公文，笑道："好消息，大骊朝廷对跨洲渡船风鸢在宝瓶洲的陆地航线并无异议，但是给出了几点注意事项。"

　　原来崔东山已经设计好了一条完整路线，从俱芦洲中部大源王朝的仙家渡口到桐叶洲最南端的驱山渡。

　　既然自己要当下宗的宗主，就不能再像以前那么懒散了，比如还得开始收徒。那就勉为其难，将那个谢谢收为不记名弟子。九个剑仙坯子当中，也有合适的人选。

　　其实这些事情比崔东山预期的要早，至少早了一甲子光阴。而且崔东山的真正谋划要比桐叶洲更远一些，在五彩天下。

　　崔东山起身跟魏檗边走边聊，一起走到了竹楼附近的山崖畔。

　　魏檗告辞离去后，崔东山推开先生位于竹楼一楼的房间门，这里既是书房，又是住处。

　　屋内悬挂有一副先生极为钟情的蓝底金字云蝠纹对联：

　　山外风雨三尺剑，有事提剑下山去。

　　云中花鸟一屋书，无忧翻书圣贤来。

　　崔东山仰头看着对联，很快就走出屋子，关上门后，双手抱住后脑勺，在青砖上蹦跳，而后落定在最后那块青砖上。

　　白衣少年微笑道："动我心弦者，明月，美人，落雪，剑光。"

　　这场美其名曰接风洗尘的私人酒宴设在一处花圃内，四周花团锦簇，芳香扑鼻，沁人心脾。

　　一张白玉质地的小圆桌上除了那只扎眼的木盒，还有一壶酒和两双青竹筷子，些许点缀的廉价糕点充当佐酒菜。

　　南簪与陈平安相对而坐，看得直皱眉头：怎么，一个小镇陋巷的泥腿子当了山上人，就这么喜欢故弄玄虚了？

　　陆氏老祖坐在两人之间，至于小陌，哪怕还有空位，他也选择站在陈平安身后，双手叠放在腹部，面带微笑。

陈平安从袖中拈出一张寻常材质的挑灯符放在食盒上，挑灯符开始缓缓燃烧，提醒大骊太后装哑巴的时间有限。

南簪一挑眉头，眯起那双桃花眸子：骤然富贵，忘乎所以，在那人云亦云楼抖搂威风也就罢了，毕竟是崔国师的治学之地。可是一个大骊本土修士，整个山头的谱牒修士、纯粹武夫都需要在宋氏朝廷录档，竟敢在这大骊皇宫内依旧如此咄咄逼人？

她刚打算以心声与陆氏老祖言语几句，不料对方已经察觉到南簪的意图，立即摇头，以眼神示意她不要如此冒失。一旦被对方认定你南簪给出答案了，双方还谈个什么？

陈平安这个年轻人实在太擅长示敌以弱了，就像现在，瞧着就只是个金丹境练气士和远游境武夫，骗鬼呢？而且先前的十四境气象太过邪门，来路不正。所以如果南簪与自己以心声言语，极有可能会被偷听了去。

陈平安双手笼袖，竟然开始闭目养神。

陆氏老祖微笑道："自我介绍一下，姓陆名尾，附骥尾而行的尾。我与陆绛和陆抬皆出身陆氏宗房。如陈山主在来时路上所说，陆某确实在骊珠洞天修道多年，犹胜早年在家族的修道岁月，所以你我能算半个同乡。"

南簪略微心定几分。这个陆氏老祖的存在，既是一种来自那个庞然大物家族的威慑，让她必须先是陆氏宗房的陆绛，才是大骊豫章郡的南簪，陆尾也是她如今的主心骨和靠山。

虽说陆尾并非中土陆氏家主，可是一位只差半步就可以跻身飞升境的阴阳家大修士，修为、杀力其实不在攻伐法宝、术法神通，而是占尽先手。

如果可以自己选择的话，南簪当然不想与陆氏有半点牵连，当一个牵线傀儡，生死不由己。她希望自己就只是豫章郡南氏的嫡女，有些修道资质，嫁一个好男人，生了两个好儿子。一天一天地，好不容易媳妇熬成婆，总算熬到那只绣虎消失，熬到两个儿子一个成了皇帝，一个成了藩王，她也顺势从低眉顺眼的大骊皇后变成了可以颁布懿旨的太后，能够一定程度上干预大骊朝政，而不是像那个天生狐媚的儿媳妇，所谓的皇后身份，不过就是跟一些诰命夫人聊些家长里短。

陈平安睁眼问道："大骊地支一脉的修士陆翚也是你们中土陆氏承宗的嫡出子弟？"

陆尾微微一笑。不愧是白手起家的一宗之主，心念如飞雀翻跹，习惯性想常人所不能想。

一般人即便知晓了这位陈山主的发迹之路，兴许更多关注他的那些仙家机缘，但陆尾对骊珠洞天的风土习俗、大小内幕实在太过熟悉了，深知一个无依无靠无根脚的陋巷孤儿能够走到今天这一步何其不易。

陆尾今天就是来当和事佬的,所以没有任何隐瞒,摇头道:"陆翚那孩子只是旁宗庶出,跟太后娘娘还不太一样,至今不知道自己的出身。"

陈平安说道:"如果我是那个临渊结网的捕鱼人,可能就要每天背诵'天网恢恢,疏而不漏'这句老话了。"

陆尾点头道:"金玉良言,深以为然。"

先前驾车护送南簪去小巷找陈平安的老车夫,重点押注对象正是后来去往真武山修行的杏花巷马苦玄。而那个封家婆姨,虽与老车夫都是远古神灵出身,却没什么立场可言,谁都不得罪,广结善缘。

陆尾与那位至今还不曾在陈平安面前现身的扶龙士则一同押注当时还只是卢氏附庸的大骊宋氏,而陆尾在骊珠洞天蛰伏期间最得意的一记手笔,不是在幕后帮大骊宋氏先帝谋划旧五岳的选址,而是更早之前,亲手栽培起了两个骊珠洞天的年轻人,为他们传授学问,后来这两人就成了大骊宋氏历史上最为著名的中兴之臣。

曹沆、袁濚,一文一武,国之砥柱,帮助大骊度过了最为险峻的忧患岁月,使得大骊免去被卢氏王朝彻底吞并的下场。不过为了隐藏痕迹,陆尾当时请封姨出手,由她将两人送出骊珠洞天。然后一洲门户皆张贴袁、曹二门神,让陆尾分润极多的山水气运,大道神益极大,终于有了一丝仙人境瓶颈松动的迹象。

之前在火神庙,封姨打趣老车夫,说实在不行,为求自保,不如将某人的根脚抖搂出来,就是说的陆尾。

老车夫还算硬气,不愿在陈平安这个曾经正眼都不看的泥腿子面前跌份,并没有这么做。更大原因,还是老车夫一直认为所谓的山上四大难缠鬼加在一起都比不过一个算卦的。

见两人聊得和和气气,南簪开始有些惴惴不安:自己该不会被陆氏老祖当作一枚弃子了吧,还是会作为一笔交易的筹码?

陆尾突然视线偏移,望向陈平安身后那个古怪扈从,笑问道:"陈山主,这位化名陌生的道友似乎不是我们浩然本土人氏吧?"

一个连他都看不出大道渊源、修为深浅的练气士,至少是仙人境起步。

方才在领路期间,陆尾悄然演化推衍一番,可惜一团乱麻,无迹可寻。他也不敢过多推演计算,担心打草惊蛇,为自己惹来不必要的麻烦。只是冥冥之中,他总觉得这个来历不明的陌生在那张温良恭俭让的笑脸之后,藏着极大的杀机。

陈平安介绍道:"陆老前辈在山上德高望重,修道岁月又摆在那里,喊他小陌就可以了,僧不言名道不言寿,各有讲究。至于小陌出身何处,修道何处,小陌这样漂泊不定的山泽野修,不谈师承。"

陆尾一笑置之。他只能凭借对方身上的一丝蛮荒气息做些无甚用处的猜测,要么是剑气长城某位隐匿在蛮荒腹地多年的老剑仙,在蛮荒天下浸染了太多异乡气运,要么干脆就是一位主动与剑气长城投诚的……妖族修士!类似那个老聋儿。

而浩然天下飞升、仙人两境的妖族大修士在山巅几乎人尽皆知,比如道号幽明的铁树山郭藕汀,还有白帝城郑居中的师弟柳道醇,不过好像如今已经改名柳赤诚了。陆尾不觉得任何一个符合眼前这个"陌生"的形象。须知陆尾是世间最顶尖的望气士之一,寻常仙人所谓的山水障眼法,在陆尾眼中根本不起丝毫作用。

陈平安既然担任末代隐官多年,于公于私,身边确实应该有这么一位剑术高妙的扈从,用以替死活命。

"日月共照,皆是同道。"小陌笑容和煦,嗓音温醇,用最地道的中土神洲大雅言说道,"所以陆老先生不必分出个本土外乡,只需要把我当修行路上的晚辈看待。"

陆尾望向陈平安,没来由感慨道:"圣贤者,天地之替身。"

他自顾自举起酒杯,一口饮尽:"豪杰者,星宿之显化。"

陈平安置若罔闻,只是瞥了眼那张缓缓燃烧的挑灯符,突然又从袖中拈出一支山香,是前不久从蔡金简处买来的云霞香。

他在石桌上轻轻一磕,如在香炉内立起一炷香火,更像是……在给这个近在咫尺的陆尾上坟敬香。他是在提醒这位在骊珠洞天蛰伏多年的陆老前辈:你与你所谓的"半个同乡"的香火情就这么多。接下来,不管你是准备动之以情晓之以理,还是一本正经地胡说八道,搬弄某些玄之又玄的命理,反正就只有一炷香的光阴,时间一到,就别再让我看见你这张脸了,不然就等同于一场问剑。

陆尾神色自若,不以为意。老神仙的养气功夫,不可谓不深厚。

南簪倒是恼得俏脸微微涨红,瞪圆一双眸子,好像骂人的言语已经跑到嘴边,差点就要脱口而出了。实则她内心有几分窃喜:若是能够将整个中土陆氏都拉下水,她还真不信这个陈山主还敢意气用事。

在她看来,世间既得利益者都一定会拼死守护自己手中的既得利益,这是一个再简单不过的浅显道理。所有的护身符同时都是枷锁,陈平安的身份和头衔越多,按照常理,就越不敢轻易与谁鱼死网破。

陆尾说道:"陆氏家族实在太大了,枝叶茂盛,不说宗房跟其余几房的大道有别,利益纠纷,只说我们宗房内部也是分歧不断,故而外界才会说陆氏的家族祠堂议事肯定最让人心力交瘁。"

陆尾的前半句确实不算什么大言不惭,后半句也不是违心之语。中土陆氏的一姓家学就占据阴阳家的半壁江山,鼎盛之时拥有一飞升三仙人。如果不是因为有个神龙见首不见尾的邹子,陆氏在浩然天下的地位还要更高。

邹子言天,陆氏说地。举个例子,就是往前两百年的宝瓶洲,风雷园李抟景一人力压正阳山诸峰剑修。

日月星宿牵引天时，山川带动地气，天地阴阳交泰，两气氤氲，万物滋生其中。上天垂象，圣人择之，堪即天道，舆乃地道，故而堪舆学即人间头一等的天地之学。天地两气，乘风而散界水而止，是谓风水，故而风水一途又是地学之最。

事实上，陆氏的堪舆家和望气士仰观天象和藏风聚水的本事半点不低。何况陆氏还有个极为隐蔽的职责：辅佐酆都，使人处阳明，令鬼处幽暗，最终幽明异路，双方各不相犯。

陆尾的脸上略带几分遗憾神色："所以很多事情，在外人看来，我们陆氏做得很莫名其妙，经常自相矛盾。比如在大骊先帝这件事上，在我看来，当年那位旁支出身的陆氏子弟就操之过急了，而此人在石拱桥改建廊桥一事上更是有违天道，悖逆人伦。"

当初那个来自中土神洲的阴阳家修士表面上是与游侠许弱所在的墨家分支一脉一同帮助大骊王朝仿造白玉京，等到事情败露，那个阴阳家修士试图远遁，被宋长镜击杀在京城内。

陈平安笑道："好像缺了个'事已至此'？瓜熟蒂落，总要装入篮子，不然就烂在地里？所以那个人是自作主张在造孽，你们是在收拾烂摊子，到底还是将功补过，是这个理，对吧？这种撇清关系的路数，我学到了。"

他伸手出袖，将一根青竹筷子轻轻滑向桌沿，使之稍稍悬空，才冷笑道："当时做来都是错，事后再看总有理。你们中土陆氏这么擅长择菜，怎么不去当个厨子？"

陆尾瞥了眼那根筷子，眼皮子微颤。

刹那之间，只是这么个动作，就让他心弦紧绷起来，这绝不是一个玉璞境剑修的气象。

问题在于，按照那封家族密信的说法，陈平安已经归还了那身十四境道法，而且远游返回城头后，似乎受伤不轻。

陆尾叹了口气："本命瓷一事，陆绛可以再退让一步，只要陈山主答应一件小事，南簪就会交出碎片，物归原主。"

陈平安面无表情，先看了眼南簪，再斜眼陆尾，语气淡漠道："听口气，你今天是打算大包大揽了？"

中土陆氏打的什么算盘，陈平安一清二楚，先前在京城就已经洞若观火。

别忘了陈平安是跟谁借来的一身道法，头上戴的可是陆沉的那顶莲花冠。

就凭你陆尾，也想与邹子有样学样？

陈平安摇摇头："揽事一肩挑，你陆尾挑得起吗？吃不了兜着走，你们中土陆氏兜得住？"

陆尾修身养性的功夫再好，听到这里，脸色也有几分不自然。

主要是这句话挑起了陆尾这辈子最大的心病之一：他曾在骊珠洞天被一个读书人

逼得求死不得。

陆尾显然还不愿死心:"不管是大骊王朝还是宝瓶洲,陆某终究是个外人,陈山主却不然。真要因为一件原本可以相互得利的小事,一场全无必要的意气之争,闹得大动干戈,兵戎四起,山河崩裂,生灵涂炭?况且如今两座天下的战事一触即发,大骊形势一变,宝瓶洲就会跟着变,牵一发而动全身。物有物相,人有人言,我们陆氏有《地镜》一篇,言春陷有大水,鱼行人道,秋陷有兵起国分,人行鸟道,后果不堪设想。难道陈山主想要让已无外患的宝瓶洲变成第二个桐叶洲?"

"为宝瓶洲力挽天倾者,是陈山主的两位师兄。"死死盯住眼前这个年轻人,陆尾沉声道,"为剑气长城续香火者,是末代隐官陈平安!"

他最后自顾自摇头:"大好局面,何必功亏一篑;大好前程,何必毁于旦夕。"

陈平安问道:"看架势,你好像已经以大骊新任国师自居了。"

陆尾哑然失笑:"不敢。"

陈平安笑道:"我答应了吗?"

陆尾无言以对,有些恍惚。眼前这个年纪轻轻的青衫客就像同时有两个人的形象重叠在一起。

小陌立即附和:"陆老仙人不曾问过此事,公子也不曾答应。"

陈平安身体稍稍前倾几分,竟是伸出双指,将那炷立在桌上的山香直接掐灭了,故而一瞬间便有一道青色剑光直落。

南簪近乎本能地闭上眼睛,等她再睁开眼,就看到陆尾的位置上有一张被斩成两半的金色符箓飘然落地。与此同时,桌上已经不见了那根青竹筷子。

陈平安没有半点意外。

这是中土陆氏首创的大符之一,名为真相符,又名斩尸符,比山上符箓一道的傀儡符、替死符都要高明一筹,因为修士祭出此符,几乎与真身无异,可以只跌一境。

不过有两个限制,一个是符箓数量不会同时超过三张,再就是修士真身与符箓的距离不会太远,以陆尾的仙人境修为,远不到哪里去。

小陌一手负后,一手轻轻抖腕,以剑气凝聚出一把雪亮长剑,环顾四周之时,忍不住由衷赞叹道:"公子此剑已脱剑术窠臼,几近道矣。"

这是他的真心话,一切能够打破境界限制的术,就近道。

"小陌,将陆尾的真身找出来。"

陈平安一招手,将那一分为二的符箓抓在手中。果然是以金精铜钱熔化炼制而成的符箓,仿自上古神灵的某种本命神通。

小陌点点头,手腕一拧,长剑化作千万雪白丝线转瞬即逝,就像在整座大骊京城铺出一张无形大网。

陈平安将两半符箓合拢放在桌上，趁着符胆灵气尚未消失殆尽，低头端详，不忘提醒那位大骊太后："喝酒可以壮胆。"

大骊京城四处先后亮起一道符箓光彩，向四个方向远遁而去。

貌似是一真身三符箓，现身顺序有先后，逃遁速度也各有快慢，都是障眼法。

小陌却是都未理睬，反而蹲下身，弯曲手指，叩击地面，笑道："出来。"

他五指如钩，一个猛然提拽，就掐住陆尾真身的脖子，将其拎出地面。

这些神神道道的阴阳家练气士打架的本事委实是太不济了，心弦声响之大，落在小陌耳中，就跟打雷差不多。关键是这厮还好死不死用上了遁地之法，闹着玩呢？不然恐怕还要稍稍花费几个眨眼工夫才能找出。

小陌提着陆尾缓缓而行，走到后者原先位置上才轻轻放下，双手按住陆尾的肩头埋怨道："我家公子没让前辈走，前辈就不要自作主张了，下不为例。"

再双指并拢，轻轻旋转，那四张早已远遁数千里的符箓就像被一线牵引，悉数掠回手中。

小陌看了眼陈平安，陈平安任由桌上那张符箓自行消散，抬起头，笑着摇头："无亲无故，又不是逢年过节的，礼物就算了。"

小陌就只得弯腰提起陆尾的一只袖子，随手将那四张符箓丢了进去。

如果公子不在场，他会让陆尾全部吃回去。

陆尾板着脸说道："撑死了就是陆氏祠堂一盏续命灯的事情，从今往后，希望陈山主好自为之。"

其实这位陆氏老祖的人身小天地之内，正有千万缕剑气肆虐其中。

南簪额头渗出细密汗水。

陈平安笑了笑，左手拿过仅剩的一根筷子，右手五指轻轻抵住桌面下方，猛然托起，桌面在空中翻转，再伸手按住。食盒糕点摔了一地，酒壶破碎，酒水洒了一地。

陈平安这个"掀桌子"的举动吓了南簪一大跳，这会儿，她的花容失色再不是作伪了。

陈平安问道："山河破碎？你们两个，是不是太高估自己了？"

望向对面那个终于不再演戏的大骊太后，陈平安说道："其实你半点不难熬，真正难熬的，是你那两个互换姓名的儿子。"

视线偏移，盯着陆尾，陈平安问道："真的想死一次？再好好考虑一下，不过等下开口的时候，记得好好说话。"

南簪默然。陆尾亦是。

关于今天这场酒宴，他们有过一场缜密的推演，罗列出了一大串名单。

巡狩使曹枰，关翳然，刘洵美，袁化境，余勉，余瑜。

刘袈，赵端明，天水赵氏。

大骊军方可能不认什么文圣一脉的关门弟子，什么落魄山的剑仙山主，但是认那个"隐官"头衔，因为双方都是从死人堆里爬出来的。

还有一个更简单的道理：没有剑气长城的阻滞和拖延，大骊铁骑就会死更多人。就算砍尽豫章郡大木来做棺木，也根本不够用。

再加上先前陈平安刚到京城那会儿曾经出城引领战场英灵返乡，大骊礼部和刑部哪怕嘴上不说什么，心里都有一杆秤。

何况还有那个与落魄山好到穿一条裤子的北岳山君魏檗、南岳山君范峻茂和老龙城孙家。

钦天监的袁天风其实用自己的方式表过态了，而那个老谋深算的鸿胪寺卿与吏部的关老爷子是至交好友，两人都曾是大骊旧山崖书院的求学士子。

皇城大门那边负责拦路的值班房武官出身上柱国鄱阳马氏，虽然不是什么大人物，但是他对那个年轻剑仙的态度，很大程度上就是鄱阳马氏看待落魄山的态度。

地支一脉的女阵师韩昼锦虽然来自神诰宗辖下的清潭福地，但幕后靠山却是紫照晏家。大骊京城崇虚局的那个中年道士来自青鸾国白云观，还有陪都礼部尚书柳清风，韦谅，书简湖真境宗的刘老成、刘志茂、李芙蕖，风雪庙，风雷园……

其实还有数量更多的庙堂人物、山上仙师、沙场武将被这张从落魄山上蔓延开来的"大网"裹挟其中。如果再加上别洲，加上中土文庙，加上五彩天下的飞升城……那么棋盘之大，棋子之多，就只会更加夸张。

其实陆尾和南簪眼前的这张桌子就是一副将整个大骊宋氏涵盖其中的棋局，下棋之人，青衫坐隐。

南簪在这一刻莫名其妙有一种错觉，对面那个年轻人好像在说："从今天起，我就是大骊国师了。"

第十章 眼神

陈平安双指拈动手中的那根青竹筷子："怎么说？"

陆尾说道："能活就活。"

寄人篱下，不得不低头，此刻形势不由人，说软话没有用处，撂狠话一样毫无意义。

就像陆尾之前所说，山高水长，希望这位行事跋扈的年轻隐官好自为之。天地四时交替，风水轮流转，总有重新算账的机会。

陆尾似乎有了决断，犹有闲心瞥了眼那根仅剩的青竹筷子。

陈平安之前以一根筷子做剑，直接劈开斩尸符。这等剑术，如此杀力，只能是一位仙人境剑修，不做第二想。

关键是这一剑太过玄妙，剑道轨迹就像一小段绝对笔直的线条。一剑递出，剑光直落，无视光阴长河的流淌，无视天地灵气的聚散，这就是传说中的术近乎道。而天底下最直道而行的神灵"神通"，就是比万千术法更早雨落人间的剑术。

"不承想陆老前辈如此硬气，陆氏门风终于让我高看一眼了。"陈平安道，"能活就活？那么我是不是可以理解为……一死亦可？"

陆尾嗤笑一声。让我摇尾乞怜？休想。

对于剑法，陆尾还真所知甚多。所谓的"不是剑修，不可妄言剑术"，当然是年轻隐官拿话恶心人，故意小觑了这位陆氏老祖。其实关于人间剑道和天下术法的渊源，中土陆氏不敢说已经掌握十之八九，但比起山上顶尖宗门，确实知晓更多。

别看陆尾这会儿的神色瞧着镇定自若，其实心湖的惊涛骇浪只会比南簪多。

难道家族那封密信上的谍报有误，其实陈平安尚未归还境界，或者说与陆掌教悄悄做了买卖，保留了一部分白玉京道法，以备不时之需，比如今天这局面？

这个陆老祖哟，以他的通天道法，难道算不到今天这场灾殃吗？斩断红尘线、跳出三界外，故而额外吝啬祖荫，不愿与中土陆氏有任何瓜葛牵连？只是你陆沉不照拂陆氏子弟也就罢了，何至于如此坑害自己？

按照陆氏家谱上边的辈分，陆尾得称呼白玉京三掌教一声"叔祖"。

陆尾心思急转。

或者说，是这位"剑主"已经掌握了数条剑术大道？问题在于陆氏家族的占星台并无关于此事的任何记载。

在这件比天大的事情上，陆氏家主和那几位观测星象的观天者，以及那拨负责查缺补漏的岳渎祝史、天台司辰师，对自己这个离乡多年，即将回归家族的陆氏老祖绝对不敢，也不宜有任何隐瞒。因为陈平安只要在那个古老存在那里学习到一条剑道、一种剑术，就会有大道显化而生，引发天象异动，可能是某颗远古星辰的坠落，或是某段光阴长河的突兀干涸！

当年陈平安走上那座小镇廊桥之后，中土陆氏得知消息，立即就有了一番大动作，家主亲自领衔坐镇司天台，不惜耗费极大精力追踪此事，日复一日年复一年，不敢有丝毫懈怠。将那几拨专门负责勘验剑道走势的陆氏观天者这些年的闭关不出形容为"目不转睛"毫不夸张。

与陆尾同出宗房的陆抬当年为何会单独游历宝瓶洲，又为何会在桂花岛渡船之上恰好与陈平安相逢？就是陆氏百思不得其解一事：为何已经获得认可的"剑主"，一位新任"持剑者"，非但没有成为一位剑修，甚至没有学成任何一门剑术？所以才需要有人来到陈平安身边，就近观测此事。

至于陆抬自己，则一直被蒙在鼓里，最终狠狠摆了家族一道，在桐叶洲自作主张地泄露天机，差点将整个中土陆氏全部拽入无底深渊。

陆尾是事后才得知当年司天台因此出现了一口无止境的巨大古井，笼罩住所有观天者，暗无天日。

所幸这等古无记载、惊世骇俗的天地异象只是一闪而逝，快得就像从未出现过。但越是如此，阴阳家陆氏就越清楚其中的轻重利害。一着不慎，即是覆巢之凶象。

邹子可恨！可怕邹子！

陈平安说道："朋友的朋友未必是朋友，敌人的敌人却可能成为朋友。邹子算计过我，也算计你们，所以说我们在这件事上是有机会达成共识的。"

陆尾不露声色，内心却是悚然一惊。

陈平安神情闲适，手持一根竹筷，轻轻敲击已经翻转过来的桌面。

不愧是仙家材质，常年不见天日的桌子反面依旧没有丝毫劣迹。

"陆前辈不要多想，方才这个用来试探前辈道法深浅的拙劣剑招是我自创的，远未圆满。"

陈平安微笑道："你们中土陆氏未能依循天象征兆在我身上找到蛛丝马迹，绝对算不上什么失职，更不是我小小年纪就能够遮掩耳目，瞒天过海。要怪就怪当年小镇龙窑的勘验结果误导了陆老前辈，说不定我不是什么天生的地仙资质，要更高些，是你和大骊地师们都看走眼了。很简单的道理，一旦某个起始的一就错了，之后何来一百一千一万的正确，皆是'万一'才对吧？陆老前辈身为堪舆家的宗师，以为然否？"

除此之外，陈平安还有一门剑术取名片月。一极简一至繁，刚好是两个极端。

陈平安提起青竹筷子，笑问道："拿陆老前辈练练手，不会介意吧？反正不过是折损了一张真身符，又不是真身。"

可怜南簪作为今天设宴待客的东道主，贵为大骊太后，从头到尾一句话都没能插上，也不敢随便开口。

陈平安身边站着一个能够掌控心弦的小陌，可陆尾毕竟是一位仙人境巅峰的阴阳家大修士，所以小陌只能为自家公子提供一些关于陆尾心湖的关键词语，以及零碎片段的"心声"，例如陆氏观天者、星辰坠落、长河干涸、陆氏岳渎祝史、天台司辰师、邹子……

陆尾笑道："陈山主自然当得起'天资卓绝'一说。"

不是什么天生剑坯，却能在后天温养出两把品秩极高的本命飞剑，最终成为一位名副其实的剑修。

陆尾虽然不清楚为何那个存在没有传授身为"剑主"的陈平安任何剑术，但是绝对不信是什么大骊朝廷看走眼。本命瓷烧造一事，是三山九侯先生传下的秘法，勘验资质，绝无问题。

陈平安抬头看了眼天色，再稍稍转头，瞥了眼地上那张给大骊太后准备的挑灯符。此符要比那一炷云霞香的下场好不少，虽然坠地，还沾了些酒水，却依旧在缓缓燃烧。今天的这局酒宴，既像是南簪的保命符，又像是陆绛的催命符。

南簪顺着陈平安的视线瞅了眼地上的符箓，内心焦急万分，翻江倒海。

陈平安将那根筷子丢到桌上，刚好横在相对而坐的两人中间，将一张桌子对半分。

南簪知道陈平安这个动作的深意，是问她怕不怕大骊朝廷一分为二，陷入南北对峙的分裂格局。用心险恶至极！

不是说陈平安可以单凭一己之力就为曹枰在内的上柱国姓氏，为那些棋子做出决定，而是陈平安如今在大骊京城，一旦做出了某个立场鲜明的决定，那些棋盘上数量繁多、利益纠缠的棋子就会自行权衡利弊，审时度势，趋利避害，寻求利益，最终"趋同"，与陈平安的那个决定相互依附。一颗颗位居庙堂、山上要津的重要棋子，或继续袖手观望，或暗中推波助澜，或干脆亲身走上赌桌……

南簪只是凭借那串灵犀珠记起了之前数世记忆，并不完整，这自然是陆尾早就在这件山上至宝上动了手脚的缘故，免得陆绎在这一世成为大骊太后南簪，头发长见识短，自以为是，不顾大局地一个发狠，就痴心妄想与家族划清界限。中土陆氏当然不是没有手段让南簪回心转意，只是如此一来，白白消耗手段，对中土陆氏，对大骊王朝，都不是什么好事。无论是皇帝宋和，还是藩王宋睦，都极有可能会因此敌视中土陆氏。

陆尾说道："既然陈山主没有滥用剑术，说明双方还有商量的余地。"

已经重新站在公子身后的小陌听到这句话，忍不住伸手揉了揉自己的耳朵，只觉得开了眼界：好家伙，变着法子自寻死路，浩然天下的仙人境修士胆子就这么大吗？佩服佩服，要是当年自己有这种胆子，早就去找三教祖师干架了吧？

陈平安点头说道："也好，让我可以顺便知道陆氏祠堂里边的续命灯是不是比一般祖师堂的更高妙些，是否能够让一位仙人不跌境，仅仅是此生无望飞升而已。"

他抬起右手，掌心山河脉络当中凭空浮现出一枚六满印。

陈平安手托这枚古老的五雷法印："那就请你去跟某位外乡道友做个伴，巧了，两位都曾是仙人。"

托月山一役，印章四面总计三十六尊"闭目"神灵，皆已被身负十四境道法的陈平安"点睛"开天眼。

祭出法印，雷君电母、雨师风神在内，三十六神灵同时睁眼，各司其职，衬托得陈平安如那手握阴阳造化的上古得道之士，在掌心自成天地，天道循环。

陆尾脸色剧变，实在是由不得他故作镇静了。

点燃续命灯，彻底脱胎换骨，更换一副皮囊。他除了跌境外最怕一事，就是"死得不干不净"，魂魄被外人拘拿，脱困不得，落个类似"骨肉分离，天各一方"的尴尬境地。对于重塑肉身、魂魄的修道之人而言，一旦重新登山修道，却犹有"前世前身"的红尘纠缠，无异于雪上加霜。

可陈平安只是一位剑修，最多还有纯粹武夫的身份，如何精通雷法符箓，关键还学了一门极为上乘的拘魂拿魄之法？

以雷局锻造出来的炼狱，寻常练气士不知真正厉害所在，无知者无畏，深知内幕的阴阳家却是无比忌惮——雷局别称天牢！

更让陆尾心生悲愤，再转为凄凉心境的，还是那枚法印的天字款竟是以极其罕见的倒印法篆刻"令、敕、沉、陆"四字。不是符箓大家，绝不敢如此颠倒行事，故而定是自家老祖陆沉的手笔无疑了！

陆尾仍是不敢相信，一个修道岁月才半甲子的陈平安，就能够凭借自身符箓造诣倒刻符文，况且这枚法印的品秩如此之高，存世如此之悠久。如果不是确定眼前青衫男子的身份，陆尾都要误以为是龙虎山天师府的某位黄紫贵人了。

陈平安喊道："小陌。"

南簪赶紧转头，伸手挡住那些符篆崩碎开来的漫天符光。

所幸又是一张用以替死换命的斩尸符，只是陆尾真身依旧被小陌一只手牢牢按住。小陌双指并拢，轻轻拍了拍"陆尾"的肩头，再次将他敲成粉碎。

三张斩尸符都已经用掉，南簪一脸呆滞：这就算是谈崩了？自己还没开口说话呢。

既然陈平安都要与整个中土陆氏撕破脸了，一个陆绛能算什么？

陆尾好像心知必死，语气平淡："陈平安，你不要欺人太甚。要杀便杀，何必辱人？"

那个陌生故意没有去动自己的这副真身，而那个心机深沉的年轻人好像笃定自己要使用其余两张真相符，然后作壁上观，看戏？

小陌感慨道："天下学问，教人为难。既说人做人留一线，得饶人处且饶人，又教我们斩草除根不留后患，以免反受其害。"

接下来一幕，更让陆尾道心不稳。

青衫客掌心起雷局！雷法浩荡，道意精纯。

陆尾越发大惊失色，下意识后仰身体，结果被神出鬼没的小陌再次按住肩头。

小陌微笑道："既然心意已决，伸头是一刀，缩头也是一刀，躲个什么，显得不豪杰。"

陈平安冷不丁说了一番让南簪如坠云雾的言语："齐先生当初在骊珠洞天能让陆尾求死不得，我当然差远了，只能让你求死容易，觅活稍难。陆尾，以后你在家祠堂里点灯续命了，还需记得一事，以后不管在何地何时，只要见着了我，就乖乖绕路走，不然对视一眼，等同问剑。"

陆尾再无半点世外人的出尘气象，急匆匆说道："陈平安，有话好说，本命瓷一事，实不相瞒，我确实无法擅自定夺，但是我可以马上飞剑传信中土陆氏，恳请家主亲自回信，一定给你一个确切答复！"

陆尾当然不愿就此沦为一具魂魄分离的牵线傀儡。

只见那个年轻人双手笼袖，笑眯起眼，思量片刻，视线偏移："小陌啊，聊得好好的，又没让你动手，干吗与陆老前辈怄气？"

小陌立即点头道："是小陌冲动了。"

然后拍了拍陆尾的肩膀，像是在拂去灰尘："陆老前辈，别见怪啊，真要见怪，我也拦不住。只是切记，千千万万要藏好心事，我这个人心胸狭窄，不如公子多矣，所以只要被我发现一个眼神不对劲，一个脸色有煞气，我就打死你。"

陆尾身体紧绷，一个字都说不出口。南簪则恨不得把桌对面那张笑脸挠出花来。

陈平安身体前倾，左手重新拿回那根筷子，指了指一旁被小陌始终拘禁在原位的陆尾："只需要我做一件小事？你和中土陆氏的胃口可比南簪的大多了。"

筷子每一次轻轻晃动，都能让南簪道心震颤。

陆尾疑惑道："陈山主何出此言，是不是误会了？我连那桩小事是什么都没说。"

陈平安盯着陆尾，然后叹了口气，有些神色恍惚，自言自语道："果然还是把我当作一棵田间垄边的稗草啊。可我如今已经读过不少书，不再是那个连本拳谱都不会看的窑工学徒了。"

他手持筷子，站起身，开始绕着桌子缓缓散步，其间又瞥了眼桌子。

既是自己的棋局，又是陆氏某种试图以天象地理作为更大棋盘的隐晦手段。

说不定郑居中先前让自己不要选址桐叶洲，其实还有某种深意，甚至就是一种需要自己去刨根问底的暗示？谜题谜底之所在，就与阴阳家陆氏有关？

比如今天待客的南簪、陆尾两人，一男一女，就涉及阴阳两卦的对峙。那么与此同理，宝瓶洲的上宗落魄山与桐叶洲的未来下宗，自然而然就存在一种类似的山势牵引。

其实在陈平安看来，所谓的山水相依的最大格局，难道不正是九洲与四海？

没有任何征兆，小陌以双指割掉陆尾的头颅，同时以后者体内蛰伏的无数道剑气将其镇压，使其无法动用任何一件本命物。而刚刚闲庭信步绕桌一圈的陈平安则一个手腕翻转，驾驭雷局，将陆尾的魂魄拘押其中。

南簪咽了咽口水。

陈平安手托雷局继续散步，只是视线一直盯着那张桌面。小陌则将那颗头颅轻轻放回脖子上边，微微屈膝，左右张望一番，稍稍移了移头颅的位置——先前有点歪了。

陆尾暂时死不了，好歹是个仙人。

南簪脸色惨白，如丧考妣。

疯子，都是疯子。

南簪知道，真正的疯子不是眼神炙热、脸色狰狞的人，而是眼前这两个神色平静、心境古井无波的，话不多说，事没少做。

陈平安收回视线，低头端详掌心雷局中的仙人魂魄，微笑道："对不住，如此斩杀仙人，确实是晚辈胜之不武了。稍等片刻，我还需要再捋一捋思路，才能牵起个线头。"

归功于文庙功德林、人云亦云楼以及大骊钦天监三处的藏书，又因为陈平安早就对中土陆氏"仰慕已久"，涉及当年剑气长城的十三之争，以及被邹子拿来针对自己的陆抬和"刘材"，所以陈平安这些年对阴阳家和中土陆氏的暗中探询可以说是不知疲倦。

中土陆氏的一姓家学就几乎等同于阴阳学，完全可以将陆氏视为浩然天下一座最大的钦天监，海纳百川，藏书极丰。

就像宝瓶洲的云林姜氏，在从中土迁徙之前，祖上曾是上古时代的大祝，负责祭祀祈祷之事，着青衣朱裳、无冕旒之祭服，常驻祠内，专事鬼神，职掌天下读祝，祈福祥永贞,天人和同,常有大年。

中土陆氏的先祖在浩然历史上曾是文庙六官之一的太卜。如今山下王朝六部衙门的别称其实很大程度上就源于这上古文庙六官,而太卜其中一桩职责就是看管一部极有来头的经书。那部后世三教百家皆有所涉猎的群经之首并无任何禁止,读书人可能只需要花十几文钱就能买上一部。但是还有两部大经却是被束之高阁了,因为涉及太多具体、翔实的修行之法,前者如祖山、大岳,后者如两座储君之山。两部辅经的其中一部放在文庙功德林的麟台,另外一部的初刻本好像就藏于陆氏司天台一处名为芝兰署的秘境。不同于一般阴阳家五行相克的学说,传闻此书以艮卦开始,学问命理如山之连绵。先前陆尾亲口说陆氏有《地镜》一篇,估计就是来自这部大经的分支。

总之你陆尾所谓的那件小事,注定绕不开自己与落魄山的命理,甚至陆氏在桐叶洲北方地界早有谋划了,比如为自己安排好了一处看似上天垂象的形胜之地,却是陆氏用以勘察三元九运、六甲值符的某种山川坐标。

"我的人生轨迹如水长流,与我的山头不动,上下两宗遥遥对峙,双方共成经纬线?只不过你们中土陆氏的这场观道还需要一条脉络的起始点,就是你们希望我答应的那件小事?事情肯定不大,我相信,但是这件小事肯定会在未来岁月里牵扯出数量最多的伏线和引线。怎么,故伎重施,你们陆氏是把我当成那位大骊先帝了?陆尾,你自己说说看,该不该死?"

陆尾的"尸体"呆坐原地,全部魂魄在那雷局内如置身油锅,时刻承受那雷池天劫的煎熬,苦不堪言。

不是陈平安的言语戳中了这位陆氏老祖的心思,而是寥寥数语,像是帮着陆尾点破了天机。

弃子。原来自己比南簪好不到哪里去,皆是家主陆升眼中可有可无的弃子。

陈平安瞥了眼掌心牢笼内的陆尾魂魄,啧啧道:"竟然只是个被蒙在鼓里的可怜虫,有点让人失望了。"

合拢手掌,五雷汇聚。

如天地并拢,来自陆尾神魂的那种无声哀嚎让仿佛刺破耳膜的南簪抱住脑袋,她才发现痛苦的来源是自身道心的震颤和心湖的翻涌。

陈平安抬起头望向南簪,南簪满脸痛苦之色,艰难开口道:"我已经派人将本命瓷的碎片偷偷放回骊珠洞天了,连陆尾都不知晓……我当然要为自己谋一条退路,但是到底藏在哪里,你只管取走我手上的这串灵犀珠,一探究竟……"

按照南簪的小算盘,这个泥腿子跟陆尾谈妥了,她大不了让人从小镇取回本命瓷;谈不拢,比如陆尾准备将自己舍弃,那就怨不得自己独自跟陈平安做买卖了。你们陆氏真当大骊王朝是任人拿捏的软柿子了?我是南簪,出身豫章郡的大骊太后,不是什么陆绛。

陈平安用一种可怜的眼神望向南簪:"玩弄心计,凭你赢得过陆尾?想什么呢?那串灵犀珠已经彻底作废了,趁着陆尾不在场,你不信邪的话,大可试试看。"

南簪如遭雷击,立即低头,伸手捻动一颗颗灵犀珠。原本蕴藉灵彩的珠子好像失去了一层山水禁制障眼法,变得黯淡无光,呈现出一种枯死之象。

小陌悄悄收起那份剥削掉灵犀珠的剑意,疑惑道:"公子,不问问看藏在何处?"

陈平安以心声笑道:"我已经知道藏在哪里了,回头自己去取就是了。"

反正离自己的祖宅就几步路。

"看在这个答案还算满意的分上,我就给你提个建议。"陈平安提醒南簪,"陆绛是谁,我不清楚,但是大骊太后,豫章郡南簪,我是早早见过的,以后做事情,要谋而后动。大骊宋氏不可一日无君,但是太后嘛,却可以在长春宫修行,长长久久,为国祈福……听得懂吗?"

南簪神色木然,轻轻点头。

陈平安又道:"我信不过你的脑子,所以得多问一句,'大骊宋氏不可一日无君',你真听懂了?"

南簪还是点头。

一句话两种意思。第一,大骊宋氏皇帝宋和必须在位,否则一国群龙无首,就会朝野震荡。第二,宋和万一出现意外,就得马上有人继位,当天就换个皇帝。

陆尾的一粒心神芥子就像被强行塞入一副虚无缥缈的皮囊,见识到了一幅幅光阴画面:一处虚相的战场上,托月山大祖在内,十四只旧王座巅峰大妖一线排开,好像只有陆尾一人在与之对峙,使得陆尾一颗道心摇摇欲坠。在大地之上,旧王座大妖绯妃正在拖曳悬空大河。在一座大山之巅,有那名为元凶的巅峰大妖,身边站着河上姹女,有剑光像是朝陆尾笔直而来……

在陆尾道心将碎之际,终于来到了那条再熟悉不过的杏花巷,有个中年汉子摆了个贩卖糖葫芦的摊子。那汉子似笑非笑,似言非语,在与阴阳家陆氏老祖说一句话:"好久不见,废物陆尾。"

道心砰然崩碎,如坠地琉璃盏。

陆尾知道这明明是那年轻隐官的手笔,却依旧难以遏制自己的心神失守。

失魂落魄的那粒陆尾心神之后被牵扯来到一处"府邸"门口,没有关门,里边有个修士盘腿而坐,身前搁放有一张书桌,不知在写什么。

见着了陆尾,那人立即抬起头,满脸意外神色,还有几分激动,赶紧起身走到门口,却是一步都不敢跨出,只是用蛮荒天下的大雅言殷勤问道:"这位道友,来自蛮荒何处?"

陆尾精通蛮荒雅言，犹豫了一下，沙哑开口道："中土陆氏。你是？"

那人蓦然大笑起来："好好，好极了，同是天涯沦落人。"

有难同当，管你是来自家乡还是浩然，最好咱俩当个邻居，平时还有话聊。

陆尾眼前此"人"正是仙簪城副城主银鹿，之前被陈平安拘拿了一魂一魄。

仙簪城如今被山、水两张字符阻隔，作为蛮荒武库的瑶光福地也没了。此地银鹿羡慕死了那个好歹还有自由身的银鹿，从仙人跌境玉璞怎么了，不一样还是偎红倚翠，每天在温柔乡里流连，师尊玄圃一死，那个"自己"说不定都当上城主了，可怜这个自己被关在这里埋头写书，将所有关于蛮荒天下的见闻都记录在册。用那位年轻隐官的话说，如果不写够一百万字，就别想着重见天日了，如果内容质量尚可，说不定可以让他出去走走看看。

小天地之外的酒局，小陌突然轻声道："公子。"

陈平安正低头看着蕴藏雷局的拳头，眼神异常明亮，并未回应，小陌只得再喊了一声，陈平安这才抬起头，朝他笑了笑。

南簪和陆尾一直都觉得小陌是个来自剑气长城的护道人，其实恰恰相反，陈平安带上小陌，是为了在某种时刻让小陌提醒他一定要克制。

陈平安松开五指，陆尾瞬间魂魄归位，立即从袖中摸出一张紫青色符箓抹在脖颈处。

一个已经处于瓶颈的仙人，竟然在一次没有出手的情况下就跌境为玉璞。这种山上的奇耻大辱，无以复加。

如何对付这个陆氏老祖，陈平安其实选择不多。陆尾不是银鹿，陈平安不太敢将他的魂魄留在自己人身小天地的禁制当中，所以要么将魂魄全部炼化，使得陆尾靠着一盏家族祠堂的续命灯，学那怀潜，重新修行。要么就是像现在这样，使得对方跌境。唯一的意外，是陆尾的那颗道心比陈平安预期的脆弱多了。估计是齐先生，还有那邹子，都曾在陆尾道心之上留下了不可磨灭的烙印。当然，如今勉强还得算上一个自己了。

陈平安这几年一直将整个中土陆氏视为一位十四境大修士的假想敌，现在看来，没有任何高估。即便对方没有一位飞升境，甚至哪怕没有一位仙人境，陈平安对中土陆氏的忌惮都不会减少半点。

今天的陆尾只是被小陌压制，陈平安再顺水推舟做了点事情，根本谈不上什么与中土陆氏的对弈。

陈平安从桌上拿起那根筷子，望向今日劫难可谓元气大伤的陆尾："山高水长，好自为之。"

陆尾好像变了一个人,点头道:"人要听劝,铭记在心。"

方才在"来时路上",那一袭青衫双手笼袖,与陆尾的一粒心神并肩而行,转头笑问一句:"你我皆凡俗,畏果不怕因?"

红尘万丈,苦海滔天,凡俗畏果,山巅怕因。

陆尾当时根本不知如何作答,然后那一袭青衫又笑着拍了拍肚子,说了句怪话:"枵肠辘辘,饥不可堪。试问陆君,如何是好?"

陆尾依旧无言以对。

桌旁停步,陈平安说道:"以后就别纠缠大骊了,听不听随你们。"

陆尾看了眼陆绛。

陈平安最后笑道:"你们中土陆氏的此次问剑,我陈平安和落魄山即刻起就算正式领剑了。"

陆尾站起身,朝陈平安打了个道门稽首,就此身形消散,只留下一个茫然失措、狐疑不定的南簪。

倒是干脆一鼓作气宰掉那个陆尾啊,就这么放虎归山了?

陈平安将筷子随手丢在桌上,笑呵呵道:"你这是在教我做事?"

南簪就像被掐住了脖子。今天真是见鬼了,一句心声说不得,难道心事都想不成?

陈平安指了指那根筷子:"送你了,可以当一支簪子别在头上,每天照镜子的时候拿来提醒自己已经不是陆绛的南簪了,簪子难簪。"

南簪犹豫了一下,还是去拿了。

陈平安沉默片刻,没有立即离去。南簪也不敢多说什么,就那么站着,只是这会儿绕在身后的那只攥着筷子的手青筋暴起,结果对方笑着来了一句:"收礼不道谢啊,谁惯你的臭毛病?"

南簪只得病恹恹地敛衽施了个万福,挤出一个笑脸,与那人道了一声谢。

陈平安带着小陌一起离去,南簪一番天人交战,还是以心声向那个青衫背影追问道:"我真能与中土陆氏就此撇清关系?"

陈平安头也没转:"天晓得。"

一起走向那处宫门,两侧都是高大墙壁。

陈平安说道:"陌路相逢,各结各缘;世道生活,各还各债。"

小陌眼睛一亮,道:"被公子这么一说,才知道原来小陌误打误撞给自己取了这么个好名字。"

陈平安笑着点头:"陌生这个名字很大,喜烛这个道号很喜庆,小陌这个小名很小。"

小陌沉默片刻,试探着问道:"公子,我有几把本命飞剑,不如都帮着改个名字吧?"

"我确实擅长取名一事,但是一般不轻易出手。"

初一,十五。账簿,砍柴。当然,还有那暖树和景清。

被伤过心哪。

不过这笔旧账跟暖树小丫头没关系,得全部算在陈灵均头上。

陈平安转头问道:"到底是几把本命飞剑?"

小陌赧颜笑道:"只有四把,品秩都一般。"

陈平安拍了拍小陌的肩膀:"小陌啊,经不起夸了不是,这么不会说话。"

小陌犹豫了一会儿,还是以心声说道:"公子,有句话小陌不知当说不当说。"

陈平安笑道:"那就别说了。"

小陌嗯了一声,就没有将那个想法说出口。

在那远古大地之上,那会儿小陌刚刚学成剑术,开始仗剑游历天下,曾经有幸亲眼见到一个存在,来自天上,行走人间。身边的公子,就很像那个"人"啊。

岁月悠悠,万年之后,小陌都记不得对方的容貌、嗓音了,不知为何,也忘记了遇到了对方后,双方到底聊了什么,还是其实什么都没说,反正就只留下了一个模糊的印象,让小陌万年不曾磨灭。时至今日,小陌就只记得对方好像脾气极好极好。这个唯一剩下的印象,很没有道理可讲了。

对方看天地万物、有灵众生的时候,也就是这般眼神温柔。

火神庙来了个笑嘻嘻的老秀才,站在花棚台阶底部,说是让封姨帮着打听打听皇宫里边的消息,免得自己那位性情淳朴、与人为善又不谙阴谋的关门弟子给某些仗着年长几岁就倚老卖老的家伙给欺负了,万一被老不死的侥幸蒙混过关了,还不念好,他这个当先生的肯定不能袖手旁观。

老秀才正眼都不看一下老车夫,只顾着与封姨套近乎,见面就作揖,作揖之后,也不去老车夫那边的石桌坐着,扯了一通好似刚从酸菜缸里拎出来的文字,什么有花月美人便有佳诗,诗亦乞灵于酒,人间若无醇酒,则良辰美景皆虚设……封姨受不了这股子酸味,只得给老秀才抛过去一坛百花酿,当是堵嘴之物。

坐在花棚底部的石磴上,老秀才好像这才瞧见了老车夫,赶紧直腰抬起屁股,哎哟喂一声,捧着酒坛过去殷勤寒暄一番,嘀嘀咕咕,为老前辈抱不平了几句:"怎的只剩下半坛子酒水了?久闻大名,如雷贯耳,难得见上一面,怎么都得不醉不归的。"

封姨拗不过老秀才的旁敲侧击,又给老车夫丢过去一坛,结果老秀才就那么死死盯着老车夫与桌上酒水,视线一上一下,飘忽不定。老车夫立即心领神会,默默将刚到手的那坛百花酿推给这位大名鼎鼎的文圣。

然后老秀才就那么坐在桌旁,从袖子里摸出一把干炒黄豆抖搂在桌上,借着封姨的一门本命神通,凭借天地间的清风,侧耳聆听皇宫那场酒局的对话。文庙诸多陪祀圣贤、祭酒山长中，大概只有这个老秀才做得出这种上不得台面的勾当，还理直气壮。

老车夫坐得浑身不得劲儿，就想告辞离去，不承想老秀才斜眼望来，往嘴里丢入几颗炒黄豆："不给面儿是吧？我让你走了吗？"

老车夫苦笑道："文圣说笑了。"

老秀才嗤笑道："说笑？需要说吗？我在你们几个的眼里本身不就是个笑话吗，还需要说？"

老车夫心中震惊不已，一时间竟有些惴惴不安：文圣今天莫不是要口含天宪，代替文庙秋后算账来了？

老秀才冷笑道："我看前辈你倒是个惯会说笑的。怎么，前辈是瞧不起文庙的四把手，觉得没资格与你平起平坐？"

老车夫再迟钝也知晓轻重利害了，心知不妙，立即以心声与封姨说道："来者不善，不像是文圣以往作风，等会儿如果文圣撒泼耍无赖，或是打定主意要往我身上泼脏水，你帮忙担待着点，至少在文庙和真武山那边，记得有一说一。"

关于自身的荣辱得失，老秀才这辈子从没有在乎过，哪怕是神像在文庙地位一降再降，直到被搬出文庙甚至是被当街打砸，浩然天下禁绝其学问，囚禁于功德林，都没有为自己辩解、喊冤。一个得了"圣"字后缀的读书人，混到这个份上，浩然天下的历史上绝无仅有，万年以来独一份。

封姨以心声答道："尽量吧，只能保证能帮忙就帮，帮不了你也别怨我，我这会儿也担心是否引火烧身。"

今天的文圣，如老车夫所说，确实极有来者不善、善者不来的架势，摆明了是要与陆尾几个兴师问罪。

封姨也能理解，齐静春和陈平安，老秀才一前一后的两个最小弟子，都曾在骊珠洞天被几个老古董"倚老卖老"过。何况如今老秀才置身的大骊京城更是首徒崔瀺耗费百年心血的"修道之地"，心情能好到哪里去？所以还是那句老话，不要太欺负那些看上去脾气顶好的老实人。

老秀才说道："一些个尘封已久的老皇历，封姨今儿借机给陈平安补上。"

封姨幽幽叹息一声，点点头。

所以皇宫里与陆尾、南簪钩心斗角的陈平安又"平白无故"多出些先手优势。

老车夫见文圣一会儿意态萧索似野僧，一会儿眯眼抚须会心而笑，一会儿自顾自点头，好像偷听到了瘙痒处的奇思妙语。

最后老秀才又让封姨将陆尾请来火神庙叙旧——封姨、陆尾、老车夫，三个骊珠洞天的故友再次重逢。

老秀才瞥了眼从大骊皇宫赶来的陆氏老祖，将一坛百花酿收入袖中，抓起桌上最后一点炒黄豆放入嘴里细嚼慢咽，缓缓起身，对老车夫说了一番盖棺论定的言语："以后你别想着从真武山出入了，不然只要被我知道一次，我也不找你的麻烦，我只找真武山说理去。"他伸出一根手指点了点胸口，"我说的就是文庙说的，真武山如果有异议，就去文庙告状，我在门口等着。"

老车夫如释重负：还好，文圣没有太过欺负人，以后自己大不了从风雪庙出入人间。

老秀才看着刚刚跌境的陆尾："回了中土神洲，你帮我跟陆升打声招呼，让他以后去占星台的时候别走夜路。别说我在文庙有啥靠山啊，对付一个陆升，犯不着，不至于。"他竖起大拇指，指了指天空，"老子在天上都有人。"

符箓于玄合道星河，我跟白也是好兄弟，于老儿又与白也是过命的交情，那么我就跟于老儿是挚友了。

至圣先师为何亲自为于玄合道一事开路？当然是符箓于玄无愧"符箓"二字。当初跨洲驰援白也时，于老儿舍得一身道法、百万符箓不要，也要掺和那场乱战。

同时，文庙对中土陆氏是不满的，只是有些事情，陆氏做得既含糊又巧妙，处处在规矩内，文庙的责罚也不好太过明显。

天有于玄，陆氏在地，这才是真正的寄人篱下！

老秀才的威胁听上去很撒泼很无赖，像是开了个不痛不痒、无伤大雅的玩笑，但是陆尾一点都笑不出来。

一个好脾气的好好先生，教不出齐静春和左右这样的学生。

一个只会装腔作势的读书人，教不出崔瀺、陈平安这种人。

一个学问不够的儒家圣贤，不会在名声不显时，就让刘十六主动投入门下，更不会有白也、白泽这样的朋友。

老秀才越说越气，气得双手叉腰，对着老车夫和陆尾破口大骂："好好跟你们讲理的时候偏偏不听，非要作妖。等摁住你们的脑袋了才愿意听道理，说人话。我那关门弟子也就是脾气好，不然换成我……算了，我本事太低，面子太小，今儿就不撂狠话了，不然白白给你们看笑话。"

老秀才转头望向坐在花棚石磴上的封姨，封姨满脸幽怨，拍了拍心口，怯生生道："哟，轮到骂我了？文圣随便骂，我都受着。"

老秀才有些难为情，搓手道："哪里哪里，这不是说得口干舌燥了，来壶酒润润嗓子。"

封姨笑道："文圣还是直接骂人更爽利些。"

酒水好喝却难骗。

已无半点心气的陆尾只是与文圣打了个道门稽首便默然离去，就此远游中土神洲，重返陆氏家族，打定主意这辈子都不再踏足宝瓶洲了。是非之地，苦手太多，先是齐静春,后有陈平安。

老秀才喝了个微醺,散步走出火神庙,到了门口突然停步,叹了口气,欲言又止。

那个凡夫俗子的老妪既是火神庙的门房,也是庙祝。她身形佝偻,轻声笑道:"文圣收了个好弟子,温良恭俭让,待人有礼数,出门在外,眼中可见满大街的圣人,人人身上皆有佛性,虽然出身贫寒,却有大智慧,有悲悯心。"

老秀才满脸喜悦,笑得合不拢嘴,却仍是摆摆手:"哪里哪里,没有前辈说的那么好,毕竟还是个年轻人,以后会更好。"

眼前老妪只是一副寄居的皮囊,宛如一座俗世的客栈,至于她的真实身份,就有点曲折复杂了,有点类似陈清流、郑居中这对师徒之于贾晟。她其中一个相对浅显的身份,是骊珠洞天的扶龙士老祖之一,也是昔年某位龙女的教习嬷嬷。更早一些,她还算是文庙的自家人,三千年之前的养龙士正统主脉,身份正是儒家礼官之一。所以当初陆沉在小镇摆摊,被刘羡阳掀翻了算命摊子,是有一条潜在脉络因果线的。

整个宝瓶洲龙气最盛之地,之前是骊珠洞天,如今当然是大骊京城了。

老妪一本正经道:"下下人有上上智。"

老秀才收敛笑意,沉默片刻,轻轻点头:"前辈比封姨的眼光更好几分。"

老妪摇头道:"要说眼光,我们皆不如齐静春远矣。"

老秀才犹豫了一下,揪须唏嘘道:"少年心事当拿云,谁念幽寒坐呜呃。"

言下之意是当年陆沉乘舟出海,依旧未能寻见一处心安之所,最终为了追求心中大道,离乡去往青冥天下,成为道祖三弟子。

无波是古井,知无可奈何而安之若命。虽说显得违心且无情,其实并不曾违背心中大道。

老妪笑了笑:"陆沉当年在骊珠洞天摆摊多年,既是为他的大师兄护道一程,又是压胜齐静春的最后一记无理手。明明是仇人,文圣为何还要为此人辩解什么?"

老秀才摇头说道:"一码归一码,恩怨分明大丈夫。"

花棚那边,老车夫晃着只剩下小半酒水的酒坛,唉声叹气,愁眉不展。

封姨笑道:"这就叫报应不爽,站好挨揍就是了,何必做那娇弱状。"

老车夫无奈道:"是谁说的跟谁不对付都不要跟老秀才和郑居中、火龙真人这三人结仇?"

一个吵架太厉害,一个脑子太好,一个山上朋友太多。

在老车夫悻悻然离开火神庙后,老妪步履蹒跚地来到花棚。

封姨啧啧道:"太久没有切身领教一位文庙圣人的不怒自威了,所幸只是虚惊一场。"

后世各司的新晋补缺神灵也好,山上的谱牒修士与山泽野修也罢,最多是与书院山长有些交集,其实对于文庙的陪祀圣贤是不太了解的。在三千年之前,以及八千年之前,存在着两道界线明显的分水岭,那些陪祀圣贤的形象在世人心中越来越淡化,甚至是被淡忘了。

老妪捋了捋鬓角发丝,笑着点头。

封姨喝着酒,自言自语:"为月忧云,为书忧蠹虫,为学问忧薪火,为百花忧风雨,为世道坎坷忧不平,为才子佳人忧命薄,为圣贤豪杰忧饮者寂寞,真是第一等菩萨心肠。"

老妪呢喃道:"花实互为因果。"

赵端明跳下马车,走向小巷,怀中捧着一对粉彩花鸟书画筒,卷轴不下二十支。

刘袈笑骂道:"你小子搬家呢?"

小赵的字画,啥时候这么不值钱了?还是说自己破例赏脸讨要字画,小赵受宠若惊到了这个份上?

赵端明进入白玉道场,将两支书画筒往地上一杵,小声说道:"师父,好像我爷爷早就晓得是谁要字画了。"

刘袈提起一支卷轴,笑呵呵道:"也正常,你爷爷打小就猴精猴精的,瘦得就像只剩下一双眼睛,见人就滴溜溜转。你小子亏得不像他,不然我绝不会收你当徒弟。"

刘袈解开卷轴上边的金黄丝绳,手腕一抖,画卷在空中摊开来,上书两排笔墨饱满、酣畅淋漓的大字:形单影只不自怜,独挡四面舍我谁。

刘袈笑骂道:"好个小赵,字跟马屁功夫一样,老当益壮。"

赵端明埋怨道:"师父,差不多点啊。好歹是我爷爷,你总这么小赵小赵的,让我难做人。装聋作哑不孝顺,反驳吧,还是不孝顺。"

刘袈笑了笑,突然问道:"该不会是些请人捉刀的赝品吧?"

赵端明伸长脖子一瞧:"师父,你什么眼神啊,上边的墨迹都还没彻底干,还有不是得意之作绝不钤印的那方花押,能作假?再说了,师父又不是不知道我爷爷最紧着脸皮了,即便年轻那会儿缺钱,最多也就是仿画作假,挣点买书钱。"

刘袈转头问道:"苦哈哈的,拉着一张脸做什么?"

赵端明蹲在地上:"爷爷说了,让你送他两方亲手篆刻的印章,分别落款'剑仙'和'国手',要是不给,他就亲自来堵门讨债。"

刘袈瞪眼道:"小赵是不是出门没看路,脑子被门板夹到了?一个风吹就倒的老家伙,还敢来堵门?"

赵端明用一种可怜兮兮的眼神望向师父:自己怎么就摊上了这么个不开窍的师父呢?

刘袈很快想通其中关节,咳嗽几声,给自己找台阶下了:"好说好说,师父其实是位深藏不露的金石名家,只是轻易不显露这手绝活。"

他娘的,这些个当官的读书人就是花花肠子多,说话做事最喜欢拐弯抹角。

刘袈又打开一幅字,咦了一声,颇为惊讶。

哪怕老修士是个书法一道的门外汉,也觉得这幅字开卷就大不俗气。

很简单,其上是极其罕见的一字一行,故而一幅字全部摊开之后,竟然长达三丈!

它以"元嘉六年,苦寒之地,水患稍平,见一青衣,拨棹孤舟,翩然渡江,人耶神耶,鬼也仙也"一语开篇,以"秉烛夜归"四字收官,字如长枪大戟,气势逼人。

赵端明愣了半天,怔怔道:"爷爷怎么把这幅字也送人了?"

爷爷不止一次说过,这幅字将来是要跟着进棺材当枕头的。

赵端明曾经听父亲提过,爷爷曾任户部清吏司郎中,因与崔国师意见不合,觉得大骊边军简直就是穷兵黩武,被贬至寒苦边关,流寓山水险峻的戎州六年之久。等到回京之时,没什么万民伞,在地方上也没什么好官声,一篇诗文都没留下,好像除了个包裹,身上多余之物就只有这幅字。

每次在书桌上缓缓摊开画卷,这位天水赵氏的家主都会拿上一壶酒,从壮年岁数的一口酒看一字,到迟暮时的一口酒看数字,直到如今,老人只喝半壶酒,就能看完一整幅字。

那幅字开篇的元嘉六年,刚好是大骊边军打赢与卢氏骑军那场边境苦战的年份。被一个书生意气的户部文官骂作穷兵黩武的大骊铁骑正是在这一年将那不可一世的卢氏十二万精锐骑军,用老百姓的说法,就是按在地上揍。大骊边军第一次杀到了卢氏国境之内,取得了数百年未有的边关大捷!用大骊官场的说法,稍微讲究一点,就是杀得昔年所向披靡的卢氏铁骑"马背之上无一人"!从那之后,宝瓶洲的北方山河再无卢氏铁骑,唯有大骊铁骑。

刘袈动作轻缓地收起这幅字,转头与少年说道:"跟你爷爷说一声,那两方印章,包在我身上。"

地支一脉修士韩昼锦秘密离开京城,来到京畿之地一座没什么名气的小寺庙内,见到了一个在寮房抄经的年轻人,神色专注,一丝不苟。

那人瞧着就是个风流倜傥的世家子弟,但是韩昼锦却紧张万分,甚至手心都是汗。

紫照晏氏的当代家主是光禄寺卿晏永丰,相对于一个顶着上柱国姓氏头衔的,官当得不大不小,关键还是个小九卿的清水衙门。晏氏真正的话事人却是个谁都不敢小觑的人物,就是韩昼锦眼中这个驻颜有术的修道之人——晏皎然。

晏皎然精通草书,却喜欢在这里以小楷抄经,好像每次入京,闲暇之余,都会来这儿抄经,这已经是韩昼锦第三次在此地见此人了。

抄完一句后，晏皎然转头笑道："进来坐，愣着做什么？"

晏皎然低下头，轻声道："韩姑娘，稍等片刻，还差百余字。"

韩昼锦轻轻关上房门，站在门口。

在遇到那个陈先生之前，韩昼锦只怕眼前人。

一时间，屋内只有笔尖摩挲纸张的簌簌声。

晏皎然抄写完一篇佛经后，轻轻搁笔，转头望向韩昼锦，笑道："倒是坐啊。"

韩昼锦赶紧向前几步，搬了张椅子落座。

晏皎然伸手按住桌上一本随身携带的珍稀字帖："以前听崔国师说，书法一途是最不入流的小道，比画还不如，劝我不要在这种事情上浪费心思和精力。后来约莫是见我死不悔改，可能也是觉得我有几分天赋，一次议事结束，就随口指点了几句，还丢给我这本草书字帖。"

韩昼锦一字不漏听着，只是她都不知道记这些有什么用。

晏皎然突然道："在客栈那边，你们九个好像吃了不小的苦头？"

韩昼锦刚要详细述说那几次厮杀的过程，晏皎然却摆摆手："不用细说，你只需要说说看，那位隐官大人是怎么指点你的，比如他有没有提及桐柏福地遗迹，还有你身边的那位剑仙扈从。"

韩昼锦不敢有丝毫隐瞒，一一道来。

他们九个里，可能除了苟存之外，各有背景来历，国师当年就不曾禁绝他们与外界往来。

"万毫齐力，八面出锋，气脉通畅，法度森严。"不料晏皎然轻轻拍了拍那本法帖，又开始转移话题，"侧锋入纸，中锋行笔。草书潦草，学问精髓却在'端正'二字，才有那蔚为大观的气象。韩姑娘，你说怪不怪？"

韩昼锦终究不是什么笨人，终于想明白了对方的言下之意，立即点头道："陈先生行事极有分寸，看似天马行空，其实稍加用心就会发现有章法可循，处处在规矩之内。"

晏皎然微笑不语。韩昼锦屏气凝神，端坐一旁。

晏皎然笑道："韩姑娘不用这么拘谨。"

韩昼锦点点头，但是那份拘谨半点没有减少。

晏皎然负责调配所有大骊铁骑的随军修士，既记录战功，又负责赏罚，故而在随军修士一事上，大骊兵、刑、礼三部都未必能够真正插手。晏皎然就像一个大骊王朝的影子，只存在于夜幕中，公认是国师崔瀺的绝对心腹之一。

这个隐晦说法，韩昼锦自然无法验证真伪，但是韩昼锦可以无比确定一个事实：晏皎然早年曾经跟宋长镜大打出手！

除此之外，韩昼锦还清楚一桩秘事：晏皎然与神诰宗大天君祁真是忘年交，更是莫逆之交。所以晏氏才能将她从大骊粘杆郎手中抢走,从清潭福地带回晏氏家族。

"陈平安说的那个朋友,如果没有猜错,应该是太徽剑宗的刘景龙。至于他让你去火神庙找封姨,你就大大方方去询问阵法中枢所在,好好珍惜这两份山上仙缘。"晏皎然站起身,"走,正好到了吃饭的点,我请韩姑娘吃一碗素面。"

晏皎然起身带着韩昼锦走出寮房,到了隔壁房间,里边就只有一张桌子和四条长凳。

因为是这里的大香客,晏皎然不用去素斋馆,直接让一名现出身形的贴身扈从去跟寺庙僧人要了两份素面。

晏皎然没有坐在对门的主位,朝韩昼锦伸手虚按,笑道:"之所以喜欢来这儿,一半是馋,一半是禅。"

很快,有一个脚步沉稳的小沙弥端来两碗素面。

韩昼锦低头看着自己身前那碗色香俱全的面,里面有香菇、芦芽、青葱、油豆腐、醋萝卜,还有几种喊不出名字的酸辣菜。再加上那份浇头,韩昼锦一个清心寡欲的修道之人都突然有了下筷子的胃口。

晏皎然卷起一筷子素面,细嚼慢咽后,夹了一粒素菜放入嘴中,没来由说道:"其实我年轻那会儿偷偷去过倒悬山。"

韩昼锦刚要停下筷子,晏皎然笑道:"让你不要太拘谨,不是我觉得你这样有什么不对,而是我这个人最怕麻烦,最嫌弃麻烦,得经常提醒你一些废话,你烦不烦无所谓,但是你真的烦到我了。"

韩昼锦一言不发,只是卷起一大筷子面条,低头吃了起来。

"比较惨,那是我第一次跨洲远游,也是唯一一次。我是坐老龙城那艘山海龟渡船去的,一路上都在学中土神洲的大雅言,不然等到了地方,就会被当作乡巴佬,想要往外掏钱都难。那会儿我们宝瓶洲很不受待见的,而咱们大骊更是被视为北边的蛮夷。那种难受,不大不小,无处不在,我这么一个被崔国师说成是有强迫症的人是怎么个浑身不自在法,可想而知。

"韩姑娘你年纪轻,所以可能无法理解这个说法,当然以后就更无法理解了,这是一件很幸运的事情。

"你猜猜看,等我过了倒悬山,走到了剑气长城,最大的遗憾是什么?"

韩昼锦只得摇摇头。这怎么猜?

晏皎然笑了笑。可惜不是那位年轻隐官。

"是那个剑修如云的剑气长城上,剑仙竟然只有一人姓晏,叫晏溟,还是个顶会做买卖的豪杰。"

说到这里,晏皎然用筷子卷了卷素面,自顾自点头。

一国真正龙脉所在,是什么?是马蹄,是白银。

何谓国力鼎盛?最直观的,就是沙场上马蹄声震耳欲聋,还有账房打算盘的声响能与学塾书声遥遥唱和。

"所以我到了剑气长城后的第一件事就是去晏家大门口自报名号,说自己也姓晏,来自宝瓶洲。"

晏皎然伸出一根拇指,擦了擦嘴角,一个没忍住,笑得合不拢嘴:"结果那个老门房都没去通报,直接打赏了一个字给我。韩姑娘?"

韩昼锦抬起头,硬着头皮说道:"是那个'滚'字?"

晏皎然继续说道:"我那会儿年轻嘛,脾气大,就想跟那个老东西干一架,不承想那个走路都快不稳的老门房竟然是个金丹剑仙。"他伸出一根手指点了点额头,"一把飞剑就停在这里,让我汗毛倒竖。嗯,尿裤子倒不至于。

"虽说当时年纪轻,境界不高,可我也不是没有杀过人。但是那种命悬一线的感觉让我直到现在还耿耿于怀。不是说差点被人宰掉难以释怀,而是那种无力感太让人憋屈了,对方怎么那么强大,自己怎么那么孱弱,并且愚蠢。

"我看你们九个好像比我还蠢。呵呵,从一洲山河挑选出来的天之骄子,空有境界修为和天材地宝,心性如此不堪大用。之前我还奇怪为何最擅长雕琢人心的国师大人把你们晾在一边,由着你们坐井观天,一个个眼睛长在额头上。原来如此,国师果然是早有打算的。"

晏皎然说着说着,好像又开始跑题了,眯眼而笑:"听说那位晏剑仙在那场战事收官之前,都在倒悬山春幡斋的一处账房打算盘。所以没有人知道,我是多想去见一见那个年轻隐官,亲口问问他,那位断了双臂依旧去城头的晏剑仙到底剑术如何,杀妖又如何。只是为了避嫌,见不成,问不得。所以这趟喊你来,还有这么件小事,需要你帮忙问问看。"

浩然天下的游历修士面对剑气长城的剑修,后来宝瓶洲的各国边军面对大骊铁骑,可能与早年晏皎然面对那个门房剑修都是一样的感受。

晏皎然很快就会与巡狩使曹柈一起去往蛮荒天下。

寺庙建在山脚,韩昼锦离去后,晏皎然斜靠房门,望向高处的青山。

空山无人,水流花开。

莫疑道人空坐禅,豪杰收剑便神仙。

鄱阳马氏家主马沅生得膀大腰圆,满脸横肉,但是写得一手极妙的簪花小楷,精通术算,而且与人言语永远细声细气。他还没到五十岁,对于一名位列中枢的京官来说,可以说是正值壮年。

论大骊官场爬升之快，就数北边京城的马沅和南边陪都的柳清风。当然，也是挨骂最多的那个。因为如今的马沅已经贵为户部尚书，一国计相。

今天，一拨位高权重的户部清吏司主官被尚书大人喊到屋内，一个个大气都不敢喘，除了关翳然。

也就是现在人多，不然关起门来，这家伙聊完公务，都敢与尚书大人勾肩搭背。

衙门当差不敢喝酒，喝茶总归是没人拦着的。关翳然到了这边，聊完事情，就会四处搜刮茶叶。

谁让马沅的科举座师就是关翳然的太爷爷呢，谁让马沅在京为官时的历年京察，在外当官时的朝廷大计，都是毫无悬念的次次甲等——每三年一次的京察大计从来都是吏部关老尚书的一亩三分地，即便还有其他衙门的辅官协同，而且官帽子都不小，但关老爷子是出了名的说一不二，大权独揽。

马沅将那些郎官当孙子一样训完之后，单独留下了关翳然。

看着这个年纪也不小了的下属，马沅百感交集，没来由想起了眼前这个家伙的太爷爷。

"马沅，从三品了。好消息呢，是你小子升官了；坏消息呢，是以后你的考评就得看皇帝陛下的意思了。不过你放心，陛下和国师那边，我都还算能够说上几句话。"

马沅从吏部一步步升任侍郎的那几年，确实有点难熬。不是当官有多难，而是做人难啊。

一位吏部天官在官场上毫不掩饰的保驾护航，让一位上柱国子弟承受了不少流言蜚语。三年七迁，哪怕马沅是鄱阳马氏出身，谁不眼红？

后来他平调到了户部，有次与一大拨官员在尚书屋内议事，气得他一拍桌子，蹦出一句脍炙人口的官场名言："他娘的，老子承认自己是关老爷子的私生子，行了吧?!"

第二天朝会结束后，关老爷子专门喊住那个健步如飞的马沅，语重心长道："马沅，以后这种话别瞎说，昨天的御书房议事，陛下和国师都有所耳闻了，国师还专门提了一嘴，陛下当时看我的眼神也不对劲呢。"

马沅点点头。自己确实犯了官场忌讳。

不承想关老爷子一巴掌打在马沅后脑勺上："亏得国师帮忙说了句公道话，说我生不出你这种歪瓜裂枣的崽儿。"

玩笑归玩笑，马沅其实很清楚自己为何能够在官场青云直上：自己精通术算，对数字有一种天生的敏锐。

在马沅还是以新科进士身份在户部当差行走的时候，国师崔瀺私底下曾经送给他一大摞术算典籍，额外还有一张纸，纸上写了十道术算难题，以及十道类似科举策题。

马沅问道："翳然，你觉得大骊还需要一位新国师吗？"

关翳然一阵头大:"马叔叔,这种问题问我一个冷板凳芝麻官做什么?你得问皇帝陛下去。"

也不喊什么尚书大人了,可以有此问答的,就只能是一对异姓叔侄。

马沆板起脸教训道:"放你个屁,六部衙门,大小九卿,就属我们户部板凳最不冷。"

关翳然又开始翻箱倒柜——如今尚书大人的茶叶藏得是越来越隐蔽了——一边找一边随口道:"谁官帽子大,嗓门就大。"

不愧是"马尚书的私生子",才敢如此言行无忌。

马沆揉了揉脸颊。小王八蛋真是欠揍。

尚书大人背靠着椅子,桌上的案牍公文,分门别类,整整齐齐,所有书籍折子连个褶皱都没有。

未必是大骊官场的文武官员人人天生都想当个好官,都可以当个能臣干吏。只是当庙堂有个人年复一年就那么冷眼看着所有人,而且谁都不知道那个人在想些什么,就由不得他们不当个好官了。

但是那个人私底下却对马沆说,哪天自己不在官场了,他们还能如此,才是真正正确的事功学问。

天下有两三知己,可以不恨。马沆不敢说国师崔瀺是自己的知己,更不敢以国师崔瀺的知己自居。但他生平有一极快意事,也算不枉此生了。

我马沆身为一国计相,为大骊朝廷略尽绵薄之力,让所向披靡的大骊铁骑在战事上不曾短缺兵饷一两银子,战后不曾克扣抚恤一两银子。那么我马沆不牛气,谁牛气?

想到这里,尚书大人就觉得那个兔崽子的翻箱倒柜也突然变得顺眼几分了。

马沆瞥了眼桌上的一方抄手砚,说道:"砚无铭文,美中不足……就当是美玉不琢好了。"

关翳然终于找出了一只锡制茶叶罐,刻有诗文,落款"石某",出自大家之手,比罐内的茶叶更金贵。

马沆默不作声。

关翳然将那锡罐收入袖中,一拍脑袋,说有份公文急需处理,脚步匆匆就往门外走。

马沆突然说道:"翳然,虽说择友是人生第一要务,但是还需要保持好一个分寸,远近得当,才能进退得体。"

关翳然刚刚跨过门槛,转头灿烂而笑:"晓得了,尚书大人。"

马沆伸出手:"拿来。"

关翳然装傻道:"什么?"

与户部衙署当邻居的鸿胪寺,一位老人喊来了荀趣。

荀趣只是个从九品的小小序班，照理说，跟鸿胪寺卿大人的官阶差了十万八千里。

鸿胪寺作为大骊朝廷小九卿之一的衙门，本来按照六部衙门的调侃，就只是个放闷屁的地儿。只是如今随着大骊朝廷的蒸蒸日上，与别洲往来日渐频繁，鸿胪寺的地位就水涨船高。本来大骊的年轻官员若是被调来鸿胪寺任职，都会视为一种贬谪，在官场极难有出头之日了，如今则不然。

寺卿大人神色和蔼，笑问道："荀趣，各部司的邸报准备得如何了？"

荀趣恭敬答道："除了兵部依旧不愿松口，其余诸署都很好说话，比上次还要多出六份邸报。"

寺卿大人笑呵呵道："六棵墙头草，随风倒。"

荀趣只当没听见老人的牢骚。

这位鸿胪寺卿大人名为长孙茂，京城本土士族出身，也就是那个正月里在自家门口苦等关翳然不至就大骂年轻人不懂做人的官场老人。不过无论是岁数、官场资历还是官帽子，长孙茂都比吏部关老爷子低一个"辈分"。他自诩当了十年的神童、二十年的才子、三十年的名臣，等到哪天告老还乡，还要多活几年，争取再当个三十来年的神仙，到时候便可谓是半生富贵老清闲的两全之人矣。

鸿胪寺是大骊朝廷从无更换地址的老衙门之一，所以显得格外占地广袤，菖蒲河的上游就在这边流过，所以衙门里边小桥流水，风景优美。在最近百年之内，鸿胪寺历任寺卿大人的功绩之一，就是一个个顶住压力，绝不搬迁，绝不让贤。

长孙茂轻轻揉着手腕，带着荀趣一起散步在河上桥道，望向那些与鸿胪寺差不多同龄的古木，忍不住感慨道："人之生也直，此物自长年，去而不返者水也，不以时迁者松柏也。

"在你们这拨年轻人进入鸿胪寺之前，可不知道在这儿当官的窝囊憋屈。最早的宗主国卢氏王朝，还有大隋的官员，甭管官帽子大小，在这儿说话，嗓门都会拔高几分，仿佛生怕我们大骊宋氏的鸿胪寺官员个个是聋子。你说气不气人？

"崔国师在京城所有衙门里边，就数对鸿胪寺最冷落，来做客的次数屈指可数，屈指可数啊。上一次崔国师踏足此地，还是那元嘉五年的冬末。所以鸿胪寺的老人每每被别部衙门拿此事说事，确实都心虚，有点抬不起头。那年冬末，卢氏王朝的一个小小郎官就可以领衔出使大骊京城，当时我作为新上任的鸿胪寺卿，陪同他们游览至此，听见了一句话，把我给气得脸色铁青，嘴唇颤抖，差点没卷袖子跟他们干一架……"

长孙茂拍了拍桥栏杆："如果没有记错，就是在这附近了。"他抬起手举过头顶，"那会儿的卢氏官员是这么看我们的，是这么跟我们说话的。

"边关的马蹄声不响亮，我们鸿胪寺官员说话的嗓门再大也没用。如果沙场马蹄如雷，你哪怕一个字都不说，都没谁敢胡说八道。"

长孙茂收起手，指了指荀趣："你们这些大骊官场的年轻人，尤其是如今在我们鸿胪寺当差的官员很幸运啊，所以你们更要珍惜这份来之不易的幸运，还要居安思危，要再接再厉。

"我那次算是憋出内伤了，一气之下就打算辞官。在我给朝廷递交辞呈的那天，崔国师出人意料地来到了鸿胪寺。我当时毕竟还算是这儿官最大的，就过来见国师大人。我一肚子怨气，故意一个屁都不放，国师大人也没说什么，不劝，不骂，不生气，跟后来外界传闻的什么崔国师与我'一番坦诚相见，指点江山'没半枚铜钱的关系。其实国师大人就只是问了我一个问题：'如果只在国力强盛时当官才算有滋有味，那么一国孱弱时，谁来当官？'"

长孙茂没来由拍了拍自己的肩膀，可惜不是冬末，尚未大雪。

元嘉五年末的那场相逢，正值大雪隆冬，道路上积雪深重，时有断枝声噼啪作响。

那年国师崔瀺在离开鸿胪寺之前，就是拍了拍长孙茂的肩膀，面带笑容，心平气和，与即将卸任的鸿胪寺卿说了一番言语："但是没关系，你长孙茂不乐意当窝囊官，自有旁人挺身而出。你只管退隐山林坐享清福，文人袖手清谈，骂天骂地，大可以放心，以后的大骊朝廷，容得下你这样的书生意气。"

长孙茂望向道路远方，好像依稀看到了昔年的一幕：一个双鬓霜白的儒衫老人在风雪中渐行渐远，就那么离开了鸿胪寺。

有些话，长孙茂今天仍是没有说出口，比如那年自己被卢氏官员的一句话气得七窍生烟。

其实真正让长孙茂感到心如死灰的，是眼角余光瞥见的那些鸿胪寺老人的那种近乎麻木的神色，那种从骨子里透出来的理所当然。

长孙茂继续前行："我呢，幸逢太平盛世，生在殷实门户，年少成名，官长贤能，家道优裕，娶妇淑静，生子聪慧。之后遭遇千年未有之变局，朝政清明，兵强马壮，挺然奋起，力挽狂澜。现在含饴弄孙，如果将来还能有个无疾而终，再有个过得去的美谥，人生如此，可以说是全福了。"

他突然转头问道："那个陈山主的学问如何？"

荀趣有些意外，因为上次见面，寺卿大人就已经问过同样的问题，自己也已经给过答案了。

长孙茂抬起双手，轻轻呵了口气，笑道："作诗有何难，平平仄仄平。"

作诗是这般，为官亦是。可能当国师也一样？

荀趣听得云里雾里。

意迟巷一处大宅子里，厅堂上首坐着一位精神矍铄的老妇人，双手持拐杖，笑眯起眼望向门外的皇后娘娘,还有一个小姑娘。

老妪在大骊官场被尊称为老太君,只比关老爷子小一轮。此刻她站起身与余勉行礼,余勉先受了一礼,赶紧又以家族晚辈的身份回了一礼。

余瑜大大咧咧喊道:"二姨!"

老太君笑着点头。

宋续只觉得别扭至极。

老太君平时都在家乡静养。上柱国姓氏并不是所有都像袁、曹这样全盘落脚京城,比如关家的根基还是在那翊州云在郡。

老太君与余勉坐在相邻的两把椅子上,老太君伸手轻轻握住余勉的手,望向坐在对面的余瑜,神色慈祥,欣慰笑道:"几年没见,总算有点姑娘样子了。"

余瑜哈哈笑道:"好说好说。"

老太君听着余瑜这个耳报神聊了些京城近期的奇闻趣事,偶尔点评几句。

"做人嘛,很简单,争取少做几件皱眉事,身边尽量少几个切齿人,路就宽了。"

"袁化境那个小王八犊子修行太过顺遂,境界来得太快,高手气质没跟上,就跟一个人个头蹿太快,脑子没跟上是一个道理。"

宋续假装什么都没听见。其实老太君跟袁化境的岁数差不多的。

从口无遮拦的余瑜那边,宋续还听过一桩陈年旧事,袁化境在年少时跟老太君有过一场比较江湖气的纠纷。

老太君说道:"来时路上,我在京畿边境远远看见了一艘悬停渡船,洛王好像在上边?"

宋续立即回道:"回老太君的话,皇叔已经乘船去往蛮荒天下了。"

老太君嗯了一声,轻轻拍了拍余勉的手,笑问宋续:"皇子殿下,你觉得那位落魄山陈剑仙是更像咱们国师一些,还是更像山崖书院的齐山长?"

宋续有些为难,看了眼母后。余勉轻轻摇头。

余瑜一拍椅把手,一如既往地言语无忌:"瞧着都像!"

"不可能。"老太君摇头道,"齐山长当年在书院讲学,既让人觉得如沐春风,又有冬日可爱之感。反观崔国师,在庙堂上纵横捭阖,既让人觉得秋风肃杀,又有夏日可畏之感。两人性情迥异,陈剑仙怎么可能都像,余瑜,你肯定看错了。皇子殿下,还是你来说说看。"

宋续只得小心斟酌措辞,缓缓道:"我与余瑜的看法差不多,可能我也看错了。"

老太君笑呵呵点头道:"麻糍好吃。"

钦天监的监正和监副开始询问袁天风一事,因为大骊朝廷准备将龙州更名为处州,依循星宿分野之说。此外,各郡县的名称、地界也就跟着有所变化。当年将龙泉郡升为龙州,因为地界囊括大半个落地生根的骊珠福地,相较于一般的州,龙州疆域极为广袤,可辖下却只有青瓷、宝溪、三江、香火四郡,这在大骊朝廷是极为不同寻常的设置,所以如今更改州名之外,还要新设数郡,以及增添更多的县,等于是将龙州郡县全盘打乱,从头再来了。龙州现任刺史魏礼,朝廷很快就会另有重用。

大骊官场公认有两处最容易获得升迁的风水宝地,一处是本土龙州,一处是旧藩属的青鸾国。

袁天风看着那幅旧龙州堪舆图,笑道:"我只负责取名,涉及具体的郡县地界划分,我不会有任何建议,至于这些名字是用在郡府还是县上边,你们钦天监自己去与礼部商量着办。"

钦天监除了编订历书之外,其实统称为青乌先生的堪舆家也有勘察地理之权。如果说天象的变迁与人间帝王的兴衰休戚相关,那么钦天监以术算之法推算天行之度,从而编订历法、代天授时,则是确立正朔的举动。

马监副笑道:"恳请袁先生畅所欲言。"

占卜相术,厌劾祠禳,称骨算命,生辰八字,紫微斗数,占梦……这位袁先生堪称无所不精。

袁天风报出一连串郡县名字:仙都、缙云、兰溪、乌伤、武义、文成……

监正与马监副听到后,相视一笑。

袁天风突然说道:"取名一事,你们其实可以征询某人的意见,说不定会有意外之喜。"

监正望向马监副,咳嗽一声。马监副置若罔闻,监正又开始咳嗽起来。

马监副转头问道:"监正大人,嗓子不舒服?"

监正喟然长叹一声:"罢了罢了。"

马监副松了口气。

不料监正说道:"能者多劳,这次就还是让马老弟继续出马。姓马嘛,定然一马当先,马到成功。"

京城道正院。

那位来自大骊崇虚局的领袖道人一直旁听议事,从头到尾都没有插话。只是议事结束后,与葛岭一同走出了道观。

葛岭是宝瓶洲东南地界的句容人氏,与出身青鸾国白云观的那位道士其实家乡相近,只不过在各自入京之前并无交集。

皇宫花园内,南簪趴在桌上呜咽起来,而后猛然抬起头,冷哼一声:"走着瞧!"

只是当她看见桌上的那根青竹筷子时,便又忍不住凄凄惨惨戚戚,怨天尤人起来。

刘袈蓦然心弦紧绷,转头望向小巷里边。

赵端明睁大眼睛,第一次看见从小巷走出而不是走入小巷的不速之客:道行这么高的毛贼?

刘袈气得不轻:好家伙,竟敢擅闯国师宅邸,当我这个元婴修士是吃素的?

老修士面沉如水:"赶紧报上名号,然后随我去一趟刑部。"

要是这家伙硬闯小巷,自己还能通融几分,拦下也就拦下了,拦不住就算对方艺高人胆大。可是这厮竟敢直接越界,从国师的宅子里晃荡出来,大摇大摆走到自己眼前,那就对不住,没有任何回旋余地,没得商量了。

那人站在白玉道场边缘地界自我介绍道:"白帝城,郑居中。"

刘老仙师差点热泪盈眶:终于遇到了一个刚打照面就自报名号的人。

只见刘袈一身浩然正气,侧过身让出道路,沉声道:"欢迎郑先生常来做客!"

陈平安走出皇城大门后说道:"小陌,咱们再走几步路,就带我跟上那艘渡船。"

裴钱和曹晴朗刚刚才登上一艘仙家渡船启程南下。

小陌点头,然后问道:"公子是担心他们?"

陈平安笑道:"没什么可担心的,就是想要多看看他们,顺便让他们把一个消息转告给我的另外一个学生。"

小陌好奇道:"公子的那个学生可是陆道友说的崔先生?"

陈平安反问:"你的那位陆道友是怎么说崔东山的?"

小陌答道:"前、中、后与末尾,陆道友各有四个字的评语,分别是天纵奇才、不世之功、东山再起、人间侧目。"

陈平安点点头,难得流露出几分失落神色,轻声道:"所以我这个当先生的一直当得很名不副实。"

小陌摇头道:"我觉得公子的这位学生绝对不会觉得自己先生是什么名不副实,只会觉得何其幸也,与有荣焉。"

陈平安忍了又忍,还是一个没忍住,一巴掌重重拍在小陌的肩膀上:"都什么风气!果然与我无关。"

图书在版编目(CIP)数据

剑来34：山中何所有 / 烽火戏诸侯著. —杭州：浙江文艺出版社，2022.6(2024.6重印)
ISBN 978-7-5339-6829-8

Ⅰ.①剑… Ⅱ.①烽… Ⅲ.①长篇小说—中国—当代 Ⅳ.①I247.5

中国版本图书馆CIP数据核字（2022）第058146号

选题策划	柳明晔
责任编辑	徐 旼
营销编辑	宋佳音
封面绘图	温十澈
责任印制	张丽敏

剑来34：山中何所有

烽火戏诸侯 著

出版	浙江文艺出版社
地址	杭州市环城北路177号
邮编	310003
电话	0571-85176953（总编办）
	0571-85152727（市场部）
制版	浙江新华图文制作有限公司
印刷	杭州杭新印务有限公司
开本	710毫米×1000毫米　1/16
字数	278千字
印张	14.25
插页	2
版次	2022年6月第1版
印次	2024年6月第4次印刷
书号	ISBN 978-7-5339-6829-8
定价	48.00元

版权所有　侵权必究

（如有印装质量问题，影响阅读，请与市场部联系调换）